चारों वेदों के बृहदाकार को समेट कर थोड़े में प्रस्तुत करने और गूढ़ कलेवर को सरल, सुबोध ढंग से सृजित करने का उद्देश्य है कि जिज्ञासु पाठक कम समय में इन पावन ग्रंथों को आत्मसात् कर सकें

✔ संपूर्ण वेद धर्म का मूल है।

—मनु

✔ वेद हमारे भारतीय साहित्य व धर्म के प्राचीनतम दस्तावेज़ हैं।

—ओल्डनबर्ग

✔ अगर मैं विश्व-भर में उस देश की खोज में चारों तरफ अपनी आखें उठाकर देखूं, जिस पर प्रकृति ने अपना सारा वैभव, पराक्रम और सौंदर्य खुले हाथों लुटाकर उसे धरती का स्वर्ग बना दिया है, तो मेरी उंगली भारत की ओर बढ़ेगी। भारत को विरासत में वेद के रूप में मूल्यवान् वैभव मिला हुआ है।

—मैक्समूलर

✔ वेद सब सत्य विद्याओं की पुस्तक है।

—महर्षि दयानंद

✔ इष्टप्राप्ति तथा अनिष्टपरिहार के अलौकिक उपाय को बतलाने वाला ग्रंथ वेद ही है।

—सायणाचार्य

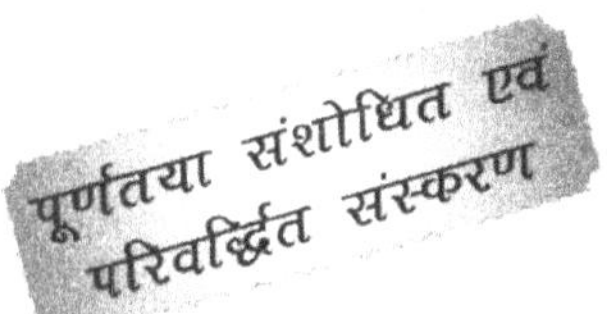

वेदों में क्या है?

चारों वेद ऋग्वेद, यजुर्वेद, सामवेद और अथर्ववेद
का सार एवं समग्र अध्ययन

डॉ. प्रवेश सक्सेना
एम.ए., पी-एच.डी. (वैदिक साहित्य)

पुस्तक महल®

प्रशासनिक कार्यालय एवं विक्रय केन्द्र

J-3/16, दरियागंज, नई दिल्ली-110002
☎ 011-23276539, 23272783, 23272784, 23260518
E-mail: info@pustakmahal.com
Website: www.pustakmahal.com

शाखा

बंगलुरू: ☎ 080-22234025, 40912845
E-mail: pustakmahalblr@gmail.com

ISBN 978-81-223-0727-6

संस्करण: 2026

मुद्रक : शर्मा प्रिंटर्स, दिल्ली

स्वकथन

वेद शब्द का नाम लेते ही हर सामान्य भारतीय की स्मृति में चार वेद-संहिताओं के नाम कौंधते हैं— ऋग्वेद, यजुर्वेद, सामवेद तथा अथर्ववेद। सामान्यजन यद्यपि वेदों के इन नामों के अतिरिक्त वेदों के मंत्रों या उनकी विषयवस्तु से परिचित नहीं होते, पर उनकी श्रद्धा व आस्था इन ग्रंथों के प्रति फिर भी अटूट दिखाई पड़ती है। कारण यही है कि भारतीयों के लिए वेद की उपयोगिता आज भी बनी हुई है। वेदों से हम भारतीयों का जीवन ओतप्रोत है। हमारी उपासना के पात्र देवगण, हमारे संस्कारों की दिशा बताने वाली पद्धति तथा हमारे मस्तिष्क को प्रेरित करने वाली विचारधारा, इन सबका उद्भवस्थान वेद ही हैं। जन्म, विवाह तथा मृत्यु के अवसरों पर यदि पुरोहित वेदज्ञ हुआ, तो इन संस्कारों को संपन्न कराते समय वेदमंत्रोच्चारण कानों में पड़ जाता है। नित्य के पूजापाठ में भी अन्य मंत्र नहीं, तो गायत्रीमंत्र का पाठ करने वाले आज भी बहुत मिल जाएंगे। इसके अतिरिक्त बहुत बार कोई धार्मिक जिज्ञासा होने पर या विवाद होने पर जनसामान्य अपनी बात प्रमाणित करने के लिए अनायास कह उठता है, यह बात हमारे वेदों में कही गई है, इसलिए उचित है या यह बात हमारे वेदों में नहीं मिलती, इसलिए उचित नहीं है। अब प्रश्न उठता है कि जब जनसामान्य और शिक्षितजन, जिन्होंने वेद-संहिताओं को देखा भी नहीं, पढ़ने और समझने की बात तो दूर रही, तब वह कौन-सा तत्त्व है, जो उन्हें अवचेतन रूप से वेदों के प्रति श्रद्धालु बनाता है? वेद की भाषा, विषयवस्तु आदि को जानने-समझने का अवसर उन्हें नहीं मिला, तब वे किस आधार पर वेद को प्रमाण मान लेते हैं?

वेदों के प्रति यह गहन श्रद्धा-भाव जनमानस में युग-युग से पुष्ट होता रहा है। वेद हमारी संस्कृति में, हमारे धर्म में इस तरह रच-बस गए हैं कि उनके बिना हम किसी भी प्रकार के विकास की कल्पना ही नहीं कर सकते, परंतु वेद को मात्र धार्मिक या सांस्कृतिक-ग्रंथ कहना उनके प्रभाव को संकुचित करना होगा। मानव जाति के इतिहास, रहन-सहन, आचार-व्यवहार, रीति-नीति, भाषाविज्ञान, संगीत, पुरातन कथाविज्ञान की दृष्टि से भी वेद उतने ही उपयोगी ग्रंथ हैं, जितने धर्म और संस्कृति की दृष्टि से।

नई सहस्त्राब्दी में प्रविष्ट होने जा रहे इस युग का काल बड़े संक्रमण का है। इस युग को विरोधाभासों का युग कहें, तो अतिशयोक्ति न होगी। यही कारण है कि नई पीढ़ी आज एक ओर कंप्यूटरशिक्षा में निष्णात हो रही है, तो दूसरी ओर धर्मसंबंधी मान्यताओं से भी नितान्त अनजान नहीं है। जहां तक पुरानी पीढ़ी का प्रश्न है, उसके लोग तो स्वभावत: अपने परिवेश और परिस्थितियों के अनुसार धर्मसंबंधी जिज्ञासाएं शांत कर लेते हैं। वेदों के प्रति भी उनका आदरभाव बरकरार रहता ही है। भले ही उन्हें पढ़ने-समझने का मौका न मिला हो। नई पीढ़ी में एक वर्ग आज ऐसा है, जो 'हमारे वेदों' में ऐसा कहा गया है, यह सुनकर ही संतुष्ट नहीं होता। वह जानना चाहता है कि वेदों में क्या है? वेदों के रचनाकार कौन हैं? वेदों की विषयवस्तु क्या है? उनकी जिज्ञासाएं मात्र धार्मिक ही नहीं हैं, वे दार्शनिक, ऐतिहासिक और सांस्कृतिक भी हैं।

वैदिकसंस्कृति में लिखे वेदों को उनके भाष्य (कमेंट्री) के बिना समझना संस्कृतज्ञों के लिए भी कठिन है, तो सामान्यजन, जो संस्कृत भाषा और उसके मुहावरों से बिल्कुल अपरिचित हैं, कैसे समझ पाएंगे? फिर वेद वाङ्मय आकार-प्रकार में भी बहुत विशाल हैं। ऐसे में सामान्यजन से यह अपेक्षा करना कि वह वैदिकसंस्कृत में छपे इन ग्रंथों को पढ़कर अपनी जिज्ञासाएं शांत करेगा, शायद उचित नहीं होगा।

इसलिए सरल हिन्दीभाषा में और संक्षिप्त रूप में सामान्यजन को वेद-विषयक जानकारी देने के लिए यह प्रयास किया गया है।

नए परिवर्धित संस्करण के विषय में

'वेदों में क्या है?' यह पुस्तक प्रथम बार 2001 में प्रकाशित हुई। इन 11 वर्षों में इसके कई संस्करण आए हैं। पाठकों ने इस पुस्तक को हाथों हाथ लिया है यह इस बात का प्रतीक है कि वेदों को जानने-समझने की जिज्ञासा बलवती रही है। 'पुस्तक महल' के उत्साही संरक्षक श्री रामअवतार इसके लिए बधाई के पात्र हैं।

प्रिय पाठकों! नवीन संस्करण को संशोधित एवं परिवर्धित रूप में प्रस्तुत किया जा रहा है। वर्तनी अर्थात् स्पैलिंग की अशुद्धियां तथा प्रूफ की ग़लतियों का वैदिक संशोधन किया गया है। पुस्तक के अन्त में प्रसिद्ध मंत्र अर्थ-व्याख्या सहित दिए गए हैं। जिनमें से कुछ प्रसिद्ध मंत्र का प्रयोग बहुत बार किया जाता है तथा कुछ मंत्र ऐसे हैं जिन पर मनन करने से आधुनिक युग की विसंगतियों को दूर किया जा सकता है। विश्वास है इससे पुस्तक की उपयोगिता, वेदप्रेमियों के लिए और बढ़ जाएगी!

प्रवेश सक्सेना
2012

अंदर के पृष्ठों में

भूर्भुवः स्वः
तत्सवितुर्वरेण्यं
भर्गो देवस्य धीमहि।
धियो यो नः प्रचोदयात्॥

❖❖❖

उस प्राणस्वरूप, दुःखनाशक, सुखस्वरूप, श्रेष्ठ, तेजस्वी, पापनाशक, देवस्वरूप परमात्मा को हम अन्तरात्मा में धारण करते हैं। वह परमात्मा हमारी बुद्धि को सन्मार्ग की ओर प्रेरित करे।

—ऋग्वेद 3.62.10

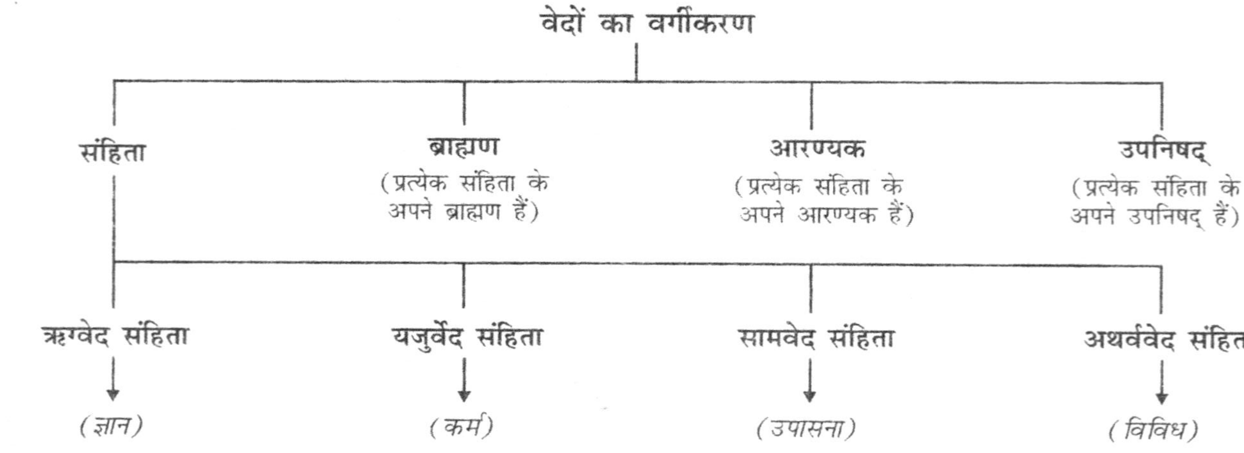

वेदों का वर्गीकरण
संहिता
ब्राह्मण
(प्रत्येक संहिता के अपने ब्राह्मण हैं)
आरण्यक
(प्रत्येक संहिता के अपने आरण्यक हैं)
उपनिषद्
(प्रत्येक संहिता के अपने उपनिषद् हैं)
ऋग्वेद संहिता
(ज्ञान)
यजुर्वेद संहिता
(कर्म)
सामवेद संहिता
(उपासना)
अथर्ववेद संहिता
(विविध)

प्रथम अध्याय

वेदों का उद्‌भव, विकास एवं महत्त्व

'वेद' शब्द का प्रयोग प्राचीन समय में समूचे वैदिक-साहित्य के लिए होता था, जिसमें संहिता, ब्राह्मण, आरण्यक और उपनिषद् सभी सम्मिलित थे। इसी के मर्म को जानने का यह प्रयास है।

अर्थ

वेद शब्द संस्कृत की **विद् ज्ञाने** धातु से बना है, जिसका अर्थ है जानना। इसके चार अर्थ ऋग्वेद भाष्य भूमिका में बताये गये हैं— विद्ज्ञाने, विद् सत्तायाम, विद्लृलाभे, विद्विचारणे—ज्ञान, सत्ता, लाभ एवं विचार के अर्थ में, इस तरह जिससे मानव प्राणी समग्र सत्य विद्या को जानते हैं, प्राप्त करते हैं, विचार करते हैं और विद्वान् होते हैं वह वेद हैं। अधिसंख्य विद्वान इसे विद्ज्ञाने अर्थ में ही ग्रहण करते हैं। 'वेद' शब्द का सामान्य अर्थ हुआ 'ज्ञान'। इस परिभाषा की परिधि में तो प्राचीन काल से लेकर आज तक का सब ज्ञान समाहित हो जाएगा। 'मन्त्रब्राह्मणयोर्वेदनामधेयम्' उक्ति द्वारा मंत्रों और ब्राह्मणग्रंथों के अनुपम ज्ञान को वेद के नाम से जाना जाता है। परंतु 'वेद' से तात्पर्य उन प्राचीन ग्रंथों से है, जो चार हैं—**ऋग्वेद, यजुर्वेद, सामवेद** और **अथर्ववेद**। भारतीय-परंपरा वेदों को अपौरुषेय कहते हुए ''ऋषयः *मन्त्रद्रष्टारः*' अर्थात् वेद के ऋषियों को 'मंत्रद्रष्टा' कहती है, जिन्होंने मंत्रों का मनन किया, दर्शन किया।

वेद शब्द अपने सामान्य अर्थ 'ज्ञान' के रूप में आयुर्वेद या धनुर्वेद में भी प्रयुक्त हुआ है, परंतु विशिष्ट साहित्य के बोधक के रूप में वेद को विश्व का प्राचीनतम साहित्य माना गया है।

परिभाषा

विभिन्न प्राचीन तथा आधुनिक विद्वानों ने वेद को परिभाषित करने का प्रयत्न किया है। वेदों के प्राचीन भाष्यकार सायणाचार्य के अनुसार— *"वेद वे ग्रंथ हैं, जो अभीष्ट प्राप्ति तथा अनिष्ट को दूर रखने का अलौकिक उपाय बताते हैं; जैसे— संसार के लौकिक पदार्थों को देखने के लिए आंखों की जरूरत होती है, वैसे ही अलौकिक तत्त्वों को जानने के लिए वेदरूपी नेत्र की उपयोगिता है।"*

स्वामी दयानंद के अनुसार— *"वेद वे हैं, जिनके द्वारा सब मनुष्य सब सत्य विद्याओं को जानते हैं, प्राप्त करते हैं, उन पर विचार करते हैं अथवा जिनमें सब सत्य-विद्याएं विद्यमान हैं और उन्हें सीखकर वे सब मनुष्य विद्वान् हो जाते हैं।"*

डॉ. कृष्णलाल के अनुसार— *"वेद वे हैं, जिनमें सब उत्तम ज्ञान विद्यमान है, जिनके द्वारा सब कुछ जाना, विचारा व प्राप्त किया जा सकता है।"*

इस प्रकार एक ओर वेद **सर्वहितकारी ज्ञान का भंडार** है, तो दूसरी ओर वह उच्चतम ज्ञान है, जो संभवतः विज्ञान का भी अंतिम लक्ष्य है।

पर्याय

वेद के अनेक पर्याय शास्त्रों में मिलते हैं; यथा— श्रुति, ब्रह्म, मंत्र, निगम, आगम और आम्नाय। परंतु सर्वाधिक प्रसिद्ध शब्द 'वेद' ही है। इसके बाद 'श्रुति' नाम प्रचलन में है। श्रुति का अर्थ है— *'श्रूयते इति'* अर्थात् जो सुने जाते हैं। श्री भगवद्दत्त वेदालंकार का मत है कि वेदों को इसलिए श्रुति कहा जाता है कि ऋषियों ने आदि गुरु भगवान् से वेदों में संकलित मंत्रों का श्रवण किया, तदनंतर श्रवण की परिपाटी चलती रही, अतः वेद मौखिकपरंपरा से ही हम तक पहुंचे हैं, इसलिए भी उन्हें श्रुति कहा जाता है। वेदों को श्रुति कहे जाने में मात्र श्रवण परम्परा ही एक हेतु नहीं हो सकती क्योंकि मौखिक उपदेश की परम्परा तो सूत्र काल में ही विद्यमान रही है किंतु उन्हें श्रुति नहीं कहा गया। वस्तुतः वेदों के लिए श्रुति शब्द का प्रयोग विशेष दृष्टि से किया गया है। वेद ज्ञान आदि ऋषियों को द्रष्टा के रूप में साक्षात्कार के माध्यम से ब्रह्म से प्राप्त हुआ। प्रत्यक्ष द्रष्टा ऋषियों से यह ज्ञान उनके शिष्यों को प्रथम श्रवण के रूप में प्राप्त हुआ, इसी से इसे श्रुति कहा गया। इन श्रोता ऋषियों ने श्रुतज्ञान अपनी स्मृति (स्मरण) द्वारा अपने शिष्यों को प्रदान किया। अतः उनके इस ज्ञान को स्मृति नाम दिया गया।

प्रसंगवश, यथार्थ ज्ञान साधन के लिए तीन प्रमाण माने गये हैं – प्रत्यक्ष, अनुमान तथा शब्द ~, जिनमें प्रत्यक्ष मुख्य है जबकि शेष दो प्रत्यक्ष के समान होकर भी गौण हैं और यदि इनका विरोध न हो तभी इन्हें प्रमाण माना जाता है ~ 'विरोधे त्वनपेक्ष्यं स्यादसति ह्यनु - मानम्' - (पूर्व मीमांसासूत्र). इसीलिए श्रुति के प्रत्यक्ष तथा स्मृति को अनुमान भी कहा जाता है (अपि संराधने प्रत्यक्षानुमानाभ्याम्- बादरायण सूत्र- 3.2.24)। जगदगुरुशङ्कराचार्य ने भी इसके भाष्य में लिखा है ~ प्रत्यक्षानुमानाभ्यां श्रुतिस्मृतिभ्यामित्यर्थः ~ अर्थात् प्रत्यक्ष एवं अनुमान का आशय श्रुति तथा स्मृति से है। ऐसी ही मान्यता अन्य विद्वानों/आचार्यों की भी है।

प्रत्यक्ष द्रष्टा ऋषियों से यह ज्ञान उनके शिष्यों को प्रथम श्रवण के रूप में प्राप्त हुआ इसी से इसे श्रुति कहा गया। इन श्रोता ऋषियों ने श्रुतज्ञान अपनी स्मृति (स्मरण) द्वारा अपने शिष्यों को प्रदान किया। अतः उनके इस ज्ञान को स्मृति नाम दिया गया।

'पाश्चात्य विद्वानों का मत है कि भारत में लेखन-कला अत्यंत प्राचीनकाल में विकसित नहीं हुई थी। इसलिए ज्ञान का आदान-प्रदान गुरु-शिष्य परंपरा से ही होता था।

यह तर्क उचित नहीं है, क्योंकि वैदिक काल में लोग लेखन कला से पूर्णतया परिचित थे, ऐसा संकेत ऋग्वेद के मंत्र (10.71) से भी प्राप्त होता है ~ 'उतत्वः पश्यन्न ददर्श वाच उतत्वः श्रृण्वन्न श्रृणोत्येनाम्। उतौ त्वस्मै तन्वं विसस्रे जायेव पत्य उसती सुवासाः' ~ इसके पहले अर्द्धांश का अर्थ है वाक् को कोई देखते हुए भी नहीं देखता, कोई सुनते हुए भी नहीं सुनता। उल्लेखनीय है कि वाक् को देखना तभी संभव है जब वह मूर्त रूप में अर्थात् लिखा हुआ हो। वैदिकसाहित्य के ही ग्रंथों; जैसे (ऋग्वेद 10.71) शतपथब्राह्मण, ऐतरेय आरण्यक और छांदोग्योपनिषद् में लिपि-कला या लेखन-कला के साक्ष्य मिलते हैं। स्वयं ऋग्वेद में भी संख्यावाचक शब्दों का वर्णन इसे प्रमाणित करता है। जहां तक मौखिक अध्यापन की रीति का प्रश्न है, तो वेदमंत्रों के शुद्ध उच्चारण की शिक्षा के लिए उसका होना जरूरी था। वेदमंत्रों के माध्यम से ऋषिजन देवों की स्तुतियां करते थे, प्रार्थनाएं करते थे तथा साथ ही यज्ञों द्वारा अग्नि में आहुति देने के समय भी मंत्रोच्चारण करते थे। ऐसे में मंत्रों में लय, आरोह-अवरोह का विशेष महत्त्व था। स्वरतंत्री और लयसमन्वित मंत्रों का श्रवण मानवमन को अधिक आनंदित करता है, इसलिए **श्रुति-परंपरा** की महत्ता थी। इसी की वजह से ही प्राचीनकाल से गुरु की महत्ता स्थापित रही है, क्योंकि गुरुमुख से श्रवण कर ज्ञान पाया जाता था। मंत्रों की पवित्रता

अक्षुण्ण रखने के लिए अध्ययन-अध्यापन में अक्षर-अक्षर की शुद्धता का ध्यान रखा जाता था।'

'आज के युग में मनुष्य ने अपनी बुद्धि के चमत्कार से एक से बढ़कर एक कंप्यूटर विकसित कर लिये हैं, जिनमें विशाल से विशालतर ग्रंथ एवं सूचनाएं संकलित की जा सकती हैं, परंतु सृष्टि के प्रारंभिक उस वैदिक-काल में मनुष्य का मस्तिष्क (जिसे आज भी सर्वाधिक श्रेष्ठ कंप्यूटर माना जाता है) ही एक बड़ा कंप्यूटर था। मनुष्य की स्मरणशक्ति का ही चमत्कार था कि पीढ़ी दर पीढ़ी यह विशाल साहित्य संक्रांत होकर लोगों तक पहुंचता गया। बाद में जब मनुष्य की स्मरणशक्ति क्षीण होने लगी तथा समयाभाव व अन्य कारणोंवश यह साहित्य वेदमंत्रों के संकलनों के रूप में प्रसारित हुआ।' वेद-संहिताओं की सबसे बड़ी विशेषता यह भी है कि इतनी सदियों बाद भी इसमें एक वर्ण भी परिवर्तित नहीं हुआ है। वैसे मात्र वैदिक-संहिताएं ही नहीं वैदिकसाहित्य के अन्य अंग; जैसे– ब्राह्मण, आरण्यक तथा उपनिषद् आदि और धार्मिकशास्त्र, स्मृतियां (जिनमें मनुस्मृति सबसे अधिक प्रसिद्ध है) भी मौखिक-परंपरा से ही हम तक पहुंची हैं। श्रुति (वेदों के लिए), स्मृति (धार्मिक शास्त्रों के लिए) तथा ग्रंथों के विभागों के रूप, अनुवाक, सूक्त आदि भी इसी बात का समर्थन करते हैं। दक्षिण में अनेक वेदपाठी विद्वान् हैं, जो परंपरागत ढंग से आज भी वेद का पाठ करते हैं और अपनी स्मृति में सुरक्षित रखे हुए हैं।

आश्चर्यजनक तथ्य यह भी है कि भारत में काव्य अभी भी सुनकर आनंद पाने की चीज ही है। तभी कवि-सम्मेलनों और मुशायरों की परंपराएं विद्यमान हैं। कवियों को भी अपनी रचना सुनाने में रुचि रहती है। आज जिसको 'बहुपठित' कहा जाता है, तब वह 'बहुश्रुत' होता था– अर्थात् जिसने बहुत-सा सुना हो।'

श्रुति-परंपरा से वेदों का महत्त्व

ब्राह्मणग्रंथों से लेकर उपनिषदों तक तथा रामायण, महाभारत, पुराण, छहों दर्शन, धर्मशास्त्र (स्मृति ग्रंथ) तथा काव्यों तक में वेदों के ऋण को स्वीकार किया गया है, उसकी मान्यता को सर्वोपरि कहा गया है तथा उसके आदेश को प्रमाण माना गया है। कालिदास ने भी कहा है : "स्मृति सदैव श्रुति के अर्थ का अनुसरण करती है।" स्मृति और श्रुति के मध्य विरोध होने पर 'श्रुति' को ही वरीयता दी जाती है। अर्थात् 'श्रुति' की बात को प्रमाण माना जाता है। इसीलिए भारतीय लोग ईश्वर विरोध को सहन कर सकते हैं, पर वेद के विरोध को कतई नहीं। **'आस्तिक'** वह है, जो वेद की प्रामाणिकता

में विश्वास रखता है तथा वेद की निंदा करने वाले को 'नास्तिक' कहा जाता है–**नास्तिको वेद निन्दकः** *(मनुस्मृति 2.11* और *शतपथ ब्राह्मण 11.5.6)* के अनुसार जो धर्म के मूल वेद-स्मृति का अपमान करता है, वह वेदनिंदक या नास्तिक कहलाता है। 'धन से परिपूर्ण इस पृथ्वी का दान करता हुआ मनुष्य जितने लोक पर विजय पाता है, उससे तीन गुना अधिक और परम पवित्र लोक को वह मनुष्य प्राप्त करता है, जो वेदस्वाध्याय की महत्ता जानता हुआ प्रतिदिन स्वाध्याय करता है। कहा गया है **'स्वाध्यायोऽध्येतव्यम्'** अर्थात् स्वाध्याय करना चाहिए।'' मनु ने अपनी 'स्मृति' में वेद के महत्त्व को बहुधा प्रतिपादित किया है। उन्होंने उद्घोष किया है *वेदोऽखिलो धर्ममूलम्* अर्थात् सभी धर्म इसी वेद के आधार पर स्थित हैं। धर्म यहां पंथ के रूप में प्रयुक्त नहीं हुआ है। धर्म की परिभाषा इसी स्मृतिकार ने इस प्रकार से की है–

'धारणाद्धर्ममित्याहुधर्मो धारयते प्रजाः।'

अर्थात् धारण करने को धर्म कहा जाता है और यही धर्म प्रजाओं को धारण करता है। भावार्थ यही है कि जो ज्ञान प्रजाओं की हर तरह की उन्नति करता है, उनका आध्यात्मिक, आधिदैविक और आधिभौतिक अभ्युदय करता है, वही धर्म है। धर्म मनुष्य को मनुष्य रूप में धारण कराता है, उसे पशु होने से बचाता है। धर्म का चरम लक्ष्य अभ्युदय और आनंद की प्राप्ति है। यही धर्म वेदों का विषय है। इसलिए वेदों में जहां शिष्टाचारयुक्त मनुष्य के धर्मों, कर्त्तव्यों के बारे में बताया गया है, वहीं चारों वर्णों, चारों आश्रमों, तीनों लोकों और भूत, भविष्य, वर्तमान के संबंध में भी सब कुछ वेद से ही सिद्ध होता है, अर्थात् वेदों में संपूर्ण ज्ञान निहित है:

चातुर्वर्ण्यं त्रयो लोकाश्चत्वारश्चाश्रमाः पृथक्।
भूतं भव्यं भविष्यच्च सर्वं वेदात् प्रसिध्यति॥

(मनुस्मृति 12/97)

'पाश्चात्य विद्वानों ने भी वेदों का अध्ययन कर वेदों के महत्त्व को प्रतिष्ठित किया है। 18वीं-19वीं शताब्दी में अंग्रेज, भारतीयसाहित्य (वैदिक एवं लौ. किक) से परिचित हुए। वैदिकसाहित्य की विशेषताओं को सभी ने रेखांकित किया। *विन्टरनिट्ज* के अनुसार भारतीयों के आध्यात्मिकजीवन व संस्कृति को वैदिकवाङ्मय के माध्यम से ही समझा जा सकता है। *मैक्समूलर* ने 'हम भारत से क्या सीख सकते हैं' नामक पुस्तक में (पृ. 124) कहा है : 'यदि किसी को मानवजाति का अध्ययन करना हो या आप चाहें, तो यूं कह सकते हैं कि

यदि किसी को आर्यजीवन के विषय में अध्ययन करना हो, तो उसके लिए वैदिकसाहित्य का अध्ययन ही सर्वाधिक महत्त्वपूर्ण होगा।' *ओल्डन बर्ग* ने तो वेदों को 'भारतीयसाहित्य व धर्म का प्राचीनतम अभिलेख' Oldest Document of Indian literature and religion. कहा है। *मैक्डॉनल* ने वेद को मूलरूप से धार्मिकग्रंथ माना है तथा धर्म के इतिहास की दृष्टि से उसके अध्ययन की आवश्यकता पर बल दिया है। *ब्लूमफील्ड* के कथनानुसार वेद भारत का प्राचीनतम साहित्यिक कीर्तिस्तंभ, भारोपीय राष्ट्रों का प्राचीनतम लिखित प्रमाण तथा भारतीय धार्मिक विचारधारा का सदा के लिए मूलस्रोत है।

भारतीय विद्वानों में *श्री बलदेव उपाध्याय* ने कहा है : 'वेद हमारी संस्कृति के मूलस्रोत हैं, हमारी सभ्यता को उच्चकोटि तक पहुंचाने वाले ग्रंथरत्न हैं।' *डॉ. मंगलदेव शास्त्री* ने भी 'भारतीयसंस्कृति का विकास' शीर्षक वाले ग्रंथ में वेदों की प्राचीनता तथा उनके बहुमुखी व्यापक प्रभाव को स्वीकार किया है।

ये मात्र कुछ उद्धरण हैं। वास्तव में प्राचीन-आधुनिक, प्राच्य-पाश्चात्य सभी विद्वानों की दृष्टि में वेदों की महत्ता अप्रतिम है। प्राचीन भाषाशास्त्र, तुलनात्मक भाषाविज्ञान, तुलनात्मक देवशास्त्र या प्राचीन-पुरा कथाशास्त्र और प्राचीन भारतीयसंस्कृति तथा इतिहास व भूगोल के लिए वेद-ज्ञान अनिवार्य है। यही नहीं, हिंदुओं के आधुनिक संस्कारों को समझने के लिए वेद की उपयोगिता आज तक बनी हुई है, क्योंकि संस्कारों में वेदमंत्रों का उच्चारण किया जाता है। भारतीयगणित, ज्योतिष, स्वरशास्त्र, संगीत एवं विज्ञान का मूलस्रोत भी वेद ही हैं। वेदों में सर्वप्रथम काव्य, छंद और अलंकारों की छटा भी दिखाई पड़ती है। मानवमात्र का प्राचीनतम चिंतन भी इन्हीं ग्रंथों में मिलता है। अप्रत्यक्ष रूप से वेदों की सत्ता भारत के संपूर्ण साहित्य और परवर्ती चिंतन में विद्यमान है, इसलिए सभी दर्शनों का मूल भी वेदों को ही माना जाता है। यही नहीं, आधुनिकतम पर्यावरण-संरक्षण के मूल सिद्धांत भी वेदों में विद्वानों ने पाए हैं। मनोवैज्ञानिक समस्याएं जैसे तनाव, अवसाद आदि का उल्लेख तथा समाधान भी वैदिक मंत्रों में खोजने का प्रयत्न विद्वानों ने किया है। यह वेद का 'वेदत्व' है, विशेषता है कि जो जिस दृष्टि से इसे पढ़ता है, उसे वैसा ही ज्ञान प्राप्त होने लगता है।

वेद-संख्या

वेद चार हैं, परंतु प्राचीनपरंपरा के अनुसार कुछ ऐसी मान्यता भी प्रसिद्ध है कि प्रथम एक ही वेद था, जिसे बाद में जाकर लोगों के पठन की सुविधा की दृष्टि से चार भागों में विभक्त कर दिया गया। भागवतपुराण (9.14.48) में

कहा गया है कि प्रथम एक ही वेद था। स्वरूप-भेद के कारण वेदों का एक सामूहिक नाम 'त्रयी' (तीन का समूह) भी प्रसिद्ध है। वेदत्रयी से अभिप्राय वेदों में वर्णित तीन विद्याओं से है। इनको ऋग्विद्या या ऋचा (स्तुति) या विविध ज्ञान की विद्या, यजुर्विद्या अथवा यजुष् (यज्ञ) या व्यापककर्म की विद्या तथा साम-विद्या या गायन अथवा उपासना की विद्या कहा गया है। इसी क्रम में इन तीनों का संबंध मनुस्मृति में अग्नि, वायु और सूर्य से अथवा इन नामों वाले आदि ऋषियों से जोड़ा गया है। ये तीनों ऋषियों के नाम प्रतीकात्मक हैं। **अग्नि** तेजस्विता और अज्ञानरूपी अंधकार को जलाने के गुण के कारण ज्ञान का प्रतीक है। **वायु** गति और वेग के गुण से समन्वित है, अतः कर्म का प्रतीक है और **सूर्य** प्रखर तेज से युत है, जिसके आगे अन्य सभी तेज नतमस्तक हो जाते हैं, इसलिए इसे उपासना का प्रतीक माना जाता है। जहां तक चार की संख्या का प्रश्न है, चारों वेदों और उनके चार पुरोहितों का उल्लेख स्वयं ऋग्वेद (10.90.9) में हुआ है। ये चार पुरोहित हैं– **होता, उद्गाता, अध्वर्यु** तथा **ब्रह्मा**। चतुर्थवेद अथर्ववेद की गणना त्रयी में न होने का कारण संभवतया यह रहा होगा कि अथर्ववेद इन तीन विद्याओं– ज्ञान, कर्म और उपासना में से किसी एक के लिए निर्दिष्ट नहीं रहा होगा। अथर्ववेद की प्रकृति विविधता लिए हुए है।

विशेषताएं

डॉ. श्रीपाद दामोदर सातवलेकर ने चारों वेदों की विशेषताएं इस रूप में वर्णित की हैं : ऋग्वेद, विचारों की पवित्रता का वेद है। यजुर्वेद, कर्मों की पवित्रता का वेद है। सामवेद, उपासना की शुद्धता का वेद है। 'अथर्व' शब्द का अर्थ होता है 'गतिरहित'। ऋग्वेद से प्रारंभ कर क्रमशः उत्तरोत्तर चढ़ते हुए अथर्ववेद तक पहुंचकर मनुष्य 'स्थितप्रज्ञता' प्राप्त कर लेता है। वास्तव में वेदों के विषय परस्पर मिले हुए हैं। वे भेदक-रेखाएं मात्र समझने के लिए हैं। सभी वेद ज्ञान, कर्म व उपासना के विषयों का वर्णन करते हैं तथा मनुष्य को उसका चरम उद्देश्य सिद्ध करने के लिए प्रेरित करते हैं।

वेदों का आरंभ : दिव्यरचना का सिद्धांत

वेदों की रचना का आरंभ कैसे व कहां से हुआ अथवा वेद किस तरह आविर्भूत हुए, इस विषय में एकाधिक मत प्राप्त होते हैं। स्वयं वेदों के साक्ष्य से वेदों के ईश्वरकृत होने का प्रमाण मिलता है। ऋग्वेद (10.90.7), यजुर्वेद (31.7) तथा अथर्ववेद (10.7.20) में वेदों को ईश्वर से उत्पन्न माना गया है। भारतीय-परंपरा के अनुसार वैदिकज्ञान नित्य है एवं सृष्टि की रचना के आदि में ईश्वर ने वेदों

की रचना की। वेदांतदर्शन के अनुसार वेद अनादि तथा अपौरुषेय (किसी पुरुष के द्वारा न रचित) ज्ञान है, जो प्रलय के बाद भी बना रहता है एवं सृष्टि के आदि में पुनः ईश्वर के द्वारा आविर्भूत होता है। इस मत के अनुसार, जैसे ईश्वर अनादि, अनंत और अविनश्वर है, वैसे ही वेद भी अनादि, अनंत और अविनश्वर हैं। सृष्टि की रचना होने पर ईश्वर द्वारा यह ईश्वरीयज्ञान ऋषियों के अंतःकरण में प्रकाशित होता है और गुरुशिष्य-परंपरा से संसार में प्रवर्तित होता रहता है। प्रलय होने पर वह ज्ञान ईश्वर में समाहित हो जाता है।

एक और परंपरा के अनुसार, ब्रह्मा के चार मुखों से चार वेदों की रचना हुई। श्वेताश्वतर-उपनिषद् में कहा गया है कि सृष्टि के प्रारंभ में परमेश्वर ने ब्रह्मा को उत्पन्न किया और उसके लिए वेदों को भेजा।

यो ब्रह्माणं विदधाति पूर्वं यो वै वेदांश्च प्रहिणोति तस्मै *(श्वेताश्वतर उपनिषद् 6.18)*। बृहदारण्यक उपनिषद् में वेदों को 'ईश्वर का निःश्वास' बताया गया है।

अऽस्य महतो भूतस्य निःश्वसितमेतद् ऋग्वेदो यजुर्वेदः सामवेदोऽथर्वाङ्गिरसः *(बृहदारण्यक उपनिषद् 2.4.10)*। वेदों के भाष्यकार सायणाचार्य भी इसी मत का समर्थन करते हुए कहते हैं:

यस्य निःश्वसितं वेदा यो वेदेभ्योऽखिलं जगत्।
निर्ममे तमहं वन्दे विद्यातीर्थं महेश्वरम् ॥

अर्थात् 'जिस परमात्मा के वेद निःश्वास के समान हैं और जिसने वेदों से सारे संसार का निर्माण किया, उस विद्या के सागर परमात्मा को प्रणाम है।'

शतपथ-ब्राह्मण (11.5.20.3) में कहा गया है कि अग्नि, वायु और सूर्य ने तपस्या करके तीन वेदों को पाया। इसी मत का समर्थन मनुस्मृति (1.23) में किया गया है। अथर्ववेद का प्रथम ज्ञान अंगिरा ऋषि को हुआ था *(मनुस्मृति 2.151)*। महाभारत के वनपर्व में भी यही बात अलग शब्दों में कही गई है:

युगान्तेऽन्तर्हितान् वेदान् सेतिहासान् महर्षयः।
लेभिरे तपसा पूर्वमनुज्ञाता स्वयंभुवा ॥

अर्थात् 'युग के अंत में वेदों का अंतर्धान हो जाता है। सृष्टि के आरंभ में स्वयंभू के द्वारा अनुशासित महर्षि लोगों ने उन्हीं वेदों को इतिहास के साथ अपनी तपस्या के बल पर प्राप्त किया।'

वर्तमानकाल में ऋषि दयानंद ने भी वेदों के उद्भव पर विचार किया तथा उन्हें अपौरुषेय (जो मनुष्य द्वारा रचित नहीं हैं) और ईश्वरीय रचना ही माना। सृष्टि के प्रारंभ में ईश्वर ने यह ज्ञान मानवमात्र के कल्याण के लिए ऋषियों

के अंतःकरण में प्रकाशित किया था। सृष्टि की रचना 1,96,08,52,976 वर्ष पूर्व हुई, तो वेद भी उतने ही प्राचीन हैं *(ऋग्वेदभाष्य भूमिका पृ. 23)*।

उपर्युक्त विवेचन से स्पष्ट होता है कि परंपरा की दृष्टि में वेद दिव्यरचनाएं हैं। अग्नि, वायु, आदित्य तथा अंगिरा ऋषियों (जिन्होंने परमेश्वर से इस ज्ञान को पाया) ने मानवकल्याण के लिए यह ज्ञान संसार में प्रकाशित किया। इसके बाद जिन ऋषियों ने वेदमंत्रों का ज्ञान पाया या इनमें निहित अर्थों को सर्वप्रथम जाना, वे मंत्र उन्हीं ऋषियों के नाम से प्रसिद्ध हुए।

वेदों का आरंभ : आधुनिक दृष्टिकोण

वेदों का अध्ययन करने वाले पाश्चात्य विद्वान् तथा उनके अनुयायी व वर्तमान भारतीय विद्वान् परंपरागत मत का समर्थन नहीं करते हैं। उनके अनुसार वेद ऋषियों के द्वारा प्रणीत शब्द-राशि हैं। सामान्य ग्रंथों के समान वेद भी ग्रंथ हैं। इसलिए जो ऋषि उसके मंत्र-विशेष से संबद्ध हैं, वे ही वस्तुतः उसके रचयिता हैं।

जब किसी ग्रंथ की बात होती है, तब सबसे पहले मन में उसके 'रचनाकार' का प्रश्न उठता है। वेदों के संबंध में भी यह प्रश्न कुछ उलझा हुआ-सा है। इसी कारण वेदों के आविर्भाव के विषय में बहुत से मत मिलते हैं। स्वयं वैदिकवाङ्मय में तथा अन्यत्र भी वेदों की उत्पत्ति के विषय में अलग-अलग विचार हैं। इन मतों और विचारों को निम्नलिखित तीन रूपों में वर्गीकृत किया जा सकता है :

भारतीय-परंपरा वेदों को अपौरुषेय मानती है। अपौरुषेय का अर्थ है कि किसी पुरुष या स्त्री ने इनकी रचना नहीं की है। इस परंपरा के अनुसार वेद स्वतः आविर्भूत होते हैं। प्रलय के पश्चात् जब सृष्टि अस्तित्व में आती है, तभी वेदों का भी आविर्भाव होता है। शतपथब्राह्मण के 14वें कांड में कहा गया है :

यथा प्रदीप्तात् पावकात् विस्फुलिंगा एवं वा व्युच्चरन्ति एवं वा अरे अस्य महतो भूतस्य निःश्वसितमेतद् यद् ऋग्वेदो यजुर्वेदः सामवेदोऽथर्वाङ्गिरस इति।

अर्थात् 'जैसे प्रज्ज्वलित अग्नि से छोटी-छोटी चिनगारियां निकलती हैं, उसी प्रकार महाभूत परमात्मा के निःश्वास रूप से चारों वेद प्रकट होते हैं।' उपनिषदों में भी यही कहा गया है तथा सायणाचार्य (वेदभाष्यकार) ने भी ऋग्वेदभाष्यभूमिका में यही कहा है :

यस्य निःश्वसितं वेदा यो वेदेभ्योऽखिलं जगत्।
निर्ममे तमहं वन्दे विद्यातीर्थं महेश्वरम् ॥

अर्थात् 'जिस परमात्मा के वेद निःश्वसित के समान हैं और जिसने वेदों से सारे संसार का निर्माण किया, उस विद्यासागर परमात्मा को नमस्कार है।' अनेक भारतीय- दर्शन भी इस परंपरा में विश्वास रखते हैं; जैसे श्वास-प्रश्वास के ग्रहण-धारण में मनुष्य स्वतंत्र नहीं है, उसी तरह वेद-निर्माणप्रक्रिया में ईश्वर स्वतंत्र नहीं है। नित्यवेद उससे प्रकट भर हो जाते हैं।

दूसरे मत के अनुसार, वेदों की रचना परमात्मा ने की है। वेद अकस्मात् प्रादुर्भूत नहीं होते। न्याय तथा वैशेषिकदर्शन में कहा गया है कि जब-जब सृष्टि होती है, तब-तब ये वेद इसी रूप में परमात्मा द्वारा निर्मित होते हैं, जैसा कि ऋग्वेद में कहा गया है:

तस्माद् यज्ञात्सर्वहुतः ऋचः सामानि जज्ञिरे।
छन्दांसि जज्ञिरे तस्माद् यजुस्तस्मादजायत ॥

(ऋग्वेद 10.90.9)

अर्थात् सबके द्वारा बुलाए जाने वाले यजनीय परमात्मा से ऋक्, यजुष्, साम और छंद अर्थात् अथर्व प्रकट हुए। मनुस्मृति में भी ब्रह्मा से ही वेदों के आविर्भाव की बात कही गई है *(मनुस्मृति 1.231)*। ऋषि मंत्रकर्ता नहीं थे, वे 'मंत्रद्रष्टा' थे अर्थात् उन्होंने मंत्रों का साक्षात्कार किया था।

तीसरा और अंतिम मत जो वेदों के कर्तृत्व (रचनाकार) के संबंध में मिलता है, उसके अनुसार, ऋषिगण (जिनके नाम सूक्तों के ऊपर दिए गए हैं) ही वेदमंत्रों के रचयिता हैं। ईश्वर के अनुग्रह से उन्हें यह वैदिक ज्ञान प्राप्त हुआ। वैदिक वाङ्मय में इस तरह के संदर्भ भी मिलते हैं :

यामृषया मंत्रकृतो मनीषिणः
अन्वैच्छन् देवास्तपसा श्रमेण
तां दैवीं वाचं हविषा यजामहे
सा नो दधातु सुकृतस्य लोके ॥

(तैत्तिरीय ब्राह्मण 2.7.7)

अर्थात् 'मनीषा और मंत्रकर्त्ता तथा दैवीगुणों से युक्त ऋषियों ने जिस दैवीवाक् का अन्वेषण किया, उसे प्राप्त और प्रकट किया– हम उसी की आराधना करते हैं, वह हमें पुण्यलोक में प्रतिष्ठित करे।' इसी प्रकार यही ब्राह्मणग्रंथ एक स्थान (4.1.1) पर कहता है:

'नमः ऋषिभ्यो मंत्रकृदभ्यो मंत्रपतिभ्यः।'

अर्थात् 'ऋषियों और मंत्रकर्त्ताओं तथा मंत्र-पतियों को नमस्कार।'

इसी मत को आज के युग में भारतीय और पाश्चात्य सभी विद्वान् बुद्धिग्राह्य मानते हैं। इसके अनुसार, ईश्वर से ब्रह्मा और ब्रह्मा से ऋषियों को ज्ञान प्राप्त हुआ। इस प्रकार से ज्ञान (वेद) को एक प्रकार की दिव्यता से सदा ही संबद्ध किया गया। यह भारत में ही नहीं अन्यत्र भी हुआ है, जैसे यहूदी 'ओल्ड-टेस्टामेंट' और ईसाई 'न्यू-टेस्टामेंट' को 'ईश्वरीयज्ञान' ही मानते हैं।'

वेदव्यास का वेदों से संबंध

वेदव्यास ने वेद की संहिताओं का संकलन किया, जिसका उल्लेख महाभारत में मिलता है :

'वेदान् विव्यास यस्मात्स वेदव्यास इति स्मृतः।'

(महाभारत आदिपर्व 64.130)

अर्थात् वेदों के संकलन के कारण ही वे वेदव्यास कहलाए। भारतीय परंपरा के अनुसार कुछ ऐसी प्राचीन मान्यता भी है कि प्रथम एक ही 'वेद' था, पर बाद में यज्ञ की आवश्यकता को लक्ष्य कर अथवा लोगों के पठन की सुविधा की दृष्टि से एक को चार भागों में बांट दिया गया। संहिताओं[1] का पठन-पाठन अक्षुण्ण रहे, इस उदात्त अभिलाषा से व्यासजी ने अपने चार शिष्यों को इन्हें पढ़ाया। व्यासजी को भी यह ज्ञान ब्रह्मा (सृष्टिकर्ता) से मिला। कहा जाता है कि ब्रह्मा के चार मुखों से 'चार वेद' निःसृत हुए। 'ब्रह्मा' को भी यह ज्ञान परमेश्वर (जो ब्रह्मा, विष्णु व शंकर से भी परे हैं) से मिला।[2]

जो भी हो, वेदव्यास ने 'पैल' को ऋग्वेद, 'जैमिनि' को सामवेद, 'वैशंपायन' को यजुर्वेद तथा 'सुमंतु' को अथर्ववेद का अध्ययन करवाया।[3]

वेदों का महत्त्व

वेद की विभिन्न परिभाषाओं से ही वेद का महत्त्व सिद्ध हो जाता है, क्योंकि ये परिभाषाएं ज्ञान, विज्ञान, अध्यात्म, धर्म सबका मूल वेद को ही मानती हैं।

---

1. **संहिता शब्द का अर्थ ही है 'संकलन'।**
2. **भागवत पुराण 9.14.48।**
3. **तत्रग्वर्देधरः पैलः सामगो जैमिनिः कवि।**
   वैशम्पायन एवैको निष्णातो यजुषामुत।
   अथर्वाङ्गिरसामासीत् सुमन्तुर्दारुणो मुनिः।

   (भागवतपुराण 1.4.21-22)

धार्मिक महत्त्व

धार्मिक दृष्टि से वेद भारत में सर्वोपरि हैं। ये हिंदूधर्म के मूलस्रोत हैं– **'वेदोऽखिलो धर्ममूलम्'** *(मनुस्मृति 2.6)*। वस्तुतः ये समस्त धर्मों के श्रेष्ठ तत्त्वों से युक्त हैं। इसलिए मनु ने इन्हें धर्ममात्र का मूल स्रोत कहा है:

यः कश्चित् कस्यचिद् धर्मो मनुना परिकीर्तितः।
स सर्वोऽभिहितो वेदे सर्वज्ञानमयो हि सः ॥

(मनुस्मृति 2.7)

वास्तव में जो धर्म के विषय में जिज्ञासु हैं, उनके लिए वेद ही परम प्रमाण है:

'धर्मं जिज्ञासमानानां प्रमाणं परमं श्रुतिः।'

(मनुस्मृति 2.13)

मनुस्मृति में वेद को 'देव, पितर और मनुष्य– सभी का नेत्र बताया है' *(मनुस्मृति 12, 94)*। जैसे लौकिक वस्तुओं के साक्षात्कार के लिए नेत्र उपयोगी होते हैं, वैसे ही अलौकिक तत्त्वों के रहस्य को जानने के लिए 'वेद' की उपयोगिता है।

यज्ञसंस्था के उद्भव और विकास, संस्कारों सहित समस्त गृह्यानुष्ठानों का विवरण, वर्णाश्रम-व्यवस्था, पुरुषार्थ-चतुष्टय (धर्म, अर्थ, काम, मोक्ष), तीन ऋणों (देव, पितृ, ऋषि) तथा पंच-महायज्ञों (ब्रह्मयज्ञ, पितृयज्ञ, देवयज्ञ, भूतयज्ञ, अतिथियज्ञ) आदि का निरूपण वेदों में किया गया है। यही नहीं, तीनों लोकों, तीनों कालों के संबंध में सब कुछ वेद से सिद्ध होता है अर्थात् वेद में संपूर्ण ज्ञान निहित है *(मनुस्मृति 12.97)*। हिंदुओं के संस्कारों में आज भी वेदमंत्रों का उच्चारण किया जाता है।

स्मृतिग्रंथों (या अन्य साहित्य; जैसे– रामायण, महाभारत, पुराण आदि) में जो धर्म का आदर्श या आचरण के सिद्धांत वर्णित हैं, वे सब श्रुति (वेद) पर ही आधारित हैं। दोनों के मध्य संशय या दुविधा होने पर श्रुति (वेद) को ही महत्त्व दिया जाता है।

दार्शनिक महत्त्व

दर्शन शब्द दृश् धातु से बना है, जिसका अर्थ देखना होता है, परंतु 'दर्शन' का अर्थ मात्र आंखों से देखना ही नहीं होता। वह 'देखना'– भीतर– अपने भीतर झांकना होता है, और संसार के भीतर समाए एक तत्त्व को जानने-समझने की कोशिश करना होता है। जो कुछ दृष्टिगत होता है वह सब क्या है, वह कब

तथा कैसे उत्पन्न हुआ? यह समस्त जिज्ञासा मानवमन में स्वतः उत्पन्न होती है। इसके समाधान हेतु - सृष्टिप्रकरण के निरूपण करने का शास्त्र 'दर्शन' नाम से अभिहित होता है। प्रथम दर्शनयुक्ति के द्वारा होता है। तदन्तर तद्विषयक ज्ञान उत्पन्न होता है। अन्ततः ज्ञान का परिणाम चरित्र होता है। अतः दर्शन, ज्ञान, चरित्र में भी प्रथम स्थान दर्शन का ही होता है। कहना न होगा, यह जानना-समझना हर व्यक्ति का भिन्न-भिन्न हो सकता है, इसीलिए दर्शन के सिद्धांत भी भिन्न-भिन्न हैं। हमारे सभी आस्तिकदर्शन अपना मूल वेद को ही बताते हैं। ये दर्शन हैं : न्याय, वैशेषिक, सांख्य, योग, मीमांसा तथा वेदांत। ईश्वर तथा वेद में विश्वास करने वाले को ही आस्तिक माना जाता है। वेद की निंदा करने वाले को— **नास्तिको वेद निन्दकः** *(मनुस्मृति 2.11)* कहा जाता है।

सामाजिक, राजनैतिक और सांस्कृतिक महत्त्व

सामाजिक, राजनैतिक एवं सांस्कृतिक दृष्टि से उपयोगी विभिन्न संस्थाओं का मूल भी वेदों में खोजा जा सकता है। ऋग्वेद के प्रसिद्ध पुरुषसूक्त में चारों वर्णों का उल्लेख हुआ है। इन सब वर्णों के कार्यों, कर्त्तव्यों तथा आचरणों का भी उल्लेख है। सामाजिक शिष्टाचार, स्वजनों तथा मान्यों के प्रति कैसे व्यवहार किया जाए— इन सबसे संबद्ध अनेक उपदेश मंत्रों में मिलते हैं। राष्ट्ररक्षा, उसके विविध उपाय, विभिन्न शासन प्रणालियों, संस्थाओं व सिद्धांतों के उल्लेख भी यहां मिलते हैं। प्रजातांत्रिक पद्धति के अनुरूप वैदिकवाङ्मय में 'सभा' और 'समिति' जैसी संस्थाओं का वर्णन हुआ है। आर्थिक नीतियों और सिद्धांतों के निर्धारण की दिशा में भी वेद मार्गदर्शन करते हैं।

विभिन्न प्रकार के व्यवसाय करने वाले लोग भी मिलजुल कर सुख-शांति से कैसे रहें— ये सूचनाएं यहां *(ऋग्वेद 9.112.3)* खूब मिलती हैं। संस्कृति का सिद्धांत है— सबसे मिलकर रहना तथा बांटकर खाना। वेद परिवारी-जनों के सौमनस्य के साथ-साथ समष्टिगत सौमनस्य की बात तो करता ही है, साथ ही 'अकेले खाने वाले को पाप का भागी भी बताता है' *(ऋग्वेद 10.117.6)*। इससे बढ़कर 'साम्यवाद' क्या होगा?

ऐतिहासिक एवं भौगोलिक महत्त्व

विश्वपुस्तकालय की प्रथम रचना होने के कारण 'मानव' के इतिहास का प्रश्न हो या 'विश्व' के इतिहास की बात, सभी उत्तरों के लिए 'ऐतिहासिक विद्वानों' को ऋग्वेद से ही प्रारंभ करना होगा। भारतीय-इतिहास के संबंध में भी यही

कहा जा सकता है। वास्तव में उस सुदूरकाल के इतिहास के परिज्ञान के लिए हमारे पास और कोई विश्वसनीय साधन है भी नहीं। सप्तसैंधव-प्रदेश का इतिहास, भूगोल, पर्वतों, नदियों, दाशराज्ञ-युद्ध, विभिन्न राजाओं और जनसमूहों के विषय में वेदों में असीम सामग्री संचित है। गुजरात तथा हरियाणा के कई स्थानों पर की गई खुदाई के अवशेषों से सिद्ध होता है कि सिंधु-घाटी की सभ्यता और वैदिक-सभ्यता में अभिन्नता थी। सुदूर राजस्थान के जैसलमेर जैसे क्षेत्रों में जहां आज रेत ही रेत है— वैदिककाल में वहां सागर लहराता था, जैसा कि वेद में वर्णित सागर के वर्णनों से पता चलता है।

साहित्यिक महत्त्व

इतिहास में एक ऐसा काल आया जरूर था, जब वेदमंत्र महज़ यज्ञ में विनियुक्त होने वाले मंत्र बनकर रह गए थे। परंतु इधर कुछ समय से वेदों के काव्यात्मक सौंदर्य पर भी विद्वानों की दृष्टि गई है। ऋग्वेद के वाक्सूक्त में भाषा की सामर्थ्य का निरूपण किया गया है। भाषा संवाद का सशक्त माध्यम है। मनुष्य, मनुष्य के भावों को भाषा के माध्यम से ही जानता है। मनुष्य और देवों के मध्य संप्रेषण भी वेदमंत्रों के माध्यम से ही होता था। भाषा में शब्दों की विविधता, क्रियाओं के भेद, प्रत्ययों, उपसर्गों के भेद आदि, सभी दृष्टि से वैदिक-संस्कृत लौकिक-संस्कृत (रामायण से प्रारंभ होने वाली) से कहीं अधिक समृद्ध है, अधिक लोचपूर्ण है। इस भाषा का अध्ययन संस्कृत के प्रातिशाख्य-ग्रंथों और यास्क के निरुक्त में हुआ है। 19-20वीं सदी में भाषा-विज्ञान का तुलनात्मक दृष्टि से अध्ययन करने का प्रयास अनेक पाश्चात्य विद्वानों ने किया है, जिसमें वैदिक-संस्कृत को मूल आधार बनाया गया है।

वैज्ञानिक दृष्टि से वेदों का महत्त्व

वेदों में अनेक स्थानों पर विज्ञान पर समुचित प्रकाश डाला गया है। उनमें अनेक वैज्ञानिक तथ्य उपलब्ध होते हैं। अंतिम वैज्ञानिक विवेचना आचार्य यास्क की है। इसके पश्चात् वैज्ञानिक तथ्य अर्थवाद की कोटि में संलिप्त होकर विस्मृत की गह्वर गुफाओं में अंतर्ध्यान हो गये। परिणामस्वरूप परवर्ती वेद भाष्यकारों की भी दृष्टि में विज्ञान उपेक्षित होता गया। आधुनिक युग में एक और सुखद प्रवृत्ति उभरी है, वह है वैज्ञानिक दृष्टि से वेदों का अध्ययन। यद्यपि वेद कोई विज्ञान की पुस्तकें नहीं हैं, इसलिए उनमें विज्ञान के सिद्धांतों को नहीं खोजा जा सकता। परंतु फिर भी विज्ञान की विभिन्न शाखाओं— भौतिकी, गणित, आयुर्विज्ञान, वनस्पतिशास्त्र आदि की दृष्टि से वेदों का

अध्ययन हुआ है। पं. मधुसूदन ओझा, गिरिधर शर्मा चतुर्वेदी आदि ने वेदों में निहित विज्ञान के तथ्यों का अध्ययन किया है। वैदिकगणित पर भी कई ग्रंथों का प्रणयन हुआ है।

आधुनिक युग की सबसे बड़ी समस्या है— पर्यावरण-प्रदूषण। उत्साहजनक बात यह है कि इस समस्या के समाधान में भी वेद सहायक होता है। वेदों के अध्ययन से अनेक ऐसे सूत्र सामने आते हैं, जो इस समस्या से मुक्ति दिलवा सकते हैं। उल्लेखनीय है कि वैदिक समाज में पर्यावरण – संरक्षण के प्रत्येक पहले पर ध्यान दिया गया था। तत्कालीन समाज में भूमि को ईश्वर के समतुल्य, माता माना जाता था– " माता भूमिः पुत्रो अहं पृथिव्या" – वैदिक युग में वायु, जल, ध्वनि, मृदा, खाद्य वन्य जीव, वन्य सम्पदा, खनिज, सभी की रक्षा पर ध्यान दिया जाता था। ऋग्वैदिक काल में प्राण वायु (Oxygen) तथा विषैली वायु (Carbondioxide) की पहचान कर ली गयी थी ~ 'द्वाविमौ वातौ वात आ सिन्धोरा परावतः। दक्षं ते अन्य आ वातु परान्यो वातु यद्रपः।।' (ऋग्वैद 10/137/2) - अर्थात् दोनों प्रकार की प्रत्यक्षभूत वायु सिन्धु पार तक तथा प्रदेश पर्यन्त प्रवाहित होती है। इनमें एक तो बलवर्द्धक है दूसरी, दूषित, उसे परे फेंक देती है। इसी प्रकार यजुर्वेद (27/2) में वर्णित है। अथर्ववेद (3/12/4) निवास के सन्निकट शुद्ध जलाशय या जल उपलब्धि को मृत्यु से रक्षा करने वाला कहता है – "इमा आपः प्र भराभ्ययक्ष्मा यक्ष्मनाशनीः। गृहानुप प्र सीदाम्यमृतेन सहाग्निना।" पृथ्वी को समस्त वनस्पतियों की माता तथा मेघ को पिता कहा गया है। मेघ वृष्टि द्वारा ही पृथ्वी का गर्भाधान कर सस्य उत्पन्न कराता है – "यस्यामन्नं व्रीहियवौ यस्मा इमाः पञ्चकृष्टमः। भूम्यै पर्जन्य पत्न्यै नमोऽस्तु बर्षमेदसे।।" (अथर्ववेद 12/1/42)। इस दिशा में यूं तो समय-समय पर वैदिक-संगोष्ठियों में 'शोध-पत्र' पढ़े जाते रहे हैं, पर इस विषय पर कुछ सार्थक काम भी हुआ है। कुछेक पुस्तकों के नाम लिए जा सकते हैं; जैसे– 'इकोलॉजिकल रीडिंग्स इन द वेद' (एम. वाननुकी), 'वेद तथा पर्यावरण' (डॉ. उर्मिला रस्तोगी) 'संस्कृत, संस्कृति और पर्यावरण' तथा 'वेदों में पर्यावरण संरक्षण' (डॉ. प्रवेश सक्सेना) ने इन पुस्तकों में बताया गया है कि एक ओर वैदिक-संस्कृति प्रकृति का सम्मान करना सिखाती है, तो दूसरी ओर 'यज्ञ' के माध्यम से पर्यावरण को शुद्ध रखने के लिए प्रेरित करती है।'

❀ ❀ ❀

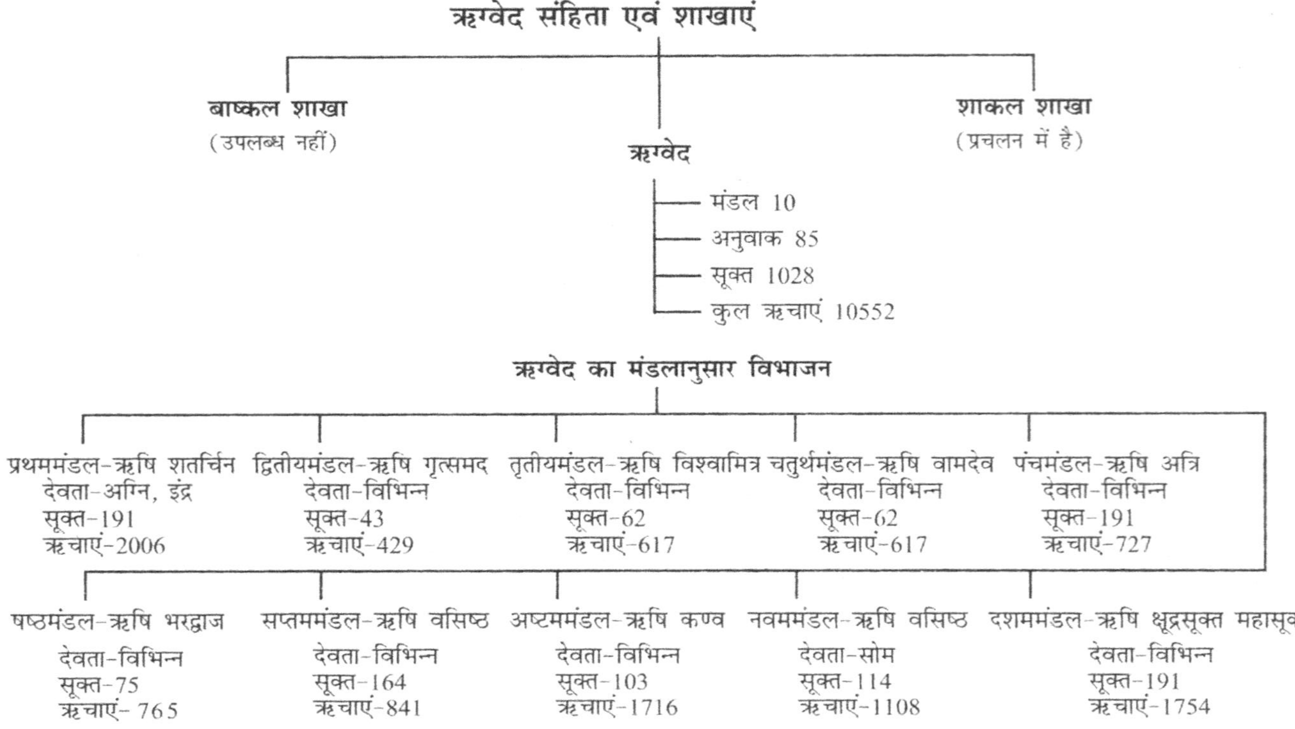
ऋग्वेद संहिता एवं शाखाएं
बाष्कल शाखा
(उपलब्ध नहीं)
ऋग्वेद
शाकल शाखा
(प्रचलन में है)
मंडल 10
अनुवाक 85
सूक्त 1028
कुल ऋचाएं 10552
ऋग्वेद का मंडलानुसार विभाजन
प्रथममंडल-ऋषि शतर्चिन
देवता-अग्नि, इंद्र
सूक्त-191
ऋचाएं-2006
द्वितीयमंडल-ऋषि गृत्समद
देवता-विभिन्न
सूक्त-43
ऋचाएं-429
तृतीयमंडल-ऋषि विश्वामित्र
देवता-विभिन्न
सूक्त-62
ऋचाएं-617
चतुर्थमंडल-ऋषि वामदेव
देवता-विभिन्न
सूक्त-62
ऋचाएं-617
पंचमंडल-ऋषि अत्रि
देवता-विभिन्न
सूक्त-191
ऋचाएं-727
षष्ठमंडल-ऋषि भरद्वाज
देवता-विभिन्न
सूक्त-75
ऋचाएं- 765
सप्तममंडल-ऋषि वसिष्ठ
देवता-विभिन्न
सूक्त-164
ऋचाएं-841
अष्टममंडल-ऋषि कण्व
देवता-विभिन्न
सूक्त-103
ऋचाएं-1716
नवममंडल-ऋषि वसिष्ठ
देवता-सोम
सूक्त-114
ऋचाएं-1108
दशममंडल-ऋषि क्षुद्रसूक्त महासूक्त
देवता-विभिन्न
सूक्त-191
ऋचाएं-1754

द्वितीय अध्याय

ऋग्वेद-संहिता

ऋग्वेद का संग्रहात्मक स्वरूप

ऋग्वेद की इक्कीस शाखाएं मानी जाती हैं, परंतु अब उनमें से केवल दो– बाष्कल और शाकल शाखाएं ही उपलब्ध हैं। इनमें से भी पूर्णरूप में तो शाकलशाखा ही उपलब्ध है और वही प्रचलित भी है। ऋग्वेद (ऋक्-ऋच् वेद) ऋचाओं का वेद है। इसमें जो मंत्र संगृहीत हैं, उन्हें ऋचा या ऋक् कहते हैं। छंदोबद्ध या पद्यबद्ध मंत्रों को ऋचा कहा जाता है। संहिता शब्द का अर्थ होता है– संग्रह, इस प्रकार ऋचाओं का संग्रह ही ऋग्वेद-संहिता है। इस ग्रंथ में कुल 10552 ऋचाएं हैं, जोकि 1028 सूक्तों में विभक्त हैं। प्रायः एक-एक देवता या विषय को समर्पित थोड़ी-थोड़ी ऋचाएं अलग-अलग 'सूक्तों' के अंतर्गत संगृहीत हुई हैं। ये कुछ सूक्त मिलकर 'मंडल' बनाते हैं। ऋग्वेद में कुल दस मंडल हैं। ऋग्वेद के इन मंडलों के अंतर्गत सूक्तों में ग्यारह बालखिल्य सूक्त[1] (जिन्हें प्रक्षिप्त माना जाता है) भी सम्मिलित हैं। मंडलों (10) का विभाजन अनुवाकों (85)[2] में हुआ है तथा अनुवाक विभक्त हैं सूक्तों (1028) में। वेदों की विशुद्धता के बारे में वैदिक ऋषि इतने जागरूक थे कि ऋचाओं की कौन कहे, अक्षरों तक को उन्होंने गिन रखा है। ऋचाओं के शब्दों की संख्या 1 लाख 53 हजार 8 सौ 26 है तथा अक्षरों की संख्या चार लाख बत्तीस हजार है।[3]

---

1. इन्हें परिशिष्ट कहा जाता है।
2. यद्यपि अनुवाकों की संख्या का उल्लेख हुआ है, परंतु सभी प्रकाशित संहिताओं में 'मंडल, सूक्त, मंत्र' का विभाजन ही मिलता है, अर्थात ऋ 1.1.1 का अर्थ है– प्रथम मंडल के पहले सूक्त की पहली ऋचा।
3. यह गणना 'सर्वानुक्रमणी' नामक ग्रंथ में मिलती है।

ऋग्वेद का एक और विभाजन भी किया गया है। इसके अनुसार कुल आठ अष्टक हैं। प्रत्येक अष्टक कुछ ऋचाओं के समूह में विभाजित हैं, जिन्हें 'वर्ग' कहा जाता है। इन वर्गों की कुल संख्या 2024 है, परंतु मंडल, अनुवाक और सूक्त वाला विभाजन ही प्रचलित है।

ऋषि एवं उनके वंशमंडल

ऋग्वेद के प्रत्येक सूक्त पर ऋषि, देवता तथा छंद का नाम मिलता है। लगता है कि पहले ये नाम नहीं दिए गए थे। सर्वप्रथम इनका निर्देश कात्यायन ने अपने ग्रंथ ऋग्वेद-सर्वानुक्रमणी में दिया है। जहां तक ऋषियों के नामों का प्रश्न है, संभवतः कात्यायन ने ब्राह्मणग्रंथों तथा अन्य परंपराओं का अन्वेषण करके ही ऋषियों की सूची बनाई होगी। ऋग्वेद के द्वितीय से सप्तम मंडल तक एक अद्भुत बाह्य एकरूपता दिखाई देती है। इनमें से प्रत्येक मंडल एक-एक ऋषिवंश से संबद्ध है, अतः इन्हें प्रायः ऋषिमंडल या वंशमंडल (Family Books) कहा जाता है। ये मंडल क्रमशः गृत्समद, विश्वामित्र, वामदेव, अत्रि, भरद्वाज और वसिष्ठ ऋषियों अथवा उनके वंशजों से संबद्ध हैं। इनमें सूक्त भी एक विशेष क्रम में रखे गए हैं। इनमें से प्रत्येक मंडल का सर्वप्रथम सूक्तसमूह नियमतः अग्नि को संबोधित है, तत्पश्चात् इंद्र के सूक्त आते हैं और अंत में अन्य देवों के सूक्त। अष्टम मंडल भी इन मंडलों से इस बात में तो समान है कि इसके सूक्त कण्व तथा उनके वंशजों से संबंधित हैं, परंतु कुछ सूक्त कण्व के अतिरिक्त भी अन्य ऋषियों और उनके वंशजों से जुड़े हैं। नवम मंडल की अपनी विशेषता है कि उसके सूक्त निरपवाद रूप से 'सोम' देवता को समर्पित हैं। इस मंडल के सूक्तों पर अंकित ऋषिनाम अधिकतर वही हैं, जो 2-7 मंडल के सूक्तों के ऋषियों के नाम हैं।

अब बचे प्रथम और दशम मंडल। इन मंडलों में ऋषि, देवता तथा छंद सभी की विविधता है। वर्ण्य विषयों की आधुनिकता, दार्शनिकता, लोकप्रियता, भाषागत विशेषताओं जैसे शब्दरूपों तथा संधियों की अर्वाचीनता तथा छंदों की अधिक पूर्णता आदि को ध्यान में रखते हुए अनेक विद्वानों ने इन दोनों मंडलों को परवर्ती माना है। इनके संयोजन के विषय में तर्क दिया जाता है कि प्रथम मंडल में उन ऋषियों के सूक्त संकलित हैं, जिन्हें 'शतर्चिन' कहा गया है अर्थात् जिनमें से प्रत्येक के नाम से लगभग सौ मंत्र हैं। फिर द्वितीय से नवम मंडल तक के ऋषियों को एक 'मध्यमाः' नाम के अंतर्गत रखा गया है और उक्त नाम गिनाए भी गए हैं। अष्टम मंडल के ऋषियों को 'प्रगाथा' तथा नवम मंडल के ऋषियों को पवमान सोम से संबद्ध होने के कारण,

'पावमान्याः' कहा गया है। दशम मंडल के ऋषियों को क्रमशः क्षुद्रसूक्ताः (छोटे सूक्तों वाले) तथा महासूक्ताः (बड़े सूक्तों वाले) कहा गया है।

यहां प्रश्न यह उठता है कि 2-9 मंडल यदि विषयवस्तु की दृष्टि से 1 और 10 से अलग थे, तो इन्हें क्रमशः नौवां, दसवां क्यों नहीं बना दिया गया? भाषा, छंद तथा विषय के तर्कों को लेकर जिस विभाजक रेखा को मान्यता दी गई है, उसे इतना निर्णायक मानना ठीक नहीं लगता, क्योंकि लगभग सभी प्रकार की प्रवृत्तियां सब मंडलों में पाई जाती हैं।

निर्विवाद रूप से यही कहा जा सकता है कि ऋग्वेद एक काल और एक व्यक्ति की रचना नहीं है। यह क्रमशः विकसित एवं संचित एक विशाल ज्ञान-राशि है, जिसकी निर्माणप्रक्रिया में शताब्दियों की अवधि लगी है तथा अनेक भारतीय मनीषियों ने अपने चिंतन को अभिव्यक्ति देकर इसकी रचना में अपना सहयोग दिया है।

ऋग्वेद की विषयवस्तु

ऋग्वेद की ऋचाएं मुख्यतः स्तुतिपरक हैं। यास्काचार्य (निरुक्त के लेखक) ने 'ऋक्' का निर्वचन करते हुए बताया है कि उसे ऋक् इसलिए कहते हैं, क्योंकि उससे अर्चना-स्तुति की जाती है (ऋग् अर्चनी भवति)। ये स्तुतियां अग्नि, इंद्र, सूर्य आदि देवताओं को अर्पित हैं। यास्क ने इन ऋचाओं की विषयवस्तु को मुख्यरूप से तीन भागों में विभक्त किया है— प्रत्यक्षकृत, परोक्षकृत और आध्यात्मिक। प्रत्यक्षकृत ऋचाओं में मध्यमपुरुष का प्रयोग रहता है। परोक्षकृत में प्रथम तथा आध्यात्मिक में उत्तम का। इसके अतिरिक्त स्तुति-प्रशंसा, शपथ-अभिशाप संबंधी मंत्र भी हैं, जिनका उल्लेख निरुक्त के सप्तम अध्याय में यास्क ने किया है।

महत्त्वपूर्ण सूक्त

इसी विभाजन को आधार बनाकर **घाटे महोदय** ने ऋग्वैदिक सूक्तों को धार्मिक, धर्मनिरपेक्ष, लौकिक एवं दार्शनिक सूक्तों के रूप में वर्णित किया है। पाश्चात्य विद्वान् **विंटरनिट्ज** ने सूक्तों की विषयवस्तु का वर्गीकरण इस प्रकार किया है:

1. काव्यात्मक गीत
2. यज्ञीयस्तोत्र
3. दार्शनिक सूक्त
4. आख्यान सूक्त

5. ऐन्द्रजालिक सूक्त
6. धर्मनिरपेक्ष सूक्त
7. दान स्तुतियां
8. प्रहेलिकाएं (ब्रह्मोद्य सूक्त)

1. **काव्यात्मक गीत** : जहां धार्मिक दृष्टि से ऋग्वेद की प्राचीनता का महत्त्व है, वहां ऋग्वेद के गीतों को भी काव्य-कला की दृष्टि से विश्वसाहित्य में प्रमुख स्थान प्राप्त है। ऋग्वेद के काव्यात्मक गीतों में गीतिकाव्य की अमूल्य रत्ननिधि सुरक्षित है। सहज, सरल उपमाएं, नाद सौंदर्य तथा छंदों का लयात्मक निखार वैदिककवि की विशेष उपलब्धियां हैं। सूर्य, उषस्, पर्जन्य तथा मरुत् सूक्तों में विशेषरूप से अभिव्यक्त काव्यत्व मानवमन को आज भी विभोर कर देता है। काव्य का उद्देश्य ही होता है, मन में आनंद की सृष्टि करना। इस दृष्टि से वैदिकऋषि की कविताएं, गीतियां बहुत सुंदर बन पड़ी हैं। उषस्-सूक्तों में वैदिककवि सुंदर-सुंदर रूपकों के लिए होड़-सी करते दिखाई पड़ते हैं :

अव स्यूमेव चिन्वती मघोन्युषा
याति स्वसरस्य पत्नी।

(ऋग्वेद 3.61.4)

अर्थात् 'प्रकाशकिरण के समान अंधकार को दूर करने वाली ऐश्वर्ययुक्त दिन की पत्नी या सूर्यपत्नी उषा आ रही है।' इसी प्रकार से पर्जन्यसूक्तों में वर्षा का काव्यमय एवं मनोहर चित्रण मिलता है। जब बादल गरजते हैं तथा बिजली चमकती है, तब औषधियां, वनस्पतियां जल पीने लगती हैं तथा आकाश पुष्ट होने लगता है:

प्र वाता वान्ति पतयन्ति विद्युत उदोषधिर्जिहते पिन्वते स्वः।
इरा विश्वस्मै भुवनाय जायते यत् पर्जन्यः पृथिवीं रेतसावति ॥

(ऋग्वेद 5.83.4)

2. **यज्ञीयस्तोत्र** : ऋग्वेद 'स्तुति का वेद' है अर्थात् अलग-अलग देवों के विभिन्न रूपों की स्तुतियां ही वैदिकऋषियों द्वारा की गई हैं। ऋग्वेद की उपासना-पद्धति में हमें एक आडंबररहित सामान्य स्तुति-प्रार्थना-रूप विधि के दर्शन होते हैं। इसमें संदेह नहीं कि ऋग्वेद में यज्ञ और दक्षिणा की प्रेरणा दी गई है और यज्ञ मुख्यतया हवन-रूप अभिप्रेत है, परंतु परवर्ती आडंबरपूर्ण तथा वैभवशाली जटिल, विस्तृत यज्ञ ऋग्वेद के वातावरण से मेल नहीं खाते। मंत्रों द्वारा एक ओर तो इष्ट के विभिन्न नाम-रूपों की स्तुति और उनका आवाहन किया जाता

है, तो दूसरी ओर सूक्त के अंत में प्रायः गौ, पुत्र, धन आदि के लिए प्रार्थना की जाती है। इन सूक्तों में एकरसता का भाव इसीलिए स्वतः आ गया है तथा साथ ही विभिन्न देवताओं की स्तुति करते समय समान विशेषताओं का प्रयोग भी हुआ है। यज्ञ के माध्यम से एक ओर वैदिक ऋषि पूर्णसमर्पण की भावना को अभिलक्षित करता है, तो दूसरी ओर सारे वातावरण की शुद्धि तथा सर्वकल्याण की भावना को अभिव्यक्त करता है। परमेश्वर सबका मित्र है, वह सूर्यरूप में सब ओर अपनी आभा बिखेर रहा है। उसको 'घृत' की, उत्तम पदार्थ की आहुति अर्पित करो– ऐसा आदेश वैदिक ऋषि देता है–

'मित्राय हव्यं घृतवज्जुहोत।'

इसके अतिरिक्त यज्ञीयसूक्तों के अंतर्गत 'विश्वेदेवाः' को संबोधित ऋचाएं ली जा सकती हैं। यज्ञ में 'सोम' (रस जो सोमलता को पीसकर बनाया जाता था) का भाग उन्हें देकर ऋषि प्रसन्न करता है। इसके अतिरिक्त कई भाष्यकारों जैसे सायणाचार्य आदि ने सामान्य स्तुति के सूक्तों की भी कर्मकांडपरक व्याख्याएं की हैं तथा मंत्रों के यज्ञों में विनियोग की बात कही है। 'आप्रीसूक्त' में कुछ देवी-देवताओं का आवाहन किया गया है। ये सूक्त भी यज्ञीयस्तोत्रों में गिने जाते हैं, क्योंकि 'आप्री' का अर्थ है 'प्रसन्न करने वाले'। सोम को समर्पित नवम मंडल में भी सोम के सवन (अर्थात निचोड़ना) की प्रक्रिया का बार-बार उल्लेख किया गया है। सोमयाग में सोमपान के लिए इंद्र को बुलाया जाता है तथा सोम और इंद्र की साथ-साथ स्तुति की जाती है। अंत्येष्टि-सूक्तों की गणना भी इन्हीं यज्ञीय-स्तोत्रों के अंतर्गत की जाती है। ये सूक्त *(ऋग्वेद 7.35.1, 18.10)* इस बात के भी प्रमाण हैं कि शुद्ध याज्ञिक-उद्देश्य के लिए रचित सूक्तों में भी काव्यात्मकता बरकरार रह सकती है। सोम-सूक्तों में काव्य के तत्त्व प्रचुरता से विद्यमान हैं।

3. दार्शनिक सूक्त : दीर्घतमस् ऋषि की एक लंबी कविता *(ऋग्वेद 1.164.1-52)* तथा दशममंडल के अनेक सूक्त पुरुषसूक्त (10.90) नासदीय-सूक्त (10.129.9) हिरण्यगर्भ-सूक्त (10.121) तथा वाक्-सूक्त (10.145) अपनी दार्शनिक गंभीरता, गाढ़ानुभूति तथा नवीन कल्पना के कारण अत्यन्त प्रसिद्ध हैं। दीर्घतमस् ऋषि का निम्नलिखित मंत्र सर्वाधिक प्रसिद्ध मंत्र है, जो प्रायः सभी विद्वानों द्वारा 'अनेकत्व में एकत्व' की अनुभूति के लिए उद्धृत किया जाता है :

इंद्रं मित्रं वरुणमग्निमाहुरथो दिव्यः स सुपर्णो गरुत्मान्।
एकं सद् विप्रा बहुधा वदन्त्यग्निं यमं मातरिश्वानमाहुः।

(ऋग्वेद 1.164.46)

अर्थात् 'एक सत् (वस्तु या तत्त्व) है, उसी का ज्ञानी लोग अनेक प्रकार से वर्णन करते हैं। उसी को इंद्र, मित्र, वरुण और अग्नि कहते हैं और वह दिव्य सुपर्ण और गरुत्मान् है।' जीवात्मा, परमात्मा तथा प्रकृति (जिसके आधार पर स्वामी दयानंद ने अपने 'त्रैतवाद' के सिद्धांत की स्थापना की) का वर्णन करने वाला प्रसिद्ध मंत्र भी इसी सूक्त में है:

द्वा सुपर्णा सयुजा सखाया समानं वृक्षं परिषस्वजाते
तयोरन्यः पिप्पलं स्वाद्वत्त्यनश्वनन्नन्यो अभिचाकशीति ॥

(ऋग्वेद 1.164.20)

अर्थात् 'हमेशा साथ रहने वाले तथा अत्यंत मित्र दो उत्तम पंख वाले पक्षी एक ही वृक्ष का आलिंगन किए हुए हैं। उनमें एक उस पेड़ के मीठे-मीठे फलों को खाता है और दूसरा उन फलों को न खाता हुआ केवल प्रकाशित होता है।' यूं पूरे ऋग्वेद में ही एक ऐसी दार्शनिक चिंतन की धारा बह रही है, जो आर्यों के तात्त्विक विवेचन के विकास को दर्शाती है। सृष्टि और स्रष्टा के परस्पर संबंध को यहां विवेचित किया गया है। स्रष्टा के लिए यहां प्रजापति, ब्रह्मणस्पति, बृहस्पति, विश्वकर्मा आदि कितने ही नाम हैं, किंतु यह देवाधिदेव सदा एक पौरुषेय ईश्वर के रूप में उपवर्णित है, एक कर्त्ता के रूप में हमारे सम्मुख आता है। दर्शन का मूलप्रश्न सृष्टि कहां से? किससे? आदि यहां उठाए गए हैं तथा उनके उत्तर देने की कोशिश भी की गई है :

को अद्धा वेद क इह प्र वोचत्–
कुत आजाता कुत इयंविसृष्टिः।
अर्वाग्देवा अस्य विसर्जनेनाऽथा
को वेद यत आबभूव ॥

(ऋग्वेद 10.129.6)

अर्थात् 'कौन मनुष्य जानता है और कौन यहां कहेगा कि यह सृष्टि कहां से और किस कारण उत्पन्न हुई? क्योंकि विद्वान् या दूरदर्शी भी इस सृष्टि के उत्पन्न होने के बाद ही उत्पन्न हुए हैं, इसलिए यह सृष्टि जिससे उत्पन्न हुई, उसे कौन जानता है? इस सृष्टि को पैदा करने वाला इसका अध्यक्ष परब्रह्म इस सृष्टि का धारक है और वही इस सृष्टि को पूर्णतया जानता है।' इसी प्रकार 'हिरण्यगर्भसूक्त' में सृष्टि की उत्पत्ति का कारण 'प्रजापति' को बताया गया है, जिसका प्रतीकात्मक नाम है 'क' जो सुख तथा आनंद का

दाता है, उसी परमात्मा को हवि देने, उपासना करने को उत्सुक रहते हैं स्तोताः

'कस्मै देवाय हविषा विधेम।'

(ऋग्वेद-10.12.01)

अर्थात् 'उस सुखस्वरूप देव की हम हवि के द्वारा उपासना करते हैं।'

'पुरुषसूक्त (10.90) को भारतीय विचारक दार्शनिकता, महनीयता, गंभीरता तथा अंतर्दृष्टि की आध्यात्मिक कल्पना का भव्य निदर्शन मानते हैं। पाश्चात्य विद्वान् **मैक्डॉनल** तथा **वालिस** के अनुसार, पुरुषसूक्त विराट्पुरुष के शरीर से जगत् की उत्पत्ति का विवरण प्रस्तुत करता है। इसमें सर्वदेववाद का मूल प्राप्त होता है। **एच. डी. ग्रिसवाल्ड** ने विस्तार से विचार करते हुए यह अभिमत प्रकट किया है कि परवर्ती एकदेववाद सिद्धांत का, जिसका अद्वैतवेदांत के **सर्वं खल्विदं ब्रह्म**— 'यह सब कुछ ब्रह्म ही है' आदि के रूप में पल्लवन हुआ, मूलस्रोत इसी सूक्त में है। उपनिषदों के दर्शन का मूल इन्हीं सूक्तों में निहित है।'

4. आख्यान-सूक्त : आख्यान-सूक्तों का एक और नाम है संवाद-सूक्त। ये आख्यान-सूक्त मूलरूप से गद्यप्रधानात्मक रहे होंगे, परंतु पद्यभाग के अधिक स्मरणीय होने के कारण उसे ही ऋग्वेद के अंतर्गत संकलित कर लिया गया होगा तथा त्यक्त भाग को कुशीलव मौखिकरूप से ही कहते रहे होंगे। विद्वान् **सिल्वां लेवी** ऋग्वेद में गद्यभाग के संग्रह न करने के संबंध में यह तर्क देते हैं कि ऋग्वेद (ऋचां वेदः) में गद्य का संग्रह किया ही नहीं जा सकता था।

'**श्रोडर** तथा **मैक्समूलर** का मत है कि ये सूक्त धार्मिकसंप्रदाय में प्रचलित नाटकों के संवादों के खंडित अंश हैं। यदि इनमें अभिनय का पुट दे दिया जाए, तो वे अब भी पूर्णतया नाटक के रूप को प्राप्त कर सकते हैं। **डॉ. विन्टरनिट्ज** इन्हें प्राचीन लोकगीत काव्य (बैलेड) का नमूना मानते हैं। उनके अनुसार ये सूक्त प्राचीन वीर-स्तुतियों के रूप हैं, जिनका संबंध महाकाव्य और नाटक दोनों के साथ प्रतीत होता है। इस प्रकार भारतीय-साहित्य में इन संवाद या आख्यान-सूक्तों का विशेष महत्त्व है।'

इन सूक्तों में तीन सूक्त तो विशेष रूप से महत्त्वपूर्ण हैं:

(1) पुरूरवा-उर्वशी (ऋग्वेद 10.95)

(2) यम-यमी संवाद (ऋग्वेद 10.10)

(3) सरमा-पणि संवाद (ऋग्वेद 10.108)

पुरूरवा तथा उर्वशी की कथा रोमांचक प्रेम का प्राचीन भव्य निदर्शन है, जिसमें स्वर्गलोक की सुंदरी उर्वशी पृथिवीलोक के मानव राजा पुरूरवा की पत्नी बनना स्वीकार करती है, परंतु प्रतिज्ञाभंग के फलस्वरूप उसका साथ छोड़कर चल देती है। इस सूक्त में वियोगशृंगार के हृदयद्रावक् उदाहरण मिलते हैं। उर्वशी पुरूरवा से कहती है:

'पुरूरवः पुनरस्तं परेहि दुरापना वात इवाहमस्मि ॥'

(ऋग्वेद 10.95.2)

अर्थात् 'हे पुरूरवा! तुम फिर अपने घर लौट जाओ, मैं वायु के समान दुष्प्राप्य ही हूं।'

यह प्रेमकथा शतपथ ब्राह्मण (11.5.1) में विस्तार से निबद्ध की गई है। इसका सुंदरतम रूपक रूप हमें महाकवि कालिदास की प्रतिभा से प्रभूत उनके **'विक्रमोर्वशीयम्'** नामक सुप्रसिद्ध नाटक में प्राप्त होता है। इसी प्रकार यम-यमी के संवादसूक्त में एक ओर यमी है, जो यम को प्रलोभन में फंसाना चाहती है, तो दूसरी ओर यम अपने चरित्र की उदात्तता से अनैसर्गिक संपर्क से दूर रहता है। साहित्यसौंदर्य की दृष्टि से दोनों आख्यान-सूक्त बहुत रोचक, हृदयावर्जक तथा कलात्मक हैं।

सरमा-पणि का आख्यान ऋग्वेदीय-युग के समाज की एक झांकी प्रस्तुत करता है। पणिजनों ने आर्यजनों की गायों को चुराकर कहीं तिमिरयुक्त गुहा में डाल दिया। इंद्र ने अपनी शुनि सरमा को पणियों को समझाने के लिए दूतकर्म सौंपा है। सरमा आर्यजनों के प्रबल पराक्रम की गाथा गाती है तथा पणियों को धमकी देकर सचेत करती है। नाटकीय ओजस्विता से परिपूर्ण ये संवादसूक्त काव्यात्मक दृष्टि से भी नितांत सुंदर हैं, सरस हैं।

5. ऐंद्रजालिक सूक्त : इन्हें जादू-टोने वाले सूक्तों के रूप में देखा गया है। लोक तथा व्यवहार से संबद्ध ऐसे अनेक सुंदर सूक्त ऋग्वेद में हैं। ऐसे विषय वैसे अथर्ववेद की वर्ण्यवस्तु के भीतर आते हैं, परंतु ऋग्वेद के दशममंडल में भी ऐसी लोकसंस्कृति की झलक मिलती है। यक्ष्मा-रोग के नाश के लिए दो सूक्त हैं (10.161,163), इनमें से (10.161) में 'राजयक्ष्मा' शब्द का ही प्रयोग नहीं है, अपितु इस रोग से पीड़ित व्यक्ति को मृत्यु के पास से अपहरण करने का भी स्पष्ट वर्णन है। (10. 163) में यक्ष्मा के नाश के उपाय का व शरीर के नाना अवयवों का भी वैज्ञानिक विवरण मिलता है। इसी प्रकार से (10.162) सूक्त का नाम 'रक्षोहा' है, जिसमें बाधक राक्षसों के विघ्नों से रक्षा का प्रबंध बताया गया है, विशेषकर गर्भ को बाधा पहुंचाने वाले राक्षसों

को दूर भगाने का संकेत है। एक सूक्त में पत्नी के कष्ट को दूर कर पति के पाने का विवरण है:

इमां खनाम्योषधिं वीरुधं बलवत्तमाम्।
यया सपत्नीं बाधते यया संविन्दते पतिम् ॥

(ऋग्वेद 10.145.1)

अर्थात् 'इस लतारूप, अपने कार्य में अत्यंत बलवती औषधि को मैं खोदकर निकालती हूं, जिससे सौत को दुःख दिया जाता है और जिससे पति के असाधारण प्रेम को पाया जाता है।

इसी प्रकार 'दुःस्वप्न-नाशक मंत्र' (*ऋग्वेद 10.164*) तथा पिशाचों के अपसरण द्वारा शिशु की रक्षा के मंत्र को ऐंद्रजालिक प्रकृति का कहा जाता है। 'इंद्रजाल' का अर्थ होता है 'जादू'। ऐसे जादू-टोने के सूक्तों व मंत्रों के लिए 'अभिचार-सूक्त' का प्रयोग भी होता है। यह 'अभिचार कर्म' अथर्ववेद की विशेषता है तथा वहां प्रचुरता में उपलब्ध भी है। फिर भी ऋग्वेद के दशममंडल में बहुत से ऐसे सूक्त हैं। मनोवैज्ञानिक तथ्यों का वर्णन करने वाला (10.58) 'मन-आवर्तन' सूक्त है, जिसमें किसी व्यक्ति के दूरगामी मन को लौट आने की प्रार्थना है। वह मन चाहे वैवस्वत, यम, दिव, भूमि या समुद्र के पास चला गया हो, निम्नलिखित प्रार्थना की शक्ति से फिर उसी के पास वापस आ जाता है—

यत् ते भूमिं चतुर्भृष्टिं मनो जगाम दूरकम्।
तत्त आ वर्तयामसीह क्षयाय जीवसे ॥

(ऋग्वेद 10.58.3)

पर्जन्य को संबोधित सूक्त या मंडूकसूक्त (8.103) को भी बहुत से विद्वान् वर्षा करवाने के लिए एक टोना मात्र मानते हैं।

6. धर्मनिरपेक्ष सूक्त : अभी तक जिन सूक्तों का उल्लेख किया गया है, वे येन केन प्रकारेण धर्म से संबंधित हैं। परंतु कतिपय सूक्त ऐसे भी हैं, जिनका धर्म से किसी प्रकार का संबंध प्रतीत नहीं होता। धर्म से स्वतंत्र ये सूक्त पूर्णतया भौतिक प्रकृति के हैं। ये सूक्त धर्मसापेक्ष सूक्तों के साथ मिश्रित रूप में मिलते हैं, जैसे सोम संबंधी स्तोत्रों में एक 'श्रमगीत' (लेबर सांग) मिलता है, जो व्यंग्यात्मक है। इस गीत (9. 112) में मनुष्य के विभिन्न व्यवसायों का अत्यंत मनोरंजक वर्णन है। एक मंत्र में तो एक परिवार में विभिन्न व्यवसाय करने वालों का उल्लेख है :

कारुरहं ततो भिषगुपलप्रक्षिणी नना।
नानाधियो वसूयवोऽनु गा इव तस्थिमेन्द्रायेन्दो परिस्रव ॥

अर्थात् 'मैं शिल्पी-स्तोता हूं, मेरा पुत्र या पिता भिषक् है और माता या कन्या यव-मर्जन कारिणी है। हम सब अनेक भिन्न कर्म करने वाले हैं। जैसे गोपालक गौओं के पीछे रहते हैं, उसी प्रकार हम भी धन की इच्छा करते हुए तुम्हारी सेवा करते हैं। हे सोम! इन्द्र के लिए प्रवाहित हो।' इस सूक्त के प्रारंभिक मंत्र में चिकित्सक पर व्यंग्य है, जो अपने लाभ के लिए दूसरों को रोगी देखना चाहता है— **'भिषक् रुतम्** (इच्छति)'।

'अक्षसूक्त' (10.34) को भी इसी श्रेणी का सूक्त माना जाता है। पाश्चात्य विद्वानों ने इसे धार्मिकेतर सूक्तों में सुंदरतम सूक्त माना है। इस सूक्त में एक द्यूतकार (जुआरी) का आत्मालाप तथा पश्चात्ताप अंकित है, जिसने द्यूतक्रीड़ा खेल-खेल कर अपने जीवन की प्रसन्नता और सौख्य का नाश कर लिया है। अवसाद में डूबा कितव विलाप करते हुए कहता है कि किस प्रकार पांसों ने उसकी पारिवारिक सुख-शांति को नष्ट कर दिया है। बार-बार निश्चय करके भी वह द्यूत जैसे व्यसन से मुक्त नहीं हो पाता। द्यूत के प्रलोभन में शपथ खा-खाकर भी वह फंस ही जाता है। परंतु अंत में वह जीवन को नए सिरे से शुरू करने का दृढ़ संकल्प और निश्चय कर लेता है। इस सूक्त का संदेश सार्वभौमिक है :

'अक्षैर्मा दीव्यः कृषिमित् कृषस्व।'

(ऋग्वेद 10.34.13)

अर्थात् 'पांसों से मत खेलो, कृषि ही का आश्रय लो।' द्यूत के दुष्परिणाम तथा कृषि की मानव-जीवन के लिए उपादेयता आज भी सिद्ध है।

7. दानस्तुतियां : ऋग्वेद में लगभग 40 सूक्त दानस्तुति विषयक हैं। राजाओं तथा यज्ञ के संरक्षकों की इनमें स्तुतियां हैं। इन सूक्तों की प्रकृति धर्म-सापेक्ष तथा धर्म-निरपेक्ष सूक्तों के मध्य की है। कुछ 'विजयगीत' के जैसे प्रतीत होते हैं, जिनमें इंद्र की प्रशंसा की गई है। अधिकांश दानस्तुतियों के अंतर्गत पहले इंद्र की स्तुति और फिर आश्रयदाताओं की प्रशंसाएं की गई हैं। कहीं-कहीं दान करने वालों के नाम तथा कर्मों का उल्लेख भी हुआ है।

'**ओल्डनबर्ग** जैसे विद्वान् ने इन सूक्तों की प्रखर आलोचना की है तथा माना है कि यह काव्य उच्चवर्ग के स्वार्थ की सिद्धि के लिए है तथा पुरोहितों ने दक्षिणा के लोभ में लिखा है, परंतु उधर **विन्टरनिट्स** ने इस मत का दृढ़ता से खंडन किया है।'

इन सूक्तों में एक (10.117) सूक्त पूर्णतः 'दानस्तुति' है अन्यथा शेष दानस्तुतियां प्रायः याज्ञिक सूक्तों के अंत में 4-5 मंत्रों के रूप में ही मिलती

हैं। यह सूक्त 'दानस्तुति' होने के साथ-साथ नैतिक भावना से ओत-प्रोत है। वास्तव में वेद में देव तथा यज्ञ दोनों शब्दों से ही 'दान' की भावना अभिव्यक्त होती है। 'देव' में दानार्थक धातु (दा) है, तो यज्ञ में 'यज्' धातु भी अन्य अर्थों के साथ आहुति के अर्थ को अभिव्यक्त करती है। दान की उदात्त-भावना से ओतप्रोत वैदिक संस्कृति का प्रतिनिधि है यह सूक्त (10.117.1)। इस सूक्त में 'साम्यवाद' का प्राचीनतम रूप मिलता है। जो मनुष्य दान न देकर अपने अर्थ, धन या संपत्ति को केवल अपने ही स्वार्थ के लिए व्यय करता है, वह पाप को ही खाता है–

मोघमन्नं विंदते अप्रचेताः सत्यं ब्रवीमि वध इत् स तस्य।
नार्यमणं पुष्यति नो सखायं केवलाघो भवति केवलादी ॥

(ऋग्वेद 10.117.6)

अर्थात् 'मैं सत्य कहता हूं कि उस कृपण अदाता की संपत्ति अन्न अर्थात् भोग-साधन व्यर्थ ही है, जो न देवों को हवि अर्पण करता है और न अपने समान पोष्य मित्र को देता है, केवल स्वयं खाता है, वह केवल पाप ही प्राप्त करता है।' 'वस्तुतः वह मित्र नहीं है, जो अत्यंत स्नेह रखने वाले सखा तथा परिचित व्यक्ति को दान नहीं देता। उस आदमी से दूर हट जाना ही श्रेयस्कर होता है। वह उसके लिए घर नहीं होता। पोषण करने वाले किसी अपरिचित की शरण में जाना ही उस व्यक्ति के लिए उचित होता है :'

न स सखा यो ददाति सख्ये सचाभुवे सचमानाय पित्वः।
अपास्मात् प्रेयान् न तदोको अस्ति पृणन्तमन्यमरणं चिदिच्छेत् ॥

(ऋग्वेद 10.117.4)

8. **प्रहेलिकाएं (ब्रह्मोद्य सूक्त)** : प्रहेलिका को अंग्रेजी में 'रिडल' (Riddle) कहते हैं। ऋग्वेद के अंतर्गत कतिपय मंत्र इस प्रकार के हैं कि उनमें किसी साधारण बात को भी रूपकात्मक ढंग से व्यक्त किया गया है। इन मंत्रों में बौद्धिकक्रीड़ा विशेषरूप से द्रष्टव्य है। धार्मिकसूक्तों के साथ-साथ ही कहीं-कहीं ऐसे सूक्त यहां विद्यमान हैं। कुछ प्रहेलिकाएं (पहेलियां) दुर्बोध्य हैं और कुछ सुबोध्य। प्रायः उत्तर भी उन्हीं में छिपे रहते हैं।

ऋग्वेद के दो सूक्त (8.29.1-10 तथा 1.164.1-52) प्रहेलिका-सूक्त के रूप में प्रसिद्ध हैं। ऋग्वेद (8.29) में विभिन्न देवताओं का वर्णन उनकी विशेषताओं के साथ किया गया है, परंतु उनके 'नाम' अकथित हैं, अनुक्त हैं। पहेली

यही है कि सुननेवालों को उसका नाम पता लगाना है। उदाहरणस्वरूप विष्णु के संबंध में कहा गया है:

'त्रीण्येक उरुगायो वि चक्रमे यत्र देवासो मदन्ति।'

(ऋग्वेद 8.29.7)

अर्थात् 'उनमें से विस्तृत कीर्तिवाला (एक ऐसा देवता) है, जिसने तीन पगों में सारे भुवनों पर क्रमण किया और जहां देवता आनंदित होते हैं।

इसी तरह एक और ऋचा में कहा गया है:

'सदो द्वा चक्राते उपमा दिवि सम्राजा सर्पिरासुती।'

(ऋग्वेद 8.29.9)

अर्थात् 'अत्यंत तेजस्वी दो देव घृत की आहुति प्राप्त करने वाले तथा सम्राट् हैं, वे दोनों द्युलोक में स्थान बनाते हैं।' वैदिकवाङ्मय से परिचित व्यक्ति ही इस पहेली का (तथा अन्य पहेलियों का) उत्तर दे सकता है। यहां 'मित्रावरुण' दो देव अभिप्रेत हैं।

ऋग्वेद में कई पहेलियां दुर्बोध्य हैं। अत्यंत रहस्यात्मक तथा प्रतीकात्मक भाषा में लिखी गई इन पहेलियों को समझ पाना संभव नहीं हो पाता। इनमें कुछ सूर्य, कुछ विद्युत-वर्षा के बारे में हैं, तो कुछ अग्नि, उषा, द्यावापृथिवी तथा वाग्देवी से संबद्ध हैं। एक बहुत ही सुबोध-सरल पहेली में वर्ष के चक्र का वर्णन है' जिसमें 12 (मास) अराएं हैं और 720 पुत्रों (360 दिन + 360 रात) की ओर संकेत है:

द्वादशारं नहि तज्जराय वर्वर्ति चक्रं परि द्यामृतस्य।
आ पुत्रा अग्ने मिथुनासो अत्र सप्त शतानि विंशतिश्च तस्थुः ॥

(ऋग्वेद 1.164.11)

कुछेक सूक्तों के उल्लेख तथा अध्ययन से संपूर्ण ऋग्वेद को समझा नहीं जा सकता, परंतु इतना स्पष्ट हो जाता है कि यहां जीवन के विविध पक्षों को उनकी समग्रता में देखा गया है। ये सूक्त अपने काल (यद्यपि अनिश्चित) की विशेषताओं को तो दर्शाते ही हैं, साथ ही एक महान् साहित्य की परंपरा में काफी सार्वभौमिकता (universality) को भी अभिव्यक्त करते हैं। इसीलिए तो आज तक भी वेदाध्ययन करना और इन मंत्रों का जीवन में उपयोग सम्मान की बात माना जाता है। धार्मिक जीवन में तो इन मंत्रों का प्रयोग और उपयोगिता (कम भले ही रह गई हो) बनी ही हुई है। ऋग्वेद के इतने सारे मंत्रों का संग्रह एक तथ्य की ओर हमारा ध्यान आकर्षित करता है कि

छंद, भाषा की दृष्टि से इससे भी प्राचीन मंत्र रहे होंगे, परंतु हो सकता है धार्मिक दृष्टि से उन्हें महत्ता न मिली हो। इसीलिए इस संग्रह में उन्हें स्थान नहीं मिला होगा। कंठस्थ किए जाने के लिए बनाए गए इस संग्रह में यदि उन्हें सम्मिलित किया जाता, तो उन्हें विस्मृति के गर्त से बचाया जा सकता था। यह बात निश्चित जान पड़ती है कि उस समय इस प्रकार की विपुल सामग्री उपलब्ध थी।

उपर्युक्त सूक्तों के अतिरिक्त ऋग्वेद में अन्य महत्त्वपूर्ण सूक्त भी उपलब्ध हैं, जिनका संक्षेप में वर्णन इस प्रकार है:

1. **पारिवारिक सौख्य :** साहित्य वैसे तो समाज का दर्पण ही होता है, इसलिए वैदिक-वाङ्मय भी इसका अपवाद नहीं है। कैसे भी सूक्त क्यों न हों, वे सब तत्कालीन सामाजिक व्यवस्था, संस्कृति, धर्म आदि को अभिव्यक्त करते हैं, परंतु कुछ सूक्त विशेषतः सामाजिक संदर्भों से जुड़े हैं। यहां पर सूर्या-सूक्त जिसे विवाह-सूक्त भी कहा जाता है, उल्लेखनीय है। इस सूक्त (10.85) के मंत्रों का आगे चलकर गृह्यसूत्रों में विवाह-संस्कार में विनियोग किया गया है। यद्यपि कुछ विद्वान् इस सूक्त के वर्णन को आकाशीय तत्त्वों तथा घटनाओं का विवरण मानते हैं तथापि प्रत्यक्ष अर्थानुसार इस सूक्त का विशेष महत्त्व है, क्योंकि इससे तत्कालीन परिवार, विवाह और ससुराल में वधू के संबंध आदि महत्त्वपूर्ण सामाजिक विषयों पर प्रकाश पड़ता है। सूर्य अपनी पुत्री को सोम को देते समय गृहस्थ-धर्म की शिक्षा देता है तथा नवदंपत्ति को दीर्घायु, धन-धान्य संपन्न, नीरोग एवं पुत्र-पौत्रादि सौभाग्य से संपन्न होने का आशीर्वाद देता है:

इहैव स्तं मा वि यौष्टं विश्वमायुर्व्यश्नुतम्।
क्रीळन्तौ पुत्रैर्नप्तभिर्मोदमानौ स्वे गृहे ॥

(ऋग्वेद 10.85.42) अर्थात् 'हे दंपत्ति! आप दोनों इसी लोक में रहो, कभी तुम्हारा वियोग न हो। और तुम पूर्णायु होवो। पुत्रपौत्रादि के साथ खेलते हुए अपने परिवार में आनंदित होवो।

वैदिककाल में परिवार में पत्नी का सम्मानजनक स्थान था :

सम्राज्ञी श्वशुरे भव सम्राज्ञी श्वश्र्वां भव।
ननान्दरि सम्राज्ञी भव सम्राज्ञी अधि देवृषु ॥

(ऋग्वेद 10.85.46)

अर्थात् 'हे वधू! तुम अपने ससुर, सास, ननद और देवरों की सम्राज्ञी बनो या उन पर शासन करो।' इस सूक्त के मंत्र आज भी भारतीय विवाहविधि (चाहे

आर्यसमाजी हो या सनातनधर्मी) में प्रयुक्त किए जाते हैं। इन मंत्रों का मात्र औपचारिक प्रयोग नहीं है, अर्थ की दृष्टि से भी ये विवाह के लिए उपयोगी हैं, तभी शताब्दियों से इनकी मान्यता है।

2. सामाजिक सद्‌भाव : पारिवारिक सौख्य के बाद बारी आती है, सामाजिक सद्‌भाव की। इस दृष्टि से ऋग्वेद का श्रद्धासूक्त (10.151.4) तथा संज्ञानसूक्त (10.191) महत्त्वपूर्ण हैं। श्रद्धा हमारे जीवन का अत्यंत मूल्यवान भाव है। इसका अर्थ है 'सत्य को धारण करना।' श्रद्धाभाव से युक्त मानवजीवन में सब प्राप्य वस्तुओं को पा लेता है:

श्रद्धां देवा यजमाना वायुगोपा उपासते।
श्रद्धां हृदय्य याकूत्या श्रद्धया विन्दते वसु ॥

(ऋग्वेद 10.151.4)

अर्थात् 'वायु से संरक्षित देवताओं ने यज्ञ करते हुए श्रद्धा की उपासना की। हृदय से निकले हुए आकर्षण से ही मनुष्य श्रद्धा प्राप्त कर लेता है और श्रद्धा से ही धनार्जन कर लेता है।'

संज्ञान-सूक्त (10.191) जिसे सौमनस्य-सूक्त भी कहते हैं, ऋग्वेद का अंतिम सूक्त है। यह सूक्त सामाजिक सद्‌भाव का उत्प्रेरक है तथा मिलकर रहने का श्रेष्ठ मानव-धर्म सिखाता है। इसमें छोटे-बड़े, काले-गोरे इत्यादि के भेदभाव को त्यागकर सबके साथ न केवल भौतिक स्वरूप से अपितु मानसिक रूप से भी समान व्यवहार करने की शिक्षा दी गई है। संज्ञान मानवसमुदाय की सुचारु गतिमयता के लिए पारस्परिक समझ का प्रतीक है। वैदिक ऋषि का कथन है:

सं गच्छध्वं सं वदध्वं सं वो मनांसि जानताम्।
देवा भागं यथा पूर्वे संजानाना उपासते ॥

(ऋग्वेद 10.191.2)

अर्थात् 'तुम सभी एकमत से संचार करो और एकमत से बोलो। जिस प्रकार प्राचीन काल में देवताओं ने हृदय से एकमत होकर अपने-अपने हविष्यान्न को (बिना कलह किए) स्वीकार कर लिया, उसी प्रकार तुम्हारे मन भी एक हो जाएं।' इसी सूक्त के एक और मंत्र में कहा गया है :

समानो मंत्रः समितिः समानी समानं मनः सह चित्तमेषाम्
समानं मंत्रमभि मंत्रये वः समानेन वो हविषा जुहोमि ॥

(ऋग्वेद 10.191.3)

अर्थात् 'तुम सभी का मंत्र एक हो, तुम्हारी सभा एक हो, मन एक हो, चित्त एक हो। तुम सभी के लिए एक ही मंत्र का अभिमंत्रण करके मैं एक ही आहुति होम करता हूं। इतनी उदात्त भावनाओं से परिपूर्ण हो।' यह उपर्युक्त दोनों मंत्र (प्राचीनतम ग्रंथ ऋग्वेद का) अधुनातन समाजवाद को सद्भाव की शिक्षा देता है। आज भी सांस्कृतिक उत्सवों में सामाजिक समरसता के लिए इन मंत्रों का गान किया जाता है।

3. **व्यक्तिकल्याण** : पारिवारिक व सामाजिक सौमनस्य (एकता) के साथ-साथ व्यक्ति का कल्याण भी जुड़ा है। व्यक्ति चिंतन और उपासना दोनों के स्तर पर वेदमंत्रों से प्रेरणा पा सकता है। यहां साधना के लिए संधिवेला में प्रातः, दोपहर तथा सायं संध्या-पूजन करने का विधान चिरकाल से रहा है। वाल्मीकि-रामायण में राम को वनवास की अवधि में भी संध्याकर्म करते हुए दिखाया है। महाभारत-काल में भी पांडवादि धार्मिक कृत्य करते ही थे। तब से लेकर आज तक यह परंपरा विद्यमान है। यह आवश्यक नहीं कि तब भी सभी लोग संध्याकर्म करते हों और आज के युग में तो यह प्रतिशत और भी कम होगा, परंतु फिर भी जो लोग भी करते हैं, उन्हीं मंत्रों का उच्चारण करते हैं, जो चिर-पुरातन ऋग्वेद का भाग रहे हैं। ऋग्वेद का प्रसिद्ध गायत्रीमंत्र (3.62.10) जो अन्य वेदों में भी संकलित है, संध्या का सर्वप्रथम मंत्र है। यह मंत्र सविता (सूर्य) को संबोधित है तथा उसके वरणीय तेज का ध्यान कर मनुष्य अपनी बुद्धियों को प्रेरित करने के लिए प्रार्थना करते हैं :

ॐभूर्भुवः स्वः तत्सवितुर्वरेण्यं भर्गो देवस्य
धीमहि। धियो यो नः प्रचोदयात्॥

(ऋग्वेद 3.62.10)

इस मंत्र की विशेषता यह है कि यह ब्रह्मचर्याश्रम में शिक्षाग्रहण करने जाते हुए शिष्य को भी मंत्ररूप में दिया जाता है, तो दैनिकरूप से प्रार्थना करते हुए भी इसका उच्चारण जरूरी माना जाता है।

इसी प्रकार से आचमन के मंत्र के रूप में जल के दैवी गुणों का गान करनेवाला ऋग्वैदिक मंत्र (10.9.4) प्रयुक्त होता है :

शं नो देवीरभिष्टय आपो भवन्तु पीतये।
शं योरभि स्रवन्तु नः ॥

अर्थात् 'दिव्य प्रकाशमय जल हमें शांति-सुखदायक हो, वे अभीष्ट प्राप्ति के लिए हों। हमें आरोग्यदायक उदक 'पीने के लिए' मिले। वे हमें रोग और अवर्षण दूर करने के लिए हमारे ऊपर बरसें।' इसी प्रकार से अघमर्षण के लिए ऋग्वेद

(10.190. 1-3) के मंत्रों का प्रयोग होता है। दीर्घायुप्राप्ति के लिए तथा सर्वविघ्न शांति के लिए भी कहीं ऋग्वेद के, तो कहीं यजुर्वेद के मंत्रों का पाठ किया जाता है।

4. राजनीति : राजनीति की दृष्टि से भी ऋग्वेद में प्रभूत सामग्री मिलती है। दो सूक्त (10.173-174) तो अत्यंत महत्त्वशाली हैं। राजनैतिक दृष्टि से समाज पांच भागों में बंटा हुआ था : 1. गृह या कुल, 2. ग्राम, 3. विश, 4. जन, 5. राष्ट्र। इनके स्वामियों को क्रमशः गृहपति, ग्रामणी, विश्पति या विशांपति, जनपति और राजा कहते थे। राजा का कर्म शत्रुओं को नष्ट कर प्रजा की रक्षा करना होता था। राजा का चुनाव प्रजा करती थी। निम्नलिखित मंत्र के अनुशीलन से ज्ञात होता है कि उस प्राचीन काल में भी समस्त प्रजा मिलकर राजा का वरण करती थी:

अभि त्वा देवः सविताऽभि सोमो अवीवृतत्।
अभि त्वा विश्वा भूतान्यभीवर्तो यथाससि ॥

(ऋग्वेद 10.174.3)

कर या बलि प्रजा राज्य के अभ्युदय के लिए देती थी, ज़बरदस्ती नहीं थी–

'अथो त इंद्रः केवलीर्विशो बलिहृतस्करत् ॥'

(ऋग्वेद 10.173.6)

अर्थात् 'इंद्र तेरी प्रजा को तेरे लिए ही केवल कर देने वाली करे।'

यही नहीं, इस बीतती अर्धशती से पूर्व 'स्वराज्य' जैसे शब्द का प्रयोग हुआ अंग्रेजों से अपना राज्य लेने के लिए। यह शब्द भी ऋग्वेद से ही लिया गया। ऋग्वेद के प्रसिद्ध स्वराज्य-सूक्त (1.80) में 16 मंत्रों में स्वराज्य की महिमा का गान हुआ है और प्रत्येक मंत्र की टेक है–

अर्चन्नु स्वराज्यम् 'स्वराज्य की अर्चना करते हुए'। इसी प्रकार ऋग्वेद (1.84) में भी **अनुस्वराज्यम्** शब्द कई मंत्रों के अंत का हिस्सा बने हैं। ऋग्वेद में 'स्वराज्य' का सिद्धिकर्ता 'इंद्र' को बताया गया है। इंद्र नाम है 'आत्मशक्ति' का। इंद्र 'क्षत्र' का प्रतिनिधि है। यही 'क्षत्रत्व' क्षत्रिय को क्षत की, क्षीण या दुर्बल की रक्षा करने की प्रेरणा देता है। इंद्र की शक्ति, उसका बल आतंक फैलाने के लिए नहीं है, मात्र हिंसा के लिए नहीं है। वह अपनी शक्ति से राष्ट्र के शत्रुओं का मर्दन करता है, जिसका उद्देश्य सामान्यजनों की, सज्जनों की रक्षा करना होता है। 'स्वराज्य सूक्त' में 'स्वशासित' या आत्मानुशासित या स्वप्रकाशित व्यक्ति के साथ 'स्वयंशासित' या स्वयं-प्रकाशित राष्ट्र की बात

कही गई है। ब्रह्म (ज्ञान) तथा क्षत्र (बल) के समन्वय से ही राष्ट्र रक्षित होता है, 'स्वराज्य' में स्थित रहता है।

ऋग्वैदिक धर्म और उसके लक्षण

ऋग्वेद को हिंदूधर्म का आदि-ग्रंथ माना जाता है। हिंदुओं के सभी धार्मिक कृत्यों में युगों से लेकर आज तक ऋग्वेद के मंत्र शामिल रहे हैं, परंतु ऋग्वैदिक-धर्म को जातिविशेष के घेरे में आबद्ध नहीं किया जा सकता है, क्योंकि यह देशकाल की सीमाओं का अतिक्रमण करके संपूर्ण विश्व का, संपूर्ण मानवता का धर्म है। जीवन के शाश्वत् मूल्यों की स्थापना तथा उनको जीवन में उतारने की प्रेरणा देता है, ऋग्वैदिक-धर्म। धर्म शब्द को अंग्रेजी में रिलीजन कहते हैं; परंतु यह उचित 'अनुवाद' नहीं है। 'रिलीजन' एक प्रकार से संप्रदाय (Sect) को अभिव्यक्त करता है, परंतु 'धर्म' अपने आप में व्यापक अर्थ संजोए हुए है। धर्म शब्द धृ धातु (धारण करना) से निष्पन्न है। संपूर्ण विश्व में सभी पदार्थ एवं द्रव्यों के संयोग तथा एकत्र धारण से जीवन का निर्वाह होता है, जैसे अग्नि का धर्म जलना, ताप देना है। सूर्य का धर्म प्रकाश करना है। यदि इन दोनों में से ये गुण तिरोहित हो जाएं, तो अग्नि अग्नि न रहे, सूर्य सूर्य न रहे। धर्म का उद्भव ही इस निर्वाह के लिए है। सूर्य, चंद्र, तारामंडल और पृथिवी आदि सबकी अपनी-अपनी विशेषताएं हैं। ये विशेषताएं ही उनका धर्म हैं। अपने-अपने निर्दिष्ट कार्यों में लीन ये प्राकृतिक शक्तियां सृष्टि को धारण करती हैं। मनुष्य को भी अपने उत्कर्ष-साधन के लिए धर्म की आवश्यकता है। मनुष्य को धर्मपालन के लिए समाज से सहयोग पाने की तथा सहयोग देने की अपेक्षा है। यही कारण है धर्म में ही समाज की प्रतिष्ठा है। धर्म के आश्रय से ही इस लोक में मनुष्य-समाज अभ्युदय को प्राप्त करता है। महाभारत शांतिपर्व *(108.11)* में कहा गया है किः

धारणाद्धर्मइत्याहुर्धर्मो धारयते प्रजाः।
यत् स्याद् धारणसंयुक्तं स धर्म इति निश्चयः॥

अर्थात् 'धारण करने से ही धर्म होता है, धर्म प्रजा को धारण करता है। जो धारणा से युक्त होता है, निश्चय ही वह धर्म है।'

धर्म के लक्षण का जहां तक प्रश्न है, वह है– **'यतोभ्युदयनिःश्रेयससिद्धिः स धर्मः'** (कणाद मुनि के वचन) अर्थात् जिससे अभ्युदय, उन्नति या कल्याण हो तथा मुक्ति की प्राप्ति हो। श्रुति या वेदविहित कर्म धर्म के अंतर्गत आते हैं तथा जो वेद द्वारा निषिद्ध हैं, वे अधर्म कहलाते हैं। भारतीय-संस्कृति में

मनुष्य के लिए चार पुरुषार्थों— धर्म, अर्थ, काम तथा मोक्ष की प्राप्ति जरूरी बताई गई है। इन सभी की प्राप्ति में जीवन को पूर्णता मिलती है। वैदिकधर्म भी इन सबकी प्राप्ति पर जोर देता है। कोरा ईश्वर-विश्वास या मोक्ष की प्राप्ति में मानवजीवन लीन रहे या अर्थ, काम की प्राप्ति में लगा रहे, ये दोनों ही मार्ग अपने-आप में अपूर्ण रहेंगे। धर्म का संबंध जितना मोक्ष से है, उतना ही अर्थ और काम से है। भोग-योग, भौतिकता-आध्यात्मिकता इनका समन्वित रूप ही जीवन के लिए इष्ट माना गया है। मनुस्मृति (6.92) में धर्म के लक्षण इस प्रकार बताए गए हैं:

धृतिः क्षमा दमोऽस्तेयं शौचमिन्द्रयनिग्रहः।
धीर्विद्या सत्यमक्रोधो दशकं धर्मलक्षणम् ॥

अर्थात् 'धैर्य, क्षमा, दम, अस्तेय, शौच, इंद्रियनिग्रह, धी (बुद्धि), विद्या, सत्य और अक्रोध- ये धर्म के दस लक्षण हैं। ऋग्वेद में इन्हीं धर्म के लक्षणों को पाने के लिए प्रत्यक्ष-अप्रत्यक्ष रूप से प्रेरणा दी गई है। ऋग्वैदिक-धर्म जीवन में अर्थ व काम को भी धर्मानुकूल रखने की प्रवृत्ति के लिए प्रेरित करता है। अर्थ तथा काम जीवन-निर्वाह के साधन हैं, निखिल मानवों के अभीष्ट हैं, इसलिए वे निषिद्ध नहीं हैं, वर्जनीय भी नहीं हैं। धर्मानुकूल होने से वे ग्रहण योग्य बन जाते हैं। वैदिकधर्म त्यागमूलक है। अर्थार्जन व्यक्ति को मात्र अपने लिए नहीं करना है, अपितु समाज के लिए भी करना है। यही बात काम (अन्य भोगेच्छाओं) के संबंध में भी है। तभी ऋग्वेद (10.117.6) कहता है **केवलाघो भवति केवलादी**, 'अकेला खानेवाला पाप खाता है।' इसके विपरीत जो बांटकर खाता है, वही पुण्य का भागी होता है। वही धार्मिक कहलाने योग्य है। यही सच्चा 'साम्यवाद' है।

ऋग्वैदिक-धर्म की विशेषताएं

वैदिकधर्म की विशेषता मुख्यतया दो शब्दों पर आधारित है 'देव' और 'यज्ञ'। ऋग्वैदिक-धर्म की विशेषताएं जानने से पहले इन दोनों शब्दों का अध्ययन करना आवश्यक है, क्योंकि ऋग्वैदिक (या वैदिक) धर्म समूचा का समूचा इन्हीं दो स्तंभों पर खड़ा है। देव शब्द की व्याख्या निरुक्तकार यास्क ने इस प्रकार की है :

'देवो दानाद्वा द्योतनाद्वा दीपनाद्वा।
द्युस्थानो भवतीति वा यो देवः सा देवता॥'

(निरुक्त 7/4/15)

अर्थात् दातृत्व शक्ति से युक्त दीपन और द्योतन (प्रकाशन) करने वाले को देव कहा जाता है। अथवा द्युलोक में रहने के कारण भी देव कहा जाता है। देव ही देवता कहा जाता है। देव होता है, 'दान देने से, दीप्त करने से, तेजस्वी होने से अथवा द्युस्थान में रहने से।' देव शब्द की यह परिभाषा अधिकांशतः सभी ऋग्वैदिक देवों पर खरी उतरती है। अतः देवों की कृपा, अनुग्रह पाने के लिए मनुष्य को भी देवत्व के गुण अपनाने चाहिए, यही ऋग्वैदिक धर्म की शिक्षा है। इसके साथ ही देवों की कृपा 'यज्ञ' के माध्यम से पाई जा सकती है। यज्ञ, यज् धातु से निष्पन्न होता है जिसमें 'देवपूजा, संगतिकरण और दान' निहित है। यज्ञ इन तीन कर्मों को अभिव्यक्ति देता है। यज्ञ का भाव है देवों की पूजा, समस्त मनुष्यों के साथ मिलकर रहना तथा अपने से हीन (किसी भी प्रकार से) को, जो अपने पास है, उसे देना।

सृष्टि में सभी प्राकृतिक शक्तियां यज्ञ जैसे श्रेष्ठ कर्म को कर रही हैं। सर्वत्र आदान-प्रदान चल रहा है। मानवसमाज में भी यही सब अपेक्षित है। सृष्टि में अनेक देव हैं, परंतु अनेक होते हुए भी 'एकत्व' की भावना के विषय में ऋग्वैदिक-ऋषि बिल्कुल निश्चिंत हैं, आश्वस्त हैं। यह 'परमदेव' जो विभिन्न नामों से अभिव्यक्त होता है, ईश्वर है, परमात्मा है। 'देव' शब्द यदि 'ईश्वर' के विभिन्न रूपों को अभिव्यक्ति देता है, तो सामाजिक दृष्टि से सभी श्रेष्ठ व्यक्ति जो यज्ञ करते हैं (मात्र अग्नि में आहुति नहीं), यज्ञ के वास्तविक अर्थ को जीवन का हिस्सा बना लेते हैं, वे सभी 'देव' हैं। चाहे वे अध्यापक हों, पुरोहित हों, राजा हों, वैद्य हों, ये सभी 'देव' की परिधि में आते हैं। स्वामी दयानंद अपने भाष्य में जगह-जगह यही अर्थ लेते हैं। इस प्रकार से ऋग्वैदिक-धर्म मनुष्य के देवत्व को पाने की यात्रा का विवरण है। ऋग्वैदिक-धर्म की मुख्य विशेषताएं निम्नलिखित हैं:

1. ऋग्वेद के मंत्र अथवा ऋचाएं मुख्यतः स्तुति-परक हैं। ये स्तुतियां अग्नि, इंद्र, सूर्य, वरुण, मित्र आदि देवताओं को अर्पित हैं। इन अनेक देवनामों के आधार पर अनेक विद्वानों (पाश्चात्य) ने ऋग्वेद में **'बहुदेवतावाद'** या अनेक भिन्न-भिन्न देवताओं की उपासना का प्रतिपादन किया है। **मैक्समूलर** नामक पाश्चात्य विद्वान् ने ऋग्वेद में **हेनोथीज़्म** या **केनोथीज़्म** (Henotheism or Kenotheism) को मान्यता दी है। इस वाद को **तत्तत्प्रधानदेववाद** कहा जा सकता है। इसके अनुसार एक समय में जिस एक विशेष देवता की स्तुति की जाती है, उस समय उसे ही सर्वप्रधान तथा सर्वश्रेष्ठ माना जाता है। इस प्रकार एक-एक करके अन्य देवताओं के विषय में भी वही धारणा होती है। आगे चलकर इन्हीं देवताओं को एक-दूसरे का स्वरूप बताने की प्रवृत्ति का

विकास भी दिखाई देता है। मैक्समूलर के मतानुसार देवताद्वंद्व, विश्वेदेवाः और अंततोगत्वा एक सर्वोपरि देवता की कल्पना इसी का परिणाम है।

वास्तव में मैक्समूलर की इस धारणा का प्रतिपादन बीजरूप में **यास्क** ने निरुक्त में किया है। वहां ऋग्वेद के (1.164.46) **'एकं सत् विप्रा बहुधा वदन्ति'** अर्थात् वास्तविक तत्त्व एक है, परंतु विद्वान् उसे अनेक रूपों में बताते हैं, के आधार पर सब देवताओं के मूल में एक ही यथार्थ सत्ता को स्वीकार किया गया है।' बहुत ही स्पष्ट शब्दों में यास्क का कथन है कि 'मुख्यतत्त्व एक ही देव है, परंतु उसकी महान् प्रभुता होने के कारण उसकी ही अनेक रूपों में स्तुति होती है:

'महाभाग्याद् देवतायाः एक आत्मा बहुधा स्तूयते।'

(निरुक्त 7.1)

यह पंक्ति एकेश्वरवाद या एक ब्रह्मतत्त्व के प्रति स्पष्ट संकेत है।

बहुदेववाद के पोषक विद्वानों का आधार मुख्यतया सायण और उनसे पूर्ववर्ती कर्मकांडीय परंपरा है, क्योंकि वहां अलग-अलग देवता मानकर उनके लिए कथाएं कही गई हैं और यज्ञों में उनके अलग-अलग भागों का निर्देश है तथा यज्ञभाग के लिए उनके संघर्ष (परस्पर) का भी उल्लेख है, परंतु इस विषय में यास्क का मत ऋग्वेद की भावना के अधिक निकट प्रतीत होता है। इसी मत पर आधारित है, स्वामी दयानंद का मत, जो सभी देवनामों के यौगिक अर्थ देकर उन सबको एक परमेश्वर के विभिन्न विशेषण बताता है। **मैक्समूलर** का **तत्तत्प्रधानदेववाद** भी इसमें समाहित हो जाता है, क्योंकि इस प्रकार प्रत्येक देव की अलग-अलग स्तुति में उसे सर्वश्रेष्ठ मानने का समाधान हो जाता है।

2. ऋग्वैदिक-धर्म की दूसरी विशेषता यह है कि इसमें पुरोहितों का अत्यंत महत्त्वपूर्ण स्थान था। ऋग्वैदिक् आर्यों का ऐसा विश्वास था कि जब तक पुरोहित देवताओं का आवाहन नहीं करता, तब तक यजमानों की स्तुति उन तक नहीं पहुंचती। पुरोहित, यजमान तथा देवताओं के बीच मध्यस्थता का कार्य करता था, अतः देवकृपा तथा आशीर्वाद पाने के लिए पुरोहित को संतुष्ट करना आवश्यक था। जैसे एक विषय में विशेषज्ञता पाने के लिए अभ्यास व साधना करनी पड़ती है, वैसे ही पुरोहित (या होता) वह व्यक्ति था, जिसने मंत्रों के प्रयोगात्मक परीक्षण किए थे। स्वाभाविक है कि एक सामान्यगृहस्थ की तुलना में पुरोहित ही विशेषविधि से यज्ञ संपन्न कर यजमान का कल्याण करने में समर्थ हो सकता था। ऋग्वेद में वैसे तो देवकृपा पाने का साधन मुख्यरूप से स्तुति करना, सूक्त रचना ही है, परंतु मंत्रों के माध्यम से अग्नि

में घृत, सोमादि की आहुतियां भी दी जाती थीं। पुरोहित यजमान की तरफ से देवताओं की स्तुति करता था। यज्ञों में उनके लिए आहुति प्रदान करता था, तो विनिमय में यजमान के लिए दीर्घायु, धन-धान्य एवं सुख-समृद्धि इत्यादि की भी कामना करता था। यजमान भी अपने पुरोहित के लिए हर संभव सुख-सुविधा तथा संरक्षण प्रदान करता था। इसी यजमान-पुरोहित संबंध के कारण दक्षिणा की परंपरा शुरू हुई होगी। परवर्तीकाल में धीरे-धीरे पुरोहितवर्ग स्वार्थ और लोभविष्ट हो गया था। इन्हीं पुरोहितों ने धर्म के तत्त्व को विकृत किया।

यज्ञ की स्थूलप्रक्रिया के साथ-साथ यहां यह भी ध्यातव्य है कि ऋग्वेद में यज्ञ के सूक्ष्मतत्त्व पर जोर अधिक दिया गया था। यज्ञ समर्पण का प्रतीक था। **इदन्न मम** 'यह मेरा नहीं' कहकर जब आहुति अग्नि में डाली जाती थी, वह मनुष्य के स्वार्थ को भस्मसात् कर उसे त्यागशील बनाती थी।

3. ऋग्वैदिक-धर्म की तीसरी विशेषता है कि यह धर्म पलायनवादी व निराशावादी नहीं है। उपनिषदों की भांति इसका उद्देश्य मोक्षप्राप्ति नहीं है। आशा की परमज्योति जीवन को प्रकाशमान किए रहती है। ऋग्वैदिक ऋषि का सकारात्मक दृष्टिकोण जीवन को उत्साहपूर्ण एवं उल्लासमयी धारणा से संयुक्त रखता है। वे सदैव अभ्युदय की कामना करते थे। इस लोक के सभी सुखों की इच्छा करते थे— पुत्रप्राप्ति, धनप्राप्ति, पशुप्राप्ति, ऐश्वर्यप्राप्ति, यशप्राप्ति, शत्रुविजय तथा अन्य पदार्थों की कामनाएं उनकी प्रार्थनाओं में शामिल थीं। सभी देवों से ये प्रार्थनाएं बार-बार की गई हैं।

दीर्घायु पाना, शतजीवी होना वे अपना अधिकार समझते थे, पर जीवन के अंतिम-काल में पराश्रित, पराधीन या परतंत्र होकर नहीं, अपितु स्वतंत्ररूप से अक्षत और अविकल होकर जीना चाहते थे।

4. यह तो निश्चित है कि ऋग्वैदिक-धर्म मात्र सैद्धांतिक नहीं था, व्यावहारिक था। देवताओं की स्तुति में प्रशंसा के जो गीत वे गाते थे, जो सूक्त उच्चारित करते थे, उनसे उन्हें हार्दिक संतोष व आनंद मिलता था। इन देवों का स्वरूप भी प्रतीकात्मक था। वे जीवन को श्रेष्ठ बनाने के साधन ग्रहण करते थे। उसके साथ ही देवों की विशेषताओं को अपने व्यक्तित्व का अंश ही बना लेते थे।

5. इतना होने पर भी देवमंदिरों की सत्ता या उनकी पाषाण या धातु की मूर्ति का उल्लेख ऋग्वेद में नहीं मिलता है। देवमंदिरों की सत्ता अथवा मूर्तिपूजा का ऋग्वेद में उल्लेख न होने का कारण यह है कि वैदिकआर्य प्राकृतिक शक्तियों की ही देवतारूप में उपासना करते थे। मूर्ति की उपयोगिता मनुष्य के लिए अपना ध्यान केंद्रित करने के लिए ही होती है। मूर्ति की उपासना करने वाले

भी मूर्ति के अतिरिक्त भी कहीं परमात्मा की उपस्थिति तो मानते ही हैं। मूर्ति होगी तो उसकी प्रतिष्ठा के लिए स्थान भी होगा। यह मूर्तिपूजा तथा मंदिरों का प्रचलन वैदिककाल के काफी बाद हुआ।

6. वैदिक-धर्म की एक और विशेषता यह है कि यहां पशु, पक्षी, वृक्ष, वनस्पतियों को भी देवरूप में कल्पित किया गया है। कहीं अश्वत्थ (पीपल) की विशेषताओं का उल्लेख है, तो कहीं विभिन्न प्रकार की औषधियों और नदियों का। ऋग्वेद के एक सूक्त (10.97) में **आथर्वण भिषग्** ऋषि ने औषधियों की बड़ी भव्य स्तुति प्रस्तुत की है। यहां फलों, अफलों, पुष्पिणी-अपुष्पिणी वनस्पतियों का वर्णन है तथा प्रार्थना की गई है कि वे हमें रोग से, पाप से मुक्त करें :

याः फलिनीर्या अफला अपुष्पा याश्च पुष्पिणीः।
बृहस्पति-प्रसूतास्ता नो मुञ्चन्त्वं हसः ॥

(ऋग्वेद 10.97.15)

7. ऋग्वैदिक-धर्म की अंतिम तथा सबसे बड़ी विशेषता यह है कि इसमें विश्व मैत्री और विश्वबंधुत्व की भावना को बड़े स्पष्ट शब्दों में अभिव्यक्ति मिली है। सौमनस्य सूक्त *(ऋग्वेद 10.191)* में सबके मन, हृदय, संकल्प एक हों, यह कहा गया है। यही कारण है कि सबके भद्र (कल्याण) की कामनाएं उदारतापूर्वक की गई हैं:

आ नो भद्राः क्रतवो यन्तु विश्व-
तोऽदब्धासो अपरीतास उद्भिदः।

(ऋग्वेद 1.89.1)

अर्थात् 'हमें सब ओर से कल्याणकारी, किसी के दबाव में न आने वाले, अपराजित, समुन्नतिकारक भली भावनाएं मिलें।' यही नहीं, वैदिकऋषि आयु, बुद्धि, बल, सब कुछ एक व्यक्ति के लिए नहीं, सबके लिए चाहते हैं। नित्य किए जाने वाले यज्ञों में स्वस्तिवाचन का महत्त्वपूर्ण स्थान होता है। यह स्वस्तिवाचन ऋग्वेद के मंत्रों से ही किया जाता है। अनेक मंत्रों में स्वस्तिकामना, कल्याण की भावना सन्निहित है:

स्वस्ति नः पथ्यासु धन्वसु स्वस्त्यप्सु वृजने स्वर्वति।
स्वस्ति नः पुत्र कृथेषु योनिषु स्वस्ति राये मरुतो दधातन ॥
स्वस्तिरिद्धि प्रपथे श्रेष्ठा रेक्णस्वस्त्याभि या वाममेति।
सा नो अमा सो अरणे निपातु स्वावेशा भवतु देवगोपा ॥

(ऋग्वेद 10.63.15-16)

अर्थात् 'सुविस्तृत मार्गों पर हमें सुखलाभ हो। भूमि के मरु भागों में हमें सुखलाभ हो। जल-प्रधान प्रदेशों में हमें सुखलाभ हो। खुले मैदानों में हमें सुखलाभ हो। हे मरुतो! सुख बढ़े, समृद्धि बढ़े।'

''जो श्रेष्ठ धनवती शुभस्थिति दूर यात्रा में भी हमारा साथ देती है और झट से इष्टसिद्धि का द्वार खोल देती है, उसके रखवाले सब देवता स्वयं हैं। वह सदा हमारी बनी रहे। वही घर पर और वही बाहर हमारी रक्षा करें।'' सबके प्रति शुभकामना मनुष्य तब ही कर सकता है, जबकि उसके हृदय में द्वेष न हो, ईर्ष्या न हो। इसीलिए वैदिकऋषि द्वेषमुक्त होने की प्रार्थना करता है:

'विश्वा द्वेषांसि प्र मुमुग्ध्यस्मत् ॥'

(ऋग्वेद 4.1.4)

द्वेषत्याग से मानवमन निष्पाप हो जाता है। उसके पाप भस्म हो जाते हैं। पापनिर्मोक्षण की भावना ऋग्वेद के पूरे-पूरे सूक्तों में विद्यमान है। ऋग्वेद (1.97.1-8) के इस सूक्त की टेक है : **'अप नः शोशुचदघम्'** अर्थात् 'हमारे पाप भस्म हो जाएं।'

ऋग्वेद के देवशास्त्र की विशेषताएं

'देवशास्त्र' (माइथोलॉजी) के अंतर्गत देवी-देवताओं के स्वरूप तथा उनसे संबंधित आख्यानों का वर्णन किया जाता है। प्रत्येक देश या धर्म की अपनी आस्था होती है, अपने 'देव' होते हैं, जो उस देशविशेष की संस्कृति को दर्शाते हैं। 'ऋग्वैदिक-देवशास्त्र' की भी अपनी विशेषताएं हैं। ऋग्वेद ऋचाओं का वेद है तथा विभिन्न देवों की स्तुतियां यहां की गई हैं। इन देवों का वर्गीकरण, इनके नाम तथा विशेषताएं यहां देखी जानी आवश्यक हैं।

वैदिक-मंत्रों में यद्यपि अनेक नाम प्राप्त तो होते हैं तथा उनमें से प्रत्येक के पृथक् अस्तित्त्व की भी प्रतीति होती है, पर फिर भी इन सबके मूल में एक ईश्वर की सत्ता के संधान की चेष्टा दिखाई देती है। ऋग्वेद में स्पष्ट कहा गया है **'एकं सत् विप्रा बहुधा वदन्ति'** अर्थात् सत्य एक है (ईश्वर एक है), विद्वान् या ऋषि उसे विभिन्न नामों से पुकारते हैं। **यास्क** ने भी निरुक्त में **'एका आत्मा बहुधा स्तूयते'** कहकर इसका समर्थन किया है। पाश्चात्य मनीषी इसे **बहुदेववाद** (Polytheism) के मूल में निहित **एकदेववाद** (Monotheism) का नाम देते हैं। **बृहद्देवता** नामक ग्रंथ में **शौनक** ने इसी बात को कहा है **'तासामियं विभूतिर्हि नामानि यदनेकशः** *(बृहदेवता 1.71)*' अर्थात् उन देवताओं की यह विभूति है, जिनके नाम अनेक हैं।

यास्क के अनुसार देवताओं में प्रकृति भिन्नता है तथा सर्वव्यापकता है। वे एक-दूसरे से जन्म लेते हैं; जैसे— दक्ष से अदिति और अदिति से दक्ष **'प्रकृति सार्वनामन्याच्च इतरेतर जन्मानो भवन्ति। इतरेतर प्रकृतयः।'** इन विशेषताओं के साथ ही देवताओं की संख्या का प्रश्न भी जुड़ा है। यास्क के मन में तीन ही प्रधान देवता हैं— पृथिवी-स्थानीय अग्नि, अंतरिक्ष-स्थानीय वायु या इंद्र तथा द्युस्थानीय सूर्य। इस विभाजन के मूल में ऋग्वेद का यह मंत्र है, जहां तीनों ही स्थानों पर 11-11 देवता माने गए हैं :

ये देवासो दिव्येकादश स्थ पृथिव्यामध्येकादशस्थः।
अप्सुक्षितो महिनैकादश स्थ ते देवासो यज्ञमिमं जुषध्वम् ॥

(ऋग्वेद 1.139.11)

अर्थात् 'हे देवों! द्युलोक में अपनी शक्ति से जो तुम ग्यारह हो, पृथ्वी में ग्यारह हो, अंतरिक्ष में ग्यारह हो, हे देवों! वे सब तुम इस यज्ञ का सेवन करो।' अन्य संहिताओं में तथा ब्राह्मणग्रंथों में 33 की संख्या का ही समर्थन किया गया है। इस संख्या का विभाजन इस प्रकार किया जाता है— 8 वसुगण, 11 रुद्रगण, 12 आदित्य। 32-33वें देवता के विषय में ब्राह्मणकारों के मध्य मतभेद है। शतपथ ब्राह्मण जहां द्यौस् और पृथ्वी अथवा इंद्र और प्रजापति का नाम लेता है, वहीं ऐतरेय ब्राह्मण वषट्कार और प्रजापति का। निरुक्त नामक ग्रंथ में पहले तीन देवता कथित हैं और तत्पश्चात् एक ही (अग्नि) पर बल दिया गया है :

तिस्र एव देवता इति नैरुक्ताः। अग्निः पृथिवी-स्थानो
वायुर्वेन्द्रो वाऽन्तरिक्षस्थानः सूर्यो द्युस्थानः ॥

(निरुक्त 7.5)

तथा स न मन्येतायमेवाग्निरिति।
अप्येते उत्तरे ज्योतिषी अग्नी उच्येते ॥

(निरुक्त 7.16)

यास्क ने उपर्युक्त देवों को वेदों के आधार पर पुनः चार रूपों में विभक्त किया है:

1. **प्राकृतिक शक्तिरूप देवता**— इंद्र, सूर्य, सविता, पूषा आदि।
2. **गृहदेवता**— अग्नि, सोम आदि।
3. **भावजन्य**— मन्यु, अदिति, श्रद्धा, प्रजापति।

अथर्ववेद के अनेक स्थलों पर भी तैंतीस देवों का उल्लेख है। यजुर्वेद (33.7) में देवों की संख्या 3339 कही गई है:

'त्रिणि शता त्री सहस्राण्यग्निं त्रिंशच्च देवा नव चाऽसपर्यन्।'

4. **गौण-देवता–** गंधर्व, अप्सरा आदि।

तीन प्रधान देवताओं के भी उनकी महिमा के कारण प्रत्येक के बहुत से नाम हैं। यास्क ने उनके आकार-विषयक कुछ मत भी निरुक्त में दिए हैं, ये तीन हैं:

1. पुरुषविध, 2. अपुरुषविध, 3. उभयविध।

प्रथम मत के अनुसार देवगण पुरुषविध हैं। इनकी स्तुति चेतनायुक्त जीवों के समान की जाती है; जैसे– इंद्र की भुजाओं का वर्णन। कहीं-कहीं मानवीय कर्मों से देवों को संयुक्त भी किया गया है– **'श्रुधि हवम्'** – मेरी प्रार्थना सुनो। वास्तव में वेदों में, विशेषकर ऋग्वेद में देवों की स्तुतियां हैं। इन स्तुतियों से प्रकट होता है कि 'देव उन्हें सुनते हैं,' अतः देवों के मानवीकरण की प्रक्रिया शुरू होती है। हां, कहीं-कहीं यह मानवीकरण पूर्णता को प्राप्त कर लेता है, कहीं अपूर्ण रह जाता है। **ए. ए. मैक्डॉनल** 'देवों की मनुष्यरूपता' के संबंध में **यास्क** के इस कथन से सहमत प्रतीत होते हैं:

The true gods of the Veda are glorified human beings inspired with human motives and passions born like men but immortal.

अर्थात् 'वेद के सच्चे देवता महिमामंडित मानव ही हैं, जो मानवीय स्वार्थों और भावों से युक्त हैं। जो मनुष्यों की तरह जन्म लेते हैं, पर अमर हैं।'

दूसरी अवधारणा है कि देवस्वरूप मनुष्यों की तरह नहीं हैं। इसके अंतर्गत अग्नि, वायु, आदित्य, पृथ्वी, चंद्रमा आदि आते हैं।

तीसरा पक्ष उभयवादियों का है। अचेतन वस्तुओं में भी चैतन्य का आरोपण कर उनकी स्तुतियां की गई हैं।

आकारगत विशेषताओं के अतिरिक्त देवताओं के स्वरूप के विषय में यास्क ने चार मतों का उल्लेख किया है :

ऐतिहासिक, नैरुक्त, प्राकृतिक तथा आख्यान-परक। उनके अनुसार देवताओं के स्थान उनके कार्यों और स्थिति के अनुसार प्रधानता के आधार पर निर्धारित किए गए हैं। अग्नि प्रधानरूप से भौतिकअग्नि के रूप में यज्ञ की आहुतियां वहन करने वाला तथा यज्ञकर्म में सर्वप्रमुख है। वही गृहपति (घर का स्वामी)

है, क्योंकि भोजनादि अग्नि के माध्यम से पकता है तथा गृहस्थजन प्रतिदिन अग्नि में आहुति डालकर अग्निहोत्र (हवन) करते हैं। इंद्र वृष्टि अथवा विद्युत् के रूप में मेघरूपी वृत्र को छिन्न-भिन्न कर जल की धाराएं प्रवाहित करने का कार्य अंतरिक्ष में करता है। वायु भी इंद्र का रूप है और वह भी अंतरिक्ष में ही चलता है तथा वर्षा, आंधी, तूफान लाने का कार्य करता है। सूर्य बहुत ऊंचे आकाश में दिखाई देता है और सब कुछ प्रकाशित करता है तथा वहीं से अपनी प्रखर किरणों के द्वारा पृथ्वी तथा औषधियों के जल का वाष्पीकरण करके उसे वृष्टि के लिए मेघ रूप में परिणत करता है, परंतु यह विभाजन केवल प्रधानता के आधार पर है। इन तीनों की क्रियाएं परस्पर एक-दूसरे स्थान से संबद्ध हैं, इसलिए **अग्निः सर्वाः देवताः** कहकर यास्क सभी देवताओं को अग्नि में अंतर्भूत कर लेते हैं। वैसे भी अंतरिक्ष में विद्युत् और द्युलोक में सूर्य भी अग्नि के ही रूप हैं, क्योंकि उनमें वे गुण विद्यमान हैं। अन्य देवनामों को निर्वचन के आधार पर उन्होंने व्याख्यायित किया है। निरुक्त के नवम अध्याय में अश्व, शकुनि, मंडूक, अक्ष, रथ, पार्थिव पदार्थों में निहित देवत्व को उद्घाटित किया गया है। गंगा, यमुना नदियों के नामों की व्युत्पत्तियां दी गई हैं। गंगा का नामकरण 'गमन' क्रिया से हुआ, तो यमुना का विभिन्न जलों के मिश्रण से। दशम अध्याय में वायु, वरुण, रुद्र, इंद्र आदि की निर्वचनमूलक व्याख्याएं की गई हैं। 'इंद्र' शब्द 'इरा' अन्न को धारण करने के कारण निष्पन्न हुआ है। वास्तोष्पति, गृहपालक देव हैं, तो वाचस्पति वाणी के परिपालक। प्रजापति प्रजाओं के रक्षक हैं।

भारतीय मनीषियों की देवविषयक अवधारणाएं

स्वामी दयानंद ने अनेक देवतावाद का विरोध किया है। अग्नि, इंद्र आदि को वे एक ईश्वर के विशेष गुण मानते हैं। उदाहरण के लिए परमात्मा के प्रकाशक गुण का नाम अग्नि है। इसी प्रकार अन्य देवनामों के भी यौगिक और व्युत्पत्तिपरक अर्थ ही उन्हें ग्राह्य हैं। कहीं-कहीं उनके अनुसार सब देवता इस भौतिक जगत् के श्रेष्ठ मनुष्य ही हैं; जैसे— अध्यापक, पुरोहित, राजा, सद्गृहस्थ, सद्गृहिणी, वैद्य, सेनापति आदि। दूसरी ओर प्राकृतिक तत्त्वों के प्रतिरूप जड़देवता हैं; यथा— सूर्य तथा वायु, भौतिक अग्नि, पृथ्वी, आकाश, रात्रि, वर्षा, मेघ इत्यादि।

योगी अरविंद समस्त देव-परिवार को मानव की भीतरी शक्तियों तथा ईश्वरीय शक्तियों के प्रतिरूप मानते हैं। उदाहरणार्थ इंद्र दिव्यमन है, अग्नि दृढ़ इच्छाशक्ति है। रुद्र वह दिव्य-शक्ति है, जो मनुष्य के भीतर पाप प्रवृत्तियों

और अज्ञानांधकार का हिंसा और संघर्ष के द्वारा नाश करके उसे विकास की ओर ले जाती है। अश्विनौ के विषय में उनका मत है कि ये दो युगल दिव्य शक्तियां हैं, जिनका मुख्य व्यापार है, मनुष्य के अंदर भोग के रूप में वातमय या प्राणमय सत्ता को पूर्ण करना; परंतु साथ ही वे सत्य, ज्ञान-युक्त कर्म और यथार्थ भोग की भी शक्तियां हैं। इन्हें उन्होंने चेतना के समुद्र से उत्पन्न शक्तियां बतलाया है।

प्राचीन भारतीय भाष्यकार सायण वेदमंत्रों को देवताओं की प्राकृतिक शक्तियों के रूप में व्याख्या करते हैं। उन्होंने मंत्रों में कर्मकांडीय दृष्टिकोण भी अभिव्यक्त किया है।

सातवलेकर ने वैदिकदेवताओं को पिंड (व्यष्टि) और ब्रह्मांड (समष्टि) में समानांतर विद्यमान विभिन्न शक्तियों के रूप में निरूपित किया है। उदाहरण के लिए इंद्र के विषय में वे कहते हैं कि जागतिक तत्त्वों का जो अंश हमारे शरीर में रहता है, इंद्र उन्हीं में से एक है। इस शक्ति का विस्तार भी किया जा सकता है।

डॉ. वासुदेवशरण अग्रवाल ने मूल रूप में दो देवताओं अग्नि व सोम की सत्ता को मान्यता दी है। वे इन दोनों के अंतर्गत ही अन्य सभी देवों का अंतर्भाव कर देते हैं। इंद्र को उन्होंने प्राणशक्ति माना है।

बी. जी. रेले ने देवताओं की व्याख्या जैववैज्ञानिक संदर्भों में की है। उनके अनुसार सभी वैदिकदेवता मनुष्य के स्नायु-संस्थान के विभिन्न चेतनाकेंद्रों तथा क्रियाओं के प्रतीक हैं। मस्तिष्क, सुषुम्ना एवं तंत्रिकाएं ही देवों के निवास-स्थान हैं।

डॉ. संपूर्णानंद के मत का आधार यौगिकप्रक्रिया है। उनके अनुसार 'किसी मंत्रविशेष का जप करने से अर्थात् उस पर चित्त को एकाग्र करने से शक्ति जिस रूप में प्रकट होती है, उसको उस मंत्र का देवता कहते हैं। यदि विधि से चित्त को एकाग्र करने पर किसी मंत्रविशेष के द्वारा संहार करने वाली शक्ति उद्बुद्ध हो, तो यह कहा जाएगा कि उस मंत्र के देवता रुद्र हैं। इसी प्रकार इंद्र, विष्णु आदि विभिन्न मंत्रों के देवता कहे जाते हैं। वहां उद्देश्य किसी व्यक्ति से नहीं, शक्ति से होता है, जो उस मंत्र के द्वारा जगाई जाती है। इंद्र, विष्णु आदि निश्चय ही शक्तियों के नाम हैं। ये देवगण हैं। देवगण पुराने कल्पों के वे प्रचंड तपस्वी और योगी हैं, जिन्होंने बहुत-सी शक्तियों

---

1. वेदार्थ प्रवेशिका पृ. 49

पर अपने तप और साधना से अधिकार प्राप्त किया है और अब जगत् के संचालन में भाग लेते हैं।'[1]

'पाश्चात्य विद्वानों में मैक्डॉनल, मैक्समूलर, हॉपकिन्स, हिल्ले ब्रांड्ट आदि आते हैं। **ए. ए. मैक्डॉनल** ने 'वैदिक देवशास्त्र' ग्रंथ लिखा है, जिसमें वैदिकदेवताओं का क्रम द्युस्थानीय, अंतरिक्ष-स्थानीय और पृथ्वी-स्थानीय रखा है। परंतु यह क्रम भारतीय-संस्कृति की दृष्टि से अनुपयुक्त लगता है। पृथ्वी, अंतरिक्ष तथा द्यौः– यह क्रम आरोहण के भाव को अभिव्यक्त करता है, अतः यही ठीक जान पड़ता है। इस क्रम से हम पृथ्वी से ऊपर, ऊपर और ऊपर जाते हैं। जबकि मैक्डॉनल के क्रम में ऐसा प्रतीत होता है कि मानो नीचे गिर रहे हों। निरुक्तकार ने भी आरोहात्मक क्रम ही अपनाया है। इन तीन स्थानों के देवताओं के अतिरिक्त मैक्डॉनल ने भावात्मक, युग्म देवता (मित्रावरुणौ, द्यावापृथिवी) देवसमूह (मरुत्, रुद्र, आदित्य), गौणदेवता (ऋभु-गण, अप्सराएं, गंधर्व) रक्षक-देवता (वास्तोष्पत्ति, क्षेत्रपति आदि) तथा देवियों के शीर्षक से देवशास्त्र का विवेचन किया है। इनके अनुसार– 'वैदिक देवता उत्कृष्ट मनुष्य ही हैं।' ऋग्वेद के प्रारंभकाल में बहुत से देवताओं की सत्ता थी। पाश्चात्य विद्वानों ने इसे **बहुदेववाद** (पॉलीथीज़्म) कहा है। धीरे-धीरे मानसिक विकास के साथ अनेक देवताओं के प्रधान के रूप में **एकदेववाद** (मोनोथीज़्म) का प्रचलन दिखाई देता है, जैसा कि **एकं सद्विप्रा बहुधा वदन्ति** आदि मंत्रांशों से सिद्ध होता है। इसी **एकदेववाद** के बाद **सर्वेश्वरवाद** (पेनथीज़्म) का बोलबाला दिखाई देता है। मैक्डॉनल का कथन है– ऐसा प्रतीत होता है कि ऋग्वैदिककाल की समाप्ति के समय तक एक प्रकार का अनेक देवतावादी एकेश्वरवाद विकसित हो चला था। इसीलिए इस समय हमें किसी एक देवता की ही 'सर्वदेववादी धारणा मिलती है।'

सर्वेश्वरवाद का उदाहरण इस मंत्र में प्राप्य है:

अदितिर्द्यौरदितिरन्तरिक्षमदितिर्माता स पिता स पुत्रः।
विश्वे देवा अदितिः पञ्च जना अदितिर्जातमदितिर्जनित्वम् ॥

अर्थात् अदिति द्यौ है, अदिति अंतरिक्ष है, अदिति माता है, वही पिता है, वही पुत्र है। सभी देवता और पंचनिवासीजन भी अदिति हैं, सभी उत्पन्न वस्तुएं भी अदिति हैं, भावी वस्तुएं भी अदिति हैं। इस मंत्र में समस्त संसार ही अदिति के रूप में प्रदर्शित है। इस सबका निष्कर्ष यही है कि प्रारंभ में ऋग्वेद में अनेक देवों की मान्यता है, परंतु अंततः एक ही देवता मानने की प्रवृत्ति आ गई, वह पुरुष हो (**पुरुष एवेदं सर्वं यद भूतं यच्च भाव्यम्**) या प्रजापति हो या हिरण्यगर्भ (**भूतस्य जातः पतिरेक आसीत्**) या वाक्।

'मैक्समूलर ने वैदिक देवशास्त्र के विषय में हेनोथीज्म (Henotheism) या केनोथीज्म (Kethenotheism) वाद प्रस्तुत किया। ह्विटनी, हॉपकिन्स आदि विद्वानों ने इस मत की कड़ी आलोचना की है– 'Henotheism is an apperance not reality' अर्थात् हेनोथीज्म केवल ऊपर से लगता है, वास्तव में इसका अस्तित्त्व नहीं है:

इन वादों के अतिरिक्त पश्चात्य विद्वानों के अनुसार वैदिक देवों की सामान्य विशेषताएं इस प्रकार हैं:

1. वैदिक देवता उन भौतिक घटनाओं के ही अधिक निकट हैं, जिनका ये प्रतिनिधित्व करते हैं। इनका प्रभाव आधार प्राकृतिक है। यद्यपि अनेक देवताओं का प्राकृतिक उद्‌गम पाश्चात्य विद्वान् खोज नहीं सके हैं, निर्धारित नहीं कर सकेहैं।

2. दीप्तिमत्ता, शक्ति, उपकारशीलता और वैदग्ध्य प्रभृति गुण सभी देवों में समान रूप से है। युग्मरूप में संस्तुत देवों में गुणों का सम्मिश्रण अधिक है। इसी कारण एक देव का दूसरे के साथ बहुधा समीकरण मिलता है।

3. वैदिक कवि की दृष्टि में देवों का भी आरंभ हुआ था, क्योंकि इन्हें प्रायः आकाश, पृथ्वी तथा अन्य देवों की संतान कहा गया है।

4. 'पूर्व्ये' शब्द से स्पष्ट होता है कि देवों की अनेक पीढ़ियां रही हैं। अथर्ववेद (11.8) में ऐसे 10 देवों का उल्लेख है, जिनका अन्य देवों की अपेक्षा पहले से ही अस्तित्त्व था। मूलतः उन्हें भी मरणशील माना गया है, किंतु सोमपान करने से वे अमर हो गए।

5. देवों के भौतिकस्वरूप पर मानवत्व आरोपित है। पर यह आरोपण बहुत क्षीण है। देवों के क्रियाकलापों का वर्णन करने के लिए ही उनके प्राकृतिक आधार पर लक्षणात्मक प्रतिनिधित्व करता है।

6. आशावान् वैदिकभारतीयों को अग्नि, सूर्य, झंझावात आदि प्रमुख प्राकृतिक शक्तियों के प्रतिनिधि देवगण विशेष रूप से उपकारी और समृद्धि-संवाहक ही दिखे हैं। इसका अपवाद केवल एक देवता है रुद्र, जिसमें कुछ हानिकर प्रवृत्तियां भी हैं।

7. वैदिक देवों का नैतिक आचरण सामान्यतः उच्च है।

8. इच्छाओं की पूर्ति देवकृपा पर निर्भर है।

देव और देवता में भेद

देव शब्द वेदों में अनेक अर्थों को व्यक्त करता है। 'देव' मूल रूप में वह है, जो मनुष्य को या समस्त विश्व को कुछ-न-कुछ देता है।' इस परिभाषा के अनुसार प्रकृति में वे शक्तियां, जो मानव-कल्याण तथा विश्व-कल्याण में रत रहती हैं, सभी 'देवत्व' की अधिकारी हैं। सूर्य प्रकाश, ताप व ऊर्जा देता है, अतः देव है। अग्नि भी प्रकाश, ताप व ऊर्जा देता है, अतः देव है। इंद्र वर्षा प्रदान करता है या वायु रूप में प्राणधारक बल देता है। अन्य देव भी इसी प्रकार से कुछ-न-कुछ देते हैं। पृथ्वी, आकाश, नक्षत्र सभी 'देव' की श्रेणी में आ जाते हैं। समाज में जो व्यक्ति अपनी भूमिका में 'दानशीलता' का निर्वाह करते हैं, वे सब ही 'देव' की कोटि में आते हैं। विद्वान् पुरुष भी देव हैं, क्योंकि वे विद्याओं का दान करते हैं **विद्वांसो हि देवाः**। माता, पिता, आचार्य देव हैं। राजा भी इसी दृष्टिकोण से 'देवत्व' अर्जित करता है। 'अतिथि' को भी वैदिकसंस्कृति में 'देव' माना गया है, क्योंकि 'गृहस्थ' के यहां पधारकर, उसका आतिथ्य स्वीकार कर वह 'पुण्यदान' करता है। अनेक उपनिषदों में इस प्रकार के वचन मिलते हैं, जहां समाज में उपयोगितावादी दृष्टिकोण से देवत्व की व्याख्या की गई है। निरुक्तकार **यास्क** ने 'देव' शब्द की व्याख्या इस प्रकार से की है:

'देवो दानाद्वा दीपनाद्वा द्योतनाद्वा द्युस्थानो
भवतीति वा यो देवः सा देवता ॥

(निरुक्त 7.4.15)

अर्थात् 'दान देने के कारण, दीप्त होने के कारण, द्योतित होने के कारण अथवा द्युलोक में निवास करने के कारण देव कहलाते हैं।'

'देव' शब्द दिव् धातु या दा (दानार्थक) धातु से घञ् प्रत्यय लगकर बनता है। 'देवता' शब्द के मूल में भी धातु वही है, प्रत्यय 'तल्' है। 'देव' पुल्लिंग है पर 'देवता' स्त्रीलिंग है। 'देव' शब्द का स्त्रीलिंग 'देवी' होता है। वेद में 'अदिति' 'उषा', 'श्रद्धा' आदि देवियां भी हैं, जो दान, प्रकाश और द्योतन से जुड़ी हैं। 'देवता' शब्द वैसे तो प्रायः 'देव' के समानार्थक ही माना जाता है, परंतु वैदिकमंत्रों में 'देवता' शब्द विषयवस्तु का द्योतक भी है। **बृहद्देवता** नामक ग्रंथ में **शौनक** ने कहा है कि वेदप्रेमी को मंत्रगत देवता का ज्ञान सप्रयत्न करना चाहिए, क्योंकि जो देव तत्त्व से सुपरिचित है, वही वेद के अर्थ को जान सकता है। मंत्रों के देवताओं के सम्यक् ज्ञान के बिना लौकिक तथा वैदिक संस्कारों का फल नहीं प्राप्त किया जा सकता। *(बृहद्देवता 1.2;*

4)। निरुक्त में **यास्क** ने भी कहा है कि ऋषि जिस कामना को लेकर जिस देवता की प्रधानता चाहते हुए स्तुति करता है, उसी देवता का वह मंत्र होता है (7.1)। जिन मंत्रों में देवता का प्रत्यक्ष या परोक्ष उल्लेख नहीं है, उनमें देवता की परीक्षा-विधि यह है कि जिस देवता का यज्ञ या यज्ञांग हो, उस मंत्र को उसी देवता का मानना चाहिए। वहीं-कहीं सूक्तों में या मंत्रों में देव से भिन्न वस्तुओं की भी देवता की तरह स्तुति की जाती है; जैसे— अश्व, अक्ष या विभिन्न औषधियां। ऐसे ही स्थानों में 'देवता' उस सूक्तविशेष के 'विषय' की ओर संकेत करता है।

वैदिक ऋषियों ने मंत्ररचना करते हुए उनके देवता, छंद आदि का नाम दिया हो या न दिया हो, परंतु **बृहद्देवता** नामक अनुक्रमणी-ग्रंथ में सूक्तों के देवता, छंद तथा ऋषि के नामों का परिगणन किया गया है। सर्वानुक्रमणी में भी इसी प्रकार के उल्लेख मिलते हैं।

ऋग्वैदिक देवशास्त्र के मुख्य देवता

1. **अग्नि :** ऋग्वेद का प्रारंभ अग्निदेव को संबोधित निम्नलिखित मंत्र से होता है:

अग्निमीळे पुरोहितम्
यज्ञस्य देवमृत्विजम्
होतारं रत्नधातमम्।

(ऋग्वेद 1.1.1)

पृथ्वी-स्थानीय देवों में अग्नि प्रमुख देव है। 'इंद्र' के बाद वैदिक देवों में 'अग्नि देव' का ही स्थान है। ऋग्वेद में इनके लिए लगभग 200 सूक्त हैं। इसके अतिरिक्त अन्य देवों के साथ भी अनेक सूक्तों में इनका आवाहन किया गया है।

इनके मानवीकरण में यज्ञात्मक पक्ष की पार्थिव-अग्नि का स्पष्ट संदर्भ है। घृतपृष्ठ, घृतमुख, सुजिह्व, घृतकेश तथा ज्वालकेश जैसे विशेषण मानवीकरण की प्रक्रिया की ओर संकेत करते हैं। 'घृत' को अग्नि का नेत्र भी कहा गया है। लकड़ी व घृत इनका भोजन है तथा तरल घृत पेय। तीक्ष्ण दांतों से यह वनों को खाते हैं। अग्नि वह मुख है, जिससे देवता हविष्य खाते हैं। सूर्य तथा विद्युत् के समान स्वर्णिम है-अग्नि। अग्नि की ज्वालाएं ऊर्ध्वगामी हैं, जो मनुष्य को ऊंचा उठने की प्रेरणा देती हैं। दो अरणियों (काष्ठविशेष) के घर्षण से होने वाले इनके दैनिक पार्थिव जन्म का प्रायः उल्लेख हुआ है। इस संबंध में

ऊपर वाली अरणी पुरुष (पिता) तथा नीचे वाली अरणी स्त्री (माता) है। यही नहीं, अग्निदेव बड़वानल के रूप में जलों में भी विद्यमान रहता है।

मानव के लिए अत्यंत उपयोगी अग्नि 'गृहपति' है, क्योंकि उसके माध्यम से जीवन के लिए आवश्यक भोजन पकता है। प्रकाश के लिए शीत से बचने के लिए एवं जंगली पशुओं को डराने के लिए भी वैदिकआर्यों को 'अग्नि' की आवश्यकता थी। अग्नि 'दूत' के रूप में मनुष्य और देवों के संबंध को स्थापित करते हैं। इस दृष्टि से वे 'मानवमित्र' हैं। वैदिक कवियों ने सरल, हृदयस्पर्शी वाणी में अग्नि का स्तवन किया है।

यास्काचार्य ने 'अग्नि' की निम्नलिखित निरुक्तियां दी हैं :

अ. अंगं नयति सन्नममानः अर्थात् प्रत्येक वस्तु की ओर अग्रसर होता हुआ उसके शरीर को आत्मसात् कर लेता है।

ब. अग्रणीः भवति अर्थात् अग्नि सब में अग्रणी है। वास्तव में 'अग्नि' के माध्यम से ऊर्जा उत्पन्न होती है तथा जो भी पदार्थ उसमें डाले जाते हैं, उन्हें वह 'आत्मसात्' कर लेती है। यही कारण है सभी यंत्रों में किसी-न-किसी रूप में अग्नि का, ऊर्जा का प्रयोग किया ही जाता है।

'अग्र' होने का गुण बताता है कि यज्ञ में सर्वप्रथम अग्नि को स्थापित किया जाता है। इसीलिए 'अग्नि' नेता है। दयानंद ने अपनी व्याख्याओं में समाज का नेतृत्व करने वाले को 'अग्नि' माना है।

'पाश्चात्य विद्वान् **मैक्डॉनल** ने 'अग्नि' की व्युत्पत्ति अज् धातु से मानी है, जिसका अर्थ 'गति' होता है। लैटिन में 'एगो' तथा यूनानी 'ऐगो' के समानार्थक है, अज् धातु। 'अग्नि' वास्तव में एक भारोपीय शब्द है। (लैटिन में इग्निस) तथा स्लेवोनिक में 'ओग्नि' है। भारत में 'अग्नि-पूजा' का महत्त्व हर क्षेत्र में रहा है। हर विशेष अवसर पर किए जाने वाला 'हवन' या 'अग्निहोत्र' तथा विवाह जैसे पवित्र और प्रमुख कार्य में 'अग्नि' की साक्षी में पढ़े जाने वाले मंत्र 'अग्नि' की प्रतिष्ठा स्थापित करते हैं। भारतीयों की तरह 'पारसी' भी अग्निपूजक होते हैं।'

आधिभौतिक पक्ष में 'अग्नि' साधारण 'अग्नितत्त्व' है, जो सबमें किसी न किसी रूप में व्याप्त है। मानव-शरीर के पंचतत्त्वों में अग्नि एक है। आधिदैविक पक्ष में अग्नि देवता है। 'देवता' के रूप में अग्नि अत्यंत ज्ञानी हैं 'जातवेदस्' हैं, सबको जानने वाले हैं। उनके लिए ऋषि या दिव्यऋषि विशेषण अकसर ऋग्वेद में प्रयुक्त हुआ है *(ऋग्वेद 3.3.4)*। उनमें सभी विद्याएं प्रतिष्ठित हैं।

(ऋग्वेद 10.21.5) आध्यात्मिक पक्ष में अरविंद घोष के अनुसार इसका अर्थ शरीर को उष्ण रखने वाला प्राणतत्त्व है।

2. इंद्र : इंद्र वैदिकआर्यों के प्रियतम राष्ट्रीय देवता हैं। अंतरिक्षस्थानीय इस देवता की ऋग्वेद के 250 सूक्तों में स्तुति हुई है। 50 सूक्तों में इसकी संस्तुति अन्य देवों के साथ हुई है। यास्काचार्य ने अपने निरुक्त में इंद्र की निम्नलिखित निरुक्तियां दी हैं[1]:

'इरां दृणाति। इरां ददाति, दारयते धारयते च।'

अर्थात् 'जो अनाज (इरा) को बीजरूप में अंकुरित करने के लिए तोड़ता है। वर्षा या सूर्य, अन्न प्रदान करने या धारण करने के कारण उन्हें इरादः, इराधः, इराध्रः कहा जाता था, वही 'इंद्र' में बदल गया। 'इंदु' सोम के लिए दौड़कर आता है, इसलिए **इन्दौ रमते** निरुक्ति दी गई है। इंध धातु का अर्थ होता है 'प्रदीप्त करना।' 'इंध्' से भी इंद्र की निरुक्ति की गई है। इंद्र प्राण हैं तथा समस्त शारीरिक वृत्तियों को प्रदीप्त करते हैं। आग्रायण तथा औपमन्यव ने इंद्र को समस्त संसार का निर्माण करने वाला अथवा इसका द्रष्टा माना है– **'इदं करः** अथवा **'इदं दृशः'**। इंद्र धातु ऐश्वर्य या सामर्थ्यवाची है। अपने ऐश्वर्य से वे याज्ञिकों के शत्रुओं को नष्ट करते हैं अथवा भगाते हैं।[2]

आधिभौतिक पक्ष में 'इंद्र' को 'जल' या 'वर्षा' माना जाता है, आधिदै. विक पक्ष में 'इंद्र' देवता हैं तथा आध्यात्मिक पक्ष में 'इंद्र' का अर्थ 'मन' है। शरीर के समस्त अंगों में 'मन' की प्रमुखता है तथा वह सभी ज्ञानेन्द्रियों और कर्मेन्द्रियों का राजा है। गोपथ-ब्राह्मण में तो स्पष्ट कहा गया है– **यन्मनः स इन्द्रः।**

'इंद्र के स्वरूप के विषय में काफी विवाद है, यास्क, ग्रे, हापकिन्स तथा ब्लूमफील्ड ने इंद्र को वर्षा का देवता माना है। केगी तथा मैक्डॉनल इंद्र को युद्ध का अधिष्ठाता मानते हैं। प्रो. रैगोजिन इंद्र को वर्षा और युद्ध दोनों का 'देवता' मानते हैं। इसके साथ ही 'इंद्र' 'उर्वरता के देव' भी माने जाते हैं। 'इंद्र' को ऋग्वेद में एक स्थान पर 'आदित्य' विशेषण मिला है। इसके साथ ही ब्राह्मण ग्रंथों में 12 आदित्यों में 'इंद्र' का नाम भी परिगणित है। तिलक तथा मैक्समूलर ने ऐसे ही अन्य स्थलों के आधार पर 'इंद्र' का तादात्म्य सूर्य से किया है, परंतु **डॉ. दांडेकर** ने इसका विरोध किया है। वास्तव में इतनी

---

1. निरुक्त 10.1.8
2. इंदतेर्वा ऐश्वर्यकर्मणः इदं (शत्रूणां) दारयिता आदरयिता वा (यज्वनाम्) इति।

अधिक संख्या में सूक्त इंद्र को संबोधित किए गए हैं तथा इतने अधिक विशेषणों से उन्हें नवाज़ा गया है कि यह निश्चित करना कठिन हो जाता है कि उन्हें किस प्राकृतिक तत्त्व से समीकृत किया जाए।

'इंद्र' का व्यक्तित्व सबसे अधिक स्पष्ट है। ऋग्वेद में उनके सिर, उदर, हाथों का वर्णन किया गया है। **'सुशिप्र'**— सुंदर ठोड़ी वाला विशेषण भी उनके लिए प्रयुक्त हुआ है। उनकी दाढ़ी-मूंछों का भी वर्णन हुआ है, जो सोमपान के पश्चात् हिलने लगती हैं *(ऋग्वेद 2.11.17)*। वे सूर्य के समान तेजस्वी हैं। कठोर एवं सशक्त बाहु वाले होने के कारण उन्हें 'बज्रबाहु' कहा गया है। अपनी माया या रहस्यात्मक शक्ति के द्वारा वे चाहे जैसे बन जाते हैं *(ऋग्वेद 3.53.8 तथा 4.47.18)*।

ऋग्वेद 4.17.4 में 'द्यौ' को 'इंद्र' का पिता बताया गया है। एक स्थान पर 'इंद्र' की माता को 'गृष्टि' या 'गौ' बताया गया है। (*ऋग्वेद 4.18.10*)। उनकी पत्नी का नाम इंद्राणी है। इंद्र के पास 'वज्र' जैसा विलक्षण अस्त्र है, जो देवशिल्पी त्वष्टा ने बनाया था। 'वज्र' के संबंध से 'इंद्र' के लिए अनेक विशेषण बने हैं, जैसे वज्रहस्त, वज्रबाहु, वज्रभृत्, वज्रिन् आदि। इन वर्णनों को पढ़ने से लगता है कि बिजली गिरने की क्रिया को वज्र कहा गया है। कभी-कभी धनुष व बाणों को धारण करने वाला भी उन्हें कहा गया है। इंद्र के रथ में घोड़े जुते हैं। **'रथेष्ठा'** विशेषण भी 'इंद्र' के लिए आया है। उनके रथ की गति को मन की गति से भी तीव्र बताया गया है *(ऋग्वेद 10.112.2)*।

इंद्र का 'सोम' के साथ गहरा संबंध है। वे 'सोमपायी' देवता हैं। **'सोमपा'** विशेषण उनके लिए प्रयुक्त हुआ है। सोमपान करके इंद्र अनेक ओजस्वी कार्य करते हैं। 'सोम' यूं तो एक वनस्पति है, जिसका रस निचोड़ा जाता है। स्वामी दयानंद तथा अन्य विद्वान् भी 'सोम' का अर्थ 'आनंद' या 'औषधि' मानते हैं। सोमपान का अर्थ होता है 'आनंदित होना' या 'औषधिरस का पान करना'। आध्यात्मिक पक्ष में 'इंद्र' यदि मन है, तो 'सोम' 'आनंद' है। मन और आनंद का घनिष्ठ संबंध है, अतः 'इंद्र व सोम' दोनों को सम्मिलित रूप से भी सूक्तों में संस्तुत किया गया है।

अनेक बार इंद्र को सृष्टिकर्मों का कर्त्ता कहा गया है। उल्लेखनीय है कि उन्होंने आकाश में द्युलोक स्थिर किया। द्यावा-पृथ्वी-अंतरिक्ष को अपने तेज से पूर्ण किया तथा पृथ्वी को स्वयं धारण कर उसे प्रसिद्धि प्रदान की (ऋग्वेद 2/15/2) इन्द्र ही हैं जो पृथ्वी और आकाश दोनों के उत्पादक हैं *(ऋग्वेद 8.36.4)*। वह समस्त संसार के एकमात्र शासक हैं— 'एक ईशान ओजसा'

(ऋग्वेद 8.6.41)। वे कांपती हुई पृथ्वी व पर्वतों को स्थिर करते हैं, अंतरिक्ष का निर्माण करते हैं तथा आकाश का स्तंभन करते हैं *(ऋग्वेद 2.13.2)*। वही सूर्य व उषा को उत्पन्न करते हैं। वही जल के नेता हैं *(ऋग्वेद 2.12.7)*। उनके ये सब कर्म स्थापित करते हैं कि वे 'परमात्मा' के प्रतीक हैं। ऋग्वेद में **एकं सत् विप्रा बहुधा वदन्ति** कहकर जिस परम तत्त्व की बात कही गई है, वही 'इंद्र' है। (वही अग्नि आदि नामों से भी पुकारा जाता है।) 'इंद्र के मूल में **'इन्द्र ऐश्वर्ये'** धातु भी इसी ओर संकेत करती है कि इंद्र परम ऐश्वर्यशाली ईश्वर हैं।

वैदिक वाङ्मयों से लेकर उपनिषद तक इन्द्र एक महानशत्रु-संहारक के रूप में सामने आते हैं। वैदिक साहित्य में इन्द्र की युद्ध देवता के रूप में ख्यातिसतत बनी रही है। उपनिषदों में उन्हें अन्य देवताओं से श्रेष्ठ (केनोपनिषद् - 4/1-2), स्वरों को इन्द्र की आत्मा (छान्दोग्योपनिषद् - 2/22/2) तथा प्राण को स्वयं इन्द्र कहा गया है (कौषीतकि उपनिषद् - 3/2)।

इंद्र का सबसे महत्त्वपूर्ण व शौर्यपूर्ण कार्य 'वृत्रवध' है। **'वृत्रहा'** विशेषण अनेक बार प्रयुक्त हुआ है; परंतु 'वृत्र' कौन है, इस विषय में विद्वान् एकमत नहीं हैं। यास्क वृत्र को मेघ मानते हैं, जो वर्षा को रोकता है— 'इंद्र' उसका हनन कर वर्षा करवाते हैं। लोकमान्य तिलक 'इंद्र' को सूर्य मानते हैं व वृत्र हिम है। उत्तरी ध्रुव में जमी बर्फ को वसंतकालीन सूर्य अपने ताप से द्रवित कर नदीरूप में प्रवाहित करता है। ऐतिहासिक मत वाले विद्वान् 'वृत्र' नामक राक्षस का उल्लेख करते हैं, जिसका वध इंद्र ने किया।

प्रतीकात्मक रूप में 'वृत्र' आवरक शक्ति को द्योतित करता है, जिससे मनुष्य अपने सत्यस्वरूप को जानने में असमर्थ होता है। 'वृत्रवध' का अर्थ है 'मन के आवरणों का भेदन'। यह आत्मशक्ति या 'मानसिक शक्ति' से ही संभव होता है। 'वृत्र' के अन्य नाम शुष्ण, नमुचि, अहि आदि भी ऋग्वेद में मिलते हैं।

इंद्र वैदिकआर्यों की युद्ध में रक्षा करते हैं। अनेक सूक्तों में युद्ध में विजय पाने की लिए इंद्र का आवाहन किया गया है। दस्युओं के विरुद्ध रक्षा करने का सामर्थ्य भी इंद्र में ही है।[1] इंद्र के बिना योद्धा युद्ध में विजय नहीं पा सकते:

'यस्मान्न ऋते विजयन्ते जनासो।'

इंद्र का मित्र न मारा जाता है, न विजित होता है। 'इंद्र' के इसी सामर्थ्य के कारण उसे 'राष्ट्रीय देवता' की संज्ञा मिली है।

---

1. **हत्वी दस्यून प्रार्या वर्णमावत्** *(ऋग्वेद 3.34.9)*

वैदिक इंद्र का यह उदात्त तथा वीरत्वपूर्ण रूप पुराणकाल में पूर्णरूप से परिवर्तित हो गया। वहां वे देवों के अधिपति, शची के पति तथा जयंत के पिता हैं। सौ यज्ञ करके 'इंद्रासन' को कोई भी ले सकता है, अतः वे भयभीत रहते हैं। अप्सराओं को भेजकर तपोभंग के प्रसंग भी इसीलिए बहुतायत से मिलते हैं। स्वर्गलोक में रागरंग में लीन रहना तथा तपस्वियों से भयभीत रहना उनके व्यक्तित्व की कमजोरियां हैं, जो पौराणिककाल में ही विकसित हुईं। वैदिक 'इंद्र' इन सबसे परे हैं।

3. सूर्य : द्युस्थानी 'सूर्य' भौतिक सूर्य के स्थूलरूप का प्रतिनिधित्व करता है तथा इसकी स्तुति ऋग्वेद के दस सूक्तों में हुई है। सूक्तों की संख्या कम होने का अर्थ यह नहीं कि सूर्य का महत्त्व कम है। वास्तव में सूर्यतत्त्व को अभिव्यक्त करने वाले कम-से-कम आधा दर्जन देवता और भी हैं; जैसे– सविता, मित्र, पूषन्, विष्णु-आदित्य (आदित्यगण) आदि। ये सूर्य एवं प्रकाश के विभिन्न रूपों का बोध करवाते हैं।

जहां तक सूर्य का प्रश्न है, उसे सृ गतौ धातु से या 'षु' प्रेरणा देने वाली धातु से निष्पन्न माना जाता है। **सरति इति सूर्यः** अर्थात् जो द्यौ में विचरण करता है, वह सूर्य है तथा जो अंधकार को समाप्त कर प्रभात में कर्म करने की प्रेरणा देता है, वही सूर्य है। सूर्य के रूप में वैदिकऋषियों ने संसार को प्रकाशित करने वाले आकाशस्थ ज्योतिष्पिंड का ही वर्णन किया है। सूर्य का भासमान मंडल ही ऋषियों के सम्मुख प्रमुख रूप से वर्ण्य रहा है। 'देव' शब्द स्वयं इस बात का प्रमाण है कि आर्यों की दिव्यशक्ति संबंधी प्राचीनतम धारणा प्रकाश से संबंधित थी। सूर्य के भौतिकरूप के अति स्पष्ट होने से उसका मानवीकरण अपूर्ण-सा है।

सूर्य आकाश के पुत्र हैं-**दिवस्पुत्राय सूर्याय शंसत,** *(ऋग्वेद 10.37.1)*। उनको अदिति का पुत्र या आदितेय भी कहा गया है *(ऋग्वेद 10.88.11)*। वह प्राणियों के एकमात्र नेत्र हैं-**सूर्यो भूतस्यैकं चक्षुः** *(अथर्ववेद 13.1.45)*। ऋग्वेद के प्रसिद्ध पुरुष सूक्त में सूर्य की उत्पत्ति विराट्-पुरुष के नेत्रों से हुई है-**चक्षोः सूर्यो अजायत,** *(ऋग्वेद 10.90.13)* तथा ऋग्वेद *(10.16.3)* में कहा गया है कि मरने पर मनुष्य के चक्षु (अर्थात् दर्शनशक्ति) सूर्य में मिल जाते हैं-'सूर्यं चक्षुर्गच्छतु।'

प्रकृति के कोने-कोने में सूर्य की रश्मियों के प्रवेश के कारण सूर्य को 'उरुचक्षा' *(ऋग्वेद 7.35.8)* दूरेदृश् *(ऋग्वेद 10.37.1)* तथा 'विश्वचक्षा' *(ऋग्वेद 1.50.2)* विशेषण मिले हैं। मनुष्य के सभी कृत्यों को वे देखते हैं *(ऋग्वेद*

1.60.7) तथा उनके शुभ-अशुभ सभी कृत्यों को जानते हैं *(ऋग्वेद 6.51.2)*। वे संसार को स्थिर रखने वाले एवं जगत् के रक्षक हैं:

विश्वस्य स्थातुर्जगतश्च गोपा *(ऋग्वेद 6.60.2)*। वास्तव में 'सूर्य' ही इस संसार की स्थिति का कारण है, इसे आधुनिक वैज्ञानिक भी स्वीकार करते हैं। इसलिए प्राचीन वैदिकऋषि के इस निष्कर्ष पर कि 'सूर्य जड़ व चेतन की आत्मा है'-**सूर्य आत्मा जगतस्तस्थुषश्च** *(ऋग्वेद 1.115.1)* आश्चर्य नहीं होता है।

और यही नहीं, सूर्यकिरणों के सात रंगों (Seven Prismatic rays) का ज्ञान भी ऋग्वैदिक ऋषि को था। इसीलिए बहुत बार 'सप्त' की संख्या का प्रयोग उनके संदर्भ में हुआ है। सूर्य के रथ को सात अश्व खींचते हैं *(ऋग्वेद 5.45.9)*।[1]

उषाकाल के पश्चात् सूर्य के उदय होने के कारण वैदिककवि ने उसे उषा रूपी मां की गोदी में खेलते हुए दिखाया है।[2] कहीं-कहीं उषा को सूर्य की पत्नी के रूप में चित्रित किया गया है।[3] पूर्व से पश्चिम तक के आकाश में विचरण करने के कारण सूर्य को 'अरुष' (भूरे या लाल) वर्ण का सुंदर पंखों वाला पक्षी कहा गया है।[4] कहीं उनकी उपमा तीव्र गति से उड़ने वाले 'श्येन' (बाज) पक्षी से दी गई है।[5] कहीं उन्हें 'आकाश का रत्न' *(ऋग्वेद 7.63.4)* तथा कहीं 'अनेक वर्णों का प्रस्तर' *(ऋग्वेद 5.47.3)* कहा गया है।

(ऋग्वेद 1.50.11)

सूर्य के प्रकाश में न केवल अंधकार को दूर करने की शक्ति है, अपितु अनेक प्रकार के रोगों तथा दूषणों को दूर करने का सामर्थ्य भी है। सूर्य हृदयरोग तथा पाण्डुरोगनाशक है। वैदिकऋषि की वैज्ञानिक दृष्टि इस तथ्य को ध्यान में रखते हुए उन्हें अंधकार के दानवों का नाशकर्ता[6] तथा दुःखों, रोगों एवं दुःस्वप्नों का शमनकर्ता[7] वर्णित करती है। ऋग्वेद (1/50/11) में सूर्य हृदय रोग तथा पाण्डुरोग के नाश करने वाले देवता हैं, अथर्ववेद (5/24/9) में वह नेत्रों के अधिपति हैं (**सूर्यश्चक्षुषामाधपतिः स मावतु**) जो न केवल मनुष्यों के

1. ऋग्वेद 7.63.15
2. ऋग्वेद 7.63.3
3. ऋग्वेद 8.75.5
4. ऋग्वेद 5.47.3
5. ऋग्वेद 5.45.9
6. ऋग्वेद 1.191.8
7. ऋग्वेद 10.37.4

(**सूर्योभूतस्यैकं चक्षुः**'– अथर्ववेद (13/1/45) अपितु मित्र, वरुण तथा अग्नि के भी नेत्र हैं (**चित्रं देवानामुद गादनीकं चक्षुर्मित्रस्य वरुणयाग्नेः** – ऋग्वेद 1/115/1)।

4. वरुण : द्युस्थानीय देवता वरुण ऋग्वेद के महानतम देवताओं में से एक हैं, यद्यपि इनकी स्तुति में 12 सूक्त ही अर्पित हैं। इसके अतिरिक्त 24 सूक्तों में इन्हें संयुक्तरूप से पुकारा गया है। वरुण की प्राकृतिक पृष्ठभूमि सर्वावरक आकाश है। वेदों में आकाश का वर्णन उत्तर-समुद्र के रूप में है, इसलिए वरुण समुद्र के देवता भी हो गए हैं। पौराणिक-परंपरा में तो वे पार्थिव समुद्र के अधिष्ठाता मात्र रह गए हैं, परंतु ऋग्वेद में वरुण का बहुत उदात्त रूप चित्रित हुआ है। **वृ (आवृत करना)** धातु से निष्पन्न वरुण का शाब्दिक अर्थ 'आवृत करने वाला है।' प्रारंभिक वैदिककाल में वरुण परमोपासना के विषय थे। इसीलिए कहीं इन्हें देवों तथा मनुष्यों का राजा कहा गया है, तो कहीं संपूर्ण विश्व का राजा विश्वस्य भुवनस्य राजा *(ऋग्वेद 5.85.3)*। इनके लिए 'सम्राट्' शब्द का प्रयोग भी हुआ है। **'क्षत्र'** तथा **'असुर'** उपाधियों का प्रयोग भी इनके लिए हुआ है। **'क्षत्र'** सार्वभौमिक सत्ता के लिए प्रयुक्त हुआ है। **'असुर'** विशेषण ऋग्वेद में निकृष्ट अर्थ में नहीं, अपितु उत्तम अर्थ में हुआ है। **'असुर**' का अर्थ है, प्राणमयी शक्ति। वरुण की अनिर्वचनीय शक्ति का नाम **'माया'** है।

ऋत से वरुण का संबंध विशेष रूप से मुखरित हुआ है ऋग्वेद में। ऋत का अर्थ है, शाश्वत नियम। वरुण प्रकृति के शाश्वत नियमों के रक्षक हैं (ऋतस्य गोपा)। इसी के नियमों के कारण पृथ्वी, आकाश, सूर्य, चंद्रमा और तारे अपने-अपने स्थान पर टिके रहते हैं। वह ऋतुओं को भी नियंत्रित करता है व बारह महीनों को जानता है *(ऋग्वेद 1.25.8)* तथा आकाश में उड़ते हुए पक्षियों व सागर में चलने वाली नावों को भी जानता है *(ऋग्वेद 1.5.27)*। दूरगामी वायु का मार्ग भी उसे विदित है *(ऋग्वेद 1.25.9)*। वरुण के व्रत या नियम प्रकृति की व्यवस्था को ही नहीं संभालते। वह मनुष्य के मन से संबद्ध नैतिक नियमों को भी अभिव्यक्त करते हैं। इसीलिए वरुण से प्रार्थना की गई है कि 'हे वरुण, मुझसे अपराध का बंधन मुक्त कर दीजिए, हम आपके ऋत के स्थान में वृद्धि को प्राप्त हों :

'वि मच्छ्रथाय रशनामिवाग ऋध्याम ते वरुण खामृतस्य।'

(ऋग्वेद 2.28.5)

वरुण की एक उपाधि **धृतवृत** है। स्वयं देवगण भी वरुण के नियमों का अनुसरण करते हैं– **वरुणस्य पुरो गये विश्वे देवा अनुव्रतम्** *(ऋग्वेद 8.41.7)*। नियमों की रक्षा के लिए वरुण सतत जागरूक रहते हैं। नियमों का उल्लंघन करने वाले का ज्ञान वरुण को तत्काल हो जाता है। इस प्रसंग में वरुण के गुप्तचरों (स्पशः) का उल्लेख हुआ है। **सहस्रचक्षाः** और **उरुचक्षाः** विशेषण सिद्ध करते हैं कि नियम भंग करके वरुण की सूक्ष्मदृष्टि से बचा नहीं जा सकता। कुशल शासक की तरह अपराधियों के लिए दंड विधान है। वरुण द्वारा अपने पापियों को पाशों से बांधे जाने का उल्लेख है। अनेक मंत्रों में वरुण के पाशों से मुक्ति की प्रार्थनाएं हैं:

उदुत्तमं मुमुग्धि नो वि पाशं मध्यमं चृत।
अवाधमानि जीवसे ॥

(ऋग्वेद 1.25.21)

ये पाश कोई रज्जुबंधन नहीं प्रतीत होते, ये तो कर्म-फलरूपी बंधन लगते हैं। पर एक ओर यदि वरुणदेव कठोर हैं, तो दूसरी ओर कोमल भी हैं। यदि वे दंड देते हैं, तो क्षमादान भी करते हैं। यही कारण है वरुण के भक्त उनसे प्रार्थना करते हैं कि वे उन्हें पापरहित बनाकर उनके प्रति अनुग्रह करें :

यो मृळयाति चक्रुषे चिदागो वयं स्याम वरुणे अनागाः ॥

(ऋग्वेद 7.87.7)

वरुण के व्यक्तित्व की यह विशेषता उन्हें विलक्षण स्थापित करती है।

वरुण के चमकीले परिधान का उल्लेख भी ऋग्वेद में हुआ है (बिभ्रत् द्रापिम्)। यह परिधान सूर्य का प्रकाश ही प्रतीत होता है। वैसे भी सूर्य को वरुण (तथा मित्र) का नेत्र बताया गया है *(ऋग्वेद 1.115.1)*। वरुण का रथ भी सूर्य के समान द्युतिमान है *(ऋग्वेद 1.122.15)*। वरुण को 'सुपाणि' तथा 'द्युतिमान-चरणों वाले' जैसे विशेषण सूर्य के साथ उनके संबंध को लक्षित करते हैं। मित्र और वरुण दोनों आदित्यगण के सदस्य हैं, अतः दोनों सौरदेवता हुए, परंतु मित्र सूर्य के प्रातःकालिक रूप के तथा वरुण रात्रिकालिक रूप के प्रतीक हैं। संभवतया इसी आधार पर पश्चिम दिशा, जहां सूर्यास्त होता है 'वारुणी'

---

1. वैदिक ग्लास्सरी पृ. 79-81
2. मित्रो जनान् यातयति ब्रुवाणो मित्रो दाधार पृथिवीमुतद्याम्।
   मित्रः कृष्टीरनिमिषाभि चष्टे मित्राय हव्यं घृतवज्जुहोत ॥ *(ऋग्वेद 3.59.1)*

दिशा कहलाती है। रात्रि से इसी संबंध को लक्ष्य करके **ओल्डनबर्ग** ने 'वरुण' को चंद्रमा मान लिया है।

यास्काचार्य ने वरुण का निवर्चन वृञ् धातु से किया है जिसका अर्थ होता है 'वरण' करना।

'वरुणः वृणोतीति सतः।'

अर्थात् 'वरुण सज्जनों का वरण करता है।'

यास्क के भाष्यकार दुर्गाचार्य ने मध्यम स्थानीय होने के कारण इसकी व्याख्या इस प्रकार की है :

'आवृणोति ह्ययं मेघजालेन वियत्।'

अर्थात् जो अपने बादलों के समूह से आकाश को व्याप्त कर देता है, उनके अनुसार आकाश ही वरुण है। पाश्चात्य विद्वान् मैक्डॉनल, कीथ आदि ने भी आकाश को ही वरुण माना है। वरुण का समुद्र से संबंध भी बहुत बार व्याख्यायित हुआ है *(ऋग्वेद 3.87.6, 8.41.8)*। समुद्र के अतिरिक्त वर्षा के जल का स्रष्टा भी इन्हें कहा गया है। एक संपूर्ण सूक्त *(ऋग्वेद 5.63)* में इनकी वर्षा करने की शक्ति की चर्चा है। वर्षा या जल से संबंध होने के कारण इनकी गणना अंतरिक्षीय देवों में भी की जाती है।

ऋग्वेद में वरुण का स्वरूप अत्यंत व्यापक है। किसी एक रूप से इसे संबद्ध करना सरल नहीं है। इसका कारण है, वरुण का 'अमूर्त' होना। स्वामी दयानंद ने अलग-अलग स्थानों पर इसके अलग-अलग अर्थ किए हैं। वे वरुण को जगदीश्वर, वायु (ऋग्वेद 1.24.8, 11) जल, वायु या चंद्रमा (ऋग्वेद 1.17.5) तथा उपदेशक मानते हैं। 'वरुण' के भीतर मूलभाव है 'वर' या श्रेष्ठ का अर्थात् 'वरुण' वरणीय देव हैं। इस वरणीय देव के प्रति वसिष्ठ ने बहुत ही भावपूर्ण, भक्तिभावना से समन्वित सूक्तों की रचना की है। श्री अरविंद के अनुसार 'वरुण सर्वोच्च आवश्यक आकाश है, आत्मा को घेरने वाला समुद्र, आकाशीय प्रभुत्व तथा अनन्त व्याप्ति है। विशालता का प्रतिनिधि है। वरुण सूर्य का क्रिया-कलाप है, विस्तार तथा विशालता की शुद्धता का स्वामी है।'[1]

5. मित्र : ऋग्वेद में मित्र का वरुण के साथ इतना घनिष्ठ संबंध है कि केवल एक ही सूक्त (3.59) में स्वतंत्ररूप से उनका स्तवन हुआ है। इनके नाम की व्युत्पत्ति सखा अर्थ में **मिद्** धातु से मानी गई है। उनके दयालु स्वभाव तथा उदारता का उल्लेख बहुत बार हुआ है। 'मित्र' को संबोधित सूक्त के प्रथम मंत्र में कहा गया है:

---

1. ऋग्वेद 3.59.5

'मित्र बोलकर लोगों को गतिशील कर देता है। पृथ्वी तथा द्युलोक को धारण करता है, अपलक नेत्रों से कर्मशील व्यक्तियों को देखता है। मित्र के लिए घृतयुक्त आहुति अर्पित करो।'[2] पृथ्वी और आकाश को धारण करने की विशेषता तो लगभग सभी देवों में समान है, परंतु 'यातयज्जन' मित्र की विशिष्ट उपाधि है :

'यातयज्जनो गृणते सुशेव।'

मित्र जनों को उनके कार्यों में प्रवृत्त करता है तथा स्तुतिकर्ता को सुख देने वाला है।

वरुणदेव की भांति मित्र के व्रतों या नियमों का भी वर्णन किया गया है। जो इन व्रतों का पालन करता है, वह समृद्धशाली होता है, उसे न कोई मार सकता है और न जीत सकता है, उसे कोई व्याधि भी नहीं होती'—

प्र स मित्र मर्तो अस्तु प्रयस्वान्
यस्त आदित्य शिक्षति व्रतेन।
न हन्यते न जीयते त्वोतो
नैनमंहो अश्नोत्यन्तितो न दूरात् ॥

(ऋग्वेद 3.59.2)

मित्र का भवन वरुण की भांति स्वर्णिम व सहस्र द्वार वाला है। 'चर्षणीधृत' विशेषण का प्रयोग भी उसके लिए हुआ है। वह वृष्टि करके अन्नोत्पादन करता है तथा मनुष्यों को धारण करता है। ऐसे विशेषण 'मित्र' को सूर्य सिद्ध करते हैं। सूर्य ही मनुष्यों को कर्म में प्रेरित करता है तथा उसकी कृपा से भक्तगण रोगमुक्त व अन्न से आनंदित होते हैं:

अनमीवास इळया मदन्तो मितज्ञवो
वरिमन्ना पृथिव्याः।
आदित्यस्य व्रतमुपक्षियन्तो
वयं मित्रस्य सुमतौ स्याम ॥

(ऋग्वेद 3.59.3)

ब्राह्मण ग्रंथों में भी 'मित्र' को दिन का देवता तथा वरुण को रात्रि का देवता माना गया है।

ऋग्वेद का 'मित्र' शब्द लौकिक संस्कृत में तो प्रचलित है ही, हिंदी भाषा में भी उसे वही स्थान प्राप्त है। लौकिक संस्कृत में मित्र नपुंसकलिंग हो गया है, परंतु अर्थ वही है जो विपत्ति में सहायता करे, उचित मार्ग पर चलने में

सहायता करे तथा ज्ञानयुक्त बनाए। वैदिक मित्र के सभी गुण वर्तमान युग में एक सखा में भी वांछनीय हैं। मित्र शब्द की एक और व्युत्पत्ति यह है :

'मिनातेः हिंसायाः त्रायते इति मित्रम्'

अर्थात् जो हिंसा से बचाए वही मित्र है। आधिभौतिक स्तर पर 'मित्र' सूर्य है, आधिदैविक पक्ष में 'मित्र' सूर्यदेव ही है, जो 'विश्व का मित्र' है, विश्व का कल्याण करता है, उसे प्रेरित करता है। वर्षा आदि में सहायक होकर जनकल्याण साधता है। आध्यात्मिक पक्ष में 'मित्र' परमात्मा के 'सख्यभाव' का प्रतीक है, जिससे आत्मा प्रेरणा लेता है। ऋग्वेद के एक मंत्र में (1.2.7) **मित्रं हुवे पूतदक्षम्** मैं मित्र का आवाहन करता हूं, जो पवित्र बलवाला या पवित्र विवेक-शक्ति वाला है। यह विवेक-शक्ति ही जीवन यात्रा में सहायक होती है। अवेस्ता में मित्र 'मिथ्र' के रूप में है, जो विश्वसनीयता का रक्षक व प्रकाश देने वाला है।

6. सविता : ऋग्वेद के 11 संपूर्ण तथा अंशतः अनेक अन्य सूक्तों में सवितृदेव की स्तुतियां हुई हैं। इनके नाम का उल्लेख 170 बार हुआ है। यह प्रमुख रूप से एक स्वर्णमय देव हैं, क्योंकि प्रायः उनके सभी अवयव तथा उपकरण स्वर्णमय कहे गए हैं। स्वर्ण नेत्र, स्वर्ण-जिह्वा, स्वर्णिम-भुजा वाले, पीले केशों वाले तथा समन्तात् पिशङ्ग (पीलापन लिए भूरा रंग) वेशधारी हैं। स्वर्णरथ है, जिसे दो प्रकाशमय अश्व खींचते हैं। सभी लोकों को यह प्रकाशित करते हैं। अपनी स्वर्णमयी भुजाओं को ऊपर उठाकर यह समस्त प्राणियों को जाग्रत कर देते हैं *(ऋग्वेद 2.38.2)*। वैदिकोत्तर साहित्य में सूर्य और सविता एक ही देवता के रूप में स्वीकार किए गए हैं, परंतु वेद में ये दो भिन्न-भिन्न देवता के रूप में प्रस्तुत हुए हैं। हां, ऋग्वेद में दोनों के वर्णनों में समानता इतनी अधिक है कि पृथकता का अनुभव करना कठिन हो जाता है। फिर भी कई मंत्रों में पार्थक्य घोषित हुआ है; जैसे ऋग्वेद (1.35.9) में कहा गया है:

हिरण्यपाणि सविता... ...उमेद्यावा पृथिवी।
अन्तरीयते... ...रजसा द्यामृणोति ॥

अर्थात् सविता आकाश व पृथ्वी के बीच भ्रमण करता है तथा सूर्य को प्रेरित करता है। सविता सूर्य के समक्ष मनुष्यों के पापरहित होने की घोषणा करता है, और तत्पश्चात् सूर्य की किरणों से जुड़ जाता है। सूर्यदेव ने अपने उदय के पश्चात् सब प्राणियों को अपने पृथक्-पृथक् कर्मों में प्रवृत्त कर दिया है। *(ऋग्वेद 1.157.1, 5.81.4)*।

यास्काचार्य के अनुसार 'उदय होने से पूर्व का सूर्य सविता' कहलाता है (निरुक्त 12.12) और उदय से लेकर अस्त होने तक के समय का 'सूर्य'। पर यह धारणा उचित नहीं जान पड़ती है, क्योंकि ऋग्वेद में सविता का आवाहन दिन के प्रारंभ में और दिन के अंत में दोनों ही समय किया गया है। वास्तव में 'सविता' की व्युत्पत्ति 'सू' धातु से हुई है, जिसका अर्थ है– 'प्रेरित' करना। आचार्य यास्क ने भी सविता की परिभाषा करते हुए इसे **सर्वस्य प्रसविता** सबका प्रेरक कहा है। सू धातु से बने बहुत से शब्दों का प्रयोग 'सविता' देव के लिए हुआ है; जैसे– प्रसवितृ (ऐश्वर्यदाता या प्रेरणादाता), प्रासावीत् (जाग्रत हुआ), आसुवत् (प्रदान किया), सवाय (जाग्रत करने के लिए), परासुव (दूर करो), आसुव (प्रदान करो), सव (प्रेरणा से) इत्यादि भी सविता के लिए अनेक बार प्रयुक्त हुए हैं, जो हमेशा ही प्रेरित करने, उद्दीप्त करने, जाग्रत करने आदि का अर्थ प्रकट करते हैं।

सवितादेव रोगों को दूर करता है- **अपामीवां बाधेत** *(ऋग्वेद 1.35.9)* देवताओं को अमरत्व और मनुष्यों को दीर्घायु प्रदान करता है *(ऋग्वेद 4.54.2)*। सूर्य की भांति सविता से भी प्रार्थना की गई है कि वह दुःस्वप्नों को दूर करे *(ऋग्वेद 5.82.4)* एवं मनुष्य को पापरहित करे *(ऋग्वेद 10.54.3)*। दुष्टात्माओं तथा अभिचारियों को भी दूर भगा देता है :

'अपसेधन्नक्षसो यातुधानान् अस्थाद्देवः प्रतिदोषं गृणानः ॥'

(ऋग्वेद 1.35.10)

अन्य देवताओं की भांति 'सविता' को भी 'असुर' (बलशाली) विशेषण मिला है। 'सविता' के व्रतों व नियमों की चर्चा भी हुई है। ये व्रत तथा नियम अटल हैं। कोई भी, यहां तक कि इंद्र, वरुण, मित्र और अर्यमा भी उसकी आज्ञा का पालन करते हैं, उल्लंघन नहीं *(ऋग्वेद 2.38.9)*। पूषन और सूर्य की भांति सविता भी चराचर जगत् का अधिपति है *(ऋग्वेद 5.53.6)*। यह मनुष्यों की पृथ्वी पर रक्षा करता है और तत्पश्चात् परलोक में जाने पर भी उनके कुशल-क्षेम का ध्यान रखता है। इस प्रकार सभी वांछनीय पदार्थों के स्वामी के रूप में उसकी स्तुति हुई है।

'**ए. ए. मैक्डॉनल** ने 'सविता' का विभिन्न दृष्टियों से विश्लेषण कर यह अभिमत प्रकट किया है कि 'सविता मूलतः भारत में ही व्युत्पन्न एक उपाधि है, जो कि विश्व की अन्य सभी गतियों में प्रमुख और महत्त्वपूर्ण गति का प्रतिनिधित्व करने वाले और जीवन तथा गतियों के महान् प्रेरक के रूप में सूर्य के लिए प्रयुक्त हुई है, किंतु सूर्य से भिन्न होने के रूप में अपेक्षाकृत

यह अधिक अमूर्तदेव है।' वैदिक कवियों की दृष्टि में यह सूर्य की मूर्तिकृत दिव्यशक्ति है, जबकि स्वयं सूर्य अपेक्षाकृत एक अधिक स्थूलदेव हैं और उनकी धारणा में सूर्य-पिंड की बाह्य आकृति का अभाव कभी भी अनुपस्थित नहीं है, क्योंकि 'सूर्य' नाम तथा भौतिक सूर्य में समानता है। ओल्डेनबर्ग का विचार है कि 'सविता वास्तव में प्रेरणा की एक अमूर्त धारणा का प्रतिनिधित्व करता है और इसके चरित्र में सूर्य अथवा किसी भी दशा में सूर्य से संबंधी धारणा प्रायः गौणरूप से ही संयुक्त है।'

ऊपर 'सू' धातु की चर्चा करते हुए उसका अर्थ प्रेरित करना बताया गया है। 'सू' धातु के अन्य अर्थ हैं–'उत्पन्न करना' तथा 'रस निकालना'। 'उत्पन्न करना' अर्थ के कारण ही 'सविता' को 'सर्वोत्पादक' देव मानकर भी स्तुति की गई है। 'सविता' जीवन में 'आनन्दरस' की सृष्टि भी करते हैं, पर 'सविता' के संबंध में 'प्रेरकदेव' की भूमिका सटीक बैठती है। यही कारण है उनका स्मरण ऋग्वेद के प्रसिद्ध गायत्रीमंत्र में सर्वोच्च देवता के रूप में किया गया है तथा उनसे बुद्धियों को प्रेरित करने की प्रार्थना की गई है :

तत्सवितुर्वरेण्यं भर्गो देवस्य धीमहि।
धियो यो नः प्रचोदयात् ॥

(ऋग्वेद 3.32.10)

यह मंत्र 'सविता' के नाम पर 'सावित्री' नाम से भी विख्यात है। इसी कारण हिंदुओं के धार्मिक जीवन में इस देवता का स्थान बहुत महत्त्वपूर्ण है। इसके अतिरिक्त भी सविता विश्व का शारीरिक, मानसिक, नैतिक शक्तियों का प्रेरक देव बनकर उभरा है। तभी यजुर्वेद का ऋषि उससे सभी दुर्गुण दूर करने की तथा जो कुछ कल्याणकारी है, उसे प्राप्त करवाने की प्रार्थना करता है :

विश्वानि देव सवितर्दुरितानि परा सुव
यद् भद्रं तन्न आ सुव ॥

(यजुर्वेद 30.3)

7. मरुत् : मरुत् देवों का एक गण है, जो अंतरिक्ष-स्थान से संबद्ध है। ऋग्वेद में इस गण का महत्त्वपूर्ण स्थान है। इसकी स्तुति में 33 सूक्त हैं। लगभग सात सूक्तों में इंद्र के साथ और एक-एक में अग्नि और पूषन् के साथ भी इनकी स्तुति की गई है। जहां तक मरुतों की संख्या का प्रश्न है, ऋग्वेद में कहीं 21 तो कहीं 180 बताई गई है। यजुर्वेद तथा श्रौतग्रंथों में यह संख्या 49 है।

मरुतों के स्वरूप के विषय में दो व्याख्याएं प्रचलित हैं। एक धारणा उन्हें 'झंझावात का देवता' मानती है। दूसरी धारणा के अनुसार वे 'वायु' का प्रतिनिधित्व करते हैं। अपने निरुक्त (11.13) में यास्क ने मरुतों को वर्षा से संबंधित मानकर इन्हें अंतरिक्षस्थानीय देवता माना है। उनके अनुसार मरुत का अर्थ है— **मरुतो मितराविणो मितरोचिनो वा महद् द्रवन्तीति वा** अर्थात् जो सुश्लिष्ट होकर शब्द करते हैं या प्रकाशित होते हैं या जो बहुत अधिक द्रवित होते हैं अर्थात् बरसते हैं। मरुतों का अर्थ बाद के साहित्य में 'वायुरूप' में सीमित जरूर हो गया था, परंतु वैदिक काल में मेघ-विद्युत से जुड़े इस 'देवगण' को 'वायु' मान लेने से उनका स्वरूप पूर्णरूपेण स्पष्ट नहीं हो पाता।

मरुत् शब्द **मर्** धातु से निष्पन्न होता है, जिसका अर्थ है— प्रकाशित होना या कुचलना। ये दोनों निरुक्तियां मरुतों के लिए उपयुक्त प्रतीत होती हैं, क्योंकि मूलतः वे द्युतिमान् देव हैं तथा वनों को कुचलने के कारण दूसरा अर्थ भी ग्राह्य है। कुछ विद्वान् मृ 'मरना' अर्थ वाली धातु से निष्पन्न मानकर इन्हें प्रेतात्माओं का मूर्तिकरण मानते हैं, परंतु ऋग्वेद में ऐसा कोई प्रमाण नहीं है। योगी अरविन्द के अनुसार मरुत् वे जीवनशक्तियां और प्रज्ञाशक्तियां हैं, जो हमारी सभी क्रियाओं के लिए सत्य के प्रकाश का अन्वेषण करती हैं। ये हमारी सत्ता की स्नायविक या जीवनीशक्तियां हैं, जो बुद्धि में चेतन अभिव्यक्ति के रूप में प्रकट होती हैं।

ऋग्वेद में मरुतों की माता 'पृश्नि' *(ऋग्वेद 1.85.2)* तथा 'गौ' *(ऋग्वेद 1.85.2)* कही गई हैं। यास्क के मतानुसार यह गौ पृथ्वी और आदित्य दोनों हैं। सायण ने इसे 'भूमि' तथा अरविन्द ने 'प्रकाश' माना है। वासुदेवशरण अग्रवाल ने गौ को 'मातृत्व' का तथा ब्रह्मांड में वर्तमान सृष्टिशक्ति का प्रतीक माना है। 'रुद्र' को मरुतों का पिता माना गया है।

मरुत्देव आकाश पुरुष, दिवोनरः *(ऋग्वेद 5.54.10)* ही नहीं अपितु कहीं कहीं तो स्वयं उत्पन्न भी माने गए हैं **प्र ये जाता महिना ये च नु स्वयम्** *(ऋग्वेद 5.87.2)* अपने महत्त्व के कारण ही ये तीन आकाशों में निवास करते हैं **यदुत्तमे मरुतो मध्यमे वा यद्वावमे सुभगासो दिविष्ट** *(ऋग्वेद 5.60.6)*। ये अग्नि के समान दीप्तिमान हैं 'अग्नयो न शोशुचन्' *(ऋग्वेद 3.66.2)*। एक स्थान पर तो उन्हें अग्नि ही कह दिया गया है— **अग्नयः बृहदुक्षो मरुतो** *(ऋग्वेद 3.26.4)*। संभवतया मरुतों का अग्नि से यह संबंध वैद्युताग्नि से उनके संबंध को ही द्योतित करता है, क्योंकि विद्युत् से उनका संबंध अधिक प्रख्यात है। ऋग्वेद के अनेकों मंत्रों में *(ऋग्वेद 5.54.11, 5.54.3)* उन्हें 'विद्युत्'

से जोड़ा गया है। विविध रूपों में जो विद्युत् प्रकट होती है। संभवतया उन रूपों के आधार पर मरुतों की ऋष्टियों (मालों), स्वर्णिम वाशियों (कुठारों) धनुषबाण आदि आयुधों तथा रुक्म, अञ्जि आदि आभूषणों का उल्लेख हुआ है। यही नहीं इनके विद्युत् के समान रथों का वर्णन हुआ है— **विद्युद्रथा मरुतः** *(ऋग्वेद 3.54.13)* इनकी गतिशीलता का उल्लेख खूब हुआ है। वेग से चलते हुए ये वायु के समान प्रतीत होते हैं **वातासो न ये धुनयो जिगत्नवः** *(ऋग्वेद 10.78.3)*। जब ये वायु के साथ अर्थात् वायु के वेग से जाते हैं, तो पर्वतों को हिला देते हैं— **प्रवेपयन्ति पर्वतान् यद् यामं यान्ति वायुभिः** *(ऋग्वेद 3.7.4)*। बहुत स्थानों पर इनका वर्णन सैनिकों के जैसे हुआ है। इनके आयुधों शस्त्रास्त्रों के प्रभूत वर्णन मिलते हैं। इनके क्रोध, भयंकर स्वभाव से सभी भयभीत रहते हैं— **भयन्ते विश्वा भुवना मरुद्भयः** *(ऋग्वेद 1.85.8)*।

वर्षा करना मरुतों का प्रधान कार्य है— **वृष्टिं ये विश्वे मरुतो जुनन्ति** *(ऋग्वेद 5.58.3)*। वर्षा से ये सूर्य के नेत्र भी बंद कर देते हैं— **सूर्यस्य चक्षुः प्रमिनन्ति वृष्टिभिः** *(ऋग्वेद 5.59.5)*, क्योंकि वर्षा के समय सूर्य, मेघों के पीछे दृष्टि से ओझल हो जाता है। कहीं-कहीं मरुतों को दूध, मधु और घी की वर्षा करने वाला भी बतलाया गया है।

मरुतों को अनेक स्थलों पर गायक (**ऋक्वन्**) और बांसुरीवादक भी बतलाया गया है। बंसी बजाते हुए इन्होंने अनेक महान् कार्य किए *(ऋग्वेद 1.85.10)*। इनके गान ने ही इंद्र को पराक्रम से युक्त किया। ये द्यु-स्थानीय गायक भी हैं *(ऋग्वेद 1.19.4)*। वस्तुतः वायु के वेग से वृक्षों का झूमना, पत्तों का हिलना व सांय-सांय की आवाज होना ही मरुतों का गायन और बांसुरी-वादन है।

मरुद्गण इंद्र के साथी हैं। इन्हें इंद्र का पुत्र या भाई भी बताया गया है। वृत्र-वध में तथा जलों को प्रवाहित करने में इन्होंने इंद्र की सबसे अधिक सहायता की *(ऋग्वेद 1.85.9)*। मरुत् के क्रोध का वर्णन भी किया गया है। वास्तव में इंद्र से रहित मरुत् मरुस्थल में चलने वाली प्रचंड वायु के ही द्योतक हैं, क्योंकि तब ये रुद्र के समान भयंकर रूप धारण करते हैं। शायद इसीलिए रेगिस्तान को 'मरुस्थल' इंद्ररहित मरुतों का स्थल कहते हैं। परंतु अपने पिता रुद्र की ही भांति इनसे भी उपशामक जलरूपी औषधियां लाने के लिए प्रार्थना की गई है:

'वृष्टवी शं योराप उस्रि भेषजं स्यामः मरुतः सह ॥'

(ऋग्वेद 5.53.14)

यूनानियों का देवता मार्स (Mars) भी मरुत् का ही रूप प्रतीत होता है, क्योंकि वह भी युद्ध का देवता है तथा साथ ही मंगलकारी भी माना गया है। इस प्रकार मरुद्गण भी ऋग्वेद के प्रमुख देवता हैं।

8. **अश्विनौ**: इंद्र, अग्नि और सोम के पश्चात् ऋग्वेद में अश्विनौ का सबसे अधिक बार उल्लेख हुआ है। इनकी स्तुति 50 सूक्तों में हुई है तथा अंशतः अनेक अन्य सूक्तों में भी इनकी प्रशंसाएं हुई हैं। इनके स्वरूप की सबसे बड़ी विशेषता इनका युग्मरूप है। ऋग्वेद के एक पूरे सूक्त (2.39) में इनकी तुलना विभिन्न युगल वस्तुओं जैसे नेत्र, हाथ, पैर, हंसयुग्म तथा युगल में रहने वाले पशुओं से की गई है। परंतु इसके विपरीत कुछ स्थलों पर इनको अलग-अलग उत्पन्न और यहां-वहां जन्म लेने वाला भी कहा गया है पर ऐसे संकेत कम हैं।

अश्विनौ का तात्त्विक रूप क्या है? इस प्रश्न का उत्तर भाष्यकारों के लिए एक समस्या रही है। निरुक्त (15.1.1) में अनेक विद्वानों के मत देते हुए कहा है कि ये आकाश-पृथिवी, दिन-रात, सूर्य और चंद्रमा हैं। ऐतिहासिकों के अनुसार पवित्र कृत्य करने वाले दो राजा हो सकते हैं। यास्काचार्य का अपना मत यह है कि अश्विन वस्तुतः उषा पूर्व आधे अंधकार और आधे प्रकाशवाले संधिकाल के प्रतिरूप हैं। '**प्रो. मानहार्ट** और **ओल्डेनबर्ग** ने अश्विनौ को पृथक्-पृथक् प्रातःकाल और सायंकाल की अरुणिमा में उदित होने वाले दो तारे माना है। इसका आधार ऋग्वेद के वे दो स्थल (5.57.4 तथा 1. 181.4) हो सकते हैं, जहां उनके पृथक्-पृथक् होने के संकेत मिलते हैं।'

अश्विनौ का एक और रूप जो पौराणिक परंपरा में भी सुरक्षित है, वह है वैद्यों का, जो पीड़ित व्यक्तियों की सहायता हेतु सदा तत्पर रहते हैं। वैद्यक से संबंधित वनस्पतियां सूर्योदय व सूर्यास्त के समय ही एकत्रित की जाती हैं। इससे प्रभावित होकर ही उन्हें प्रातः तथा सायंकालीन तारे या रात्रिपुत्र और उषापुत्र मान लिया गया होगा।

अश्विन् शब्द **अश्** नामक व्यापन अर्थवाली धातु से बना है। उषा व सूर्य की भांति अश्विन् भी सर्वव्यापी हैं। वे आकाशपुत्र हैं *(ऋग्वेद 1.182.1)*। समुद्र उनकी मां है। सूर्यपुत्री सूर्या के वे पति हैं। उनका रथ स्वर्णिम है। यह ऋभुओं द्वारा बनाया गया है, इसकी बनावट भी विचित्र है। तीन पहियों, तीन नेमियों तथा तीन खंडों वाला यह रथ *(ऋग्वेद 1.118.2)* विचारों से तथा पलकों के झपकने से भी अधिक वेगवान् है। कभी अश्वों, कभी हंस, कभी उत्क्रोश पक्षियों द्वारा खींचा जाता है।

मधु अश्विनौ का प्रिय पेय है। माध्वी, मधुपा, मधुयुवा और मधुयु इनके विशेषण हैं। वे मधुपाणि *(ऋग्वेद 10.41.3)* हैं। इनका रथ भी मधुवर्ण एवं मधुवाही है। मधु के साथ सोम में भी इनकी रुचि है। औषधशास्त्र में मधु तथा सोम दोनों ही बहुत उपयोगी हैं।

'दस्त्र' – 'आश्चर्यमय' और **'नासत्य'** 'जो असत्य नहीं हैं' – ये दो उपाधियां भी इन्हें प्रदान की गई हैं। अश्विनौ मनुष्यों के मित्र हैं तथा आवश्यकता पड़ने पर तुरंत उनकी सहायता करते हैं, अतः इन्हें **नरा** भी कहा गया है। ये केवल युद्ध के समय ही नहीं अपितु किसी भी प्रकार के संकट में सबकी रक्षा करते हैं। ऋग्वेद में इस संबंध में अनेक आख्यान मिलते हैं। समुद्र के बीच फंसे हुए तुग्रपुत्र भुज्यु को इन्होंने ही बचाया *(ऋग्वेद 1.116.5)*। इसी प्रकार अत्रि दैत्यों द्वारा पृथ्वी के नीचे जलती हुई भट्ठी में फेंक दिए गए थे। अश्विनौ ने उन्हें निकाला व शीतल स्थान पर पहुंचाया *(ऋग्वेद 1.116.8)*।

अश्विनौ देवताओं के चिकित्सक हैं, जो अपनी औषधियों से रोगों को दूर करते हैं। वे अंधे, अपंग तथा रुग्ण व्यक्तियों को स्वास्थ्य प्रदान करते हैं। इन्होंने जीर्ण-शीर्ण च्यवन ऋषि को युवा बनाया *(ऋग्वेद 1.116.10)*। (च्यवन के कायाकल्प की कथा शतपथब्राह्मण में विस्तार से है) बाद में वह महाभारत तथा भागवतपुराण का भी हिस्सा बनी। इसी प्रकार 'विपश्ला' की टांग कट जाने पर उसे लोहे की टांग प्रदान की *(ऋग्वेद 1.116.15)*। यह प्राचीनतम 'अंग-प्रत्यारोपण' का उदाहरण है।

'शुभस्पती' विशेषण उन्हें प्रकाश से जोड़ता है तथा मंगल से भी। कमलपुष्पों की माला धारण करने वाले अश्विनौ संभवतः सूर्यप्रकाश से ही जुड़े हैं, क्योंकि कमल सूर्यप्रकाश में ही विकसित होता है। 'अश्विन्' का एक अर्थ यह भी किया गया है, जिसके पास अश्व हो। 'अश्व' बल का प्रतीक है। ऋग्वेद के (1.34) तथा (1.116) सूक्तों में अश्विनौ के साथ विमानविद्या की स्पष्ट चर्चाएं हैं। गति को मापने के लिए, विशेषकर इलेक्ट्रिकल मोटर्स की गति को मापने के लिए आजकल भी हॉर्स पावर यूनिट का प्रयोग होता है। अतः अश्विनौ सूक्तों में विमान विद्या के संदर्भ इसी संबंध को प्रकट करते प्रतीत होते हैं।

इस प्रकार से अश्विनौदेव वैदिकऋषि के द्वारा बहुप्रार्थित देव हैं, जो रोग, व्याधि का निवारण करते हैं, विपत्तियों से प्राणियों का उद्धार करते हैं। शांतिमय एवं स्वस्थ जीवन, दीर्घायु वर-वधू के निर्बाध गृह-प्रवेश तथा अनेक प्रकार से कल्याण के लिए अश्विनों से प्रार्थनाएं की गई हैं।

9. पर्जन्य : ऋग्वेद में पर्जन्यदेव की स्तुति केवल 3 सूक्तों में हुई है। पर्जन्य शब्द स्पष्टरूप से वर्षा मेघ का वाचक है। पर्जन्य शब्द का समीकरण लिथुआनी भाषा के पर्कुनस शब्द से किया जाता है, जहां इसका मूल अर्थ है–कड़क। प्रचलित अर्थ 'कड़क का देवता' दैवीकरण के आधार पर हुआ है। ऋग्वेद में इसका मुख्य अर्थ है, वृष्टि का देवता। पर्जन्य का यही अर्थ यहां अभिप्रेत है कि पर्जन्य पृथ्वी को उर्वरा बनाते हैं :

'भूमिं पर्जन्या जिन्वन्ति'

(ऋग्वेद 1.164.51)

पर्जन्य अपने वारिवाह जलधरों के द्वारा पृथ्वी को आप्लावित कर देते हैं और दिन में भी अंधकार का घमासान मचा देते हैं–

दिवा चित्तमः कृण्वन्ति पर्जन्येनोदवाहेन
यत्पृथिवीं व्युन्दन्ति ॥

(ऋग्वेद 1.38.9)

पर्जन्यसूक्तों में प्राकृतिक वर्णनों की छटाएं विद्यमान हैं। पर्जन्य से उद्‍बुद्ध होकर मेंढक टर्र-टर्र करने लगते हैं :

'वाचं पर्जन्यजिन्वितां प्र मण्डूका अवादि षुः।'

(ऋग्वेद 7.103.1)

वृष्टिदेव होने के नाते पर्जन्य स्वभावतः वनस्पति के उत्पादक और पोषक हैं। जब वे अपने वीर्य से पृथ्वी को सत्ववती बनाते हैं, तब पौधे उग आते हैं। उनके क्रियाकलापों में वनस्पतिवर्ग की वृद्धि सम्मिलित है। वे मानव के पोषणार्थ औषधि उत्पन्न करते हैं *(ऋग्वेद 5.83.4)*। वही औषधियों को अंकुरित एवं पल्लवित करते हैं। पर्जन्यदेव की देख-रेख में वृक्षों पर भरपूर फल लगते हैं (ऋग्वेद 7.101.15)। पर्जन्य को चर-अचर की आत्मा कहकर वंदना की गई है :

'स रेतोधा वृषभः शश्वतीनां तस्मिन्नात्मा जगतस्तस्थुषश्च ॥'

(ऋग्वेद 7.101.6)

पर्जन्य का विद्युत् के साथ संपर्क भी व्याख्यायित हुआ है। अग्नि व मरुतों के साथ भी पर्जन्य का आवाहन हुआ है। सजल स्यंदन पर पर्जन्य सभी दिशाओं में उड़ता हुआ, जलचर्म को शिथिल करता तथा उसे नीचे खींचता

है। अपने अश्वों को हांकते हुए यह एक सारथी की तरह अपने वर्षणदूतों को प्रदर्शित करता है।

ऋग्वेद में पर्जन्य पर रचित तीन सूक्तों में से अत्रि का पर्जन्यसूक्त सर्वश्रेष्ठ है। इस सूक्त में कवि ने बलवान् पर्जन्य के वृष्टिशौर्य का बड़ा ही ओजस्वी वर्णन किया है। भाव और भाषा का पूर्ण सामंजस्य यहां मिलता है। उमड़ते-घुमड़ते वर्षाकुल बादल को कभी तो कवि ढांसते सांड के समान देखता है, तो कभी घोड़े के समान *(ऋग्वेद 5.83.16)*। अत्रिऋषि प्रार्थना करते हैं–

'हे पर्जन्य ! तू अपने जलरूपी महान् कोष को खोलकर नीचे की ओर बहा, ताकि जलभरी नदियां पूर्व दिशा की ओर बहें। तू जल से द्युलोक और पृथ्वीलोक को भर दे, ताकि गायों के लिए उत्तम पानी मिले *(ऋग्वेद 5.83.8)*।'

पर्जन्य का जन्म ही 'पर जन्य' है। दूसरों के लिए है। अपने आपको दूसरों के लिए मिटाकर निःशेष कर देना 'पर्जन्य' का ही कार्य है। पर्जन्य के इस कृत्य से पूरा विश्व प्रसन्न होता है। अकाल जैसे दुष्टों का नाश हो जाता है :

यत् पर्जन्य कनिक्रदत् स्तनयन् हंसि दुष्कृतः।
प्रतीदं विश्वं मोदते यत् किं च पृथिव्यामधि ॥

(ऋग्वेद 5.83.9)

10. विष्णु : ऋग्वेद में विष्णु की स्तुति 5 संपूर्ण सूक्तों में हुई है। इनका नामोल्लेख 100 बार हुआ है। भारतीयधर्म में 'विष्णु' त्रिमूर्ति (ब्रह्मा, विष्णु, महेश) के महत्त्वपूर्ण सदस्य हैं। 'अवतार' की अवधारणा भी उन्हीं के नाम के साथ जुड़ी है। ब्रह्मा सृष्टि रचयिता होने के बावजूद अधिक पूजित नहीं हैं। महेश प्रलय से जुड़े हैं और उनके भक्त तथा मंदिर भी खूब हैं, पर विष्णु सृष्टि के पालक के रूप में सर्वोपरि स्थिति में हैं। विष्णु को यह जो सर्वश्रेष्ठ पद मिला है, उसके मूल बीजबिंदु ऋग्वेद में हैं।

व्याप्त्यर्थक 'विष्' धातु से निष्पन्न विष्णु नामक देव महिमा की दृष्टि से यहां किसी तरह भी कम महत्त्वपूर्ण नहीं है। ब्राह्मणग्रंथों में यज्ञ की प्रमुखता के कारण विष्णु का प्रमुख स्थान रहा है और **विष्णुर्वै यज्ञः**– विष्णु ही यज्ञ है, कहा गया है। फिर भी ऋग्वेद में मूलरूप से 'व्याप्ति की भावना' अभिव्यक्त हुई है। इसीलिए ऋग्वेद का कथन है कि विष्णु के तीन विस्तीर्ण पगों की सीमा के भीतर सभी लोकों का निवास है– **यस्योरुषु विक्रमणेष्वधि क्षियन्ति भुवनानि विश्वा** *(ऋग्वेद 1.154.2)*। यही नहीं तीनों स्थानों में रहने वाले उस अकेले ने पृथ्वी

और आकाश को ही नहीं, सभी लोकों को धारण किया हुआ है– **य उ त्रिधातु पृथिवीमुत द्यामेको दाधार भुवनानि विश्वा** *(ऋग्वेद 1.154.4)* विष्णु नियमों का पूर्ण ध्यान रखने वाला है– **अतो धर्माणि धारयन्,** *(ऋग्वेद 1.22.18)*। विष्णु अंतर्यामी भी है, क्योंकि वह गर्भरक्षक भी है *(ऋग्वेद 6.36.9)*। इन्हीं विशेषताओं के आधार पर स्वामी दयानंद ने विष्णु को सर्वव्यापी ईश्वर माना है। ऋग्वेद में स्पष्ट कहा भी गया है– 'हे विष्णुदेव ! न तो उत्पन्न हुआ कोई और न उत्पन्न होने वाला आपकी महिमा के परम अंत को प्राप्त कर सकता है– '**न ते विष्णो जायमानो न जातो देव महिम्नः परमन्तमाप** *(ऋग्वेद 7.99.2)*।'

विष्णु का चित्रण सर्वथा एक युवकमानव के रूप में हुआ है *(ऋग्वेद 1.155.6)*। विष्णु की सबसे बड़ी विशेषता उनके तीन कदम हैं (**त्रीणि विक्रमणानि**), जिनके कारण उन्हें त्रिविक्रम, उरुक्रम और उरुगाय जैसे विशेषण मिले हैं। इसके दो पग तो मनुष्यों को दिखाई देते हैं, किन्तु सर्वोच्च तृतीयपद पक्षियों की उड़ान के परे है। यह सर्वोन्नत पग स्वर्ग में स्थित नेत्र के समान है और नीचे की ओर प्रदीप्त होता है **तद्विष्णोः परमं पदं...दिवीव चक्षुराततम्** *(ऋग्वेद 1.22.20)*, उसके इसी प्रिय स्थान में दिव्यत्व के अभिलाषी मनुष्य आनंदित होते हैं– **'नरो यत्र देवयवो मदन्ति'** *(ऋग्वेद 1.154.5)*। **मैक्डॉनल** के मतानुसार ये तीन क्रमण ब्रह्मांड के तीन विभाजनों (पृथ्वी, अंतरिक्ष और द्यौ) से होकर जाने वाले सौरदेव के पथ हैं। अन्य विद्वान् उन्हें सूर्योदय, मध्याह्न तथा सूर्यास्त मानते हैं, क्योंकि विष्णु का तादात्म्य सूर्य से बहुत बार माना जाता है। विष्णु के परमपद का उल्लेख भी हुआ है। यह वह सर्वोच्च स्थान है, जहां मधु या आनंद का निर्झर है:

'विष्णोः पदे परमे मध्व उत्सः'

(ऋग्वेद 1.154.5)

श्री अरविंद ने विष्णु और उनके पदों की इस प्रकार व्याख्या की है– 'विष्णु के तीन क्रमण पृथ्वी, आकाश और परमलोक हैं, जिनके आधार प्रकाश, सत्य और सूर्य हैं। इन्हीं तीन क्रमणों को आध्यात्मिक दृष्टि से ऋषि, विचारक और निर्माता का रूप भी माना जा सकता है। अरविंद की दृष्टि में, विष्णु समस्त संसार का वृषभ है, जो शक्ति की सभी ऊर्जाओं और विचारों के समूह का भोग करने वाला और उन्हें उत्पन्न करने वाला है।

विष्णु की प्रमुख विशेषता उसकी 'गतिशीलता' है। विश् धातु से यदि इस शब्द की निरुक्ति मानी जाए, तो विष्णु का अर्थ होगा बहुत 'क्रियाशील'। क्रियाशील विष्णु चक्र के समान अपने 90 घोड़ों (दिनों) को उनके चार नामों

(ऋतुओं) के साथ चला देता है। इससे सौरवर्ष के 360 दिनों की ओर संकेत होता है *(ऋग्वेद 1.155.6)*। इस प्रकार मूलरूप में विष्णु उस तीव्र गति से चलने वाली ज्योतिरूप सूर्य की क्रिया का मूर्तिकरण प्रतीत होता है, जो अपने पद-क्षेपों से समस्त विश्व को पार कर लेता है। यही नहीं, *ऋग्वेद (7.100.4)* में वर्णन है कि विष्णु मनुष्य के अस्तित्त्व के लिए उसे निवास के रूप में भूमि देने के लिए भी क्रमण करता है।

इंद्र विष्णु के मित्र हैं। वृत्रवध में इन्द्र के साथ विष्णु भी रहते हैं *(ऋग्वेद 6.69, 6.87)*। अतः दोनों की स्तुतियां साथ-साथ भी हुई हैं। विष्णु के तीन पद-प्रक्षेपों की प्रतिध्वनि 'अवेस्ता' में भी है। वहां के एक संस्कार में पृथ्वी से लेकर सूर्य के क्षेत्र तक बढ़ाए गए अमेषस्पन्ता (Ameshaspentas) के तीन पग इसके क्रमणों की अनुकृति ही जान पड़ते हैं। कुछ विद्वानों का मत है पौराणिक विष्णु के 'वामनावतार' का मूल इसी ऋग्वैदिक तथ्य में है। तैत्तिरीय-संहिता (2.1.3) में तो उल्लेख भी है कि विष्णु ने वामन का रूप धारण कर तीनों लोकों को विजित किया। पौराणिक कथा में 'वामन' का कृत्य बलि-दैत्य से भूमि को मुक्त कराना भी था। इसका संकेत भी वैदिक वाङ्मय में मिलता है। ऐतरेयब्राह्मण (6.15) और शतपथब्राह्मण (1.2.5) में बताया गया है कि किस प्रकार असुरों से देवों द्वारा पृथ्वी प्राप्त करने में विष्णु ने सहायता की थी।

11. रुद्र : ऋग्वेद में तीन सूक्तों (1.114, 2.33, 7.46) में रुद्र की स्तुति हुई है। इसके अतिरिक्त अन्य देवताओं के साथ भी पचास बार उनकी स्तुति हुई है। अग्नि, वरुण, इंद्र की तुलना में रुद्र का नाम गौण है, परंतु पौराणिक परंपरा में 'शिव' का पर्याय 'रुद्र' शब्द है अर्थात् शंकर के व्यक्तित्व में शुभ-अशुभ, शिव-अशिव, सुंदर-भयंकर दोनों मिश्रित हैं। इन पौराणिक विशेषताओं का मूल ढूंढ़ने के लिए ऋग्वेद में उल्लिखित 'रुद्रदेव' का अध्ययन करना ज़रूरी है।

ऋग्वेद में 'रुद्र' मानवीयरूप में वर्णित हैं। रुद्र के हाथों तथा भुजाओं का उल्लेख *ऋग्वेद (2.33.7)* में भी हुआ है। उनका शरीर अत्यंत बलिष्ठ है। होंठ, ठोड़ी सुंदर हैं **(सुशिप्रः)**। उनके मस्तक पर बालों का एक जटाजूट है, जिसके कारण वे **'कपर्दी'** कहलाते हैं *(ऋग्वेद 1.14.1)*। उनका रंग भूरा (बभ्रू) तथा आकृति देदीप्यमान है। वे 'पुरुरूप' अर्थात् नानारूप धारण करने वाले हैं तथा उनके अंग चमकने वाले सोने के गहनों से विभूषित हैं। वे रथ पर सवार होते हैं। ऋग्वेद में वे क्रूर बताए गए हैं। वे स्वर्गलोक के रक्तवर्ण (अरुष) वराह हैं *(ऋग्वेद 1.114.5)*। वे सबसे श्रेष्ठ वृषभ हैं, तरुण हैं तथा शूरों के अधिपति हैं। ऋग्वेद में उन्हें मरुतों का पिता *(ऋग्वेद 1.114.6)* कहा गया है। यद्यपि रुद्र की विशेषताएं यजुर्वेद के 'रुद्राध्याय' (16वां अध्याय)

तथा अथर्ववेद (11.2) में भी विस्तार से वर्णित हुई हैं, परंतु ऋग्वेद में 'रुद्र' के चरित्र की मूल विशेषताएं मिल ही जाती हैं।

रुद्र के तीसरे नेत्र के बारे में पौराणिक संदर्भ मिलते हैं। ऋग्वेद (7.53.14) में **त्र्यम्बक** का प्रयोग हुआ है। *(शुक्लयजुर्वेद 3.60 में भी)* मृत्युञ्जय-मंत्र के नाम से प्रसिद्ध स्तुतिपरक यह मंत्र बहुत प्रसिद्ध है:

त्र्यम्बकं यजामहे सुगन्धिं पुष्टिवर्धनम्।
उर्वारुकमिव बन्धनान्मृत्योर्मुक्षीय माऽमृतात्॥

(ऋग्वेद 7.59.14)

अर्थात् उत्तम यशस्वी पोषण-साधनों का संवर्धन करने वाले, तीन प्रकार से संरक्षण करने वाले देव की हम उपासना करते हैं। यह देव ककड़ी (जैसे अपनी बेल से टूट जाती है) की तरह हमें मृत्यु के बंधन से मुक्त करें, परंतु अमरता से कभी न छुड़ाएं अर्थात् हमें अमृत से संयुक्त करें।' यहां **त्र्यम्बक** शब्द का अर्थ कुछ भाष्यकार **तीन नेत्र वाला**, तो कुछ **तीन माताओं वाला** करते हैं। 'अंबिका' का प्रयोग ऋग्वेद के बाद शुक्लयजुर्वेद में (3.57) में हुआ है, पर वहां यह प्रयोग, उनकी भगिनी के लिए हुआ है। रुद्र की 'तीन माताएं' कौन-सी थीं– यह पता नहीं चलता।

रुद्र के प्राकृतिक आधार का पता नहीं चलता। **रुद्** 'रोना' धातु से निष्पन्न है। यह शब्द 'रुदन' करता है या करवाता है। बृहदारण्यक में दसों इंद्रियों और मन को एकादश रुद्र कहा है, क्योंकि जब ये शरीर से निकल जाते हैं, तब मृतक के संबंधीजन रोते हैं। पाश्चात्य विद्वानों में बेबर 'रुद्र' को तूफान का देव मानते हैं। **ओल्डनबर्ग** रुद्र का संबंध पर्वत तथा जंगल के साथ स्थापित करना श्रेयस्कर मानते हैं। वास्तव में 'रुद्र' अग्नि के प्रतीक जान पड़ते हैं। ऋग्वेद (2.1.6) में **त्वमग्ने रुद्रो** कहकर इस एकीकरण की ओर संकेत किया गया है।

ऋग्वेद में रुद्र के शिव-अशिव दोनों रूप वर्णित हुए हैं। अग्नि के दो रूप हैं– घोरा तनु और अघोरा तनु। अपने भयंकर रूप से वह संसार का संहार करने में समर्थ होता है, परंतु अघोर रूप में वही संसार के पालन में भी शक्तिमान है। भाव यही है कि प्रलय में सृष्टि के, संहार में उत्पत्ति के बीज विद्यमान रहते हैं। एक ओर 'रुद्र' का भयंकर रूप है, जहां वह क्रोध से वज्र चलाते हैं तथा ध्वस्त करते हैं *(ऋग्वेद 2.34.14, 6.28.7)*। उससे बचने के लिए उपासक प्रार्थना करते हैं। उनका दौर्मनस्य एवं मन्यु (क्रोध) बहुत बार *(ऋग्वेद 2.33, 4.6)* वर्णित हुआ है।

परंतु उग्ररूप 'रुद्र' जगत् का मंगल भी करते हैं। वह भयानक पशु की भांति उग्र और भयद अवश्य है, परंतु साथ ही भक्तों को विपत्ति से बचाते भी हैं, उनका मंगल भी करते हैं। 'रोगोपचार' की विशिष्ट शक्ति से वह युक्त हैं। उनके पास हजारों औषधियां हैं, जिनके द्वारा वह ज्वर (तक्मन) तथा विष का निवारण करते हैं। वैद्यों में सर्वश्रेष्ठ वैद्य हैं :

'भिषक्तमं त्वा भिषजां शृणोमि'

(ऋग्वेद 2.33.4)

इस प्रसंग में रुद्र के दो विशेषण प्रसिद्ध हैं; पहला 1. जलाष (ठंडक पहुंचाने वाला), दूसरा जलाषभेषज (ठंडी दवाओं को रखने वाला)।

क्व स्य ते रुद्र मृळयाकुः
हस्तो यो अस्ति भेषजो जलाषः ॥

(ऋग्वेद 2.33.7)

इसी मंत्र से रुद्र और शिव की अभिन्नता सूचित होती है। गृत्समद ऋषि इसीलिए रुद्रदेव से प्रार्थना करते हैं कि रुद्र के बाण हम लोगों को स्पर्श न कर दूर से ही हट जाएं तथा हमारे पुत्र और सगे-संबंधियों के ऊपर दानशील रुद्र की दया सदा बनी रहे:

परि णो हेति रुद्रस्य वृज्याः
परि त्वेषस्य दुर्मतिर्मही गात्।
अव स्थिरा मघवद्भ्यस्तनुष्व
मीढ्वस्तोकाय तनयाय मृळ ॥

(ऋग्वेद 2.33.14)

12. सोम : सोम का ऋग्वेद के प्रमुख देवताओं में महत्त्वपूर्ण स्थान है। पूरा नवम मंडल सोम को समर्पित है। इसके अतिरिक्त भी 6 संपूर्ण सूक्त अन्य मंडलों में तथा अनेक सूक्तांशों व अन्य देवों के साथ भी कई सूक्तों में उनका आवाहन किया गया है।

ऋग्वेद में 'सोम' का द्विविध दिव्यरूप प्राप्त होता है। एक तो है पार्थिव पौधे या लता के रूप में। इस रूप में यह पृथ्वीस्थानीय देवता माना जाता है। 'देवता' के रूप में स्तुत होने पर इसका संबंध 'द्यौ' से जोड़ा जाता है।

सोम की व्युत्पत्ति सु धातु से हुई है, जिसका अर्थ है, पीसकर निकाला हुआ रस। स्वामी दयानंद ने सोम को सु उत्पन्न करना से व्युत्पन्न मानकर इसका

अर्थ उत्पन्न जगत् किया है। अनेक स्थलों पर उन्होंने इसका अर्थ औषधि-रस या महौषधि-रस भी किया है। अरविंद ने आध्यात्मिक पक्ष में सोम का अर्थ 'अमरत्व की परमानंद रूपी मदिरा का स्वामी' किया है। उनके अनुसार मनुष्य का शरीर सोमरूपी मदिरा का कलश है। इस प्रकार आधिभौतिक पक्ष में सोम पार्थिव पौधा है, आधिदैविक पक्ष में सोम देवता है तथा आध्यात्मिक पक्ष में यह दिव्य अलौकिक आनंद है।

सोम का रस निकालने के लिए प्रायः इसके तने या डंठल को पत्थर से कुचला अथवा दबाया जाता था **आ सोम सुवानो अद्रिभिः** *(ऋग्वेद 9.109.10)*, फिर इसे छलनी से छानकर, शुद्ध कर, द्रोण नामक पात्र में भरते थे। सोम में कभी जल, कभी दूध-दही या जौ भी मिलाया जाता था। सोम के प्रातःकालीन, मध्याह्नकालीन सेवन इंद्र को अर्पित होते थे, जबकि सायंकालीन सेवन ऋभुओं के लिए होता था। सोमयाग में देवों को 'सोम' अर्पित किया जाता था। इसके पश्चात् यजमान भी सोम ग्रहण करते थे। सोम इंद्र का तो बहुत ही प्रिय पेय है। यहां तक कि इसे 'इंद्र की आत्मा' ही कह दिया है–**आत्मेन्द्रस्य भवसी** *(ऋग्वेद 9.853)*।

कर्मकांड में सोम का इसीलिए बहुत महत्त्व है। ब्राह्मणग्रंथों में अग्नि के साथ-साथ सोम को जगत् का प्रमुख अंग बताया गया है–**अग्नीषोमात्मकं जगत्**। इसके आधार के रूप में विद्वान् सोम को अन्न या उसका कारणभूत जल मानते हैं। ऋग्वेद में सोम का जल से गहन संबंध है। वह जल का नायक है और वृष्टि पर शासन करता है **ईशे यो वृष्टेः... ...अपां नेता** *(ऋग्वेद 9.74.3)* जल को उत्पन्न करता है तथा आकाश से वर्षा करता है *(ऋग्वेद 9.96.3)*।

क्षिप्रता तथा प्रकाश का गुण अन्य देवों के साथ-साथ सोम में भी है। सोम नदियों में बहने वाला अश्व है *(ऋग्वेद 9.63.17)*। इसे घोर अंधकार का नाश करने वाली एक महान् उज्ज्वल ज्योति भी बताया गया है :

'बृहच्छुक्रं ज्योतिरजीजनत्। कृष्णा तमांसि जङ्घनत।'

(ऋग्वेद 9.66.24)

अनेक बार **विश्वस्य राजा** *(ऋग्वेद 9.76.4)* **विश्वजित्** *(ऋग्वेद 8.79.1)* **धर्ता दिवः** *(ऋग्वेद 9.76.1)* आदि उपाधियां उसे दी गई हैं। यह एक अमर उद्दीपक– **ज्येष्ठ्यममर्त्यं मदम्** *(ऋग्वेद 1.84.4)* कहा गया है। यह स्वयं अमर है, इसीलिए अमरत्व प्रदान करने वाला है, क्योंकि देवताओं ने भी अमरत्व के लिए इसका पान किया था– **त्वं देवासो अमृताय कं पपुः** *(ऋग्वेद 9.106.8)*।

सोम मनुष्य की प्राण-शक्ति है। मनुष्य के प्रत्येक अंग में इसका वास है *(ऋग्वेद 8.48.9)*। इसकी भैषज्यमयी संजीवनीशक्ति का बहुधा वर्णन हुआ है। यह अंधों को दृष्टि और लंगड़ों को चलने की शक्ति प्रदान करता है *(ऋग्वेद 8.79.2)*। वाणी को स्फूर्तिमय बनाता है, इसलिए इसे वाणी का पति भी कहते हैं *(ऋग्वेद 6.47.3 तथा 9.26.4)*।

सोम में उपर्युक्त सब विशेषताएं होते हुए भी अनेक मंत्रों में पौधे अथवा तज्जन्य पेय के रूप में इसकी प्रतीति को अस्वीकार नहीं किया जा सकता। ऋग्वेद में सोम को पर्वतों पर उगने वाला **पर्वतावृध** *(ऋग्वेद 9.46.1)* बताया गया है। एक बार उसे 'मूजवत् पर्वत' पर पैदा होने वाला भी कहा गया है *(ऋग्वेद 10.34.1)*। कहा जाता है इस दिव्य पौधे को **श्येन पक्षी** पृथ्वी पर लाया *(ऋग्वेद 1.93.6)*। इसे पौधों का अधिपति *(ऋग्वेद 9.114.2)* और 'वनस्पति' *(ऋग्वेद 1.91.6)* भी कहा गया है।

संभवतः सोम को चंद्रमा के साथ-साथ घटने-बढ़ने के कारण परवर्ती साहित्य में चंद्रमा का ही पर्याय मान लिया गया। पर वैदिकसूक्तों में सोम एक 'पेय' के रूप में तथा देवता के रूप में मान्य है। सोमोपासना अवेस्ता में भी बताई गई है। वहां 'हओम' नामक देवता सोम से समानता रखता है।

पौधे के रूप में सोम की पहचान अभी तक निश्चित रूप से नहीं हो सकी है। वैदिक विद्वानों के अतिरिक्त वनस्पति-शास्त्रियों ने भी इस समस्या को सुलझाने की अथक चेष्टा की है। कई गवेषणाएं हुई हैं। **डॉ. वाट** ने कोंकण, कर्नाटक, सिंहभूम, रांची, पुरी, बंगाल में मिलने वाले तथा आरोही झाड़ी के रूप में फैलने वाले 'सारकोटेस्टेम्मा एसिंडम (रौक्स) वोगृ (मदार कुल)' को सोम बताया है। कुछ विद्वानों ने इसी कुल के 'पेरिप्लोका एफाइल्लाडेकने' को सोम माना है। *डॉ. उस्मान अली* तथा *नारायण स्वामी* ने 'सिरोपिजिया जाति' को 'सोम' का प्रतिनिधि कहा है। केरल में इसका प्रचलन भी 'सोम' नाम से है। *डॉ. आर. एन. चोपड़ा* ने सोम की पहचान 'गिलोय' से की है। कुछ वर्ष पूर्व दिल्ली के अजमलखां पार्क में हुए 'सोमयाग' में 'गिलोय' का ही प्रयोग किया गया था। इसके अतिरिक्त कुछ विद्वान् चीन में प्रयुक्त होने वाली 'गिनसेंग' नामक वनौषधि को भी सोम मानते हैं, क्योंकि दोनों के गुणों में काफी साम्य है।

भारतीय विद्वानों में से कुछ विद्वान् आज विश्व में सर्वाधिक प्रचलित पेय 'चाय' को भी 'सोम' जैसा मान लेते हैं, क्योंकि स्फूर्ति देने का गुण दोनों में है। एक और मत के अनुसार खसखस (Poppy Seeds) की विशेषताएं भी कुछ-कुछ

सोम से मेल खाती हैं। पोपी के फूल ऊंचाई पर होते हैं तथा वर्षा ऋतु में अधिक होते हैं। औषधि रूप में प्रयोग करने पर वे अमृततुल्य हैं, लेकिन अफीम और हेरोइन, जो Poppy Seeds से ही बनती हैं, बहुत ही मादक हैं तथा स्वास्थ्य के लिए उनका प्रयोग हानिकारक है। भारतीय घरों में गर्मी में खसखस को पीसकर ठंडई के रूप में पिया जाता है तथा शीतकाल में घी-दूध के साथ मिलाकर। दोनों ही स्थितियों में स्वास्थ्य के लिए अमृत के तुल्य प्रभाव होता है। 'खसखस' को सोम सिद्ध करने के प्रयत्न में विद्वानों का का मानना है कि ऋग्वेद में 'सोम' को हरा-भूरा और लाल कहा गया है। भांग हरे रंग की, अफीम भूरे तथा अंगूर का रस लाल होता है। चूंकि इन तीनों के प्रभाव मादक पेय के रूप में एक जैसे होते हैं, अतः संभवतः वेद में इन्हें समकक्ष मानकर एक ही नाम से संबोधित कर दिया गया होगा।

जो भी हो 'सोम' के विषय में निश्चित रूप से कुछ नहीं कहा जा सकता।

13. आदित्य : अदितिपुत्र आदित्य परवर्ती काल में सूर्य का पर्याय ही बन गया था, परंतु ऋग्वेद में 'आदित्य' अदिति की भावात्मक विशेषताओं से युक्त उपाधि प्रतीत होती है, जिसमें बंधनविहीनता, प्रकाश तथा पापमुक्ति के गुण हैं और यही कारण है कि आदित्य को समर्पित कोई सूक्त है ही नहीं। आदित्य यह विशेषण वरुण, मित्र, अर्यमन, भग, दक्ष, अंश और विष्णु के लिए भी ऋग्वेद में प्रयुक्त हुआ है। इसीलिए ऋग्वेद में 'आदित्यगण' हैं, जिसके निमित्त 6 सकल सूक्त तथा कुछ सूक्तांश हैं। आदित्यों के नाम तथा संख्या कुछ निश्चित नहीं है। ऋग्वेद में कहीं 6, कहीं 7 तथा कहीं 8 आदित्यों का उल्लेख है। इनके नामों की सूची में कहीं धाता, विवस्वान् जुड़ जाते हैं, तो कहीं मार्तंड, ब्राह्मण ग्रंथों में बारह आदित्यों का उल्लेख है, जो सौर-देवता हैं, जो स्पष्ट है कि बारह महीनों से संबद्ध हैं। इसके अतिरिक्त सूर्य को भी ऋग्वेद *(ऋग्वेद 10.88.11)* में अदितिपुत्र कहा गया है। इसके अतिरिक्त कहीं-कहीं इंद्र को भी 'तुरीयादित्य' (चतुर्थादित्य) कहा गया है।

सामूहिक रूप से आदित्यसूक्तों में सबसे अधिक मित्र, वरुण और अर्यमन् का उल्लेख हुआ है। वे सब दिव्यप्रकाश के देवता हैं, उसकी किसी अभिव्यक्ति विशेष के नहीं। उनकी सामूहिक विशेषताएं इस प्रकार हैं,– वे संसार के रक्षक देव हैं तथा चर-अचर सबको धारण करते हैं *(ऋग्वेद 2.27.4)*। वे मनुष्यों के हृदयस्थ अच्छे-बुरे को देखते हैं और ऋतंभर मनुष्य को अनृत से विविक्त करते हैं। वे असत्य से घृणा करते हैं और पाप के लिए दंड देते हैं। उनसे प्रार्थना की गई है कि वे पाप के लिए क्षमा करें *(ऋग्वेद 7.66.13, 2.27.14,*

2.29.5)। आदित्यदेव अपने शत्रुओं के लिए पाश फैलाते हैं *(ऋग्वेद 2.27.16)*, परंतु अपने उपासकों की वैसे ही रक्षा करते हैं, जैसे पक्षी अपने शावकों के ऊपर पंख फैलाकर उसकी रक्षा करते हैं :

'पक्षी वयो यथोपरि व्यस्मे शर्म यच्छत।'

(ऋग्वेद 8.47.2)

आदित्यों के परिचारक मानो कवच से सुरक्षित हैं, जिसके कारण कोई भी तीर उन्हें बींध नहीं सकता *(ऋग्वेद 8.47.7)*। वे रोग, बाधाओं के निवारक हैं:

अपामीवामप स्रिधमप सेधत दुर्मतिम्
आदित्यासो युयोतना नो अंहसः ॥

(ऋग्वेद 8.18.10)

आदित्यदेवों का यह समूह प्रकाश, दीर्घायु, अपत्य एवं नेतृत्व जैसे अनेक वरों का दाता है *(ऋग्वेद 2.27.10-11, 8.18.22)*।

इसके अतिरिक्त भी ऋग्वेद के ऋषि ने उन्हें बहुत से अन्य विशेषणों से संयुक्त किया है। शुचि, हिरण्मय, भूर्यक्ष, अनिमिष, अस्वप्नज एवं दीर्घ। वे क्षत्रिय, उरु, गंभीर, अरिष्ट, धृतव्रत, अनवद्य, अवृजिन, धारपूत ऋतावन् एवं राजा आदि हैं *(ऋग्वेद 2.277.23,9)*।

आदित्यों की एक संतोषजनक व्याख्या ग्रिसवोल्ड ने अपने ग्रंथ **दि रिलीजन ऑफ द ऋग्वेद** में की है। उनके अनुसार सभी आदित्य वैदिक देवमंडल के सर्वोत्कृष्ट एवं आदरणीय देवता वरुण के ही विभिन्न विशेषण मात्र हैं। संपूर्ण आदित्यों के लिए मिलकर वेदों में संभवतः ऐसी कोई बात नहीं कही गई है, जो वरुण के लिए सत्य न हो। वरुण की भांति वे भी नैतिक तत्त्वों से युक्त हैं। ऋत की रक्षा करते हैं और पापों को क्षमा करते हैं। आदित्यमंडल में शामिल ये देवता वैसे भी किसी-न-किसी भाव का मानवीकृत रूप हैं। मित्र मैत्री का वाचक है। **अर्यमा** का अर्थ है सुहृद् अथवा वर का परिचित। यह वैवाहिक संबंधों की पवित्रता का द्योतक है। **भग** का अर्थ है, भाग्य या संपत्ति। **दक्ष** का अर्थ है, निपुणता या कौशल। इसी प्रकार **अंश** शब्द का अर्थ, भाग है। हर व्यक्ति को अपना 'अंश' हिस्सा मिलता जरूर है। इस प्रकार सामूहिक रूप से आदित्यगण दिव्य ज्योति से संबंधित होते हुए भी सत्य, पवित्रता और ऋत के रक्षक हैं।

वास्तव में आदित्य वे नैतिक देव हैं, जो मनुष्य की जीवन-यात्रा में उसको संबल तथा आत्मविश्वास प्रदान करते हैं। वैदिकसंस्कृति में देवों के विवेचन में स्पष्टतः माना गया है कि मनुष्य स्वयं देव हो सकता है। वास्तव में हरेक

मनुष्य में दिव्य स्फुलिंग वर्तमान रहता है। प्रयत्न कर, उसे विकसित कर मनुष्य देव समान तेजस्वी, दानी व पापरहित बन सकता है। यही कारण है कि ब्राह्मणग्रंथों में, एक स्थान पर कहा गया है– **आदित्याः सर्वाः प्रजाः** अर्थात् सारी प्रजा आदित्य है। भाव यही है कि आदित्य के सत्य, पवित्रता और प्रकाश के गुणों को धारण कर हम सब 'आदित्यगण' में सम्मिलित हो सकते हैं।

14. उषस् : ऋग्वेद में यूं तो प्रायः देवों की ही स्तुतियां मिलती हैं। देवीरूप में स्तुतियां काफी कम हैं। उषस् उन सब देवियों में महनीय है। द्युस्थानीय इस देवी की स्तुति लगभग 20 सूक्तों में हुई है। उषःसंबंधी सूक्त ऋग्वेद के उत्कृष्ट काव्य का प्रतिनिधित्व करते हैं। इस देवी का अपने पूर्ण प्राकृतिक रूप में वर्णन हुआ है। इसमें जगद्धात्री मातृशक्ति का अस्पष्ट रूप झलकता है। यह उदार देवी अपने उपासकों को विपुल संपत्ति प्रदान करती है– **'सह द्युम्नेन बृहता विभावरि राया देवी दास्वती** *(ऋग्वेद 1.148.1)*।' उदार व्यक्तियों को यह वीर-संतति से युक्त यश देती है– **'एषु धा वीरवद् यश उषो मघोनि सूरिषु** *(ऋग्वेद 5.79.6)*।' सभी जीवों को यह गति के निमित्त जगाती है– **'विश्वं जीवं चरसे बोधयन्ती** *(ऋग्वेद 1.92.2)*।' ऐसी उषा का आह्वान ऋषि करते हैं। नास्तिक और आलसियों को सोता हुआ छोड़कर केवल भक्तों और उदारजनों को वह जगाए :

'प्र बोधयोषः पृणतो मघोन्यबुध्यमानाः पणयः ससन्तु'

(ऋग्वेद 1.124.10)

जिस प्रकार माता शिशु के लिए प्राणसम होती है, वैसे ही उषा भी सबका प्राण है, जीवन है:

'विश्वस्य ही प्राणनं जीवनं त्वे'

(ऋग्वेद 1.48.10)

नवीन आशा का संदेश देती है, उषाः

'चक्रमिव नव्यस्यावव‍ृत्स्व'

(ऋग्वेद 3.61.3)

प्राणिमात्र के लिए प्रत्येक नए दिन की सूचना देने वाली उषा पुरातन होते हुए भी नित्य नूतन है– **'युवति पुराणी देवि** *(ऋग्वेद 1.12.4)*।' हर रोज़ यह निश्चित समय पर और निश्चित स्थान पर प्रकट होकर प्रकृति के नियमों का

उल्लंघन नहीं करती *(ऋग्वेद 1.123.9)*। प्रकाश के आवरण में पूर्व में प्रकट होती हुई उषा की तुलना दिव्यवस्त्रों से आवृत्त नर्तकी से की गई है:

'अधि पेशांसि वपते नृतूरिव'

(ऋग्वेद 1.92.4)

एक और स्थान *(ऋग्वेद 1.124.3)* पर कहा गया है कि प्रकाश का परिधान पहने हुए यह कन्या पूर्वदिशा में प्रकट होकर अपने मोहिनी रूप को अनावृत करती है:

'एषा दिवो दुहिता प्रत्यदर्शि ज्योतिर्वसाना समना पुरस्तात्।'

ऋग्वैदिक ऋषि काव्यात्मक रूप में बताता है कि हर रोज उषा के उदय के साथ आयु क्षीण होती जाती है :

पुनः पुनर्जायमाना पुराणी...मर्तस्य देवी
जरयन्त्यायुः ॥

(ऋग्वेद 1.92.10)

उषा का सूर्य के साथ घनिष्ठ सबंध तो स्पष्ट ही है। उसने सूर्य के मार्ग प्रशस्त किए हैं।

'आरैक् पन्थां यातवे सूर्याय *(ऋग्वेद 1.113.16)*' सुंदर, उज्ज्वल, श्वेत अश्व पर नेतृत्व करती हुई यह देवताओं के नेत्र (सूर्य) को लाती है– **'देवानां चक्षुः सुभगा वहन्ति श्वेतं नयन्ती, सुदृशीकमश्वम्** *(ऋग्वेद 7.77.3)*।' कहीं वह सूर्य की पत्नी है– **'सूर्यस्य योषा** *(ऋग्वेद 7.75.5)*' तो कहीं वह सूर्य की माता भी कही गई है। उषा रात्रि का अंधकार दूर कर स्वर्ग के द्वार खोलती है– **'वि द्वारावृणवो दिवः** *(ऋग्वेद 1.48.15)*।'

एक साथ **'उषासानक्ता या नक्तोषासा** *(ऋग्वेद 1.113.3)*' रूप में दोनों बहनों का नाम आता है। रात्रि के साथ संबंध होने के कारण उषा का संबंध वरुण के साथ भी हो जाता है, क्योंकि वरुण कई विद्वानों द्वारा रात्रि का देवता माना गया है। अग्नि को भी उषा का प्रेमी कहा गया है– **'उषो न जारः** *(ऋग्वेद 1.68.1)*।' वैदिक ऋषियों ने यह भी कल्पना की है कि आती हुई और प्रकाशित होती हुई उषा से अग्नि हविरूप सुंदर धन की याचना करता है :

'आयतीमग्न उषसं विभातीं वाममेषि द्रविणं भिक्षमाणः।'

(ऋग्वेद 3.61.6)

कारण यही है कि उषाकाल होने पर ही यजमान यज्ञ की अग्नियों में आहुति डालता है।

उषा धनवती (मघोनी, रेवती), सबके द्वारा वरणीय (विश्ववारे), शुभकर्मों वाली (सुदंसा), अन्नवती (वाजिनी), प्रकृष्ट ज्ञानवती, सौभाग्यवती (सुभगा), अमर्त्या, हिरण्यवर्णा, ऋतावरी, भास्वती आदि विशेषणों से अलंकृत की गई है। वह उदार है तथा अपने उपासकों को विपुल धन देती है *(ऋग्वेद 1.48.1)*, क्योंकि यह स्वाभाविक ही है कि ब्रह्ममुहूर्त में उठने वाला व्यक्ति परिश्रमी ही होगा।

उषस् शब्द वस् धातु से निष्पन्न है। **मैक्डॉनल** के अनुसार उषस् अरोरा और होस (यूनानी) का सजातीय है। **यास्क** ने इसका निर्वचन उच्छ्-विवासे से माना है। उच्छ् का अर्थ होता है समाप्ति अथवा नाश। जो अंधकार का नाश कर देती है। उष् दाह अर्थ वाली धातु से भी इसकी व्युत्पत्ति मानी जाती है। उषा वह है, जो मानो प्रकाश से जलती है तथा सूर्य की किरणों की उष्णता से मानो सभी पदार्थों को सुखाकर जलाती है।

इस प्रकार उषा आधिभौतिक पक्ष में प्रातःकाल सूर्योदय से पूर्व आकाश में व्याप्त होने वाली लालिमा है। आधिदैविक पक्ष में यह उषादेवी है। आध्यात्मिक पक्ष में यह मनुष्य के भौतिक चैतन्य के प्रति दिव्य दीप्तियों के अभिनव द्वार का प्रतीक है। वस्तुतः उषा मनुष्य के भीतर विद्यमान नवस्फूर्ति, नवेचतना तथा नवीन उत्साह की सूचक है। ब्राह्ममुहूर्त काल को 'अमृतवेला' कहा जाता है। इस काल में उठने वाले व्यक्ति को जीवन के वांछनीय पदार्थ स्वास्थ्य, सुख, समृद्धि अनायास प्राप्त हो जाते हैं।

15. अदिति : अदिति शब्द का अर्थ है— 'सीमाओं के बंधनों से रहित।' **दा** बंधने धातु में क्तिन् प्रत्यय लगाकर 'दिति' शब्द बनता है, जिसका अर्थ होता है— सीमाओं के बंधनों से बंधी। न+दिति=अदिति— सीमाओं के बंधन से रहित है। इसलिए ऋग्वेद में 'अनंत','असीम' की अवधारणा का बोधक शब्द है 'अदिति'। प्रारंभ में अदिति शब्द पृथ्वी तथा द्यौ के विशेषण के रूप में प्रयुक्त हुआ है— 'अदितिः पृथ्वी', अदितिः द्यौ आदि जिसका अभिप्राय हुआ— अनंत पृथ्वी, अनन्त द्यौ। फिर धीरे-धीरे वह संपूर्ण प्रकृति के साथ जुड़ी और वैदिक कवि कह उठा :

अदितिः द्यौरदितिरन्तरिक्षमदितिर्माता स पिता स पुत्रः
विश्वेदेवा अदितिः पञ्चजना अदितिर्जातमदितिर्जनित्वम् ॥

(ऋग्वेद 1.89.10)

इस 'अनंतता' के भाव से ही जुड़ी है, अदिति के स्वरूप की दूसरी विशेषता, जो उसको अनंतता की प्रतीक देवी बना देती है। दिव्यज्योति से संबद्ध अदिति की ज्योति प्रशंसित है– **'अवध्रं ज्योतिरदिते** *(ऋग्वेद 7.82.10)*' और उषा को अदिति का मुख बताया गया है *(ऋग्वेद 1.113.19)*। प्रकाशमयी देवी अदिति की प्रमुख विशेषता है– कष्टों, पापों तथा दुःखों से त्राण करनाः

'अनागस्त्वं नो अदितिः कृणोतु'

(ऋग्वेद 1.162.22)

इसी प्रकार से कहा गया है कि

'विश्वहनान्नो अदिति पात्वंहसः'

(ऋग्वेद 10.36.3)

अदिति सौभाग्य एवं ऐश्वर्य की प्रदात्री है। ऋग्वेद में प्रार्थना है– 'अदिति हमारी उन्नति करे, सुख प्रदान करे।'

'अदितिर्न उरूष्व अदितिः शर्म यच्छतु'

(ऋग्वेद 8.47.9)

अदिति को दो 'अवखंडने' से निवर्चन कर मानने से वह 'अखंडनीयता' की प्रतीक देवी बनती है। **अद्** भक्षणार्थ वाली धातु से भी 'अदिति' शब्द की सिद्धि की जाती है। जो तत्त्व सबका भक्षण या आच्छादन कर ले और सब तत्त्व जिसके अंदर व्याप्त हों, वह अदिति है। श्री अरविंद की विचारधारा के अनुयायी **एम.पी. पंडित** का मत है कि वेदों में अदिति उस चेतन अव्यक्त सत्ता की प्रतीक है, जो जगत् को असत् से सत् करती है।

अपने मानवीकृत रूप में अदिति 'देवमाता' है। देव **अमृतस्य पुत्राः** अमृत के पुत्र हैं। परंतु सभी 'आदित्य' नहीं कहलाते हैं। 'अदिति' की विशेषताओं को धारण करने वाले देव ही अदितिपुत्र आदित्य हैं। वह आठ आदित्यों की माता हैः

'अष्टौ पुत्रासो अदितेः'

(ऋग्वेद 10.72.8)

उसके पुत्र राजा हैं *(ऋग्वेद 2.27.1)*। वे श्रेष्ठ शक्तिशाली तथा वीर हैं, इसीलिए उसे क्रमशः राजपुत्रा *(ऋग्वेद 2.27.7)*, सुपुत्रा, तुग्रपुत्रा तथा शूरपुत्रा कहा गया है। अदिति के इन पुत्रों में मित्र, वरुण तथा अर्यमा का विशेष उल्लेख हैः

मात्रा मित्रस्य रेवतो अर्यम्णः वरुणस्य
च अनेहसः ॥

ऋत के संस्थापक एवं व्रतों (नैतिक नियम) के अधिपति वरुण की माता होने के कारण उसे भी **ऋतावरी** कहकर संबोधित किया गया है। ऋग्वेद (10. 72.4) में दक्ष से अदिति तथा अदिति से दक्ष की उत्पत्ति की बात कही गई है। **इतरेतर जन्मा** देवों का जन्म एक-दूसरे से होता है– यह वैदिक-देवशास्त्र की विशेषता है। 'दक्ष' का अर्थ होता है, निपुण और कुशल। अदिति है 'मुक्ति की देवी'। इसे हम इस तरह व्याख्यायित कर सकते हैं कि दक्ष व्यक्ति ही मुक्ति प्राप्त कर सकता है अथवा बंधनविहीन व्यक्ति ही दक्ष हो सकता है।

'अदिति' इस प्रकार से विशुद्ध भाव का मानवीकृत रूप है तथा संपूर्ण ऋग्वेद में यत्र-तत्र उससे संबद्ध मंत्र हैं। ऋग्वैदिक ऋषि के मन में पाप-बंधन या अंधकार के पाशों से मुक्ति की भावना प्रबल है, इसीलिए वह 'मुक्ति की देवी' की अभ्यर्थना करता है। मनुष्य कर्म करने में स्वतंत्र है, अतः यह उसके ऊपर निर्भर है कि वह 'अदिति' की कृपा से 'अदितित्व' को प्राप्त करे, 'निष्पापत्व' को प्राप्त करे।

'अनागास्त्वे अदितित्वे तुरास इमं यज्ञं दधतु श्रोषमाणाः।'

(ऋग्वेद 7.51.1)

'अदिति' बनने की संभावनाएं हर मनुष्य के भीतर हैं, तभी ऋग्वैदिक ऋषि अदिति पुत्र आदित्यों से प्रार्थना करता है– **'आदित्यासो अदितयः स्याम** *(ऋग्वेद 7.52.1),'* 'हे आदित्यो! हम अदिति हों।'

❀ ❀ ❀

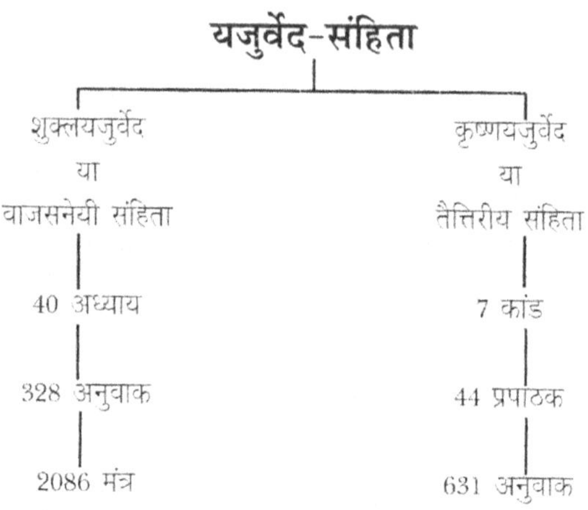
यजुर्वेद-संहिता
शुक्लयजुर्वेद
या
वाजसनेयी संहिता
40 अध्याय
328 अनुवाक
2086 मंत्र
कृष्णयजुर्वेद
या
तैत्तिरीय संहिता
7 कांड
44 प्रपाठक
631 अनुवाक

तृतीय अध्याय

यजुर्वेद-संहिता

यजुर्वेद का आविर्भाव

मनुस्मृति में ब्रह्मा से वेदों के प्रकट होने की बात बताई गई है। वहां यजुर्वेद का आविर्भाव वायु से बताया गया है:

अग्निवायुरविभ्यस्तु त्रयं ब्रह्म सनातनम्।
दुदोह यज्ञसिद्धयर्थं ऋग्यजुः सामलक्षणम् ॥

(मनुस्मृति 1.23)

विद्वानों के अनुसार यहां 'वायु' नाम के ऋषि की ओर संकेत है। परंतु जैसे अग्नि ज्ञान का प्रतीक है, उसी प्रकार 'वायु' गति का (और रवि तेजस्विता का) प्रतीक है। वायु यजुर्वेद की गति या कर्मसंबंधी विशेषता का द्योतक है, क्योंकि गति और कर्म पर्याय के समान ही हैं। जहां गति होती है, वहां कर्मशीलता होती है। अकर्मण्यता जड़ता का प्रतीक है, ठहराव का प्रतीक है। यजुर्वेद कर्मशीलता का, गति का वेद है। इसका अर्थ यह कदापि नहीं कि अन्य वेदों में 'गति' का तत्त्व नहीं है। इस वेद में 'गति' की प्रधानता है, 'कर्म' की मुख्यता है। 'कर्म' में ही यज्ञ करना भी निहित है। इस वेद में यज्ञ को 'श्रेष्ठ' कर्म बताया गया है। यजुर्वेद संहिता 'अध्वर्यु' नामक पुरोहित के लिए है। जैसे ऋग्वेद में 'होता' देवों का आह्वान करता था और यज्ञ का निर्देशन करता था, उसी प्रकार 'अध्वर्यु' यज्ञ का संपादन और संचालन करता था। 'अध्वर्यु' के इस कार्य में गति और क्रिया विशेषरूप से अपेक्षित है।

अर्थ और विभिन्न व्याख्याएं

यजुर्वेद का यजुः शब्द यज धातु से निष्पन्न है जैसा कि निरुक्त (7/20) में यास्काचार्य ने कहा है, जिससे यज्ञ के स्वरूप में निर्धारण का भाव समाहित

है। ऋग्वेद (10/71/11) में ~ 'यज्ञस्य मात्रां विमिमीत उ त्वः' ~ के आधार पर इसे अध्वर्युवेद भी कहते हैं।

यजुर्वेद का अर्थ है 'यजुओं का वेद'। यजुष् शब्द के निम्नलिखित अर्थ हैं :

1. **इज्यतेऽनेनेति यजुः** अर्थात् जिन मंत्रों से यज्ञ-यागादि किए जाते हैं।
2. **अनियताक्षरावसानो यजुः** अर्थात् अनियमित अक्षरों से समाप्त होने वाले वाक्य को 'यजुः' कहते हैं।
3. **गद्यात्मको यजुः** अर्थात् ऋक् तथा साम से भिन्न गद्यात्मक मंत्रों का नाम यजुः है।
4. **शेषे यजुः** का भी यही अर्थ है, ऋक् तथा साम से भिन्न गद्यात्मक मंत्रों का नाम ही यजुः है।

इन परिभाषाओं से स्पष्ट होता है कि यजुर्वेद में उन गद्यात्मक वाक्यों का संग्रह है, जिनका प्रयोग यज्ञ के अवसर पर किया जाता है।

इनके अतिरिक्त यजुष् का अर्थ पूजा एवं यज्ञ भी है। निरुक्त में इसे 'यज्' से निष्पन्न माना गया है, जिसका अर्थ यज्ञ या पूजा करना है।

यज्ञ का नेता होता है 'अध्वर्यु' नामक पुरोहित। वही समस्त यज्ञ की व्यवस्था करता है। व्यवस्थाकरण में गति तथा क्रिया दोनों चाहिए। इसी कारण शतपथ-ब्राह्मण (10.3.5.1-2) में यजुष् का एक निर्वचन गत्यर्थ **इ** धातु तथा वेगार्थक **जू** धातु से दिया गया है– **यत् च जूः च** अर्थात् **ई** जाना से निष्पन्न **यत, गति** तथा **जू** का अर्थ 'वेगयुक्त'।

इस प्रकार यजुर्वेद 'जीवन के स्पंदन' की संहिता है। यह मानवजीवन की व्यापक गति को निर्दिष्ट करता है।

इस वेद की गति केवल कर्मेन्द्रियों और ज्ञानेंद्रियों की गति नहीं, अपितु मन का वेग भी है और विचारों का, बुद्धि का अजस्र प्रवाह भी। यह उस 'ब्रह्म' की गति भी है, जिसे इस वेद की दार्शनिक पृष्ठभूमि में इस प्रकार वर्णित किया गया है:

अनेजदेकं मनसो जवीयो
नैनद् देवा आप्नुवन् पूर्वमर्षत्
तद्धावतोऽन्यानत्येति तिष्ठत्
तस्मिन्नपो मातरिश्वा दधाति ॥

(यजुर्वेद 40.4)

अर्थात् 'जो न चलता हुआ भी मन से तीव्रगति वाला है और बैठा-बैठा ही अन्य सब दौड़ने वालों से आगे निकल जाता है। पहले से गतिशील इसे कोई देवता प्राप्त नहीं कर सका।'

यज्ञ या कर्मकांड को प्राथमिकता देने वाले विद्वानों ने इस व्यापक अर्थ को मान्यता नहीं दी है। उनके अनुसार यजुर्वेद केवल ब्राह्मणग्रंथों और श्रौतसूत्रों में निर्दिष्ट विशेष नाम वाले यज्ञों की विभिन्न क्रियाओं में विनियोग (या प्रयोग) किए जाने वाले मंत्रों या यजुओं का संकलन है। यहां दर्श (अमावस्या), पौर्णमास तथा अग्निहोत्र संबंधी मंत्र हैं।

यजुर्वेद की शाखाएं

महाभाष्यकार पतंजलि ने यजुर्वेद की एक सौ एक शाखाओं का उल्लेख किया है— **एकशतमध्वर्युशाखा** : इनमें शुक्ल यजुर्वेद की 15 और कृष्ण यजुर्वेद की 36 शाखाएं हैं। इनमें से आज मात्र छह शाखाएं ही उपलब्ध हैं। यजुर्वेद के दो मुख्य भाग हैं–

शुक्लयजुर्वेद तथा **कृष्णयजुर्वेद**। **शुक्लयजुर्वेद** की दो शाखाएं— **माध्यन्दिन** तथा **काण्व** हैं और **कृष्णयजुर्वेद** की इस समय चार शाखाएं उपलब्ध हैं– **तैत्तिरीय, मैत्रायणी, काठक, कपिष्ठलकठ**।

शुक्लयजुर्वेद तथा कृष्णयजुर्वेद में भेद

शुक्ल और कृष्ण का भेद इन दोनों के स्वरूप पर आधारित है। इस वेद के दो संप्रदाय हैं:

1. आदित्य संप्रदाय 2. ब्रह्म संप्रदाय

शतपथब्राह्मण के अनुसार आदित्य-यजुः शुक्लयजुष् के नाम से प्रसिद्ध है तथा याज्ञवल्क्य ने उनका आख्यान किया है :

आदित्यानीमानि शुक्लानि यजूंषि
वाजसनेयेन याज्ञवल्क्येनाख्यायन्ते।

(शतपथब्राह्मण 14.9.4.33)

अतः शुक्लयजुर्वेद आदित्यसंप्रदाय का प्रतिनिधित्व करता है तथा ब्रह्मसंप्रदाय का प्रतिनिधि-कृष्णयजुर्वेद है और इन दोनों का भेद इन संहिताओं का स्वरूप स्पष्ट करता है।

शुक्लयजुर्वेद में दर्शपौर्णमासादि अनुष्ठानों के लिए आवश्यक मंत्रों का ही केवल संकलन है। उधर कृष्णयजुर्वेद में मंत्रों के साथ-ही-साथ ब्राह्मणों के अंश

अर्थात् विधिवाक्य, आख्यान आदि मिश्रित हैं। शुक्ल का अर्थ होता है श्वेत या शुद्ध। इसका शुक्लत्व इस बात में है कि इसमें केवल मंत्रों का संग्रह है। दूसरी ओर कृष्ण का अर्थ होता है काला या अशुद्ध। यहां 'अशुद्ध' का अर्थ 'गलत' नहीं है, अपितु 'मंत्र' के साथ ब्राह्मण-अंश के मिश्रण से है।

इस दृष्टिकोण से कृष्णयजुर्वेद से बहुत पहले गोपथ-ब्राह्मण में केवल शुक्ल यजुर्वेद का ही उल्लेख है। जहां तक कृष्णयजुर्वेद का संबंध है, उसका प्रथम उल्लेख सायणाचार्य ने ही अपने भाष्य में किया है। कृष्णयजुर्वेद के विषय में एक कथा भी प्रसिद्ध है, जिसके अनुसार कहा जाता है कि वेदव्यास ने वैशम्पायन को कृष्णयजुर्वेद का उपदेश दिया। वैशम्पायन ने इस वेद का उपदेश आगे अपने याज्ञवल्क्यादि शिष्यों को दिया। फिर किसी कारण से रुष्ट होकर वैशम्पायन ने याज्ञवल्क्य से कहा कि मुझसे जो पढ़ा है, उसे लौटा दो। याज्ञवल्क्य ने उस सबका वमन कर दिया। फिर वैशम्पायन ने अपने अन्य शिष्यों को कहा कि तुम वमन किए हुए उन यजुषों को ले लो। उन शिष्यों ने तीतर बनकर उनको खा लिया। इस कारण बुद्धि की मलिनता से वे यजुष् कृष्ण हो गए। भागवतपुराण (12.6) में इस संदर्भ में कहा गया है कि इसके पश्चात् याज्ञवल्क्य ने सूर्य की उपासना की। उसकी उपासना से प्रसन्न होकर घोड़े के आकार में सूर्य भगवान् ने याज्ञवल्क्य को शुद्ध यजुष मंत्र दिए। इस कथानक का तार्किकता से संबंध नहीं दिखता। भिन्न-भिन्न विद्वानों ने कृष्ण तथा शुक्लयजुर्वेद में क्या अंतर है— इस विषय में अपने मत दिए हैं:

1. पहले मत के अनुसार शुक्लयजुर्वेद में केवल मंत्र हैं, उनकी व्याख्याएं और विभिन्न यज्ञों में उनके विनियोग (विनियोजन) की बात नहीं बताई गई है। कृष्णयजुर्वेद में मंत्र के साथ व्याख्या और विनियोग का मिश्रण उपलब्ध है। मैक्डॉनल प्रभृति विद्वानों ने इसी आधार पर कहा है कि 'कृष्णयजुर्वेद गद्य-पद्य तथा मंत्रब्राह्मण की उभयात्मक प्रवृत्ति के कारण पाठक की बुद्धि को मोहित कर उसे कुंठित बना देता है। जबकि शुक्लयजुर्वेद विषय की दृष्टि से निर्मल है तथा पाठक की बुद्धि को चमत्कृत कर उसे परिष्कृत करता है।'

2. **डॉ. मंगलदेव** ने इन दोनों के विभाजन के विषय में कहा है— 'कृष्णयजुर्वेद की शाखाओं का विस्तार प्रायः दक्षिण-भारत में और शुक्लयजुर्वेद का उत्तर-भारत में है। स्वभावतः कृष्णयजुर्वेद के साहित्य पर जितना प्रभाव वैदिकोत्तर विचार-धारा का है, उतना शुक्लयजुर्वेदीय साहित्य पर नहीं है।' अतः पहला 'कृष्ण' और दूसरा 'शुक्ल' कहल..या।'

शुक्लयजुर्वेद की विषयवस्तु

शुक्लयजुर्वेद का नाम वाजसनेयी संहिता भी है, क्योंकि याज्ञवल्क्य वाजसनेयी इसके प्रथम आचार्य थे। इसकी 'काण्व' और 'माध्यान्दिन' दो शाखाएं हैं। सामान्यरूप से जब भी यजुर्वेद का उल्लेख होता है, इसी 'वेद' से अभिप्राय होता है-- (1) इसमें चालीस अध्याय हैं जो 328 अनुवाकों में बंटे हैं व जिनमें 2086 मंत्र हैं। प्रथम तीन अध्यायों में दर्श (अमावस्या), पौर्णमास, अग्निहोत्र (सायं प्रातर्होम) तथा चातुर्मास्य से संबद्ध मंत्रों का संग्रह है, चतुर्थ से दशम तक के अध्यायों में सोमयाग, वाजपेय, राजसूय नामक यज्ञों के मंत्रों का संग्रह है। एकादश से अष्टादश तक के अध्यायों में होमाग्नि के लिए वेदि-निर्माण का वर्णन बहुत विस्तार के साथ किया गया है। इस प्रक्रिया का नाम है 'अग्नि-चयन'। वेदि की रचना 10800 ईंटों से होती है, जो विशिष्ट स्थान से लाई जाती हैं तथा विशिष्ट आकार की बनाई जाती हैं। वेदी की आकृति पंख फैलाते हुए पक्षी के समान होती है। ब्राह्मणमंत्रों में वेदि और उसकी विविध ईंटों के आध्यात्मिक रूप का व्याख्यान बड़ी मार्मिकता के साथ किया गया है।

इसी के अंतर्गत 16वें अध्याय में शतरुद्रीय होम का प्रसंग है, जिसमें रुद्र की कल्पना का बड़ा ही सांगोपांग विवेचन मिलता है। वैदिकों में यह 'रुद्राध्याय' अतीव उपयोगी होने से नितांत प्रख्यात है। 18वें अध्याय में 'वसोर्धारा' संबंधी मंत्र निर्दिष्ट हैं। 19-21 अध्यायों में 'सौत्रामणि' नामक यज्ञ का विधान है। कहा जाता है कि अधिक सोमपान करने से इंद्र को रोग हो गया था, जिसकी अश्विन् ने इस यज्ञ द्वारा चिकित्सा की। राज्य से च्युत राजा, पशुकाम यजमान तथा सोमरस की अनुकूलता से पराङ्मुख व्यक्ति के निमित्त इस याग का अनुष्ठान विहित है। इसके पश्चात् 22-25 अध्यायों में 'अश्वमेध' के विशिष्ट मंत्रों का निर्देश है। सार्वभौम आधिपत्य के अभिलाषी सम्राट् के लिए विहित 'अश्वमेध' का विस्तृत वर्णन शतपथब्राह्मण (13वां कांड) तथा कात्यायनश्रौतसूत्र (20वां अध्याय) में हुआ है। 22वें अध्याय के 34 मंत्रों में यज्ञकर्ता भिन्न-भिन्न पदार्थों के लिए आहुतियां प्रदान करता है तथा उन्नति और वृद्धि की कामना करता है। 26-29 अध्याय विभिन्न यज्ञों के पूरक (खिल) मंत्रों का संग्रह है। त्रिंशत् अध्याय का विषय 'पुरुषमेध' के मंत्र हैं। यहां सारी आहुतियां प्रतीकरूप में उल्लिखित हैं। यह काल्पनिक-यज्ञ है। यहां के वर्णनों से प्रचलित व्यवसाय, पेशा तथा कला-कौशल का भी यत्किंचित् परिचय मिलता है।

31वें अध्याय में प्रसिद्ध 'पुरुष-सूक्त' जैसा आध्यात्मिक सूक्त है, जिसमें 'ऋग्वेद' की अपेक्षा 6 मंत्र अधिक हैं। अध्याय 32-33 में 'सर्वमेध' का वर्णन

है। अध्याय 32 के आरंभ में 'हिरण्यगर्भ' के कुछ मंत्र मिलते हैं। 34वें अध्याय के आरंभ में प्रसिद्ध 'शिवसंकल्प' सूक्त हैं, जिसके प्रत्येक मंत्र की अंतिम पंक्ति है– **'तन्मे मनः शिवसंकल्पममस्तु'** अर्थात् वह मेरा मन शुभसंकल्प वाला हो'। इस सूक्त में मन की महत्ता का प्रतिपादन किया गया है तथा मनोवैज्ञानिक तथ्यों का उद्घाटन हुआ है। 35वें अध्याय में 'पितृमेध' संबंधी मंत्रों का संकलन हुआ है। 36-38वें अध्याय में 'प्रवर्ग्ययाग' वर्णित है। इस याग में 'अग्नि' ज्वालाओं पर एक बड़ी कड़ाही रखते हैं, जब वह तप कर लाल हो जाती है, तो उसे 'सूर्य' का प्रतीक मानकर पूजा करते हैं। फिर दूध को उबालकर अश्विन् को समर्पित करते हैं।

शुक्लयजुर्वेद का अंतिम (चालीसवां) अध्याय ईशावास्योपनिषद् है। उपनिषदों में यह लघुकाय उपनिषद् आदिम या प्रथम माना जाता है, क्योंकि इसे छोड़कर और कोई भी अन्य उपनिषद् वेदों का भाग नहीं है। इस उपनिषद् का अंतिम मंत्र बहुत प्रसिद्ध है तथा 'आदित्य' (सूर्य) के साथ घनिष्ठता का परिचय देता है:

हिरण्मयेन पात्रेण सत्यस्यापिहितं मुखम्।
योऽसावादित्ये पुरुषः सोऽसावहम् ॥

(शुक्लयजुर्वेद 40.17)

अर्थात् 'सत्य का मुख सुवर्ण के ढक्कन से ढका गया है, जो यह आदित्य में पुरुष है वह मैं हूं।'

'इन चालीस अध्यायों में से 1-25 अध्यायों को विद्वान् लोग यजुर्वेद का मौलिक अंश मानते हैं। परंपरा भी 26-35 (10) अध्यायों को प्रक्षिप्त मानती है। भाषा और विषयवस्तु के आधार पर पाश्चात्य विद्वानों का निष्कर्ष है कि यजुर्वेद के केवल पहले अठारह अध्याय ही मौलिक हैं, शेष बाद में जोड़े गए प्रतीत होते हैं। इन अध्यायों में ही गद्यात्मक तथा पद्यात्मक यजुष् मंत्र (Sacrificial formulae) हैं; 'परंतु पाश्चात्य विद्वानों के इस मत से भारतीय विद्वान् सहमत नहीं हैं। प्रसिद्ध वेद विद्वान् **डॉ. कृष्णलाल** का मत है कि संपूर्ण यजुर्वेदसंहिता में ही गद्य-पद्य मिश्रित मंत्र विद्यमान हैं और पाश्चात्य विद्वानों का यह मानना कि केवल पहले अठारह अध्यायों के मंत्र ही 'शतपथ ब्राह्मण' में उल्लिखित हैं, उचित नहीं है, क्योंकि परवर्ती मंत्रों के उद्धरण और उनकी व्याख्या भी शतपथब्राह्मणों में की गई है।'

यजुर्वेद को मुख्यरूप से कर्मकांडपरक माना जाता है। 'कर्म' के अंतर्गत 'यज्ञ' भी आता ही है। अतः 'यज्ञपरक' तो यजुर्वेद है ही, परंतु साथ ही

प्रसंगानुसार अन्य-अन्य विषयों का समावेश भी हुआ है। मनोविज्ञान, दर्शन, अध्यात्म तथा पर्यावरण संबंधी सामग्री विपुलता से यहां उपलब्ध है।

कृष्णयजुर्वेद की विषयवस्तु

कृष्णयजुर्वेद की यूं तो चार शाखाएं आजकल उपलब्ध हैं– तैत्तिरीय, मैत्रायणी, काठक, कपिष्ठल-कठ। पर, इन चारों में से 'तैत्तिरीयसंहिता' ही सर्वाधिक प्रसिद्ध है। इस संहिता में कुल मिलाकर सात कांड हैं, जो 44 प्रपाठकों में विभाजित हैं। ये प्रपाठक भी 631 अनुवाकों में बंटे हैं। इस संहिता का विषय शुद्धरूप से कर्मकांड ही है। पहले कांड में दर्श पूर्णमास यज्ञ का वर्णन हुआ है। इसमें अग्निष्टोम, वाजपेय और राजसूय-यज्ञों के मंत्रों का संकलन और उनकी विधि बताई गई है। द्वितीय कांड पशुविधान से आरंभ होता है। इसमें विभिन्न उद्देश्यों के लिए पशुओं का विधान किया गया है। इसके बाद संतति, विजय, तेज इत्यादि की कामनाएं तथा अन्य कृत्यों के लिए पुरोडाश (यज्ञ में अर्पित अन्न) का विधान हुआ है। भूति, ब्रह्मवर्चस्, ग्राम, शत्रु-विजय, अभ्युदय तथा स्वर्ग इत्यादि की कामनाओं की पूर्ति के लिए इष्टियों का विधान तथा उनमें कौन-से मंत्रों का प्रयोग हो, यह बताया गया है। तीसरे कांड में सोमयाग के पूरक कृत्यों का वर्णन है। इसी कांड में जय तथा राष्ट्रभृत मंत्र और उनसे संबद्ध आख्यान दिए गए हैं। चतुर्थकांड में वेदिनिर्माण तथा अग्निचयन के मंत्रों का उल्लेख है। आहुति के मंत्र, अश्वमेध-यज्ञ का विधान और उसकी आरंभिक क्रियाओं से संबद्ध मंत्र भी दिए गए हैं। पंचमकांड 'उखा' (मिट्टी का यज्ञीय पात्र) बनाने की विधि से शुरू होता है तथा 'अश्वमेध' की विस्तृत विधि को बताता है। षष्ठकांड में मिश्रित सामग्री है, जिसके अंतर्गत यजमान की दीक्षा, यज्ञार्थभूमि के चयन, विभिन्न यज्ञपात्रों, दक्षिणा आदि की चर्चा है। इन क्रियाओं को करने के नियम भी विहित हुए हैं। सप्तम (अंतिम) कांड ज्योतिष्टोम नामक होम से जुड़ा है। 'गवामयनयज्ञ' तथा 'अश्वमेध' की क्रियाओं का वर्णन भी यहां है।

कृष्णयजुर्वेद का 'कृष्णत्व' जानने के लिए उदाहरण देखे जा सकते हैं। तैत्तिरीयसंहिता (3-4, 6-7) में अजा की बलि के प्रसंग में ऋग्वेद 10.53.6 के प्रथम पाद **'तन्तुं तन्वन् रजसो भानुमन्विहि'** के उच्चारण का विधान है। आगे इसका फल बताते हुए कहा गया है कि इसके द्वारा वह इसके लिए लोकों को प्रकाशयुक्त बनाता है– **'इमानेवास्मै लोकान् ज्योतिष्मतः करोति।'** इस प्रकार से 'मंत्र' के साथ उसकी व्याख्या, उसके प्रयोग का निर्देश मिश्रित कर दिया गया है। कृष्णयजुर्वेद की तैत्तिरीय शाखा में ही नहीं, अन्यत्र भी यह मिश्रण मिलता है। इसीलिए इसकी संज्ञा 'कृष्णयजुर्वेद' हुई है।

यजुर्वेद का महत्त्व

यजुर्वेद चाहे शुक्ल हो या कृष्ण, दोनों में मुख्यरूप से कर्मकांड वर्णित हुआ है। वैदिकधर्म में यज्ञ का सर्वाधिक महत्त्व है। जीवन के प्रत्येक सुखद एवं दुःखद कार्य में वेदों की ऋचाओं के माध्यम से यज्ञ अवश्य ही किया जाता है। भारतीय-संस्कृति में गर्भाधान-संस्कार से लेकर अंत्येष्टि-संस्कार तक के सभी कार्यों में यज्ञों का आवश्यक विधान हुआ है। यूं तो यज्ञ की महत्ता सभी संहिताओं में स्थापित हुई है। पुरुषसूक्त (ऋग्वेद) में यज्ञ को 'संसार का प्रथम धर्म' कहा गया है। देवों ने यज्ञ से यजन किया अर्थात् सृष्टि के मूल में यज्ञ ही था। अथर्ववेद में भी यज्ञ को 'विश्व की नाभि' कहा है। यजुर्वेद यज्ञ की दृष्टि से बहुत महत्त्वपूर्ण है, क्योंकि यज्ञ के विविध प्रकार उनमें प्रयुज्य मंत्र और उनसे संबंधित व्याख्याएं शुक्ल और कृष्ण दोनों यजुर्वेदों में विस्तार से दी गई हैं। यह वेद तो सबसे आगे बढ़कर यज्ञ को सर्वश्रेष्ठ कर्म घोषित करता है। वह भी सर्वप्रथम मंत्र में (शुक्ल यजुर्वेद 1.1) यज्ञ यज् धातु से निष्पन्न शब्द है तथा यजुष् भी इसी धातु से बना है। देवपूजा, संगतिकरण तथा दान अर्थ यज् में निहित है। अतः यह वेद मुख्यरूप से इन सभी उदात्त भावों को परिलक्षित करता है।

एक ओर यजुर्वेद में कर्मकांडपरक सामग्री की अधिकता है। यज्ञ की वेदि, पात्र, आसन, समिधाएं, हविष्य आदि सभी उपकरणों का सर्वांगीण विवरण यहां मिलता है, तो दूसरी ओर मनुष्य की कामनापूर्ति के लिए तरह-तरह के यज्ञ बताए गए हैं। 'अश्वमेध', 'नरमेध' और 'सर्वमेध' शब्दों को बहुत से लोग ठीक से न समझकर उन्हें 'बलि' या 'वध' से जोड़ देते हैं, परंतु यज्ञ के लिए प्रयुक्त अध्वर शब्द इस मान्यता को ध्वस्त कर देता है। 'मेध' शब्द का अर्थ अभिवृद्धि या कल्याण होता है; जैसे— अश्वमेध का अर्थ 'घोड़े के हित' के लिए किया गया यज्ञ' है। इसी प्रकार नरमेध, पशुमेध और सर्वमेध को समझा जा सकता है।

यजुर्वेद के यज्ञपरक दृष्टिकोण के कारण ऋग्वेद के अधिकांश मंत्र या मंत्रांश यज्ञ में गृहीत किए गए हैं। कृष्णयजुर्वेद में यज्ञविधान संबंधी व्याख्याएं गद्य में हैं। ये गद्यात्मक वाक्य गद्य की प्रारंभिक अवस्था को दर्शाते हैं। **इन्द्राय स्वाहा, अग्नये स्वाहा** जैसे वाक्यों का प्रयोग सर्वप्रथम यहीं हुआ है। एकाक्षरी बीजरूप प्रार्थनाएं भी यहीं प्राप्त होती हैं; जैसे— **ॐ, हीं, श्रीं, ॐ भूः भुवः स्वः** इत्यादि।

देवशास्त्र में परिवर्तन

यजुर्वेद की कर्मकांडीय परंपराओं के अनुरूप यहां के 'देवशास्त्र' में भी परिवर्तन हुआ है। ऋग्वेद के देवता कुछ बदले रूप में यहां उपस्थित हैं। ऋग्वेद में 'प्रजापति' एक गौणदेव हैं, तो यहां उनका महत्त्वपूर्ण स्थान है। ऋग्वेद में जो 'रुद्र' थे, वे यहां शिव, शंकर और महादेव नाम ग्रहण कर लेते हैं। विष्णु का महत्त्व भी यहां अपेक्षाकृत अधिक हो गया है। उन्हें 'यज्ञ' से समीकृत माना गया है।

ऋग्वेद में 'असुर' का अर्थ प्राणवान् या शक्तिशाली था, यहां सर्वत्र दानवों व दुष्टशक्ति के रूप में प्रयुक्त होने लगा। नागों की पूजा अप्सराओं का उल्लेख भी यहां हुआ है। नाग-पूजा जो ऋग्वेद में कहीं नहीं है किन्तु यजुर्वेद-काल में प्रचलित हो गई। ऋग्वेद में देव अनुग्रहप्राप्ति के लिए 'यज्ञ' साधन रूप में प्रयुक्त होता था, यहां 'यज्ञ' ही सर्वोच्च हो गया है।

इसके साथ ही एक और विशेषता इस काल में पल्लवित हुई, वह है देवताओं को विविध नामों से पुकारने की। ऋग्वेद में **एकं सत् विप्रा बहुधा वदन्ति** से एक ही सत्य को विविध नामों से पुकारने की बात है, वहां एक शक्ति के अलग-अलग समय पर अलग-अलग नाम पुकारे जाते हैं। जैसे जब संसार की उत्पत्ति का प्रश्न आया, तो विष्णु को सूर्य कहा गया, क्योंकि सूर्य का संबंध सू धातु अर्थात् उत्पन्न करना से है। जब उसका प्रकाश सब जगह व्याप्त हुआ, तो वह 'विष्णु' कहलाया। जब उसने अंधकार को घेर लिया, तो 'वरुण' कहलाया। जब उसने यजमानों की रक्षा की, तो 'मित्र' कहलाया।

ऋग्वेद की यह परंपरा कुछ नवीन रूप में यजुर्वेद में मिलती है। इस रीति के अनुसार किसी विशिष्ट देवता के अधिकाधिक विशेषणों तथा नामों की गणना करके उनके द्वारा उस देवता की स्तुति करना है। यजुर्वेद में इस प्रकार का प्रयोग रुद्र की स्तुति के संबंध में किया गया है। इस स्थल को 'शतरुद्रीय' कहा जाता है, जो शुक्लयजुर्वेद के 16 अध्याय तथा कृष्णयजुर्वेद की तैत्तिरीयसंहिता के 4-5 अध्याय में मिलती है। पौराणिक परंपरा में यह प्रवृत्ति बहुत अधिक विकसित तथा प्रचलित हुई। शिवसहस्रनाम, विष्णुसहस्रनाम, ललितासहस्रनाम जैसी नामावलियां स्तुति में प्रचलित हुईं।

यजुर्वेद के कुछ प्रार्थना-मंत्र सरल हैं। इनमें केवल देवता के नाम के उच्चारण के साथ आहुति को अग्नि में समर्पित कर दिया जाता है। उदाहरण के लिए **इदमग्नये इदमिन्द्राय** आदि मंत्र हैं। एक देवता के प्रति इससे सरलतर स्तुति क्या हो सकती है? सायंकालीन प्रार्थना **अग्निर्ज्योतिः ज्योतिरग्निः** के द्वारा तथा **सूर्यो ज्योतिः ज्योतिः सूर्यः** कहकर प्रातःकालीन प्रार्थना की जाती थी। यजुर्वेद

के कुछ प्रार्थना मंत्र गद्य में बने हुए ऐंद्रजालिक मंत्र प्रतीत होते हैं, तो कुछ अथर्ववेद के अभिचार और अभिशाप के रूप में भी हैं।

इस काल की एक और विशेषता यह है कि यहां पुरोहितों के बीच में हुए प्रश्नोत्तर या वार्तालाप मिलते हैं, जो प्रहेलिकाओं की तरह हैं। ऋग्वेद की तुलना में यहां ऐसी आध्यात्मिक पहेलियां, जिन्हें 'ब्रह्मोद्य' की संज्ञा मिली है, कुछ अधिक ही हैं। 'ब्रह्मोद्य' शब्द बहुत उपयुक्त पारिभाषिक शब्द है, क्योंकि वे 'ब्रह्म' या ज्ञान पर आधारित हैं। वाजसनेयीसंहिता के 23वें तथा तैत्तिरीयसंहिता के 7वें अध्याय में ये प्रहेलिकाएं मिलती हैं, जिनसे पुरोहित यज्ञ के अवसर पर मनोरंजन किया करते थे। एक प्रहेलिका को देखा जा सकता है। होता प्रहेलिका प्रस्तुत करता है:

कः स्विदेकाकी चरति कऽ उ स्विज्जायते पुनः।
किं स्विद्धिमस्य भेषजं किम्वावपनं महत् ॥

(शुक्लयजुर्वेद 23.9)

अर्थात् 'यह कौन है, जो एकाकी चला जा रहा है? कौन प्रकाश को पाता है? हिम (सर्दी) की औषधि क्या है? बीज बोने का महान् क्षेत्र क्या है?'

अध्वर्यु उत्तर देता है:

सूर्यऽएकाकी चरति चन्द्रमा जायते पुनः।
अग्निर्हिमस्य भेषजं भूमिरावपनं महत् ॥

(शुक्लयजुर्वेद 23.10)

'सूर्य एकाकी विचरण करता है। चंद्रमा पुनः प्रकाश को प्राप्त करता है। हिम की औषधि अग्नि है। बीज बोने का महान् क्षेत्र यह पृथ्वी है।'

यजुर्वेद के देवों के स्वरूप में जो परिवर्तन हुआ है, उसका उल्लेख किया जा चुका है। इस युग की धार्मिक-विचारधारा में भी कुछ बदलाव दिखाई पड़ता है। यजुर्वेद के अंतर्गत कतिपय नवीन धार्मिक कृत्यों की योजना भी की गई प्रतीत होती है। उदाहरण के लिए 'ब्रह्म' जो ऋग्वेद में श्रद्धा या स्तोत्र का वाचक था, यजुर्वेद में स्तोत्र का विषय ही बन गया। इस भाव का चरम विकास उपनिषदों में जाकर हुआ। सूर्य-पूजा यूं तो ऋग्वेद के अनेक सौर सूक्तों से संकेतित हुई, पर यजुर्वेद में आकर तो वह भारतीयधर्म का अंग ही बन गई। यज्ञ को, यज्ञीय कृत्यों को अत्यधिक महत्त्व दिए जाने से 'पुरोहितवाद' स्थापित हुआ। यज्ञ के माध्यम से पुरोहित यजमान की कठिन-से-कठिन अभिलाषा की पूर्ति देवता के द्वारा करवाते थे।

यजुर्वेद के धरातल पर जीवन का उदात्तपक्ष सुंदरता से चित्रित हुआ है। मनुष्य की मानसिक दक्षता ही उसकी सबसे बड़ी विशेषता है। शुक्लयजुर्वेद (34.1.61) के प्रत्येक मंत्र में 'मन के शुभ संकल्पवान् होने की' प्रार्थना की गई है। 'मन के हारे हार है, मन के जीते जीत'– मन की शक्ति से जीवन में सब कुछ अभीप्सित पाया जा सकता है। मनोविज्ञान के गूढ़तत्त्वों का वर्णन यहां बखूबी हुआ है।

'विश्वबंधुत्व' की भावना का चित्रण आज भी नितांत प्रासंगिक है। आधुनिक युग में दूरसंचार माध्यमों की क्रांति से विश्व एक ग्राम तो बन गया है, पर भावनात्मक दूरियां बढ़ी हैं। ऐसे में **मित्रस्याहं चक्षुषा सर्वाणि भूतानि समीक्षे** (*शुक्लयजुर्वेद 36.18*), अर्थात् 'मित्र की दृष्टि से मैं सब प्राणियों को देखूं'– ऐसी इच्छाएं बहुत सार्थक हैं।

जीवन कर्मक्षेत्र है। यहां निरंतर कर्म करते हुए सौ वर्ष का जीवन पाएं, ऐसी शिक्षा दी गई है :

'कुर्वन्नेवेह कर्माणि जिजीविषेच्छतं समाः।'

(शुक्लयजुर्वेद 40.2)

भौतिकवाद की अधिकता से मनुष्य का कल्याण नहीं होता। लोभ की प्रवृत्ति मनुष्य को मनुष्य के प्रति तथा प्रकृति के प्रति असंवेदनशील बनाती है। आधुनिक युग की अधिकतर समस्याओं का कारण यही लोभप्रवृत्ति है, जिसके कारण क्रोध, ईर्ष्या, कलह जैसे नकारात्मक भाव मानवहृदय में जड़ जमा लेते हैं। संसार के भोगों को यदि त्याग-भाव से भोगें, तो मानसिक तनावों से बचेंगे और पर्यावरण की रक्षा भी कर सकेंगे। यजुर्वेद का प्रसिद्ध शांतिपाठ आज भी हमारी सुबह-शाम की संध्याओं का अंग है। प्रकृति के हर अंग की शांति की कामना है :

द्यौः शान्तिरन्तरिक्षं शान्तिः पृथिवी शान्तिरापः शान्ति-
रोषधयः शान्तिः। वनस्पतयः शान्तिर्विश्वेदेवाः शान्तिः ब्रह्म
शान्तिः सर्वं शान्तिः शान्तिरेव शान्तिः सा मा शान्तिरेधि ॥

(शुक्लयजुर्वेद 36.17)

इस प्रकार यजुर्वेद का अध्ययन तत्कालीन भारत की सामाजिक, धार्मिक तथा भौगोलिक स्थिति से परिचित करवाता है। वर्णव्यवस्था सुदृढ़ हो रही थी, पुरोहित- वर्ग का वर्चस्व बढ़ रहा था। भौगोलिक दृष्टि से 'कुरुक्षेत्र' (ब्रह्मावर्त) एक पवित्र स्थान के रूप में विकसित हो रहा था।

❀ ❀ ❀

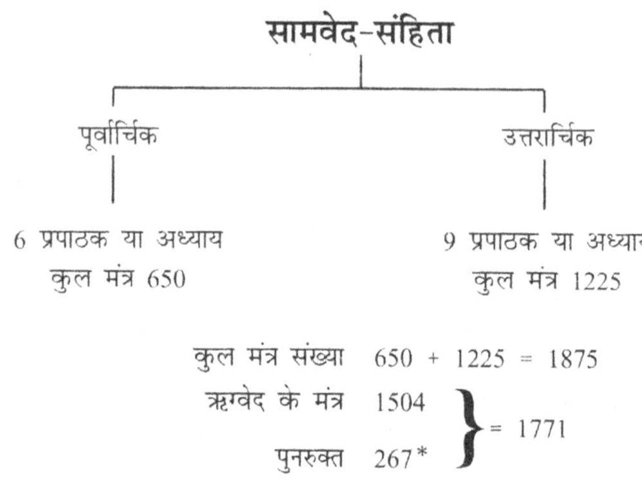

* सामवेद संहिता की नवीन ऋचाएं 99 + 5 (पुनरुक्त) = 104

* पूर्वार्चिक के 267 मंत्र उत्तरार्चिक में पुनरुल्लिखित हुए हैं।

* कुछ विद्वान् केवल 75 मानते हैं। शाखाभेद से गणना में अंतर हो जाता है।

चतुर्थ अध्याय

सामवेद-संहिता

सामवेद का वेदत्रयी में स्थान

वेदत्रयी में सामवेद का नाम अत्यंत सम्मानपूर्वक लिया जाता है। श्रीमद्‌भगवद्‌गीता में अपनी विभूतियों का वर्णन करते हुए कृष्ण **वेदानां सामवेदोऽस्मि** कहकर स्वयं को सामवेद बताते हैं। मनु ने सामवेद का संबंध सूर्य से बताया है। सूर्य प्रकृति का सबसे अधिक आकृष्ट और प्रभावित करने वाला तत्त्व है। इस प्रत्यक्षदेवता के सम्मुख सब स्वतः नमन करते हैं। इस प्रकार से सूर्य और सामवेद का संबंध 'सामवेद' को उपासना का वेद सिद्ध करता है।

वेदत्रयी का एक अर्थ है— पद्य, गद्य और गायन। 'पाद-बद्ध-व्यवस्था' वाले मंत्र ऋग्वेद, गद्यभाग यजुर्वेद है तथा पादबद्ध मंत्रों का गायन सामवेद है।[1] आराध्य की स्तुति, उसके गुणों का वर्णन ऋग्वेद के मंत्रों से किया जाता है, यज्ञकर्म यजुष् मंत्रों से तथा 'गायन' के अंतर्गत आराध्य की अर्चना-उपासना के लिए आराधक उत्कृष्ट ज्ञेय स्वरों में स्तुति का प्रयोग करता है।

सूर्य या आदित्य एवं सामवेद के संबंध को कुछ विद्वानों ने अलग तरह व्याख्यायित किया है। उनके अनुसार सामवेद का साक्षात्कार आदित्यऋषि ने किया था। जो भी हो 'सामवेद' का वेदत्रयी में प्रमुख स्थान है। ऋग्वेद के एक मंत्र (8.98.1) में इंद्र के लिए साम गाने की प्रेरणा दी गई है,— **इन्द्राय साम गायत।** एक और मंत्र *(ऋग्वेद 10.36.5)* में निर्देशन है कि बुद्धिमान् आचार्य (बृहस्पति) सामों के द्वारा पूजनीय परमेश्वर की अर्चना करे— **'बृहस्पतिः साम. भिर्ऋक्वो अर्चतु।'** साम को सफलता का मार्ग भी कहा गया है। जो क्रियाशील रहता है, विचारशील और विवेकी होता है, उसे ही साम प्राप्त होते हैं:

---

1. **अथर्ववेद के मंत्रों के पादबद्ध होने से उनका अंतर्भाव ऋग्वेद में ही हो जाता है, परंतु फिर भी सामवेद में अधिकतर मंत्र ऋग्वेद के ही हैं, अथर्ववेद के नहीं।**

'यो जागार तमु सामानि यन्ति'

(ऋग्वेद 5.44.14)

अथर्ववेद में सामों को 'परब्रह्म' के लोम[1] कहा है :

'सामानी यस्य लोमानि'

(अथर्ववेद 9.6.2)

सामवेद का महत्त्व

सामवेद का वेदत्रयी में तो महत्त्व बताया ही गया है। अन्य ग्रंथों में भी सामवेद की प्रशंसा की गई है। छांदोग्य उपनिषद् (3.3.1-2) में सामवेद को ऐसा पुष्प बताया गया है, जो मधुररस का भंडार है और जिसमें से उस रस को संगृहीत करने वाले मधुकर (भंवरे) उसके साम हैं। साम गीत हैं, वे मधुर हैं, माधुर्य-संग्रह हैं।

वेदों में ओम् (अ उ म्) का महत्त्व सर्वाधिक है। सब वेदों का सार 'ओम्' को बताया गया है। ढाई अक्षर का यह शब्द तीन प्रकार की शांति को दर्शाता है– शारीरिक, मानसिक तथा आध्यात्मिक। 'ओम्' के उच्चारण या जप से तनाव शिथिल होते हैं। मन पर सकारात्मक प्रभाव पड़ता है। 'ओम्' के कई नाम हैं, जैसे– प्रणव तथा उद्गीथ। 'साम का रस' उद्गीथ कहा गया है:

'साम्नः उद्गीथो रसः'

(छांदोग्य उपनिषद् 1.1.2)

सामगान की पद्धति में उद्गायन (गीथ) होता है, अर्थात् स्वर को ऊंचे आलाप से शुरू करके धीरे-धीरे नीचे आलाप पर लाते हैं। इस प्रक्रिया से मन को शांति मिलती है। आधुनिक गानपद्धति में ऊंची-नीची तानों का मिश्रण होता है, इसलिए मन की शांति नहीं, अशांति अधिक, शोर अधिक होता है।

संगीत साधना का विषय है। इसमें निरंतर अभ्यास (रियाज़) की अपेक्षा रहती है। सामगायन में भी कुशलता अभ्यास से ही पाई जाती है। साम में कुशल व्यक्ति गायन का अभ्यास तो करता ही है, मंत्रों के अर्थज्ञान का विशेषज्ञ भी होता है। इसीलिए बृहद्देवता (8.130) में कहा गया है कि जो व्यक्ति सामों को जानता है, वही वेद के तत्त्व को जानता है– **'सामानि यो वेत्ति स वेद तत्त्वम्।'** भारतीयसंस्कृति में, भारतीयदर्शन में जीवन का चरम उद्देश्य ब्रह्म-साक्षात्कार है। याज्ञवल्क्यस्मृतिकार का कथन है कि विधिपूर्वक

---

1. रोम

सामगान गानेवाला तथा सावधानी से उसका अभ्यास करनेवाला ब्रह्म की प्राप्ति कर लेता है :

यथाविधानेन पठन् सामगानमविच्युतम् ।
सावधानस्तदभ्यासात् परं ब्रह्माधिगच्छति ॥

(याज्ञवल्क्यस्मृति 3.4.11,2)

सायण ने सामवेद के भाष्य के प्रारंभ में बताया है– अध्वर्यु यजुर्वेद से यज्ञ-शरीर का निर्माण करता है, ऋग्वेद से होता उसे विभूषित करता है और उद्‌गाता उन ऋचाओं में सामरूपी मणियां और मुक्ताएं लटका देता है :

यजुर्जाते यज्ञदेहे स्यादृग्भिस्तद्विभूषणम् ।
सामाख्यां मणिमुक्ताद्या ऋक्षु तासु समाश्रिताः ॥

कहने का भाव यही है कि 'यज्ञ' की परिपूर्णता सामगायन पर निर्भर है। यज्ञ में आह्वान किए गए देव उद्‌गाता के द्वारा गाए सामों से प्रसन्न होते हैं। सामवेद के द्वारा की गई स्तुति को असुर नहीं पा सकते, अतः साम के द्वारा ही स्तुति की जानी चाहिए।

साम शब्द का अर्थ

यज्ञों में उद्‌गाता नामक पुरोहित सामगान करता है। उद्‌गाता शब्द में ही गायन का भाव निहित है। इसीलिए जैमिनि के मीमांसा सूत्र (2.1.36) में साम का अर्थ ही गीत कहा गया है– **'गीतिषु सामाख्या।'** साम नामक गीतों का आधार ऋग्वेद की ऋचाएं ही होती हैं– **'ऋचि अध्यूढं साम गीयते।'** ऋचा और साम के पारस्परिक संबंध को छांदोग्य-उपनिषद् में बहुत सुंदर रूप से प्रस्तुत किया गया है :

'या ऋक् तत्साम'

(छांदोग्य उपनिषद् 1.3.4)

अर्थात् 'जो ऋचा है, वही साम है।' एक अन्य वचन में कहा गया है कि ऋग्वेद और सामवेद का 'स्त्री-पुरुष' के समान एक जोड़ा है :

अमोऽहमस्मि सा त्वं सामाहमस्मि ऋक् त्वम्
द्यौरहं पृथिवी त्वं। ताविह संभवाय, प्रजामाजनयावहै ॥

(अथर्ववेद 14.2.71)

अर्थात् 'मैं' (पति) 'अम' हूं और तू (स्त्री) साम है। मैं 'साम' और तू 'ऋचा' है। मैं 'द्यौ' हूं और 'तू' पृथ्वी। हम दोनों मिलकर यहां उत्पन्न होते रहें,

प्रजा उत्पन्न करें। यहां पर इस प्रकार से 'साम' शब्द की व्युत्पत्ति दी है। 'सा+अम'='साम'। सा का अर्थ है 'ऋचा' और 'अम' का अर्थ आलाप। अतः 'साम' का अर्थ हुआ ऋचाओं के आधार पर किया गया गान। यह व्युत्पत्ति दोनों के मध्य अति घनिष्ठ संबंध स्थापित करती है।

छांदोग्योपनिषद् में इनके संबंध को निम्नलिखित प्रकार से अभिव्यक्त किया गया है:

'वाक् च प्राणश्च ऋक् च साम च ॥'

(छांदोग्योपनिषद् 1.1.5)

'वागेव सा प्राणोऽमस्तत्साम ॥'

(छांदोग्योपनिषद् 1.7.1)

वाणी और प्राण क्रमशः ऋक् और साम हैं। वाणी ऋचा है और प्राण साम है। वाणी और प्राण के संबंध की तरह ही ऋचा तथा साम का संबंध है। बृहदारण्यकोपनिषद् में 'साम' की व्युत्पत्ति बताते हुए कहा गया है कि 'सा' का अर्थ है 'ऋचा' और 'अम' का गांधार आदि स्वर[1]– दोनों का सम्मिलित अर्थ हुआ– 'ऋक् के साथ संयुक्त स्वरप्रधान गायन' (**सा च अमश्चेति तत् साम्नः सामत्वम्**) ॥'

(बृहदारण्यकोपनिषद् 1.3.2.2)

'साम' शब्द के मूल में सान्त्वना अर्थवाली 'साम्' धातु है। 'साम' का अर्थ होता है, शांति प्रदान करने वाले गान। ईश्वरभक्ति और उपासना के वे गान 'साम' कहलाते हैं, जो परमेश्वर के ध्यान और चित्त की एकाग्रता के द्वारा उसके सान्निध्य में पहुंचाते हैं तथा मनुष्य को शांति प्रदान करते हैं।

सामवेद की शाखाएं

पतंजलि ने महाभाष्य में सामवेद के एक सहस्र मार्गों का उल्लेख किया है,–**'सहस्रवर्त्मा सामवेदः।'** सामवेद का सूर्य या आदित्य से भी संबंध माना गया है, अतः आदित्य 'सहस्ररश्मि' वाला माना जाता है। संभवतः इसी आधार पर सामवेद को 'सहस्र-मार्ग' वाला कहा गया होगा। सहस्रमार्ग का अर्थ प्रतीत होता है,– 'सहस्रशाखाओं वाला', परंतु विद्वानों के अनुसार 'सहस्रमार्ग' का अर्थ एक हजार शाखाएं न होकर सामगान की विभिन्न पद्धतियां हैं। मीमांसा के भाष्यकार शब्दस्वामी ने भी कहा है– **'सामवेदे सन्ति सहस्रं गीत्युपायाः'** अर्थात् सामवेद के गायन के हजारों उपाय हैं। एक ही मंत्र को अलग-अलग गायक अलग-अलग तरह से गाता है। इसीलिए अनेक गायन-पद्धतियां प्रचलित

हो जाती हैं। हजार की संख्या उपलक्षण भी हो सकती हैं, अर्थात् अनेक गायन पद्धतियों को 'सहस्र' से संबद्ध कर दिया गया होगा।

प्राचीन ग्रंथों में सामवेद की 13 शाखाओं का उल्लेख हुआ है— असुरायणीय, वासुरायणीय, वार्तान्तरेय, प्राञ्जल, राणायनीय, शाट्यायनीय, सात्यमुद्गल, खल्वल, महाखल्वल, लाङ्गल, कौथुम, गौतम और जैमिनीय (चरणव्यूह)। इन तेरह शाखाओं में से भी केवल तीन शाखाएं— कौथुम, राणायनीय और जैमिनीय उपलब्ध हैं। इनमें से प्रथम दो में मंत्रों के क्रम में कोई अंतर नहीं है, केवल विभाजन का भेद है। कौथुम शाखा में विभाजन प्रपाठकों, अर्धप्रपाठकों और दशतियों में है, जबकि राणायनीय में यह विभाजन अध्यायों, खंडों और मंत्रों में है। कौथुम शाखा का प्रचार विंध्यपर्वत के उत्तर में और राणायनीय का दक्षिण में रहा है। कौथुम का दूसरा नाम छंदोगसाम है, जो तमिलनाडु तथा कर्नाटक क्षेत्रों में प्रचलित है। जैमिनीय शाखा का प्राचीन नाम तलवकार है। इस शाखा के सभी अंश संहिता, ब्राह्मण, श्रौतसूत्र व गृह्यसूत्र आजकल उपलब्ध हैं। शाखाओं की पृथकता का कारण उच्चारणभेद है।

सामवेद का स्वरूप

सामवेद के दो मुख्य भाग हैं— आर्चिक तथा गान। आर्चिक शब्द ऋक् समूह का वाचक है। इसे दो भागों में विभक्त किया गया है— 1. पूर्वार्चिक, 2. उत्तरार्चिक।

दोनों भागों की समस्त ऋचाएं 1810 हैं। इनमें से कुछ की बार-बार आवृत्ति हुई है। इस प्रकार की ऋचाओं को पृथक् करने पर मौलिक ऋचाओं की संख्या 1549 शेष रह जाती है और इनमें से 75 को छोड़ शेष सब ऋग्वेद-संहिता के अष्टम एवं नवम मंडल से ली गई हैं। ये ऋचाएं अधिकांशतः गायत्री एवं प्रगाथ (गायत्री तथा जगती का मिश्रित रूप) छंद में हैं। 'पूर्वार्चिक' को 'छंद आर्चिक' भी कहा जाता है। इसमें छह प्रपाठक अथवा अध्याय हैं। प्रत्येक प्रपाठक में दो अर्ध (खंड) हैं और प्रत्येक अर्ध में एक 'दशति' है। दशति शब्द से प्रतीत होता है कि प्रत्येक 'दशति' में दस ऋचाएं होनी चाहिए, परंतु वस्तुस्थिति ऐसी नहीं है। किसी में दस से कुछ कम, किसी में कुछ अधिक भी हैं। पूर्वार्चिक के प्रथम प्रपाठक में अग्नि-विषयक ऋक्-मंत्रों का संग्रह है, अतः इसे आग्नेयकांड कहते हैं। द्वितीय से चतुर्थ प्रपाठक तक ऐंद्र पर्व कहलाता है, क्योंकि यहां इंद्र की स्तुतियां हैं। पंचम में सोम-परक स्तुतियां हैं, अतः इसे

1. **तस्य हैतस्य साम्नो यः स्वयं वेद भवति हास्य स्वं तस्य वै स्वर एव** *(बृहदारण्यकोपनिषद् 1.3.25)।*

पवमान पर्व कहा जाता है। षष्ठ प्रपाठक आरण्यक पर्व के नाम से प्रसिद्ध है। इस पर्व में देवों और छंदों का वैविध्य है। आरण्यककांड अथवा पर्व के पश्चात् महानाम्न्यार्चिक है, जिसमें केवल दस ऋचाएं हैं। इसे परिशिष्ट रूप में मान्यताप्राप्त है। इस प्रकार पूर्वार्चिक में 650 ऋचाएं संकलित हैं।

उत्तरार्चिक (अथवा उत्तर-संहिता) में नौ प्रपाठक हैं। प्रथम पांच प्रपाठक दो-दो भागों में विभक्त हैं, जिनकी संज्ञा प्रपाठकार्ध है। अंतिम चार प्रपाठकों में तीन-तीन अर्ध हैं। कुल मिलाकर उत्तरार्चिक में 1225 मंत्र हैं, जिन्हें पूर्वार्चिक के 650 मंत्रों के साथ मिलाने पर कुल मंत्रसंख्या 1875 हो जाती है। 267 मंत्रों की पुनरावृत्ति हुई है। तीन-तीन ऋचाओं को मिलाकर एक गीत (Chart) रचा गया है। इन्हीं गीतों से यज्ञों के अवसर पर गाए जाने वाले स्तोत्रों की रचना हुई है। जहां पूर्वार्चिक में ऋचाओं का क्रम, छंद एवं देवताओं के आधार पर हुआ है, वहां उत्तरार्चिक में यज्ञों के आधार पर उनका क्रम निर्धारित हुआ है। ऋग्वेद और सामवेद के आर्चिक भाग में प्रायः समानरूप से उपलब्ध होने वाले मंत्रों की संख्या 15041, सामवेद की 99 ऋचाएं ही मौलिक हैं, जो ऋग्वेद में नहीं मिलतीं।

सामगान-पद्धति

'गीतिषु सामाख्या'– जैमिनि (वेदव्यास के शिष्य) के अनुसार गीति ही साम है। गीति के प्राण हैं, स्वर। गीतों का प्रणयन भी सामवेद की ऋचाओं पर आधारित था। ऋचाओं को इसी कारण सामगान की योनि या मूलाधार माना जाता है। इसे इस प्रकार समझा जा सकता है, जिस प्रकार सूर एवं तुलसी के पदों को संगीत के रागों में गाया जाता है, ऋचाएं पदों के समान हैं तथा साम रागों के सदृश हैं। सामवेद की ऋचाओं को संगीत में परिणत करने के लिए कुछ पद जोड़े जाते हैं, जिन्हें स्तोभ कहा जाता है; यथा– हाऊ, होई, औ, हो, ओह इत्यादि। ये स्तोभ कुछ इस प्रकार के अक्षर एवं पद हैं, जैसे आलाप के लिए गेय पदों में राग-रागिनी गान करने वाले गायक जोड़ देते हैं।

जहां तक सामगान-पद्धति का प्रश्न है, सबसे पहले हमें सामगान के प्राण 'स्वर' को समझना होगा। छांदोग्योपनिषद् (1.8.4) में प्रश्न है– **'का साम्नो गतिरिति?'** अर्थात् साम की गति क्या है? स्वर-आलाप ही साम की गति है– यह उत्तर भी वहीं दिया गया है– **'स्वर इति होवाच।'** अब स्वर क्या हैं? तीन मूलस्वर उदात्त, अनुदात्त तथा स्वरित– ये तो ऋग्वेद-काल से ही प्रचलन में थे। सुरीली आवृत्ति के लिए उदात्त सबसे ऊंचा स्वर था, तो अनुदात्त अपेक्षाकृत निम्नस्वर। स्वरित मध्यम स्वर था। उपर्युक्त तीन मूलस्वरों

पर षड्जादि लौकिक स्वर प्रतिष्ठित हुए, जैसा कि नारदीयशिक्षा (1.8.8) में उल्लिखित है :

उदात्ते निषादगान्धारावनुदात्ते ऋषभधैवतो।
स्वरितप्रभवा ह्येते षड्जमध्यमपञ्चमा ॥

अर्थात् 'उदात्त की समानता लौकिक स्वर गांधार या उसके संवादी स्वर निषाद, अनुदात्त की ऋषभ या उसके संवादी धैवत तथा स्वरित की षड्ज या उसके संवादी स्वर मध्यम या पंचम से की गई है।'

तीन मूल स्वरों के अंकन की पद्धति ऋग्वेद में इस प्रकार है। यहां अनुदात्त को अक्षर के नीचे पड़ी रेखा से, स्वरित को अक्षर के ऊपर ऊर्ध्व रेखा से तथा उदात्त को अचिह्नित छोड़ देते हैं। सामवेद में मंत्रों का स्वरांकन ऋग्वेद की तरह नहीं हैं। यहां अक्षरों पर 1, 2, 3 लिखा जाता है, जो उदात्त, स्वरित और अनुदात्त को बताते हैं।

सामगान के सप्तस्वर-मंडल का निर्देश 'साम-विधान ब्राह्मण' में हुआ है, तथा नारदीय-शिक्षा के अनुसार साम के स्वरमंडल इतने हैं— सात स्वर, तीन ग्राम, इक्कीस मूर्छना, उनचास तान। इस सात स्वरों की वेणु तुलना इस प्रकार है—

साम	**वेणु**
1. प्रथम (जिसमें मनुष्य गाते हैं)	मध्यम / **म**
2. द्वितीय (जिसका प्रयोग गंधर्व और अप्सराएं करती हैं)	गान्धार / **ग**
3. तृतीय (जिसमें ऋषभ आदि पशु बोलते हैं)	ऋषभ / **रे**
4. चतुर्थ (जिसका प्रयोग पक्षी करते हैं)	षड्ज / **सा**
5. पंचम (राक्षसों द्वारा प्रयुक्त)	निषाद / **नि**
6. षष्ठ (औषधियों, वनस्पतियों तथा अन्य प्राणियों द्वारा प्रयुक्त)	धैवत / **ध**
7. सप्तम (जिसमें देव गाते हैं)	पंचम / **प**

इस स्वरमंडल से ज्ञात होता है कि प्रकृति की हर वस्तु में, हर प्राणी में 'स्वर' है। प्रकृति के ये स्वर (सप्त) मिलकर अद्भुत साम (शक्ति) प्रदान करने वाले संगीत की रचना करते हैं। संगीत का मूल इस प्रकार से 'सामवेद' में अंतर्निहित है।

इन्हीं स्वरों के छह अन्य विकार भी 'साम-विधान ब्राह्मण' में बताए गए हैं। सामगान में गान की आवश्यकतानुसार कहीं कुछ घटाया जाता है और कहीं बढ़ाया जाता है। छह सामविकार निम्नलिखित हैं :

1. **विकार :** शब्द को आवश्यकता के अनुरूप परिवर्तित करना जैसा कि 'अग्ने' के स्थान पर 'ओग्नायि'।

2. **विश्लेषण :** शब्द या पद को तोड़ना यथा— 'वीतये' का 'वोयि' तोया 2 यि उच्चारण करना।

3. **विकर्षण :** किसी स्वर को देर तक खींचना, उसे दो या अधिक मात्रा के समान उच्चारित करना। यथा 'ये' को 'या 2 3 यि' कहना।

4. **अभ्यास :** किसी पद का पौनःपुन्येन उच्चारण जैसे तोया 2 यि, तोया 2 यि।

5. **विराम :** गान की सुविधा हेतु शब्द को बीच में ही तोड़कर रुक जाना, अभिप्राय यह कि पद के मध्य में ही यति देना, जैसे **गृणानो हव्यदातये** का **गृणानो ह। व्यदायते** उच्चारण करना।

6. **स्तोभ :** आलाप के योग्य पदों का ऊपर से योग, यथा 'औहोवा' 'हाऊ' आदि।

उपर्युक्त स्वरों और विकारों सहित सामगानों के अनेक प्रकार ऋषियों ने अपनी प्रतिभा से तथा परिश्रम से प्रकट किए। योनिमंत्रों के आधार पर ऋषियों ने जिन सामगानों की रचना की, उनके चार ग्रंथों का उल्लेख हुआ है। प्रथम गेयगान अथवा ग्रामगेयगान अथवा प्रकृतिगान है। इसमें कौथुम शाखा के अनुसार 1197 और जैमिनी शाखा के अनुसार 1232 गान संगृहीत हैं। दूसरा आरण्य (गेय) गान है, जिसमें कौथुम शाखा में 294 और जैमिनीय शाखा में 291 गान दिए गए हैं। तीसरा ग्रंथ है 'ऊहगान' जिसमें कौथुम और जैमिनीय शाखाओं के अनुसार क्रमशः 1026 और 1802 गान हैं। चतुर्थ गान ग्रंथ ऊह्य गान या रहस्यगान है, जिसकी गान संख्या कौथुम शाखा में 205 और जैमिनीय शाखा में 356 है।

यहां यह भी ध्यातव्य है कि एक ही मंत्र के आधार पर कई सामगान रचे गए हैं। इन गानों के नाम भी उन ऋषियों के नाम पर हैं, जिन्होंने इनकी रचना की है। उदाहरण के लिए ऋग्वेद का निम्नलिखित मंत्र (6.16.10) देखा जा सकता है:

अग्न आ याहि वीतये गृणानो हव्यदातये।
नि होता सत्सि बर्हिषि ॥

सामवेद के प्रथम मंत्र के रूप में यह मंत्र 'सामयोनि' कहलाता है तथा इसके गान निम्नलिखित प्रकार के हैं:

1. **गोतमस्य पर्कम्–**

   ओग्नाई। आयोहीऽ 3। वोइतोयाऽ 2 ई। तोयाऽ 2 इ।

   गृणानो ह। व्यदातोयाऽ 2 इ। तोयाऽ 2 इ।

   नाइ होता साऽ 2 3 । त्साऽ2 इ। बाऽ 2 3 4 औहवा।

   हीऽ 2 3 4 षी।

2. **कश्यपस्य बार्हिषम्–**

   अग्न आयाहीवी। तया इ। गृणानो हव्यदाताऽ 2 3 याइ।

   नि होता सत्सि बर्हाऽ 2 3 इषी। बर्हाऽ 2 इ षा ऽ 2 3 4

   औहोवा। बर्हीऽ 3 षीऽ 2 3 4 5 ॥

3. **गोतमस्य पर्कम्–**

   अग्न ओयाहि। वाऽ 5 इतयाइ। गृणानो हव्यदाऽ ताऽ 3 ये।

   नि होताऽ 2 3 4 सा। त्साऽ 2 3 4 इबाऽ 3। हाऽ 2 3 4

   इषोऽ 6 हा इ ॥

सामगान पद्धति के अन्य बहुत से नियम भी हैं, जिनका उल्लेख 'नारदीय-शिक्षा' में हुआ है। इन गानों के विषय में विद्वानों ने विभिन्न मत व्यक्त किए हैं। कुछ पाश्चात्य मनीषियों का विचार है कि प्रारंभिककाल में राग मौखिक रूप से सिखाए जाते थे और वह भी वाद्य-यंत्रों की धुनों के रूप में। गानग्रंथों की रचना परवर्ती काल में हुई। विंटरनिट्स ने ब्राह्मणग्रंथों के कुछ उल्लेखों के आधार पर इन साम गानों को जादू से भी संबद्ध माना है। सामवेद से संबद्ध सामविधान-ब्राह्मण का दूसरा भाग तो बाकायदा जादू के एक गुटके के रूप में है और इसमें यह बताया गया है कि किस जादू के कार्य के लिए किस साम का प्रयोग करना है। स्मृति ग्रंथों में तो विधान किया गया है कि साम का स्वर जब सुनाई दे, तो ऋग्वेद और यजुर्वेदीय मंत्रों का पाठ बंद कर देना चाहिए।

सामगान के विभाग

इस वेद को सरलता से गाया जा सके, अतः यह जान लेना आवश्यक है कि सामगान के पांच भेद या अंग होते हैं, इन्हें निम्नवत् दिया जा रहा है–

1. प्रस्ताव: यह मंत्र का प्रारंभिक भाग है जो **'हुं'** से आरंभ होता है। इसे **प्रस्तोता** नामक ऋत्विज् गाता है।

2. उद्गीथ: सस्वर गायन की भावना से इसे साम का प्रधान ऋत्विज् **उद्गाता** गाता है। इसके प्रारंभ में ॐ लगाया जाता है।

3. प्रतीहार: इसका तात्पर्य दो को जोड़ने वाले से है। इसे **प्रतिहर्ता** नामक ऋत्विज् गाता है। समुचित पाठ की दृष्टि से इसके दो टुकड़े (सरल गेय) कर दिए जाते हैं।

4. उपद्रव: इसे केवल **उद्गाता** गाता है।

5. निधन: इसमें मंत्रों के दो पद्यांश या ॐ रहते हैं। इसका गायन तीनों ऋत्विज् **प्रस्तोता, उद्गाता तथा प्रतिहर्ता** एक साथ मिलकर करते हैं।

उदाहरणार्थ आगे इन पांचों भेदों को सामवेद का प्रथम मंत्र **अग्न आया हि वीतये गृणानो हव्यदातये। नि होता सत्सि बर्हिषि।** द्वारा बताया जा रहा है:

1. *हुं ओग्नाई* (प्रस्ताव)
2. *ॐ आयाहि वीतये गृणानो हव्यदातये* (उद्गीथ)
3. *नि होता सत्सि बर्हिषि ॐ* (प्रतिहार)
4. *नि होता सत्सि बर्हिषि* (उपद्रव)
5. *बर्हिषि ॐ* (निधन)

इस प्रकार पांच अंगों के ज्ञान से सामवेद का गायन सरल हो जाता है।

सामवेद और संगीत

गीत और संगीत का वेद है– सामवेद। गीत शब्द 'गै' (गाना) धातु से बनता है। इस शब्द के पूर्व 'सम्' लगाने से हो जाता है 'सं-गीत'। सम् उपसर्ग संतुलन, शक्ति, समानता या साथ जैसे भावों को अभिव्यक्त करता है। संगीत आरंभ से ही सृष्टि में रहा है और हमेशा रहेगा। किसी एक व्यक्ति या व्यक्तित्व से संगीत का तादात्म्य नहीं किया जा सकता। लय-ताल के संतुलन से, स्वरों के समागम से संगीत पैदा होता है। सृष्टि के मूल में 'बिग बैंग' (big beng) सिद्धांत को 'महाविस्फोट' का स्वर कहा जाता है। प्रकृति के कण-कण में संगीत है। पत्तों की 'मर्मर' ध्वनि में, हवा के बहने में, सागर की लहरियों में, कलियों के चटखने में, चिड़ियों की चहचहाहट में, गायों के रंभाने में, सबमें संगीत है। हर वस्तु का संगीत अलग प्रकार का हो सकता है, पर हर वस्तु

में संगीत है अवश्य। संगीत के सात सुर *'सा रे ग म प ध नि'* हैं, जिनके अंतर्गत विश्व का सब संगीत समाया हुआ है। ये ही मूल स्वर हैं। हर व्यक्ति गायक है, संगीतज्ञ है। हर व्यक्ति संगीत सर्जक है। कभी-न-कभी हर व्यक्ति किसी-न-किसी धुन को गुनगुनाता ही है अथवा दूसरे के द्वारा गाए गीत पर ताल देता है। वास्तव में संगीत सर्वस्व है, सब कुछ है। उसके माध्यम से हम विचारों को, भावों को अभिव्यक्त करते हैं। यह एक ऐसी सार्वभौम भाषा है, जिसे सब समझते हैं, समझ सकते हैं।

इसी सार्वभौम भाषा के उदात्त स्वर हमें सामवेद के मंत्रों में, सामवेद के गानों में, सामवेद के संगीत में मिलते हैं। हमारी संस्कृति में वाणी बहुत ही परिष्कृत और सुसंस्कृत रूप में उभरी है। जीवन का बहुत ही विशिष्ट एक निश्चित स्पंदन, एक जीवंत धड़कन उसे मिली है। चारों वेद, उनकी ऋचाएं, मंत्र, वाणी के सुंदरतम रूप ही तो हैं। मंत्र-शक्ति के प्रयोग ऋषियों ने प्रारंभ से ही किए हैं। आज के वैज्ञानिक भी मानते हैं कि शब्दशक्ति से इलेक्ट्रोमैग्नेटिक लहरें उत्पन्न होती हैं, जो स्नायुतंत्र पर वांछित प्रभाव डालकर उनकी सक्रियता को तो बढ़ाती ही हैं, अपितु विकृत चिंतन को भी रोकती हैं, मनोविकारों को भी दूर करती हैं। एक ही मंत्र का बार-बार जप करने से कैसे तनाव शिथिल होता है, इसके परीक्षण भी किए गए हैं। विदेशों में 'सायमैटिक्स' अध्ययन की ऐसी ही परंपरा है। हरिद्वार के शांतिकुंज में भी गायत्रीमंत्र की शक्ति के संबंध में ऐसे ही परीक्षण व प्रयोग किए गए हैं।

यही मंत्रशक्ति जब संगीत में परिणत होती है, तो उसका प्रभाव बढ़ जाता है। वास्तव में गीत की शक्ति, गान की शक्ति वाणी से अधिक है, क्योंकि वह शब्दों के चयन को लय में पिरोकर विस्तार देती है। शब्द आकाश का गुण है। जब वेद की ऋचाएं, श्रुति के मंत्र उदात्त-अनुदात्त-स्वरित स्वरों में बोले जाते हैं, तो उनका अपना विशेष प्रभाव होता है, जो देवों को प्रसन्न करता है तथा उन्हें मनुष्यों तक आने को प्रेरित करता है। इन्हीं ऋचाओं को जब 'सामवेद का उद्‌गाता' विभिन्न रीतियों या विभिन्न पद्धतियों से गाता है, तो उनकी व्यापकता का क्षेत्र असीम हो जाता है। उससे आनंद का अजस्रस्रोत प्रवाहित होने लगता है। वास्तव में 'संगीत' के मूल को ढूंढ़ना हो, तो हमें 'सामवेद' की ओर ही लौटना होगा। सामवेद का संगीत जीवन से जुड़ा है—उसमें जीवन को आनंदित करने की शक्ति है। ऋग्वेद के गीतकार कवि ने भी कहा है—

'गीर्भिर् वरुण सीमहि'

अर्थात् 'हे वरणीय! गीतों से हम तुम्हें बांध रहे हैं।' इतना ही नहीं, गायक के गीत प्रभु को भी प्रिय हैं:

सेमं नः स्तोममा
गह्युपेदं सवनं सुतम् ।
गौरो न तृषितः पिब ॥

(ऋग्वेद 1.16.5)

अर्थात् 'प्यासा मृग जैसे जलाशय से जल पीता है, वैसे तुम मेरे गीत में तन्मय होकर तृप्ति का अनुभव करो।' गीत-संगीत मात्र अभिव्यक्ति है। अभिव्यक्ति की विकलता से गीत-संगीत प्रार्थना बन जाता है। 'अहम्' या 'मैं' का विसर्जन, विलीन हो जाना या निःशब्द हो जाना गान है और गान को जब ईश्वर स्वीकार कर लेता है, तो वह प्रार्थना बन जाता है। वैदिक कविताएं, वैदिक गीत इसी संगीत के माध्यम से प्रार्थनाएं बन सकी हैं। गीत-संगीत ऊर्जा को सर्जन करने वाली है, वह भक्त और भगवान् के बीच की कड़ी है। यही कारण है मीरा के भजन या सूरदास के भक्ति-भरे पद गाए जाने पर सबको प्रसन्नता व शांति देते हैं। उपनिषदों में कहा गया है– **'रसो वै सः'** अर्थात् वह (ईश्वर) आनंदस्वरूप है। जीवन में हर किसी को आनंद की, शांति की तलाश रहती है। जीवन का चरम उद्देश्य भी आनंदप्राप्ति ही है। संगीत हमें उस भावभूमि तक पहुंचाता है। प्रकृति के कण-कण में निहित संगीत की बात जो शुरू में की गई है– उस संगीत को सुनने के लिए आज न किसी के पास समय है, न उससे आनंदित होने वाला हृदय। परंतु वैदिककवि, सामवेद का गायक प्रकृति का पूजक था, उसके संगीत की अनुभूति कर गीतों में उसकी प्रतिध्वनि उतारने में कुशल था। तभी सामवेद का संगीत आनंद का संगीत, उल्लास का संगीत बन सका था।

आधुनिक युग में तेज शोरवाला डिस्को, रैप व रॉक संगीत उभरकर सामने आ रहा है। यह वास्तविक संगीत नहीं है। ये तो मनुष्य को वासनात्मक संसार में ढकेल देने वाला संगीत है, उत्तेजित करने वाला, रोमांचित करने वाला संगीत है। यह संगीत कहीं से भी शांतिदायक या आनंदप्रदायक नहीं है। जबकि साम सात्वनार्थ वाली धातु से बना है, जो शांतिपरक संगीत का मूल है। सामवेद का संगीत इसीलिए भक्त को, श्रोता को देव की उपासना में झुका देता है। उसकी अशांति को दूरकर 'विश्रांति' में लीन कर देने वाला है।

'सामन्' शब्द की व्युत्पत्तियां हैं– **'स्यति नाशयति विघ्नम्'** अर्थात् विघ्नों का नाश करता है। एक और व्युत्पत्ति के अनुसार समयति (संतोषयति देवान्

अनेन) अर्थात् जो मंत्रों द्वारा देवों को संतुष्ट करता है। 'सामन्' का अर्थ सुंदर, सुखकर वचन भी है। संगीतविद्या सर्वाधिक सुखकर एवं आनंददायक मानी जाती है। सामवेद का उद्गाता संगीतपरक वाणी द्वारा देवों को प्रसन्न करता है। साम का रस 'ओम्' है। 'अ उम्' मिलकर ओम् बनता है। ऋक् पत्नी है, धरती है, साम पति है, आकाश है। दोनों के सम्यक् संतुलन से संगीत उपजता है। यह संगीत सुख-दुःख के परे आनंद की सृष्टि करता है। सामवेद का संगीत आशा का संचार करता है, जागरण का प्रतीक है, तभी तो ऋग्वेद में कहा गया है– **'यो जागार तम उ सामानि यन्ति'** अर्थात् 'जागरणशील को साम मिलते हैं', निद्रालु साम-गान में प्रवीण नहीं हो सकता है। कारण हम सब जानते ही हैं। संगीत में अभ्यास का, रियाज़ का बहुत महत्त्व है। जागरणशील प्रत्यनशील तथा श्रमशील ही संगीत के जादू को सिद्ध कर पाते हैं। समय-समय पर हमारे यहां प्रसिद्ध संगीतज्ञ हुए हैं। तानसेन जब 'दीपकराग' गाते थे, तो कहा जाता है कि शाम को दीपक जल जाते थे। 'सामवेद' इस दृष्टि से संगीत का मूलग्रंथ है। गांधर्ववेद (संगीत का वेद) की सोलह हजार रागिनियां इसी से निकली मानी जाती हैं। ऋचाओं की संख्या भी एक गणना के अनुसार सोलह हजार है, उधर वंशीवादक कृष्ण की गोपियां भी इतनी ही हैं। कृष्ण के बांसुरीवादन का रहस्य और उसकी मोहिनी कौन नहीं जानता? जहां तक सामवेद का प्रश्न है, उसके गान को एक स्थान पर, पक्षियों के गान की तरह मधुर बताया गया है। वेदवृक्ष का पुष्प है– सामवेद। यह सुंदर फूल है, दर्शनीय है। अतः सामगान करने वाले जागरणशील हैं, पुष्पगंध का सेवन करने वाले हैं। सामवेद के स्वरों का आलाप ऊपर से शुरू होकर नीचे तक आता है, जो मानसिक-शक्ति प्रदान करता है। सामगान पद्धति में 'सामगीति' के विभिन्न रूप पीछे बता दिए गए हैं। शास्त्रीय रागों की तरह सामगान भी तान, आलाप आदि के रूप में गाए जाते हैं।

सामगान की अत्यन्त समृद्ध परंपरा आज काल-प्रवाह से लुप्त हो गई है। ऐसे में दक्षिणी भारत के वे 'सामपाठी' व्यक्ति धन्य हैं, जो आज भी इस प्राचीन परंपरा को जीवित रखने के प्रयास में लीन हैं।

❀❀❀

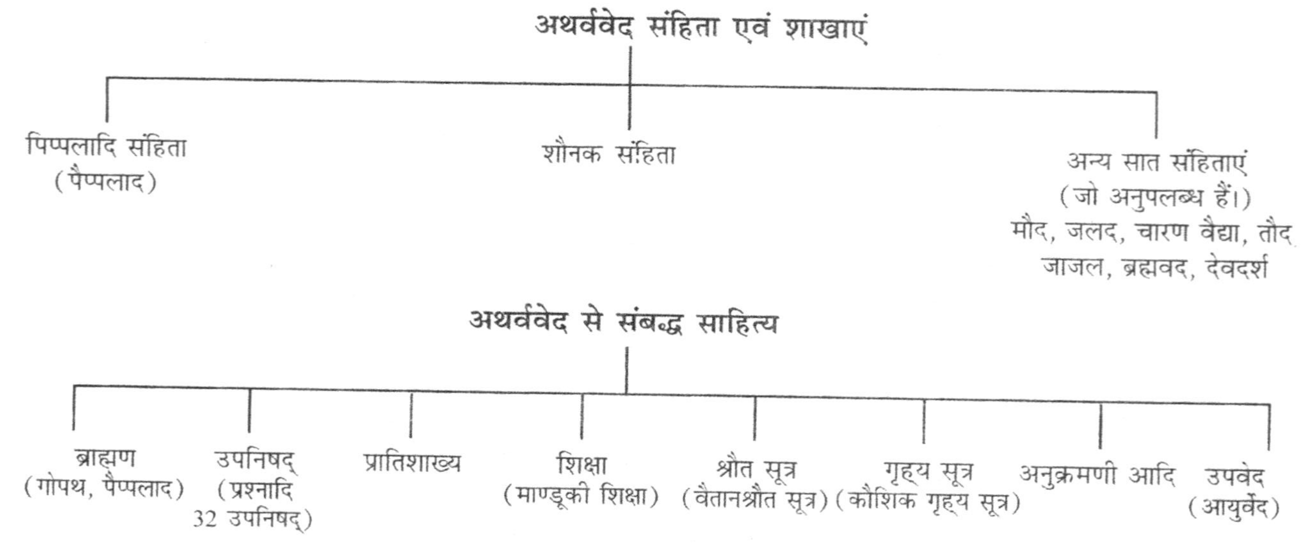

अथर्ववेद – 20 काण्ड, 730 सूक्त, 5987 मंत्र

पंचम अध्याय

अथर्ववेद-संहिता

अथर्ववेद-परिचय

अथर्ववेद को प्रायः चतुर्थ वेद कहा जाता है, परंतु इसका 'चतुर्थ' स्थान किसी प्रकार भी इसकी हेयता अथवा अन्य वेदों की तुलना में महत्त्वहीनता प्रकट नहीं करता है। यह केवल क्रम का बोधक है। 'त्रयीविद्या' के पश्चात् (अर्थात् ऋग्वेद, सामवेद और यजुर्वेद के बाद) उन तीनों विद्याओं के मिश्रित रूप को 'चतुर्थ' पद से अभिहित किया गया है। पाश्चात्य विद्वानों का मानना है कि अथर्ववेद को चतुर्थ या अंतिम वेद कहने का आधार यह है कि वास्तव में कालक्रम की दृष्टि से यह पर्याप्त परवर्ती है। यज्ञीयविधि से सम्बद्ध न होने के कारण भी अथर्ववेद को प्रारंभ में वेद की संज्ञा नहीं मिली, ऐसा वे मानते हैं। इसके अतिरिक्त अथर्ववेद को पवित्र वेद न मानने का कारण यह भी रहा कि यहां मारण, उच्चाटन, अभिचार आदि अपवित्र जादू के मंत्र मिलते हैं। इसलिए पवित्र पुरोहित वर्ग इससे दूर रहा और इसका प्रचलन तथा मान्यता आगे चलकर स्थापित हुई। परंतु यह मत उचित प्रतीत नहीं होता। क्योंकि यज्ञ की पूर्णता के लिए चार ऋत्विजों की जरूरत होती है। गोपथ-ब्राह्मण में कहा गया है कि तीनों वेदों के द्वारा यज्ञ के केवल एक पक्ष का ही संस्कार होता है। ब्रह्मा मन के द्वारा यज्ञ के दूसरे पक्ष का संस्कार करता है, अतः यज्ञ के पूर्ण संस्कार के लिए अथर्ववेद की आवश्यकता है। ऋग्वेद में **ब्रह्मा त्वो वदति जातविद्याम्** शब्दों से उस समय भी चारों वेदों की विद्यमानता का संकेत मिलता है। शतपथब्राह्मण (14.2.4.10) में भी ऋग्वेद, यजुर्वेद, सामवेद और अथर्ववेद चारों को ही स्रष्टा महाभूत का निःश्वास बताया है। इसके साथ ही प्राचीन शास्त्रों में जहां भी त्रयी या तीन वेदों का उल्लेख है, उसका

'वेद-चतुष्टयी' से परस्पर विरोध नहीं है, क्योंकि त्रयी से वस्तुतः तीन मुख्य विद्याएं ज्ञान, कर्म तथा उपासना ही अभिप्रेत हैं।

ऋक, यजुः साम मंत्र लक्षण पर नामित हैं अर्थात् जिनके मंत्रों का अर्थ के आधार पर पाद व्यवस्थानुसार निश्चित है वह ऋक्, गीत्यात्मक मंत्रों को साम तथा पद्यमय गद्यमय मंत्रों से इतर मंत्रों वाला यजुर्वेद है, जिनके मंत्र मूलतः गद्यात्मक हैं। अथर्ववेद में उपर्युक्त तीनों प्रकार के मंत्र मिलते हैं इसलिए इस वेद का नाम प्रतिपाद्य विषय के आधार पर अथर्ववेद पड़ा।

अथर्ववेद का रचनाकाल

अथर्ववेद के काल के विषय में पाश्चात्य विद्वानों के मत परस्पर विरोधी हैं। एक ओर तो वे अथर्ववेद को 'वेदत्रयी' में परिगणित न होने के कारण परवर्ती मानते हैं, परंतु दूसरी ओर इसके पर्याप्त बड़े अंश को वे जादू-टोने वाला मानते हुए उसे आदिम प्रकृति का भी मानते हैं। उनके अनुसार अथर्ववेद का वह अंश, उस प्राचीनकाल में लिखा गया, जब प्राकृतिक शक्तियों से भयभीत मनुष्य अपनी जादू-टोने की क्रियाओं से उन्हें अपने वश में कर लेने में विश्वास करता था। परंतु बहुत से भारतीय विद्वान् पाश्चात्य विद्वानों की इस धारणा से सहमत प्रतीत नहीं होते। उनके अनुसार जादू-टोने का अस्तित्व मान्य करना उचित नहीं जान पड़ता। ऐसे वर्णन अथर्ववेद में समृद्ध काव्यात्मक प्रयोगों की ओर ही संकेत करते हैं। **ब्लूमफील्ड** ने 'जादू-टोने और अभिचार क्रियाओं' की विद्यमानता को मान्यता देते हुए कहा है कि यह समाज में निम्नवर्ग से जुड़ा था। आरंभ में उच्चवर्ग की प्रधानता होने के कारण अथर्ववेद को मान्यता नहीं मिली थी। यहां यह भी स्मरणीय है कि ऋग्वेद के 30 सूक्त भी 'अभिचार' की श्रेणी में आते हैं, परंतु स्तुतिसूत्रों की तुलना में उन्हें महत्त्व कम मिला है, अतः काल निर्णय के लिए यह उचित आधार नहीं।

अथर्ववेद को परवर्ती मानने के भी कई कारण गिनाए जाते हैं। सर्वप्रथम तो भाषा के आधार को ही लिया जाता है। ऐसी मान्यता है कि जो प्राचीन वैदिक शब्दरूप, धातुरूप तथा संधि अन्य वेदों में प्राप्त होते हैं, अथर्ववेद में वे उतनी अधिक संख्या में नहीं आते। उनकी तुलना में अथर्ववेद की भाषा में परवर्ती लौकिक संस्कृत के रूप अधिक दृष्टिगोचर होते हैं। अथर्ववेद की छंदोरचना के आधार पर भी उसे परवर्ती बताया गया है। इस वेद के छंद विशेषकर अनुष्टुप् को लौकिक अनुष्टुप् के अधिक निकट बताया जाता है। गायत्री छंद का प्रयोग भी यहां कम है। परंतु भाषा हो या छंद हो, इनमें भेद विषय के अनुसार और कवि की मनोवृत्ति पर भी निर्भर होता है। कई

स्थानों पर क्रिया तथा छंद के प्रयोग अथर्ववेद में प्राचीन हैं, जबकि ऋग्वेद में अर्वाचीन प्रयोग हुए हैं, अतः इन आधारों पर भी संहिताओं का पौर्वापर्य सिद्ध करना जंचता नहीं है।

अथर्ववेद में वर्णित भौगोलिक एवं सांस्कृतिक दशा से भी यह ज्ञात होता है कि वह ऋग्वेदकालीन अवस्था के बाद का चित्र है, क्योंकि इस वेद के समय में आर्य दक्षिण-पूर्व से आकर गंगा प्रदेश के निवासी बन गए थे। चीता जो कि पूर्वी देश का प्राणी है, ऋग्वेद में वर्णित नहीं है, पर अथर्ववेद में वर्णित है। इसी तरह चातुर्वर्ण्य का ऋग्वेद में केवल एक मंत्र है, परंतु अथर्ववेद में ब्राह्मण की शक्ति तथा गरिमा विशिष्ट रूप से गाई गई है। अथर्ववेद में प्राप्त वैदिक देवताओं का व्यक्तित्व भी अथर्ववेद को परवर्ती सिद्ध करता है। इंद्र, अग्नि देव ऋग्वेदीय हैं, परंतु उनका व्यक्तित्व परिवर्तित हो गया है। उनके स्वरूप एवं कार्य भी बदल गए हैं। इसके अतिरिक्त देवों का आवाहन राक्षसों, शत्रुओं के विनाश एवं रोगोपचार के लिए यहां हुआ है। अथर्ववेद के अध्यात्मवादी तथा सृष्टिसंबंधी सूक्त भी उसे (विद्वानों के मत में) परवर्ती ही सिद्ध करते हैं, परंतु ये सभी तर्क भी पूरी तरह निश्चित नहीं करते कि अथर्ववेद बाद का ही है।

वास्तव में चारों वेदों में से किसी का भी पौर्वापर्य निश्चित करना संभव नहीं है। एक तो सभी वेदों में पर्याप्त संख्या में समान मंत्र हैं। दूसरे सबमें सबका नामोल्लेख हुआ है। यह अधिक संभव प्रतीत होता है कि सभी वेदों का आविर्भाव एक संपूर्ण वाङ्मय के रूप में, एक लंबी कालावधि में हुआ होगा। इतने विशाल साहित्य के प्रणयन और संकलन में शताब्दियां या सहस्राब्दियां लगी होंगी।

अथर्ववेद के विभिन्न नाम

अथर्ववेद अपनी अत्यधिक लोकप्रियता के कारण अनेक नामों से प्रसिद्ध रहा है। अथर्ववेद का अर्थ है 'अथर्वों का वेद' या 'अभिचार मंत्रों का ज्ञान' (The knowledge of magic formulas)। अथर्ववेद नाम इसके पूर्ण नाम अथर्वाङ्गिरोवेद का संक्षेप है। इसी प्रकार अङ्गिरोवेद भी इसी का संक्षिप्त नाम है। अथर्वा और अङ्गिरा वस्तुतः इस वेद से संबद्ध दो ऋषियों के नाम हैं। अथर्वन् (अथर्वा) नाम का उल्लेख ऋग्वेद में भी आया है। **यास्क** ने **निरुक्त** (11.2.17) में इसका निर्वचन गत्यर्थक **थर्व्** धातु से **नञ्** समास (जिसका अ शेष बचता है) के द्वारा किया गया है। इसके अनुसार अथर्वा एक ऐसा योगी है, जो चंचल इंद्रियों की गति को नियंत्रित करके शांत चित्त रहता है। इस

वेद में अनेक सूक्तों के ऋषि अथर्वा ही हैं। इन्हें शांत और भेषज गुणों वाले मंत्रों तथा क्रियाओं से संबद्ध किया गया है। अथर्वा शब्द अनेक स्थलों पर परमेश्वर का वाचक शब्द है। दूसरी ओर अङ्गिरस् (अङ्गिरा) का भी ऋग्वेद में बहुत बार उल्लेख हुआ है। इसका निर्वचन अंगार (कोयला) शब्द से किया गया है, जो अंक् धातु से बना है। कोयला जहां स्पर्श करता है, उस स्थान को अंकित या चिह्नित कर देता है (अंगारेष्वंगिराः, अंगारा अंकना, *निरुक्त. 3.17)* स्पष्ट ही अङ्गिरा का संबंध अग्नि से है। अपनी शक्ति से जला देने वाला, नष्ट कर देने वाला अङ्गिरा है। 'अङ्गिरा' नाम अथर्ववेद का भयानक या घोर पक्ष अभिव्यक्त करता है। इस तरह **अथर्वाङ्गिरोवेद** नाम इस वेद के शांत तथा घोर दो पक्षों से संबद्ध ऋषियों के नाम पर आधारित है।

अथर्ववेद के दो नाम और हैं, भृग्वंगिरोवेद अथवा भृगुवेद। 'भृगु' का संबंध भी अग्नि से ही है। 'भृगु' शब्द भस्ज् (भूनना) धातु से बनकर 'ज्वाला में उत्पन्न होने वाले' का बोध करवाता है। पर ऋग्वेद में भृगु को शांत स्वभाव का बताया है। जो भी हो, 'भृगु' ऋषि से संबद्ध होने के कारण 'भृगुवेद' नाम पड़ा होगा।

अथर्ववेद की एक और संज्ञा है 'ब्रह्मवेद'। 'ब्रह्मा' नामक ऋषि के साथ भी इसके बहुत से (967) सूक्तों का संबंध है और 'ब्रह्मा' नाम के पुरोहित के लिए ही इसका संकलन हुआ था। इस कारण 'ब्रह्मवेद' नाम पड़ने की संभावना लगती है। (**ब्लूमफील्ड** नामक विद्वान् के अनुसार ब्रह्म अर्थात् परमतत्त्व संबंधी उदात्त आध्यात्मिक तत्त्वों के चिंतन के कारण यह वेद 'ब्रह्मवेद' कहलाया होगा।)

अथर्ववेद का विषय क्षेत्र बहुत विस्तृत है। यहां रोगों तथा उनकी उपचार पद्धतियों का वर्णन भी है, इसलिए इसे 'भिषग्वेद' नाम भी दिया गया। आयुर्वेद का मूल ग्रंथ अथर्ववेद को ही माना जाता है। 'क्षत्रवेद' नाम क्षत्रियों, राजाओं तथा राजनीति से संबद्ध तत्त्वों की विद्यमानता के कारण पड़ा। अथर्ववेद के सभी नाम उसके किसी-न-किसी पक्ष को द्योतित करते हैं। वास्तव में 'अथर्ववेद' की विषयवस्तु बहुआयामी है। किसी एक नाम से उसे सूचित नहीं किया जा सकता।

अथर्ववेद की शाखाएं

महाभाष्य में अथर्ववेद की नौ शाखाओं का उल्लेख हुआ है :

पैप्पलाद, स्तौद (तौद), मौद, शौनक, जाजल, ब्रह्मवद, देवदर्श और जलद, चारणवैद्य, इनमें से आज केवल दो उपलब्ध हैं– शौनक और पैप्पलाद। इनमें से भी शौनक शाखा ही प्रचलित है।

अथर्ववेद-संहिता का संयोजन

अथर्ववेद में 20 कांड, 730 सूक्त और लगभग 5987 मंत्र हैं। इनमें से 1200 मंत्र ऋग्वेद के हैं। इसका 20वां कांड तो ऋग्वेद के सूक्तों से ही निर्मित है। कुछ विद्वानों का मानना है कि इस संहिता के अंतिम दो कांड परवर्ती हैं। इसका छठा भाग गद्य में है। अथर्ववेद में 1 से 5 कांडों तक के सूक्तों में मंत्रों की संख्या बढ़ती गई है। प्रथम कांड के प्रत्येक सूक्त में 4-4 मंत्र। दूसरे कांड में प्रत्येक सूक्त में 5-5 मंत्र हैं। तीसरे कांड के प्रत्येक सूक्त में 6-6 और चौथे कांड के प्रत्येक सूक्त में 7-7 मंत्र हैं। पांचवे कांड के सूक्तों में मंत्र संख्या 8 से 18 तक हैं। अन्य कांडों में संख्या घट-बढ़ है।

इन कांडों में किसी विशेष क्रम के बिना अनेक सूक्त संगृहीत हैं। प्रत्येक सूक्त के आरंभ में सूक्त के देवता, ऋषि और छंद का निर्देश है। सत्रहवें कांड में तीस मंत्रों वाला केवल एक सूक्त है, तो बीसवें कांड में 143 सूक्त हैं। षष्ठ कांड में 142, तो सप्तम में 118 सूक्त हैं। इसके अतिरिक्त प्रत्येक कांड प्रपाठकों में और प्रत्येक प्रपाठक अनुवाकों में विभाजित है। संपूर्ण अथर्ववेद में कुल 36 प्रपाठक हैं। यह विभाजन वेद-पाठ के उद्देश्य से किया गया प्रतीत होता है।

परंपरागत शास्त्रों में अनेक ऐसे प्रमाण हैं, जिनके आधार पर विद्वानों ने अथर्ववेद को मूल रूप से अष्टादशकांडात्मक ही माना है। कौशिकसूत्र और वैतानसूत्रों में प्रथम 18 कांडों के मंत्र ही उद्धृत किए गए हैं पर बृहत्सर्वानुक्रमणी में 19 कांडों के ऋषि, देवता व छंद बताए गए हैं। 20वें कांड में अधिकांश ऋग्वेद से उद्धृत हैं।

अथर्ववेद की विषयवस्तु

अथर्ववेद में ब्रह्म का वर्णन जिस विस्तार से तथा सूक्ष्मता से हुआ है वैसा किसी अन्य वेद में नहीं मिलता। इस तरह यह कहा जा सकता है कि उपनिषदों में ब्रह्म-विद्या का जो विकसित स्वरूप मिलता है उसका मूल स्रोत अथर्ववेद ही है। इसमें ब्रह्म का निरूपण विविध दृष्टिकोण से है। ब्रह्म क्या है, उसका स्वरूप कैसा है, उसकी प्राप्ति का साधन क्या है, उसकी संख्या कितनी है, जीवात्मा तथा प्रकृति का क्या संबंध है आदि? इस वेद में संसार की उत्पत्ति जल से मानी गयी है तथा हिरण्यगर्भ से सृष्टि को उत्पन्न कहा गया है। (4/2/6/8) इस तरह अध्यात्मिक, दार्शनिक चिन्तन ही इसका मूल प्रतिपाद्य विषय माना जा सकता है।

अथर्ववेद की विषयवस्तु में बहुत विविधता है। इसके प्रथम और द्वितीय कांड में विविध रोग, शत्रु एवं कृमिनाशक व दीर्घायु संबंधी मंत्र हैं। तृतीय में शत्रु सेना-वशीकरण, राजा का निर्वाचन एवं कृषि और पशुपालन संबंधी, चतुर्थ में ब्रह्म-विद्या, विषनाश, राज्याभिषेक, पापमोचन, वृष्टि आदि से जुड़े मंत्र हैं। पंचम में ब्राह्मणजाति के महत्त्व एवं शत्रु नाश का वर्णन है। षष्ठ में दुःस्वप्ननाश व अन्न समृद्धि, सप्तम में आत्माविषयक तथा विजय-प्राप्ति संबंधी मंत्र मिलते हैं। अष्टम कांड में ऋग्वेद के सप्त छंदों के वर्णों की संख्या तथा नवम में मधुकषा नामक औषधि, अतिथि-सत्कार तथा यक्ष्मा-नाश विषयक सूक्त हैं। दशम में ब्रह्म-विद्या तथा ब्रह्म का महत्त्व और एकादश में ब्रह्मचर्य का महत्त्व प्रतिपादित किया गया है। 12वें कांड में भूमि सूक्त है, तो 13वें कांड में अध्यात्म का वर्णन है। 14वें कांड में विवाह-संस्कार संबंधी मंत्र हैं, तो 15वें में व्रात्य ब्राह्म (व्रात्य नाम से परमात्मा की महिमा) का वर्णन है। 16वें कांड में दुःखमोचन मंत्र हैं और 17वें में मोहन व वशीकरण के मंत्र हैं। 18वें कांड में अंत्येष्टि वर्णित है, तो ज्योतिष संबंधी ज्ञान 19वें कांड में प्राप्त होता है। यहां यज्ञ, नक्षत्र, राज्याभिषेक, राजसूय यज्ञ और काल का महत्त्व प्रतिपादित हुआ है तथा 20वें कांड में सोमयाग की चर्चा है। इंद्रस्तुतिपरक मंत्र तथा कुंतापसूक्त हैं, जिनमें दानी राजाओं और यजमानों की प्रशंसा की गई है।

अथर्ववेद की इस विविध सामग्री के अध्ययन से ज्ञात होता है कि इसमें चित्रित संस्कृति मानवसमाज के आरंभिक युग से संबद्ध है। प्राचीन मानव-समाज में ऐसी नाना क्रियाएं, अनुष्ठान और विश्वास विद्यमान थे, जिनका विशद वर्णन अन्य कहीं नहीं है। ऋग्वेद में यदि विशिष्ट जनजीवन का चित्र है, तो अथर्ववेद में सामान्य जनजीवन का। सायण ने अथर्ववेद के मंत्रों का विनियोग उन कर्मों में किया है, जो कौशिकसूत्र में वर्णित हैं। इस गृह्यसूत्र का बड़ा भाग जादू-टोने तथा अभिचार कर्मों से जुड़ा है। 'पाश्चात्य विद्वानों **ह्विटने** (Whitney) और **ब्लूम फील्ड** (Bloomfield) ने सायणभाष्य को आधार बनाकर सभी अथर्ववेद के सूक्तों को जादू-टोने से जोड़ दिया। **ब्लूमफील्ड** ने तो इस विचार को इतना अधिक खींच डाला कि दार्शनिक व आध्यात्मिक भावना वाले मंत्रों को तो वे अथर्ववेद का हिस्सा मानने को ही तैयार नहीं। **ह्विटने** ने कौशिकसूत्र के कर्मों के प्रति इतना पूर्वाग्रह नहीं रखा है। उन्होंने मंत्रगत शब्दों के आधार पर सूक्तों के नाम और विषयनिर्देश किए हैं। बिना किसी पूर्वाग्रह के यदि इस संहिता का अध्ययन किया जाए तो अनुभव होता है कि इसमें अनेक प्रकार के शास्त्रीयविषय समाहित हैं और जादू-टोने या अंधविश्वास यहां नहीं हैं। अनेक औषधियों-वनस्पतियों का प्रयोग कौशिकसूत्र में गंडे-ताबीज के रूप

में बताया गया है, वे आयुर्वेद में सेवन के लिए निर्दिष्ट हैं। गंडा-ताबीज को भी टोने-टोटके के रूप में नहीं देखा जाना चाहिए। बहुत-सी औषधियों को सूंघने या अंगविशेष पर बांधने से भी लाभ होता है। तंत्रिकाओं और नाड़ियों पर भी इस प्रकार से औषधियों का प्रभाव होता है। जादू-टोना भी दो प्रकार का होता है। पहला, **शोभन** जिसमें दूसरे के अनिष्ट से अपने को बचाने की चेष्टा रहती है, तो दूसरा **अशोभन** (Black Majic) जिसमें शत्रुविशेष के ऊपर मारण, मोहन आदि की भावनाएं प्रेषित की जाती हैं। जादू वास्तव में एक मनोवैज्ञानिक प्रक्रिया है, जिससे उपचार में सहायता मिलती है। यदि इसका शुभ प्रयोग किया जाए तो जीवन में इष्ट संपादित होता है। संपूर्ण अथर्ववेद को मात्र जादू-टोने का वेद कहकर नकारना उचित नहीं होगा। हां, कुछ मंत्र हैं जिनमें शोभन-अशोभन दोनों जादुओं का प्रयोग है।'

अथर्ववेद की व्याप्ति मानव-जीवन के प्रत्येक क्षेत्र में है। इसमें चारों वर्णों, चारों आश्रमों और धर्म, अर्थ, काम, मोक्ष– इन चारों ही वर्गों से संबद्ध प्रभूत सामग्री है।

वर्णाश्रम-व्यवस्था

यहां अनेक बार तीन वर्णों के लोगों का उल्लेख हुआ है तथा उनके विनाशकों को नमस्कार करके उनके कल्याण की कामना की गई है :

नमो देववधेभ्यः... अथो ये विश्यानां वधास्तेभ्यो मृत्यो नमोऽस्तु ते ॥ नमस्ते यातुधानेभ्यः... नमस्ते मृत्यो मूलेभ्यो ब्राह्मणेभ्य इदं नमः ॥ (6.13) भूमि सूक्त (12.1.15) में पृथ्वी पर रहने वाले पांच प्रकार के मानवों का उल्लेख है, जिसमें चार प्रमुख वर्ण तथा पांचवां निषाद अभिप्रेत है। ब्राह्मण ज्ञान का भंडार होने के कारण सबका पालक है (5.17.9) तथा अकारण उसे कष्ट पहुंचाना निषेध है– **न ब्राह्मणो हिंसितव्यः** (5.18.6) क्षत्रिय प्रजाओं का स्वामी होता है, वही राजा होने योग्य है (4.22.3)–**अयं विशां विश्पतिरस्तु राजा**। राजाओं के शत्रु नष्ट हो जाएं तथा राजा विजय पाए– यही प्रार्थना है (6.42.6)। वैश्यों तथा शूद्रों के कर्त्तव्यों और अधिकारों का उल्लेख नाम से अथर्ववेद में नहीं हुआ है, परंतु कृषि कर्म, पशुपालन, व्यापार तथा हस्तशिल्पियों के वर्णन अन्य वर्णों के कर्त्तव्यों की ओर ही इंगित करते हैं।

चारों आश्रमों में से ब्रह्मचर्य का महत्त्व सबसे अधिक है, क्योंकि उसी पर संपूर्ण जीवन की नींव रखी गई है। ब्रह्मचारी के महत्त्व का सुंदर और विस्तृत वर्णन एक पूरे लंबे सूक्त में है। ब्रह्मचर्य के द्वारा राष्ट्र की रक्षा होती

है, अध्यापन किया जाता है तथा ब्रह्मचर्य से ही कन्या, युवक श्रेष्ठ पति को प्राप्त करती है :

ब्रह्मचर्येण तपसा राजा राष्ट्रं वि रक्षति।
आचार्यो ब्रह्मचर्येण ब्रह्मचारिणमिच्छते ॥
ब्रह्मचर्येण कन्या युवानं विन्दते पतिम् ॥

(अथर्ववेद 11.7.17-18)

गृहस्थाश्रम का वर्णन करते हुए बताया गया है कि गार्हस्थ्य में प्रवेश हेतु वर-वधू का विवाह संबंध केवल शारीरिक संबंध नहीं, वह मानसिक है, भावात्मक है। इसीलिए कहा गया है कि सूर्या (वधू) पति के पास जाती हुई मनरूपी वाहन पर चढ़कर जाती है :

'अनो मनस्मयं सूर्यारोहत्प्रयती पतिम् ॥'

(अथर्ववेद 14.1.12)

इसी प्रकार कहा गया है कि हे वधू! तू पति के घर जाकर सम्राज्ञी बनकर उसी प्रकार सब सुखों की वर्षा करने वाली बन, जैसे समुद्र नदियों का सम्राट् होकर सबके कल्याणार्थ वर्षा करता है:

यथा सिंधुर्नदीनां साम्राज्यं सुषुवे वृषा।
एवा त्वं सम्राज्ञ्येधि पत्युरस्तं परेत्य ॥

(अथर्ववेद 14.1.43)

पति भी वधू की सुख-सुविधा के प्रति संकल्प करता है *(अथर्ववेद 14.1.63)*। गृहस्थ धर्म के अनेक कर्त्तव्य; जैसे– दान, मिलकर भोग करना, द्वेषभावना का परित्याग, मधुरवाणी का प्रयोग, प्रेमव्यवहार आदि के निर्देश भी यहां है। वानप्रस्थ और संन्यास का स्पष्ट उल्लेख तो यहां नहीं है, पर संकेत है। पृथिवी सूक्त (12. 1.56) में वनों की भूमि का गुणगान है, यह तभी संभव है जब वन में लोग रहते हों। 15वें कांड में उल्लिखित 'व्रात्य' संन्यासी ही है जो परोपकार के लिए उपदेश देता घूमता रहता है।

चतुर्वर्ग मनुष्यजीवन के चार मुख्य उद्देश्य माने गए हैं– धर्म, अर्थ, काम, मोक्ष। 'मोक्ष' चरमलक्ष्य है और 'धर्म' उसका साधन है। 'काम' का जीवन में प्रथम स्थान है। 'काम' केवल यौनसंबंधों तक सीमित नहीं है, अपितु जीवन में कुछ भी करने की अभिलाषा काम है। स्त्री-पुरुष अपनी इच्छाओं की पूर्ति करते हुए पूर्ण आयु बिताएं (14.1.22), ऐसी कामना है। धर्माचरण के लिए

स्वस्थ शरीर जरूरी है। इसीलिए 'रोगोपचार' के अनेक साधन वर्णित हैं। जीवन में सौख्य के लिए 'अर्थ' की अपनी उपयोगिता है। जीवन में 'अभाव' न हो, 'भूरिधन', अधिक समृद्धि हो, यही कामना है। धर्म के विषय में स्थान-स्थान पर निर्देश है। भूमिसूक्त के प्रथम मंत्र में पृथ्वी को धारण करने वाले तत्त्वों में जो महान् सत्य, कठोर ऋत, दीक्षा, तप, ज्ञान (ब्रह्म) और यज्ञ गिनाए गए हैं, वे धर्मों के ही तत्त्व हैं। ऐसा धर्म सर्व-कल्याणभाव की पुष्टि करता है। अपने-परायों के प्रति सौमनस्य (सहृदयता) अपेक्षित है। अनेक मंत्रों में उसका वर्णन है (7.52.1)। मनुष्य का हर कृत्य मधुरिमा से पूर्ण हो, ऐसी कामनाएं की गई हैं (1.34.3)। धर्म का लक्ष्य मोक्ष है। परमेश्वर को यथार्थ रूप में समझकर व्यक्ति मोक्ष का अधिकारी बनता है। मोक्ष शुभ-अशुभ, पाप-पुण्य के बंधनों से मुक्ति है। इन विषयों का विवेचन भी (9.9.21 तथा 10.8.44) हुआ है।

प्रसिद्ध सूक्तों का वर्णन

अथर्ववेद के प्रसिद्ध सूक्तों को निम्नलिखित दस शीर्षकों में बांटा जा सकता है:

1. भैषज्यानि सूक्त
2. आयुष्य सूक्त
3. पौष्टिक
4. मृगार सूक्त
5. प्रायश्चित्त सूक्त
6. स्त्रीकर्माणि सूक्त
7. राजकर्माणि सूक्त
8. याज्ञिक सूक्त
9. कुंताप सूक्त
10. विविध सूक्त

1. भैषज्यानि सूक्तः ये सूक्त विभिन्न रोगों की चिकित्सा से संबंध रखते हैं। ये रोग को देवता मानकर या रोग के कारणभूत असुरों को लक्ष्य करके कहे गए हैं। रोगों के लक्षण तथा उनसे उत्पन्न शारीरिक विकारों का विशद वर्णन है। रोगों की संख्या 99 तक बतलाई गई है। ज्वर, कुष्ठ, मूर्च्छा, कफ, श्वास, नेत्ररोग, गंजेपन, शक्तिह्रास, व्रणों के उपचारार्थ, सर्पदंश तथा अन्य विषैले कीड़ों के काटने से उत्पन्न विष को दूर करने तथा उन्माद जैसे रोगों की चिकित्सा

भी मंत्रों की सहायता से करने का विधान है। कुष्ठ रोग को दूर करनेवाली एक लता का वर्णन इस प्रकार से किया गया है:

नक्तंजातस्यौषधे रामे कृष्णे असिक्नि च।
इदं रजनि रजय किलासं पलितञ्च यत् ॥

(अथर्ववेद 1.23.1)

औषधियों तथा वनस्पतियों के वर्णनों में कई वैज्ञानिक तथ्यों का उल्लेख हुआ है, जैसे वृक्षों में विद्यमान क्लोरोफिल तत्त्व को 'अवि' कहा गया है *(अथर्ववेद 10.8.31)* अश्वत्थ अर्थात् पीपल की बहुत-सी विशेषताओं का उल्लेख भी एक सूक्त में हुआ है *(अथर्ववेद 3.6)*। आयुर्वेद विषयक प्रभूत सामग्री यहां है, जिस पर गहन शोध अपेक्षित है।

2. **आयुष्यसूक्त** : स्वास्थ्य को जीवन में महत्त्वपूर्ण स्थान दिया जाता है। अथर्ववेद में भी स्वास्थ्य एवं दीर्घ जीवन संबंधी अनेक प्रार्थनाएं हैं, जो आयुष्य सूक्तों के नाम से प्रसिद्ध हैं। इन मंत्रों का प्रयोग विशेषतः पारिवारिक उत्सवों में किया जाता है, जैसे बच्चे के मुंडन के समय यज्ञोपवीत या युवक के प्रथम क्षौरकर्म (हजामत बनाने) के समय, सौ बरस जीने की इच्छा तथा अविकल अंगोंयुक्त रहने की प्रार्थनाएं हैं। सभी इंद्रियों की शक्तियां बरकरार रहें, तभी जीने का लाभ है अन्यथा शरीर ढोने से क्या लाभ?

3. **पौष्टिकसूक्त**: इन सूक्तों में गड़ेरिए, कृषक, व्यापारी अपनी-अपनी समृद्धि के लिए प्रार्थनाएं करते हैं। यही नहीं, इन सूक्तों में मकान बनने के लिए, हल जोतने के लिए, बीज-वपन के लिए, शस्य की उत्पत्ति एवं वृद्धि के लिए कीड़ों के नाश के लिए मंत्र हैं। इन सूक्तों के विषयों की विविधता चकित कर देनेवाली है तथा अथर्ववेद के विशिष्ट स्वरूप को रेखांकित करनेवाली है। इन सूक्तों में काव्यात्मकता को सुंदर रूप में अभिव्यक्ति मिली है। वर्षासूक्त ऐसे सूक्तों में सुंदरतम है।

4. **मृगारसूक्त** : इन सूक्तों का दूसरा नाम 'प्रसाद सूक्त' भी है। इनमें भय से सुरक्षा, बुराई से बचने, आशीर्वाद एवं प्रसन्नता प्राप्त करने के लिए प्रार्थनाएं हैं। प्रस्तुत मंत्र में पृथ्वी से सब प्रकार का सुख, समृद्धि और ऐश्वर्य प्रदान करने की प्रार्थना की गई है:

निधिं विभ्रती बहुधा गुहा वसु मणिं हिरण्यं पृथिवी ददातु मे।
वसूनि नो वसुदा रासमाना देवी दधातु सुमनस्यमाना ॥

(अथर्ववेद 12.1.44)

अर्थात् 'अनेक प्रकार की निधि को धारण करने वाली पृथ्वी मुझे धन, रत्न और स्वर्ण दे। मुझे उदारतापूर्वक विविध धनधान्य से परिपूर्ण बनाकर वह परम दयालु देवी मुझे विपुल वस्तु से समृद्ध कर दे।' ऐसी प्रार्थनाएं यूं तो बहुत मंत्रों में मिल जाएंगी, परंतु अथर्ववेद के चतुर्थ कांड में 23-29 तक के 'मृगार' ऋषि के सात सूक्त-- अग्नि, इंद्र, वायु, सविता, द्यावा, पृथ्वी, मरुत, भव-शर्व, मित्र-वरुण देवों को लक्ष्य कर कथित हैं। इनमें प्रसन्नता, आशीर्वाद, भय से सुरक्षा तथा बुराई से बचने के लिए प्रार्थनाएं हैं। 'पापमोचन' की प्रार्थनाएं इस दृष्टि से विलक्षण हैं, क्योंकि मनुष्य को स्वयं पहल कर पाप से मुक्ति का प्रयत्न करना होता है, बाद में देव सहायता की अपेक्षा करनी होती है।

5. प्रायश्चित्त सूक्त : मनुष्य जाने-अनजाने में बहुत बार अपराध कर बैठता है, पर बाद में अपराध-बोध उसे सालता है, तब वह परेशान होता है। ऐसी स्थिति में ही प्रायश्चित्त की संभावना का जन्म होता है। अथर्ववेद में अनेक प्रकार के अपराधों के प्रायश्चित्त का विधान किया गया है तथा विभिन्न अपराधों के निवारक मंत्र भी हैं। 'पाप की स्वीकृति' या प्रायश्चित्त का विधान ईसाई परंपरा में भी बहुतायत से मिलता है, जहां चर्च में पादरी के सामने अपने अपराध को कबूल कर लिया जाता है। धर्मशास्त्रों में अथर्ववेद की इसी परंपरा का विकास हुआ है। अथर्ववेद की बड़ी विशेषता यह है कि यहां पाप के लिए ही नहीं, अपितु यज्ञ तथा उत्सवों में अशुद्धि या गलती हो जाने के लिए भी प्रायश्चित्त का विधान है। जाने या अनजाने का स्वीकार किया हुआ पाप, मानसिक पाप, ऋण न देना विशेषतः द्यूतऋण का न देना, नियमविरुद्ध विवाह आदि के लिए भी प्रायश्चित्त है। नक्षत्रों के कुप्रभाव, अपशकुन, दुःस्वप्न-नाशन (अथर्ववेद का छठा कांड) के लिए भी मंत्र हैं।

6. स्त्रीकर्माणि सूक्त : ये सूक्त समाज में स्त्री के स्थान, परिवार संबंधी, समाज संबंधी तत्त्वों से परिपूर्ण हैं। विवाह एवं शिशुप्राप्ति से संबंधित इन मंत्रों को हानिरहित जादू-मंत्र भी कहा जाता है। मंत्रों के द्वारा वर वधू को वधू वर को पाने का प्रयत्न करते हैं। कहीं वर-वधू के लिए शुभाकांक्षा है, तो कहीं गर्भिणी, भ्रूण, नवजात की रक्षार्थ भव्य प्रार्थनाएं हैं। विशेषतः 14वें कांड में ऐसे सूक्त बहुत हैं। यहां ऐसे मंत्र भी हैं, जिनका विषय 'सपत्नी बाधन' है अर्थात् सौत को वश में करने के लिए जादू-टोने का सहारा लिया जाता है। ये मंत्र अंगिरा ऋषि से संबद्ध हैं, जिनमें इंद्रजाल और अभिशाप, वशीकरण आदि के मंत्र हैं। इन्हें 'अभिचार-सूक्त' भी कहा जाता है।

7. राजकर्माणि सूक्त : राजनीति भी अथर्ववेद में खूब विवेचित हुई है। यहां राजाओं का वर्णन है, जिसके अध्ययन से तत्कालीन राजनैतिक स्थिति का चित्र

मिल जाता है। इन मंत्रों में शत्रुविजय के लिए प्रार्थनाएं हैं। अस्त्रों-शस्त्रों के वर्णन, जालयुद्ध, राजपुरोहित का उल्लेख भी हुआ है। राजा के निर्वाचन का संकेत भी यहां मिलता है, जिसमें वरुण स्वयं आता है।

8. **याज्ञिक सूक्त** : अथर्ववेद के अंतिम भाग में कुछ यज्ञ संबंधी मंत्र भी उपलब्ध हैं। पहले यह वेद वेदत्रयी के भीतर शामिल नहीं था। हो सकता है कर्मकांडीय ऋषियों ने यज्ञ के अभाव में इसे स्वीकार न किया हो। इस अभाव को दूर करने तथा चतुर्वेद में महत्त्वपूर्ण स्थान पाने के लिए इस प्रकार के मंत्रों का दर्शन कर लिया गया होगा। ऋग्वेद के यज्ञपरक मंत्रों के समान ही यहां कुछ मंत्र मिल जाते हैं। विशेषतः दो आप्री-सूक्त तो ऋग्वेद के सदृश ही हैं। सोलहवें कांड का गद्यांश यजुर्वेद से मिलता-जुलता है, जिसमें जल की प्रशंसा हुई है। 18वें कांड में मृत्यु संबंधी अंत्येष्टिक्रिया एवं पितृ-पूजा संबंधी मंत्र हैं। ऋग्वेदीय यम-सूक्त के मंत्र परिवर्धन के साथ यहां भी पाए जाते हैं। 20वें कांड में सोम-पान के मंत्र हैं।

9. **कुंताप सूक्त** : अथर्ववेद के 20वें कांड में कुछ सूक्त विचित्र ही हैं, जो कि कुंतापसूक्त के नाम से प्रसिद्ध हैं, जिनमें यज्ञसंबंधी दानस्तुतियां, राजकुमारों के राज-औदार्य की प्रशंसा, पहेलियां एवं उनके समाधान हैं।

10. **विविध सूक्त** : इन विषयों के अतिरिक्त भी इस वेद में विविध सामग्री मिलती है, जो भारतीयसाहित्य के अध्येता के लिए बहुत महत्त्वपूर्ण है। भूमि-सूक्त (12.1) में ऋषि पृथ्वी को माता एवं स्वयं को उसका पुत्र घोषित करता है– **माता भूमिः पुत्रो अहम् पृथिव्याः।**

अथर्ववेद के सौमनस्य सूक्त में पारस्परिक स्नेह सौहार्द व सामंजस्य की कामना की गई है। परिवार राष्ट्र की मूल इकाई है। परिवार में शांति है, प्रेम है, तो समाज में भी शांति होगी। यदि समाज में परस्पर कलह, द्वेष, वैमनस्य व ईर्ष्या नहीं है, तो राष्ट्र में भी सर्वत्र शांति का साम्राज्य स्थापित होगा। परिणामतः राष्ट्र प्रगति व समृद्धि की ओर अग्रसर होगा। अथर्ववेद के सूक्तों (3.30.1-3) में कामना है कि परिवार के सदस्य एक-दूसरे के प्रति द्वेष व ईर्ष्याभाव न रखें। वे एक-दूसरे का आदर व सम्मान करें। मधुर व प्रिय वाणी बोलें।

इस प्रकार इस वेद में भारतीयसभ्यता और संस्कृति की स्पष्ट झलक प्राप्त होती है। सामाजिक और राजनैतिक अवस्थाओं का जितना सुंदर चित्रण यहां है, उतना अन्यत्र प्राप्त नहीं होता। यह उस समय प्रचलित रीति-रिवाजों, प्रथाओं, मान्यताओं, अंधविश्वासों, रूढ़ियों, जादू-टोने, वशीकरण आदि सभी का

विस्तृत वर्णन करता है। यह इसीलिए समाज के किसी विशिष्ट वर्ग के लिए नहीं, अपितु सर्वोपयोगी है। औषधिशास्त्र, आयुर्वेद की दृष्टि से भी इसका महत्त्व अवर्णनीय है। मनुष्य के जीवन में द्वैधीभाव रहता है। परस्पर विरोधी गुण रहते हैं। दोनों का वर्णन ही यहां हुआ है। शांति एवं अभ्युदय के मंत्र हैं, तो साथ ही शाप एवं प्रायश्चित्त के मंत्र भी हैं। यह 'जनसाधारण का वेद' कहे जाने योग्य है।

'21वीं सदी में पहुंचे विश्व का रूप भले ही कितना वैज्ञानिक दिखाई पड़े, पर फिर भी अनेक स्थल इस धरती पर आज भी विद्यमान हैं, जहां अथर्ववेद में वर्णित क्रियाओं के समानांतर प्रयोग आज भी प्रचलित हैं। अफ्रीका के आदिवासी हों या रेड इंडियंस या फिर मैक्सिको के आदि कबीले, सर्वत्र यह परंपराएं विद्यमान हैं। यही नहीं, अफ्रीका के सभ्य और शिक्षित समाज में 'वूडू' (Voodoo) नाम से जादू-टोने की प्रक्रियाएं की जाती हैं। मैक्डॉनल ने इसीलिए अथर्ववेद की प्रशंसा में ठीक कहा है— 'सभ्यता के इतिवृत्त के अध्ययन के लिए ऋग्वेद की अपेक्षा अथर्ववेद में उपलब्ध ज्ञानसामग्री कहीं अधिक रोचक एवं महत्त्वपूर्ण है।'

अथर्ववेद का दर्शन

अथर्ववेद में उच्चस्तर की दर्शनसंबंधी विवेचनाएं मिलती हैं। अनेक सूक्तों में ब्रह्म, विराट् ब्रह्म, माया, ईश्वर, सूत्रात्मा एकेश्वरवाद, जीवात्मा, प्रकृति, व्रात्य, पुनर्जन्म, स्वर्ग, नरक इत्यादि का वर्णन है। ऋग्वेद की **एकं सत्** — सत्य एक ही है की उदात्त भावना के अनुरूप ही दार्शनिक विचारों की प्रस्तुति अथर्ववेद के ऋषियों ने की है। उदाहरणार्थ 'स्कम्भ सूक्त (10.7), ज्येष्ठ ब्रह्मसूक्त (10.8), कालसूक्त (19.53), महद्ब्रह्म (1.32), वाक् (6.30) और अध्यात्म (9.10) में इन विचारों का व्यापक परिपोषण हुआ है। रोहित संबंधी संपूर्ण त्रयोदश कांड में भी इन्हीं दार्शनिक सिद्धांतों की स्थापना हुई है। जगत् के परमतत्त्वभूत परमात्मा तथा पर-ब्रह्म के स्वरूप और कार्य का विवेचन है। इन ब्राह्मण्य सूक्तों के कारण ही अथर्ववेद का एक नाम 'ब्रह्मवेद' भी है। दर्शन के गंभीरतम तत्त्वों की सरल भाषा में सुंदर रूपकों के माध्यम से विशद समीक्षा प्रस्तुत की गई है। ऋषियों ने अपनी अनुभूतियों का इतना स्पष्ट विवेचन यहां किया है कि दार्शनिक साहित्य के इतिहास में ये सूक्त मील के पत्थर साबित हो रहे हैं।

परमतत्त्व एक है, पर अपनी भावना अपनी अनुभूति के आधार पर हर कोई उसे अपने 'नाम' से पुकारता है। नाना अभिधान, नाना नाम और नाना

संज्ञाएं इसीलिए हो गई हैं 'एक परमदेव की'। अथर्ववेद के प्रसिद्ध 'कालसूक्त' में वह परमदेव 'काल' नाम से पुकारा गया है। वह जगत्, पृथ्वी तथा दिव् का उत्पादक है, नियंता है। इस जगत् के सारे प्रपंच का अधिष्ठान भी वही है। उसमें केवल मन, प्राण तथा नाम ही समाहित नहीं हैं, बल्कि वह सबका ईश्वर है, प्रजापति का पिता है। उसी के संकल्प से यह जगत् अस्तित्व में आता है, उसी में प्रतिष्ठित रहता है :

काले तपः काले ज्येष्ठं काले ब्रह्म समाहितम्।
कालो ह सर्वस्येश्वरो यः पितासीत् प्रजापतेः ॥

(अथर्ववेद 19.53.8)

तेरहवें कांड में अनेक सूक्तों में जिस 'रोहित' का वर्णन है, वह भी मात्र सूर्य नहीं है। वह संपूर्ण सृष्टि के सभी कार्यों का निर्वाहक है। सूर्य के अश्व उसी रोहित को रथ पर चढ़ाकर चारों ओर ले जाते हैं। वही यज्ञ का जनयिता अर्थात् समग्र विश्व का निर्माता है। उसी के अधिष्ठान के ऊपर यह विश्व खड़ा है तथा अपना जीवनयापन करता है। इस वर्णन में 'रोहित' ब्रह्म का ही प्रतीक प्रतीत होता है।

अथर्ववेद के एक और सूक्त (10.10) में 'वशा गौ' का वर्णन है। यहां 'गौ' का महत्त्व ब्राह्मणसमाज के लिए दक्षिणास्वरूप होने से तथा कृषकसमाज के लिए सर्वस्व होने के कारण ही नहीं है अपितु वह जगत् में सर्वश्रेष्ठ तत्त्व के रूप में चित्रित की गई है। कोई इस 'वशा गौ' की अमृतरूप से, तो कोई मृत्युरूप से उपासना करते हैं। संसार में देव, मनुष्य, असुर, पितर तथा ऋषिगण सब कुछ वशा ही है—

वशामेवामृतामाहुर्वशां मृत्युमुपासते।
वशेदं सर्वमभवद् देवा मनुष्या असुराः पितर ऋषयः ॥

(अथर्ववेद 10.10.26)

'स्कम्भ' (10.7-8) तथा उच्छिष्ट (11.9) प्रकारांतर से परमब्रह्म के दो नए नाम और स्वरूप यहां मिलते हैं। 'स्कम्भ-सूक्त' में परमेश्वर को ऐसे आधारभूत स्तंभ के रूप में चित्रित किया गया है, जिसके आधार पर सारा विश्वरूपी भवन ही नहीं टिका हुआ, अपितु जिसका एक अंग ही यह संपूर्ण विश्व है :

'एकं तदङ्गं स्कम्भस्यासदाहुः परो जनाः ॥'

(अथर्ववेद 10.7.25)

सृष्टि के तीन मूलभूत तत्त्वों– जीवात्मा, परमात्मा और प्रकृति का अत्यंत रहस्यमयी भाषा में उल्लेख हुआ है :

बालादेकमणीयस्कमुतैकं नेव दृश्यते।
ततः परिष्वजीयसी देवता सा मम प्रिया॥

(अथर्ववेद 10.8.25)

अर्थात् एक (तत्त्व) बाल से भी सूक्ष्म है और एक दिखाई ही नहीं देता, फिर एक समस्त जगत् का आलिंगन करने वाला देवता है। वह मेरा प्रिय है। यहां 'बाल' से सूक्ष्म जीवात्मा दिखाई न देने वाला परमात्मा है और समस्त जगत् का आलिंगन करने वाली प्रकृति है और प्रिय देवता ब्रह्म ही है।

परमेश्वर मनुष्यों की मृत्यु के पश्चात् उनके कर्मों के अनुसार उन्हें जन्म देता है :

प्रथमेन प्रमारेण त्रेधा विष्वङ् वि गच्छति।
अद एकेन गच्छति अद एकेन गच्छतीहैकेन नि षेवते॥

(अथर्ववेद 11.8.33)

मुख्य मारकशक्ति आदि परमेश्वर के द्वारा जीवात्मा की तीन प्रकार की गतियां होती हैं। एक प्रकार के कर्मों द्वारा उस द्युलोक में जाते हैं, एक प्रकार के कर्मों द्वारा उस अंतरिक्षलोक में जाते हैं और एक प्रकार के कर्मों द्वारा जीवात्मा इस पृथ्वी पर भोग भोगते हैं।

'उच्छिष्ट' सूक्त (11.9) में परमतत्त्व का नया नामकरण हुआ है 'उच्छिष्ट'– बचा हुआ, शेष पदार्थ। दृश्यप्रपंच के निषेध करने पर जो तत्त्व अवशिष्ट बचा रहता है, वही है 'उच्छिष्ट'। इसी को उपनिषदों में 'नेति-नेति' कहा गया है। जगत् के सभी पदार्थों की उत्पत्ति, वेद तथा पुराण की उत्पत्ति यहां (मंत्र 24) उच्छिष्ट से कही गई है। प्राण-अपान, चक्षु, श्रोत्र आदि की उत्पत्ति भी उच्छिष्ट से मानी गई है (मंत्र 25)। सभी 'देव' इसी से उत्पन्न हुए हैं, इसी में आश्रित हैं।

अथर्ववेद की शौनकशाखा का 15वां कांड 'व्रात्यकांड' के नाम से पुकारा जाता है। 'व्रात्य' सामाजिक परंपरा में उसे कहा जाता था, जो आचार-विचार, नियम-अनुशासन की शृंखला में बद्ध न रहे। ऐसे व्यक्ति का द्योतक होने के कारण 'व्रात्य' ब्रह्म का प्रतीक जान पड़ता है, जो जगत् के नियमों की शृंखला में नहीं बंधा है और न जो कार्यकारण की भावना से ही ओतप्रोत है। यही 'व्रात्य' प्रजापति या हिरण्यगर्भ को प्रेरित करके सृष्टिचक्र को प्रवर्तित करता है। अथर्ववेद के इन्हीं आध्यात्मिक तथ्यों की व्याख्या बाद के उपनिषदों में मिलती हैं।

राजनैतिक सिद्धांत

अथर्ववेद में अनेक राजनैतिक सिद्धांतों को स्थान मिला है। यहां राज्य और राष्ट्र की अवधारणाओं को एक उन्नत आदर्श स्तर पर रखा गया है। मानव-इतिहास में प्रथम बार मातृभूमि की कल्पना अथर्ववेद के प्रसिद्ध भूमिसूक्त में की गई है। राष्ट्र की उत्पत्ति के विषय में कहा गया है कि राष्ट्र की उत्पत्ति 'रोहित' अर्थात् परमात्मा से हुई है। उसने ही सर्वप्रथम राष्ट्रीय भावना दी। उसके कारण ही शत्रु का नाश हो गया तथा सर्वत्र निर्भयता का भाव उत्पन्न हुआ। द्युलोक और पृथ्वी दोनों को अपनी शक्ति से उपयोगी बनाकर धनधान्य की समृद्धि का प्रयत्न किया गया:

आ ते राष्ट्रमिह रोहितोऽहार्षीद् व्या स्थन्मृधो अभयं ते अभूत्।
तस्मै ते द्यावापृथिवी रेवतीभिः कामं दुहाथामिह शक्वरीभिः ॥

(अथर्ववेद 13.1.5)

राष्ट्र का विचार उद्‌बुद्ध होते ही इस विषय पर भी यहां विचार किया गया है कि किस प्रकार राष्ट्र की स्थिति को सुदृढ़ बनाया जा सकता है। इसके लिए कुछ नियमों की व्यवस्था की गई। इनके पालन से कोई भी देश या राष्ट्र उन्नत हो सकता है। अथर्ववेद के 12.1.1 में ये नियम यूं परिगणित हैं :

1. **सत्यम् बृहत्** : महान् सत्य को अपनाना। सत्य-भाषण, सत्य व्यवहार और आचार-व्यवहार में सत्य को ही मुख्यता देना।
2. **ऋतम् उग्रम्** : पदार्थों का यथार्थ ज्ञान प्राप्त करना और प्राकृतिक नियमों का ठीक-ठाक पालन।
3. **दीक्षा** : कर्मठता और निर्धारित कार्यक्रम को पूरा करने के लिए कटिबद्ध रहना।
4. **तप** : तपस्वी जीवन का होना।
5. **ब्रह्म** : जीवन में आस्तिकता का होना और ब्रह्म की सत्ता को मानना।
6. **यज्ञ** : विश्वव्यापी यज्ञ को देखते हुए अपने जीवन को भी यज्ञीय मानना। जीवन को राष्ट्र की संपत्ति समझते हुए कार्य करना।

राष्ट्र को सर्वोत्तम बनाने के लिए जरूरी है कि राष्ट्र में तेज और बल की सत्ता हो। सर्वोत्तम राष्ट्र तभी होगा, जब जनता तेजस्वी और बलवान् होगी। सुख-समृद्धि, घी-दूध की प्रचुरता राष्ट्र की उत्तमता के द्योतक हैं *(अथर्ववेद*

12.1.8, 13.1.20 तथा 13.1.8)। स्वतंत्र राजा के लिए 'स्वराट्' शब्द का प्रयोग हुआ है, जो अपनी तेजस्विता के कारण निर्वाचित होता हो *(अथर्ववेद 20.113.2)*। जनता ऐसे व्यक्ति को चुनती है, जो इंद्र अर्थात् ऐश्वर्ययुक्त हो। वृत्र को (पापी या अज्ञानी) वह राजा बनाना नहीं चाहती *(अथर्ववेद 12.1.37)*। प्रजा-पालक राजा ही इष्ट होता है *(अथर्ववेद 4.22.3)*।

एक राष्ट्र के रूप में पृथ्वी नाना जातियों वाले, भिन्न-भिन्न भाषाएं बोलने वाले तथा विभिन्न धर्मों व कर्त्तव्यों का पालन करने वाले लोगों का एक घर के समान भरण-पोषण करती है :

जनं बिभ्रती बहुधा विवाचसं
नाना धर्माणं पृथिवी यथौकसम् ॥

(अथर्ववेद 12.1.45)

राष्ट्र में पांच प्रकार की प्रजा की व्याख्या की गई है — ब्राह्मण, क्षत्रिय, वैश्य, शूद्र और निषाद या अतिशूद्र। ये सभी तो पृथ्वी के पुत्र हैं। अतः इन सबको समान अधिकार प्राप्त होना चाहिए *(अथर्ववेद 12.1.15)*। राष्ट्र में ऊंच-नीच का भेद न होकर मित्रता और एकता का भाव हो *(अथर्ववेद 12.1.2)*। पारस्परिक फूट कभी न हो *(अथर्ववेद 3.8.1)*। संगठन, सौमनस्य का विस्तार हो, मिलकर विचार-विनिमय करें, परस्पर संपर्क बढ़ाएं और सबके मन समान हों *(अथर्ववेद 6.64.1)*। सभाएं, कर्म और चित्त सब समान हों। सब एक विचार होकर कार्य करें। प्रजा का कर्त्तव्य है कि वह सभा, समिति, सेना और कोश को उन्नत करे, क्योंकि ये तत्त्व राष्ट्र की उन्नति के साधक हैं *(अथर्ववेद 15.9.1-2)*। राजा का कर्त्तव्य है कि वह सभी दिशाओं में अपने मित्र रखे। चारों ओर उसके मित्रराष्ट्र हों *(अथर्ववेद 6.8.3)*।

अथर्ववेदकाल में विविध शासन-प्रणालियां भी प्रचलित थीं। विराट्, स्वराट् और सम्राट् *(अथर्ववेद 17.1.22)*। ये एक प्रकार से शासन के विभिन्न प्रकारों को ही सूचित करते हैं। विराट्पद्धति में राजा नहीं होता। इसमें जनता सर्वसम्मति या बहुसम्मति से अपना निर्णय करती है। जो सामूहिक निर्णय होता है, वही लोगों को मान्य होता है। यह शासन पंचायत-राज्य के तुल्य ही जान पड़ता है। इसमें ग्राम आदि के पंचों की सम्मति या उनका निर्णय मुख्य होता था। स्वराट्पद्धति में केंद्रीय शासन होता है। जनता के प्रतिनिधि सभा और समितियों में जाते हैं। केंद्रीय-सभा और समितियों में वे राज्यसंबंधी नियमों को बनाते हैं। ये नियम सारे राज्य के लिए होते हैं। इसमें जनता के प्रतिनिधि राज्य करते हैं। अतः यह जनतंत्रराज्य कहा जाता है। सम्राट्-पद्धति

के अनुसार छोटे-छोटे मंडलों के अनेक शासकों के ऊपर सम्राट् होता है। सम्राट् की आज्ञा सर्वमान्य होती है। अथर्ववेद में राज्य-शासन के लिए एक बार 'राजसूय' शब्द का भी प्रयोग हुआ है। अपने दंडविधान से ही राजा प्रतापी होता है *(अथर्ववेद 4.8.1)*। राजा को विश्व-रूप कहा गया है। राजा के नीचे जितने भी राजकीय अधिकारी हैं, वे राजा के ही स्वरूप हैं। सब उसका ही प्रतिनिधित्व करते हैं। अतः राजा स्वरूप या विश्वरूप है *(अथर्ववेद 4.8.3)*।

राजा के निर्वाचकों को वरुण नाम दिया गया है *(अथर्ववेद 3.4.6)*। राजा के निर्वाचन और राज्याभिषेक के उल्लेख भी अथर्ववेद में बहुत मिलते हैं। संग्रामों, युद्धों का उल्लेख भी मिलता है *(अथर्ववेद 12.1.56)*। आय के साधनों का भी उल्लेख हुआ है। आय का सोलहवां भाग कर के रूप में लिया जाता था। कर का निर्धारण प्रजा और प्रजा के प्रतिनिधि ही करते थे। कर देने से पुण्य होता है, स्वर्ग मिलता है *(अथर्ववेद 3.29.3)*, ऐसा विश्वास जनता में प्रचलित किया जाता था। कर का उपयोग जनता के पालन के लिए, आक्रमणकारियों से रक्षा के लिए, राज्य के संचालन के लिए किया जाता था *(अथर्ववेद 3.29.1)*। न्याय तथा दंडविधान विषयक सामग्री भी यहां मिलती है। चोरों को कैसे-कैसे दंड दिए जाते थे, यह भी उल्लेख मिलता है *(अथर्ववेद 19.49.10)*। राष्ट्र की रक्षा के लिए सेना की आवश्यकता होती है। सेना के 21 भेद यहां बताए गए हैं *(अथर्ववेद 1.27.1)*। इंद्र *(अथर्ववेद 2.3.1)* तथा इंद्राणी *(अथर्ववेद 1.27.4)* दोनों सेनापति हैं। सामान्य रूप से युद्ध को अच्छा नहीं माना गया है तथा अभिलाषा व्यक्त की गई है कि संग्रामों में होने वाली महा-हत्याओं में आर्तनाद न उठेः

'मा घोषा उत्स्थुर्बहुले विनिर्हते ॥'

(अथर्ववेद 7.52.2)

फिर भी यदि कोई अकारण द्वेष करे या आत्मलाभ के लिए आक्रमण करे या कूटनीति से नष्ट करना चाहे, तो प्रजा का कर्त्तव्य है कि उसे कुचल देः

यो नो द्वेषत् पृथिवी यः पृतन्यात्
योऽभिदासान्मनसा यो वधेन।
तं नो भूमे रन्धय पूर्वकृत्वरि ॥

(अथर्ववेद 12.1.14)

इससे सिद्ध होता है कि राजा-प्रजा दोनों मिलकर राष्ट्र-रक्षा के लिए उत्तरदायी थे।

इस प्रकार राजनीतिशास्त्र के इतिहास का अध्ययन करने वाले शोधार्थी के लिए अथर्ववेद का विशिष्ट महत्त्व है।

卐 卐 卐

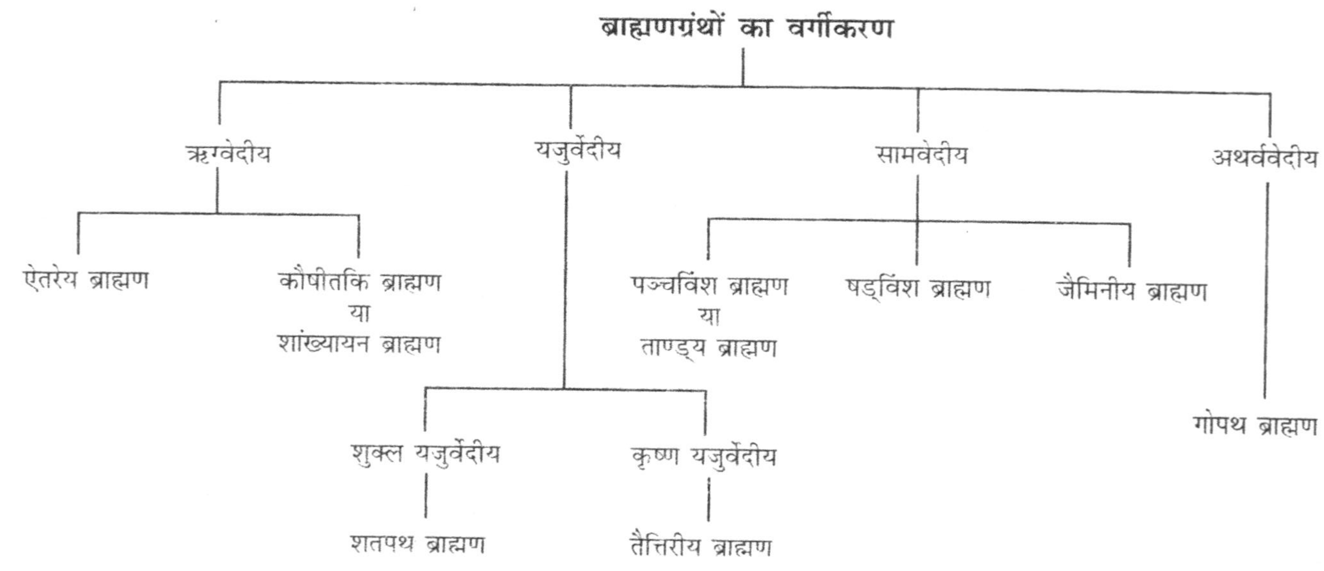
ब्राह्मणग्रंथों का वर्गीकरण
ऋग्वेदीय
यजुर्वेदीय
सामवेदीय
अथर्ववेदीय
ऐतरेय ब्राह्मण
कौषीतकि ब्राह्मण
या
शांख्यायन ब्राह्मण
पञ्चविंश ब्राह्मण
या
ताण्ड्य ब्राह्मण
षड्विंश ब्राह्मण
जैमिनीय ब्राह्मण
गोपथ ब्राह्मण
शुक्ल यजुर्वेदीय
कृष्ण यजुर्वेदीय
शतपथ ब्राह्मण
तैत्तिरीय ब्राह्मण

षष्ठ अध्याय

वैदिक-वाङ्मय के अन्य ग्रंथ

ब्राह्मणग्रंथ

ब्राह्मण शब्द से सामान्यजन को जाति का बोध ही होता है। चारों वर्णों में पढ़ने-पढ़ाने का कार्य करने वाले को ब्राह्मण कहा जाता है, परंतु वैदिक वाङ्मय में 'ब्राह्मण' उन ग्रंथों का सामान्य नाम है, जो वेदों के मंत्रों की व्याख्या हेतु लिखे गए हैं। ये ग्रंथ वैदिकसंस्कृति, धर्म तथा दर्शन को समझने के लिए अपरिहार्य हैं। इनके महत्त्व और प्राचीनता का अनुमान इसी से लगाया जा सकता है कि अनेक ग्रंथों में इन्हें 'वेद' नाम से ही पुकारा गया है। एक प्रसिद्ध परिभाषा में कहा गया है:

'मन्त्रब्राह्मणयोर्वेदनामधेयम्'

अर्थात् मंत्र (वैदिक संहिताएं) तथा ब्राह्मण दोनों का नाम वेद है। यहां हमें शाब्दिक अर्थ नहीं लेना है। वेद मूल हैं, ब्राह्मणग्रंथ उसके व्याख्या ग्रंथ हैं। वास्तव में वेद और ब्राह्मणग्रंथ एक-दूसरे के पूरक ग्रंथ हैं, अतः लाक्षणिक रूप में ब्राह्मणों को वेद मान लिया गया।

ब्राह्मण शब्द का अर्थ

ब्राह्मण शब्द 'ब्रह्मन्' से बना है। 'ब्रह्मन्' का अर्थ मंत्र होता है, मंत्रों की व्याख्या करने वाले हुए— ब्राह्मण। इन ब्राह्मणों में मंत्रों को विभिन्न यज्ञकर्मों में विनियोग करने की व्यवस्था भी बताई गई है। 'ब्रह्मन्' का अर्थ वैदिक शब्दावली में 'यज्ञ' भी होता है। यज्ञ की विधि-प्रक्रिया तथा उससे संबंधित विवरण प्रस्तुत करने वाले ग्रंथ 'ब्राह्मण' नाम से पुकारे गए। 'ब्रह्मन्' का एक अर्थ रहस्य भी होता है, अतः वैदिक तत्त्वज्ञान का रहस्योद्घाटन करने के कारण भी इन्हें ब्राह्मण कहा गया है।

ब्राह्मणग्रंथों की संख्या

ब्राह्मणग्रंथों की एक विशाल संख्या प्राचीनकाल में थी, परंतु आज उसमें से कुछ ही उपलब्ध हैं। प्रायः प्रत्येक वेद के तथा उसकी शाखाओं के अपने-अपने ब्राह्मणग्रंथ हैं। प्रसिद्ध ब्राह्मणग्रंथ इस प्रकार हैं :

ऋग्वेद : 1. ऐतरेय ब्राह्मण, 2. कौषीतकि या शांख्यायन ब्राह्मण

कृष्णयजुर्वेद : 1. तैत्तिरीय ब्राह्मण

शुक्ल यजुर्वेद : 1. शतपथ ब्राह्मण

सामवेद : 1. पंचविंश या ताण्ड्य महाब्राह्मण, 2. षड्विंश ब्राह्मण, 3. जैमिनीय ब्राह्मण

अथर्ववेद : 1. गोपथ ब्राह्मण, पैप्पलाद ब्राह्मण,

इनके अतिरिक्त भी विशेषकर 'सामवेद' के कुछ ब्राह्मणग्रंथ और भी हैं, परंतु ब्राह्मणग्रंथों के प्रतिपाद्य की दृष्टि से तथा सांस्कृतिक दृष्टि से ऊपर दिए गए नाम ही प्रसिद्ध हैं।

ब्राह्मणग्रंथों के वर्ण्यविषय की दृष्टि से तीन भाग हैं : 1. विधि, 2. अर्थवाद, 3. उपनिषद्। विधि का अर्थ होता है नियम या सिद्धांत। इस भाग में मुख्यतः पहले तो यज्ञानुष्ठान संबंधी विधियों का वर्णन है, तत्पश्चात् उससे मिलने वाले फल का निरूपण किया गया है। ये विधियां दो प्रकार की हैं : 1. जो यज्ञ न करने वालों को यज्ञ करने के लिए प्रेरित करती हैं। 2. जो अज्ञात का ज्ञान कराती हैं। विधिवाक्य धर्म के लिए प्रमाण माने गए हैं। अर्थवाद का अर्थ होता है 'प्रशस्तिपूर्ण व्याख्या'। ये व्याख्यात्मक अंश हैं। यहां पता चलता है कि अमुक यज्ञ करने से अमुक फल की प्राप्ति होगी। अनेक कथाओं व आख्यानों द्वारा गूढ़ रहस्यों को समझाने का प्रयत्न किया गया है। उपनिषद् भाग में 'परम गुह्य' तत्त्व को समझने-समझाने की कोशिशें हैं।

ब्राह्मणग्रंथों की एक और विशेषता है 'शब्दों के निर्वचन' (एटीमोलॉजी)। वैदिक देव-देवताओं के नाम या अन्य कर्मकांड में प्रयुक्त शब्दों का निवर्चन द्वारा अर्थ स्पष्ट किया गया है। इसलिए व्याकरण तथा निरुक्त (Etymolgy) की दृष्टि से ब्राह्मणग्रंथों के इस अंश का महत्त्वपूर्ण स्थान है।

ब्राह्मणग्रंथों की विषयवस्तु

प्रायः सभी ब्राह्मणग्रंथों का प्रतिपाद्य विषय समान है। सभी ग्रंथों में यज्ञ को सर्वाधिक महत्त्व मिला है। **यज्ञो वै श्रेष्ठतमं कर्म** कहकर उसकी महत्ता स्थापित

की गई है। यज्ञ को कहीं देवताओं की आत्मा कहा गया है, तो कहीं प्रजापति। विष्णु आदि को 'यज्ञ से ही समीकृत कर दिया गया है।' यज्ञ को यहां मानवमात्र का कर्त्तव्य माना गया है तथा विश्वास प्रकट किया गया है कि यज्ञ करने से मनुष्य सब पापों से मुक्त हो जाता है, **सर्वस्मात्पाप्मनो निर्मुच्यते य एवं विद्वानग्निहोत्रं जुहोति**। यहीं नहीं, मृत्यु से मुक्ति एवं ब्रह्मत्वप्राप्ति का सर्वश्रेष्ठ उपाय भी यज्ञ ही बताया गया है– **पुनर्मृत्युं मुच्यते गच्छति ब्रह्मणः सात्मताम्**। पाश्चात्य विद्वान् यज्ञ को इतना महत्त्व देने के कारण इन ग्रंथों की बहुत कटु आलोचना करते हैं। परंतु यहां याद रखना होगा कि यहां 'यज्ञ' को मात्र स्थूल स्तर पर नहीं, अपितु 'सूक्ष्म' स्तर पर किए जाने को प्रेरित किया गया है। यज्ञ में घी की आहुति डालना ही अग्निहोत्र नहीं है। 'सत्य की आहुति श्रद्धा में डाला जाना' यज्ञ है। जीवनरूपी यात्रा को श्रद्धा व सत्य के सहारे चलाना, सुचारु रूप से पूर्ण करना ही वास्तविक अग्निहोत्र है। 'श्रद्धा' विश्वास है तथा मन-वचन की अकुटिलता ही सत्य है। स्थूल से सूक्ष्म की ओर की यह यात्रा जीवन के उच्च धरातल की बात करती है। ये नैतिक आदर्श भारतीय-दर्शन के मूल हैं। ऋतपालन से व्यक्ति जीवन के उच्च क्षेत्रों में गति पाता है। अभिमान से, असत्य से, अश्रद्धा से पराभव होता है।

ब्राह्मणग्रंथों में यज्ञ केंद्र बिंदु जरूर है, परंतु साथ ही अन्य विषयों का विवेचन भी यहां हुआ है। शब्दों की व्युत्पत्तियां या निर्वचन, आख्यान-उपाख्यान, ऋषिवंशों, आचार्यवंशों तथा राजवंशों की कथाएं, सृष्टि की उत्पत्ति संबंधी सिद्धांत व कथाएं, स्वर्ग-नरक संबंधी सिद्धांत, वर्णाश्रम व्यवस्था तथा पुनर्जन्म संबंधी सिद्धांत भी बहुल रूप से चर्चित हुए हैं।

ब्राह्मणग्रंथों में यत्र-तत्र सृष्टि-विज्ञान संबंधी सामग्री भी प्राप्त होती है। जैमिनीय-ब्राह्मण में सूर्य, चंद्रमा, द्यौ, अंतरिक्ष को तथा पृथ्वी को गोलाकार बताया गया है– **परिमंडल आदित्यः, परिमंडल चंद्रमा इयं पृथिवी**। पृथ्वी को अग्निगर्भा बताया गया है– **अग्निगर्भा पृथिवी** एवं **आग्नेयी पृथिवी**। यही नहीं, पृथ्वी के अन्य रूप जैसे सिकतामयी (रेतीली) भूमियों का उल्लेख भी है।

विज्ञान के साथ अध्यात्म के सिद्धांत भी ब्राह्मणकाल में विकसित हुए हैं। मृत्यु के पश्चात् दो मार्ग वर्णित हुए हैं, पितृयान और देवयान। यद्यपि इस मृत्युलोक में जन्म लेना, दुःखों से घिरा रहना है, फिर भी यज्ञ के माध्यम से स्वर्ग को पाया जा सकता है। पुत्र को महत्त्वपूर्ण स्थान मिला है। बिना पुत्र के परलोक में गति नहीं मिलती :

'नापुत्रस्य लोकोऽस्तीति'

यह विचार आज के अत्याधुनिक युग में भी भारतीय जनमानस में समाया हुआ है। ऋग्वेद में भी पुत्रजन्म उत्सव का विषय है, पर वहां उसके अभाव में सद्गति नहीं होती, ऐसी मान्यता नहीं है। यह विचारधारा ब्राह्मणकाल की ही विशेषता है।

इसके अतिरिक्त ब्राह्मणग्रंथों में जीवनोपयोगी शिक्षाएं व उपदेश भरे पड़े हैं। जीवन में उद्यम का विशेष महत्त्व है। उद्यमी व्यक्ति ही जीवन के माधुर्य का रसास्वादन करता है। मनुष्य की श्रेष्ठता इसी में है कि वह भी सूर्य के समान निरंतर गतिशील व कार्यरत रहे। बहुत सुंदर शब्दावली में ऐतरेय ब्राह्मण (33.3.6) कहता है--

चरन् वै मधु विन्दति चरन् स्वादुमुदुम्बरम्
सूर्यस्य पश्य श्रेमाणं यो न तंद्रयते चरन्।
चरैवेति चरैवेति॥

अर्थात् चलता हुआ व्यक्ति ही मधु (सुख, आनंद) प्राप्त करता है, वही स्वादिष्ट उदुंबर प्राप्त करता है। सूर्य की श्रेष्ठता को देखो, जो चलते हुए कभी आलस्य नहीं करता, अतः तुम चलते रहो, चलते रहो। यही नहीं, ईश्वर भी कर्मशील का साथ देता है– **इंद्र इच्चरतः सखा** *(ऐतरेय ब्राह्मण 33.3.1)*। जो मनुष्य श्रम नहीं करता, उसे श्री नहीं मिलती *(ऐतरेय ब्राह्मण 33.3.1)*। सौ वर्ष तक जीवन पाने की इच्छा प्रकट की गई है– **शतायुर्वै पुरुषः**। इस प्रकार से आशावाद ही ब्राह्मणग्रंथों की विशेषता है।

ब्राह्मणग्रंथों की भाषा-शैली

जहां तक ब्राह्मणग्रंथों की भाषा-शैली का प्रश्न है, प्रायः यहां गद्य का प्रयोग हुआ है। बीच-बीच में 'पद्य' भी प्रयुक्त हुए हैं। गद्य का प्रारंभिक रूप सरल, समासरहित है तथा भाषा में प्रवाह व प्रसादगुण है। अपने कथन पर बल देने के लिए शब्दों की, वाक्यों की आवृत्ति भी की गई है। यहां की स्वरांकन पद्धति भी अलग है।

ब्राह्मणग्रंथों का काल

ब्राह्मणग्रंथों का रचनाकाल स्पष्ट है कि संहिताओं के बाद का है। भौगोलिक परिस्थितियां भी बदली हुई हैं। अतः साक्ष्य प्रमाणों के आधार पर कह सकते हैं कि इनकी रचना कुरुपांचाल प्रदेश में हुई होगी। वेदों की तिथि निश्चित नहीं है, तो भला ब्राह्मणों का काल-निर्धारण कैसे कर सकते हैं? जैसे वेदों की

रचना-प्रक्रिया में शताब्दियां लगी होंगी, वैसे ही ब्राह्मणग्रंथों की रचना में एक सहस्राब्दी से कम समय नहीं लगा होगा। पाश्चात्य विद्वान् मैक्डॉनल इन्हें 800-500 ईसवी पूर्व का मानते हैं। मैक्समूलर इन्हें 800-600 ई.पू. मानते हैं। लोकमान्य तिलक 2500-1300 ई.पू. मानते हैं।

अन्य प्रमाणों के आधार पर कहा जा सकता है कि बौद्धधर्म का उदय होने से पूर्व ही इस विशिष्ट साहित्य की रचना हो चुकी होगी, क्योंकि बौद्धधर्म ब्राह्मणधर्म तथा कर्मकांड की प्रतिक्रिया स्वरूप ही जन्मा था। कर्मकांड की उपेक्षा, ब्राह्मणधर्म का खंडन-प्रतिकार, अवहेलना और आलोचना करने के उद्देश्य से ही बौद्धधर्म की उत्पत्ति हुई थी।

काल की विशेषताएं

ब्राह्मणकाल में वर्णाश्रम-व्यवस्था पुष्ट हो चुकी थी। ब्राह्मण क्योंकि यज्ञ से जुड़े थे, इसलिए अग्नि के समान तेजस्वी माने जाते थे। क्षत्रिय राष्ट्र की शक्ति थे। वैश्य व्यापार द्वारा राष्ट्र-संपत्ति में वृद्धि करते थे। शूद्र 'तपस्' रूप थे, जो श्रम से धरती को सुंदर बनाते थे।

सामाजिक स्तर पर स्त्रियों को कहीं गृहलक्ष्मी के पद पर प्रतिष्ठित किया गया है, तो कहीं मनुष्य की अर्धांगिनी बताया गया है। बिना पत्नी के यज्ञ नहीं हो सकता था– **अयज्ञो वा एषः योऽपत्नीकः।** स्त्रियों पर किसी भी प्रकार का प्रहार करना निंदनीय बताया गया है। कहीं-कहीं स्त्रियों के चंचल स्वभाव की निंदा भी की गई है।

देवों की स्थिति में भी भेद दृष्टिगोचर होता है। ऋग्वेद के उच्चकोटि के देवता यहां गौण हो गए हैं। अग्नि गौण तथा प्रजापति महत्त्वपूर्ण हो गए हैं। विष्णु, शिव और रुद्र की प्रतिष्ठा भी महत्त्वपूर्ण रूप में हुई है।

ब्राह्मणग्रंथों के आख्यान

ब्राह्मणों के कई प्रसिद्ध आख्यान हैं– ऐतरेय ब्राह्मण का शुनःशेप आख्यान, शतपथ ब्राह्मण का पुरुरवा और उर्वशी, दुष्यन्त और शकुंतला तथा सृष्टिविषयक आख्यान। ये आख्यान ही बाद में इतिहास तथा पुराणों के मूलस्रोत बने।

अंत में कहा जा सकता है कि वैदिकसाहित्य में ब्राह्मणग्रंथों का महत्त्वपूर्ण स्थान है। भारतीयसाहित्य, संस्कृति, धर्म एवं दर्शन सभी दृष्टियों से इन ग्रंथों का अध्ययन अपरिहार्य है।

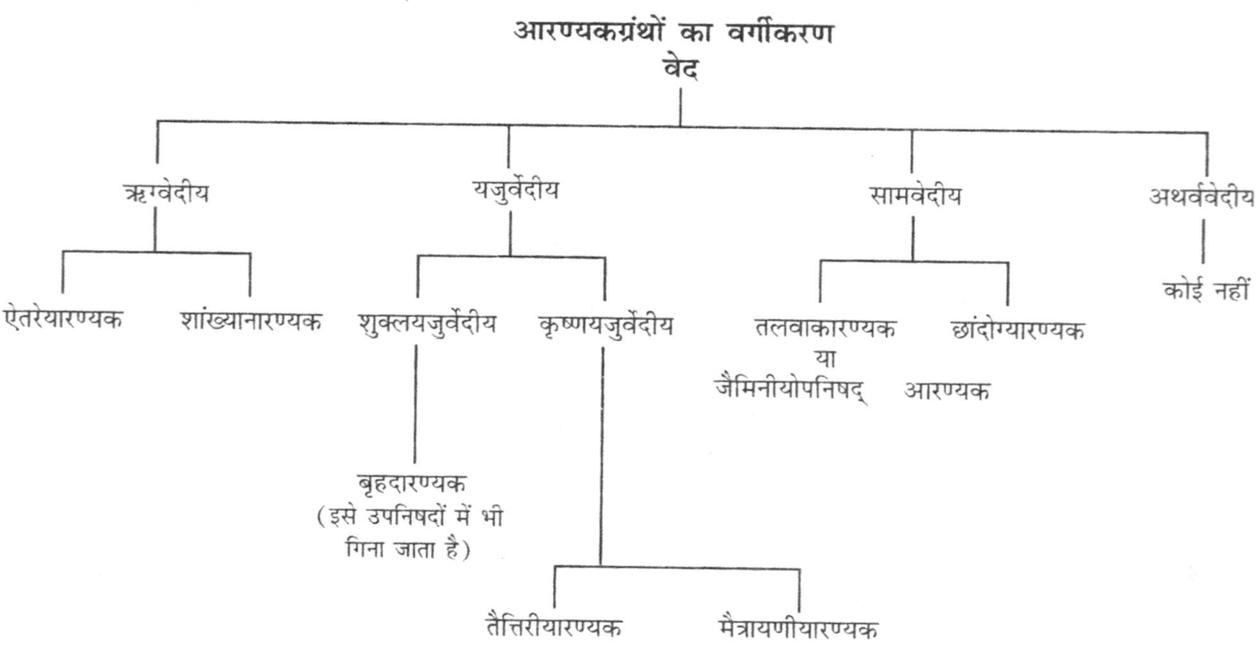
आरण्यकग्रंथों का वर्गीकरण
वेद
ऋग्वेदीय
यजुर्वेदीय
सामवेदीय
अथर्ववेदीय
ऐतरेयारण्यक
शांख्यानारण्यक
शुक्लयजुर्वेदीय
कृष्णयजुर्वेदीय
तलवाकारण्यक
या
जैमिनीयोपनिषद् आरण्यक
छांदोग्यारण्यक
कोई नहीं
बृहदारण्यक
(इसे उपनिषदों में भी
गिना जाता है)
तैत्तिरीयारण्यक
मैत्रायणीयारण्यक

आरण्यकग्रंथ

ब्राह्मणग्रंथों के परिशिष्ट-ग्रंथ 'आरण्यक' हैं। 'आरण्यक' उस वाङ्मय का नाम है, जिसका अध्ययन-अध्यापन नगरों और ग्रामों से दूर 'अरण्य' अर्थात् वनों में होता था—

अरण्याध्ययनादेतद् आरण्यकमितीर्यते।
अरण्ये तदधीयीतेत्येवं वाक्यं प्रवक्ष्यते।

(तैत्तिरीय आरण्यक, भाष्य श्लोक 6)

इन ग्रंथों की योजना उन व्यक्तियों के लिए थी, जो गृहस्थ जीवन से निवृत्त होकर वानप्रस्थाश्रमी बन जाते थे। वे जंगलों के एकांत वातावरण में रहकर मनन, चिंतन, स्वाध्याय, जप-तप एवं अन्य धार्मिक साधनों में लीन रहकर आत्मदर्शन के लिए प्रयत्नशील रहते हैं। इस आध्यात्मिक चर्चा के पालन के संदर्भ में नगर तथा ग्राम का कोलाहलपूर्ण परिवेश किसी भी तरह उचित नहीं था।

आरण्यकग्रंथों का स्वरूप

ब्राह्मणग्रंथों के परिशिष्ट इन ग्रंथों का स्वरूप रहस्यमय है। इनका ज्ञान दीक्षितों के लिए ही होता था। अदीक्षित के लिए यह ज्ञान खतरे का कारण माना जाता था। वास्तव में आरण्यकग्रंथ ब्राह्मणग्रंथों और वेद के अंतिम चरण उपनिषदों के बीच की कड़ी हैं। कर्मकांड की दृष्टि से ब्राह्मणग्रंथ एवं आरण्यकग्रंथ परस्पर संबंधित हैं, तो ज्ञानकांड की दृष्टि से आरण्यक एवं उपनिषद् परस्पर संबंधित हैं। आरण्यक ब्राह्मणों के अंतिम रूप हैं, तो उपनिषदों के वे पूर्वरूप हैं।

ब्राह्मणग्रंथों में यज्ञ की प्रायः कर्मकांडपरक व्याख्या की गई है, लेकिन आरण्यकग्रंथों में यज्ञ की आध्यात्मिक व्याख्या दी गई है। इस प्रकार ये ग्रंथ कर्ममार्ग और ज्ञानमार्ग का समन्वय करते हैं। वैदिक तत्त्वज्ञान की विचारसरणि में आरण्यकों के स्थान का विचार करते हुए आचार्य बलदेव उपाध्याय ने कहा है— ''आरण्यकों में उन महनीय आध्यात्मिक तत्त्वों का संकेत उपलब्ध होता है, जिनका पूर्ण विकास उपनिषदों में मिलता है। उपनिषद् आरण्यकों के अंत में आने वाले परिशिष्ट हैं तथा प्राचीनउपनिषद् आरण्यकों के अंश एवं अंशरूप में आज भी उपलब्ध होते हैं। इस प्रकार वैदिक तत्त्व-मीमांसा के इतिहास में आरण्यकों का विशेष महत्त्व है।''

कुछ इसी प्रकार की धारणा डॉ. राजबली पांडेय ने भी व्यक्त की है-- ''अभी तक मनुष्य बहिर्मुख था। उसके सामने जीवन और जगत् की समस्याएं

उठ चुकी थीं, किंतु वह उनका उत्तर प्राकृतिक जगत् में खोजता था। इस प्रयास में वैदिक देवमंडल और कर्मकांड की कल्पना हुई परंतु विचारशील व्यक्तियों को देवता, यज्ञ और उनसे प्राप्त होने वाला स्वर्ग सभी नश्वर दिखाई पड़ने लगे। भौतिक दृष्टिकोण को नई विचारधाराओं ने बड़ा धक्का दिया। मनुष्य अधिक ध्यान से सोचने लगा और अंतर्मुखी हो गया। वह जीवन और विश्व के गंभीर प्रश्नों पर अनासक्ति और विवेक के साथ विचार करने लगा। इसी चिंतन का फल आरण्यकों के दार्शनिक सिद्धांतों के रूप में प्रकट हुआ।''

आरण्यकों की सामान्यप्रतिपाद्यविषयवस्तु के अंतर्गत आता है– दार्शनिक तत्त्वज्ञान। इस तत्त्वज्ञान में आत्मा, परमात्मा, सृष्टि की उत्पत्ति, ज्ञान, कर्म, उपासना जैसे विषयों का निरूपण हुआ है। ब्राह्मणयुग की यज्ञयाग की जटिल प्रक्रियाओं से निकलकर सरल ज्ञानमार्ग के अन्वेषण का प्रयत्न आरण्यकों में किया गया है। यहां यज्ञों की, उनके पदार्थों की दार्शनिक व्याख्या करके आध्यात्मिक चिंतन की स्पष्ट प्रवृत्ति दिखाई देती है। इसीलिए इनमें ॐकार, प्राण, आत्मा जैसे आध्यात्मिक चिंतन की स्पष्ट प्रवृत्ति दिखाई देती है। देवताओं को उद्दिष्ट आहुति का त्यागमात्र ही आरण्यकों के सिद्धांतानुसार यज्ञ नहीं है, अपितु यह समस्त विश्व ही यज्ञमय है। आरण्यकों का मूल सिद्धांत समस्त सृष्टि के पीछे एक ही परम सत्ता को स्वीकार करना है। इसीलिए ऐतरेय-आरण्यक में कहा गया है :

एतं ह्येव बहवृचा महत्युक्थे मीमांसन्त एतमग्नावध्वर्यव एतं महाव्रते छंदोगा एतमस्यामेतं दिव्येतं वायावेतमाकाश एतमप्स्वेतमोषधीष्वेतं वनस्पतिष्वेतं चंद्रमस्येतं नक्षत्रेष्वेतं सर्वेषु भूतेष्वेतमेव ब्रह्मेत्याचक्षते।

अर्थात् 'ऋग्वेद के अनुयायी इसी ब्रह्म को महान् उक्थ (मंत्रोच्चारण में) में मानते हैं। अध्वर्यु अग्नि में और सामवेदीय परंपरा वाले इसे ही 'महाव्रत' यज्ञ में मानते हैं। उसे ही पृथ्वी में, द्युलोक में, वायु में, आकाश, जल, औषधि-वनस्पतियों, चंद्रमा, नक्षत्रों और सब प्राणियों में माना जाता है।

आरण्यकों की प्रमुख विशेषता है 'प्राणविद्या' तथा प्रतीकोपासना *(ऋग्वेद 6. 164, 31 तथा 1.164.38)* को आधार बनाकर 'प्राणविद्या' का विकास किया गया है। प्राण इस विश्व का धारक है, प्राण की शक्ति से जैसे यह आकाश अपने स्थान पर स्थित है, उसी प्रकार से सबसे दीर्घकाय प्राणी से लेकर पिपीलिका तक समग्र प्राणी-समुदाय इस प्राण के द्वारा विधृत है :

सोऽयमाकाशः प्राणेन बृहत्या विष्टब्धः, तद्यथायमाकाशः प्राणेन बृहत्या विष्टब्धः। एवं सर्वाणि भूतानि आपिपीलिकाभ्यः प्राणेन बृहत्या विष्टब्धानीत्येवं

विद्यात् *(ऐतरेय आरण्यक 2.1.6)*। इसी आरण्यक में आगे कहा गया है कि जितनी ऋचाएं हैं, जितने वेद हैं, जितने घोष हैं, वे सब प्राण-रूप हैं। प्राण को ही इन विविध रूपों में समझकर उसकी उपासना की जानी चाहिए :

सर्वा ऋचः सर्वे वेदाः सर्वे घोषा एकैव व्याहृतिः प्राण एव प्राण ऋच इत्येव विद्यात्' *(ऐतरेय आरण्यक 2.2.2)*। प्राण के विभिन्न रूपों के ध्यान से ध्याता को विभिन्न फलों की प्राप्ति होती है। प्राणों की ऋषिरूप में भी उपासना निर्दिष्ट है। गृत्समद, विश्वामित्र, वामदेव, अत्रि, भरद्वाज, वसिष्ठ प्रभृति सभी ऋषि प्राण ही हैं। इन नामों की व्युत्पत्तियां देकर उन्हें 'प्राणरूप' सिद्ध करने की कोशिश की गई है। मैत्रायणी आरण्यक (6-9) में तो प्राण, अग्नि व परमात्मा को समानार्थक बताया गया है– **प्राणोऽग्निः परमात्मा।**

तैत्तिरीय-आरण्यक में काल का निर्देशन बहुत सुंदरता से किया गया है। काल निरंतर प्रवाहमान है। अखंड संवत्सर के रूप में हम इसी पारमार्थिक काल के दर्शन करते हैं। व्यावहारिक काल अनेक तथा अनित्य हैं। व्यवहार की दृष्टि से उसके अनेक भाग मुहूर्त, दिन-रात, पक्ष, मास इत्यादि रूपों में किए जाने पर भी वस्तुतः वह एक रूप अथवा एकाकार ही रहता है। इस संदर्भ में नदी का दृष्टांत दिया गया है, जो अक्षयस्रोत से प्रवाहित होती है, जिसे नाना सहायक नदियां आकर पुष्ट बनाती हैं तथा जो विस्तीर्ण होकर कभी नहीं सूखती– यही स्थिति काल के संदर्भ में संवत्सर की है :

नदीव प्रभवात् काचिदक्षय्यात् स्यंदते यथा
तां नद्योऽभिसमायन्ति सोरुः सती न निवर्तते।
एवं नाना समुत्थानाः कालाः संवत्सर श्रिता ॥

(तैत्तिरीय आरण्यक 1.2)

ऐतिहासिक संदर्भों में उपादेय अनेक नवीन तथ्यों का परिज्ञान भी आरण्यकों से होता है। यज्ञोपवीत का सर्वप्रथम उल्लेख तैत्तिरीय आरण्यक में है (2.1.1)। 'श्रमण' शब्द का प्रयोग यहां *(तैत्तिरीय आरण्यक 2.7.1)* तपस्वी के अर्थ में हुआ है। कालांतर में बौद्धकाल में यह शब्द बौद्ध-भिक्षुओं का ज्ञापक बन गया। एक सहस्र धुरों वाले, बहुसंख्यक चक्रों वाले तथा सहस्र अश्वों वाले एक विलक्षण रथ का वर्णन भी है। बृहदारण्यक में 'संन्यास' का विधान किया गया है। मैत्रायणीय आरण्यक में आर्यावर्त के प्राचीन अनेक चक्रवर्ती राजाओं के नामों का उल्लेख है। शांखायन-आरण्यक में भी अनेक प्राचीन जनपदों के नाम मिलते हैं।

आरण्यकग्रंथों की संख्या

आरण्यकों की संख्या भी ब्राह्मणग्रंथों के समान बहुत थी, लेकिन कालक्रमवशात् कुछ 'आरण्यक' ही उपलब्ध हैं। ब्राह्मणग्रंथों की तरह आरण्यक भी अलग-अलग संहिताओं से जुड़े हैं। प्रसिद्ध 'आरण्यक' इस प्रकार हैं:

ऋग्वेद के **ऐतरेयारण्यक** और **शांख्यानारण्यक** हैं।

शुक्लयजुर्वेद का कोई आरण्यक वस्तुतः नहीं है। शतपथब्राह्मण के अंतर्गत **बृहदारण्यक-उपनिषद्** में अवश्य यज्ञों के रहस्यों का वर्णन है, अतः उसे ही आरण्यक का स्थान प्राप्त है।

कृष्णयजुर्वेद (तैत्तिरीय संहिता) के दो आरण्यक मिलते हैं— **तैत्तिरीयारण्यक** तथा **मैत्रायणीयारण्यक**।

सामवेद के दो आरण्यक हैं— **तलवकार-आरण्यक**, जिसे **जैमिनीय-उपनिषद्** ब्राह्मण भी कहते हैं। इसमें ब्राह्मण, आरण्यक तथा उपनिषद् तीनों समाहित हैं। सामवेद का दूसरा आरण्यक है— **'छांदोग्यारण्यक'**। अथर्ववेद का कोई भी आरण्यक उपलब्ध नहीं है।

देशकाल

जहां तक देशकाल का प्रश्न है, स्वभावतः आरण्यकों का देशकाल वही है, जो ब्राह्मणग्रंथों का है। गंगा-यमुना का तटवर्ती मध्यदेश अत्यंत पवित्र तथा मुनियों का निवास बतलाया गया है। आरण्यक-ग्रंथों की भाषा सामान्यतः ब्राह्मणों के सदृश ही है। ऐतरेय आरण्यक में अनेक स्थलों पर ऐतरेय-ब्राह्मणों के वाक्य भी ज्यों के त्यों उद्धृत हैं। प्रायः यह वैदिकी और लौकिक संस्कृत के मध्य की भाषा है। शैली में वर्णनात्मकता है। मंत्रों के प्रतिपाद्य का उद्धरणपूर्वक निरूपण करने की शैली आरण्यक ग्रंथों में प्रायः पाई जाती है।

अपनी उपर्युक्त विशिष्टताओं के कारण आरण्यक वैदिकवाङ्मय में महत्त्वपूर्ण स्थान के अधिकारी हैं।

उपनिषदों का वर्गीकरण

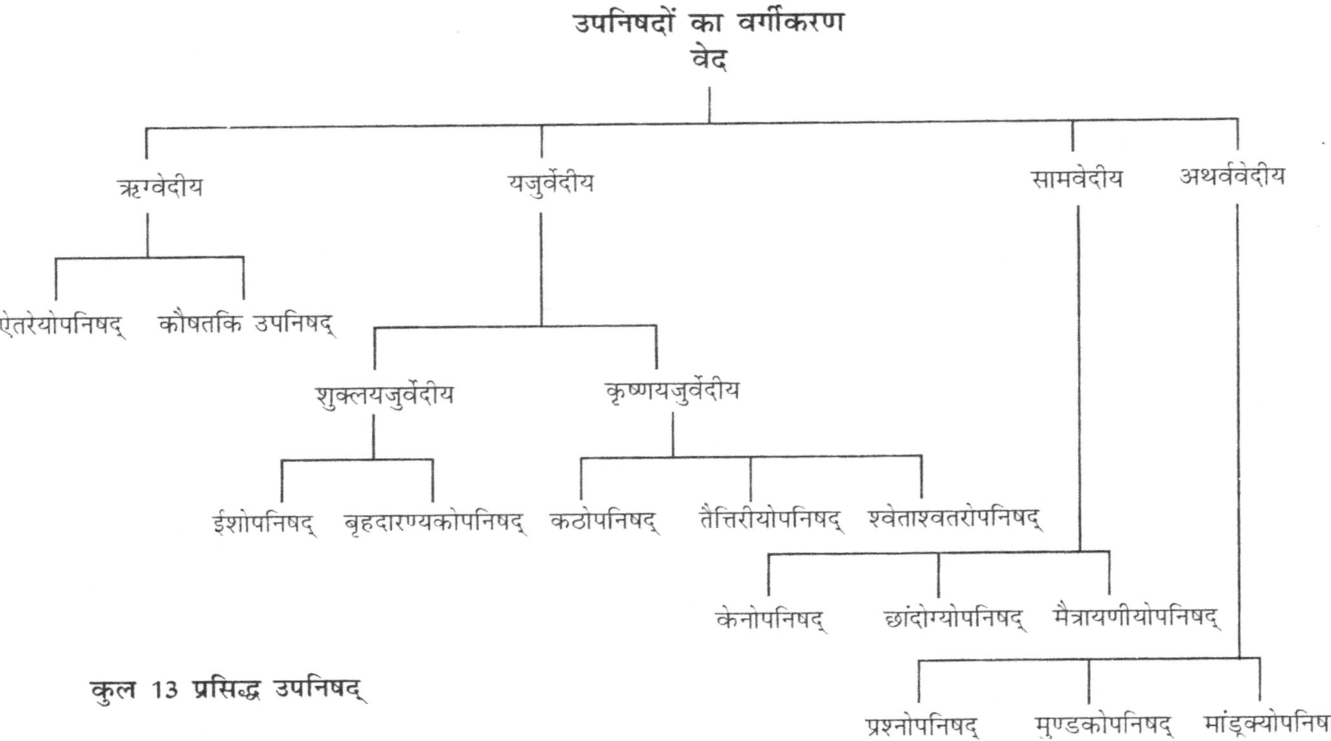

कुल 13 प्रसिद्ध उपनिषद्

उपनिषद्

वैदिकवाङ्मय का अंतिम चरण **उपनिषद्** है। 'उपनिषद्' शब्द की सिद्धि 'उप' और **नि** उपसर्ग पूर्वक **सद्** धातु से **क्विप्** प्रत्यय लगाकर हुई है। **उप** का अर्थ है-- **समीप, नि** का **निश्चय** या निष्ठापूर्वक और **सद्** का अर्थ है **बैठना**। अतः इसका शाब्दिक अर्थ है– तत्त्वज्ञान के निमित्त गुरु के समीप बैठना या तत्त्वज्ञान के निमित्त गुरु के पास निश्चयपूर्वक अथवा निष्ठापूर्वक बैठना। रहस्यात्मक तत्त्वज्ञान का प्रतिपादन प्राचीनकाल से गुरु-शिष्य के मध्य संवाद अथवा प्रश्नोत्तर शैली में होता रहा है। इन्हीं संवादों का संकलन इन ग्रंथों में हुआ, इसीलिए इनका नाम **उपनिषद्** पड़ा। 'सद् धातु के विशरण (नाश), गति और अवसादन अर्थों की व्याख्या इन ग्रंथों के संदर्भ में इस प्रकार से की जाती है– **विशरण** नाश होना, जिससे संसार की बीजभूत अविद्या या अज्ञान का नाश होता है। **गति** पाना या जानना, जिससे ब्रह्म की प्राप्ति या ज्ञान होता है तथा **अवसादन**– शिथिल होना, जिससे मनुष्य के दुःख शिथिल होते हैं। इसीलिए उपनिषदों के भाष्यप्रणयन के समय शंकराचार्य ने अविद्यानाश, दुःखनिरोध तथा ब्रह्मप्राप्ति इन तीनों अर्थों को लेकर उपनिषदों को ब्रह्मविद्या का प्रतीक कहा है। वेद के अंतिम भाग होने के कारण इन्हें वेदांत भी कहा जाता है। उपनिषद् विद्या सबको नहीं दी जाती थी, अतः इसका दूसरा नाम **रहस्यम्** भी है। कठोपनिषद् में इसे **परं गुह्यम्** कहा गया है। जिज्ञासु के लिए अनेक गूढ़ रहस्यों का उद्‌घाटन यहां किया गया है। वास्तव में वेदों के गूढ़ अध्यात्म तथा तत्त्वदर्शन का 'रहस्य' ही उपनिषदों में उद्‌घाटित हुआ है। इस कारण इन्हें वेदों की आध्यात्मिक व्याख्या भी कहा जा सकता है। उपनिषदों में अनेक स्थलों पर न केवल पूर्ण वैदिकमंत्र यथावत् उद्‌धृत किए गए हैं, अपितु मंत्रगत आध्यात्मिक भावों को स्पष्ट भाषा में रखा गया है। उदाहरणार्थ ऋग्वेद 1.164.20 का निम्नलिखित मंत्र :

द्वा सुपर्णा सयुजा सखाया
समानं वृक्षं परिषस्वजाते।
तयोरन्यः पिप्पलं स्वाद्वत्त्यनश्नन्नन्यो
अभिचाकशीति ॥

श्वेताश्वतर (4.6) तथा मुण्डकोपनिषद् (3.1.1) में भी उद्‌धृत किया है। इस मंत्र का अर्थ है– 'दो सुंदर पंखों वाले, साथ रहने वाले, मित्र (जीवात्मा और परमात्मा) एक ही समान वृक्ष (शरीर) पर साथ-साथ रहते हैं। उनमें से एक (जीवात्मा) स्वादिष्ट फल खाता है और दूसरा (परमात्मा) बिना खाए ही उसे देखता रहता है।'

उपनिषद् निश्चय ही वैदिकसंहिताओं से अनुप्राणित हैं। यूं तो उपनिषदों की रचनाएं वैदिकसंहिताओं के काल में ही होने लगी थीं, क्योंकि 'ईशोपनिषद्' तो स्वयं शुक्लयजुर्वेद का चालीसवां अध्याय ही है। उपनिषदों की रचना की अंतिम सीमा मुगलकाल है, जब अकबर के समय में 'अल्लोपनिषद्' लिखा गया। उपनिषदों की संख्या कहीं 200, तो कहीं 108 मानी जाती है, परंतु मूल वैदिक-उपनिषदों की संख्या तेरह मानी जाती है। ये ही प्रामाणिक हैं तथा उपनिषदों की मूलभावना का प्रतिनिधित्व करती हैं। शेष उपनिषद् संन्यास, योग, शैव, शाक्त, वैष्णव आदि संप्रदायों से संबद्ध होने के कारण और अपने-अपने संप्रदाय के पृथक् आराध्यदेव के ही पोषक होने के कारण सांप्रदायिक कहे जाते हैं।

ब्राह्मणों तथा आरण्यकों के समान ही उपनिषद् भी अलग-अलग वैदिकसंहिताओं से संबद्ध हैं। अनेक उपनिषद् आरण्यक भी हैं या आरण्यकों का भाग हैं। इससे आरण्यकों और उपनिषदों की समीपता और विचारात्मक एकात्मता दृष्टिगत होती है। ऋग्वेद से संबद्ध उपनिषदों के नाम ऐतरेयउपनिषद् और कौषीतकि उपनिषद् हैं। ऐतरेयोपनिषद् ऐतरेयआरण्यक के द्वितीय आरण्यक के चतुर्थ से षष्ठ अध्यायरूपी भाग है। कौषीतकि शांख्यायनआरण्यक के तृतीय अध्याय से षष्ठ अध्याय तक का भाग है। शुक्लयजुर्वेद की बृहदारण्यक-उपनिषद् है, जैसाकि नाम से स्पष्ट है। यह आरण्यकों में भी गिनी जाती है। इस वेद की दूसरी उपनिषद् ईशोपनिषद् या ईशावास्योपनिषद् है।

सर्वाधिक उपनिषद् कृष्णयजुर्वेद से जुड़े हैं। तैत्तिरीय-उपनिषद् इसी नाम के आरण्यक के सप्तम प्रपाठक से नवम प्रपाठक तक का भाग है। यह इस वेद की तैत्तिरीयशाखा से संबद्ध है। कठोपनिषद् इस वेद की कठशाखा से जुड़ा है। यह एक बहुत ही महत्त्वपूर्ण और प्रसिद्ध उपनिषद् है। श्वेताश्वतर-उपनिषद् इसी वेद की श्वेताश्वतरशाखा से संबद्ध है। इस उपनिषद् में सांख्य, योग और वेदांत का सुंदर समन्वय है।

सामवेद के दो उपनिषद् प्रसिद्ध हैं। छांदोग्य-उपनिषद् दार्शनिक ग्रंथ तो है ही, तत्कालीन संस्कृति का दिग्दर्शक भी है। सामवेद का दूसरा उपनिषद् केनोपनिषद् है। यह जैमिनीय-उपनिषद् ब्राह्मण के चतुर्थ अध्याय का दसवां अनुवाक भी है। तीसरा उपनिषद् मैत्रायणीयोपनिषद् है।

अथर्ववेद के तीन उपनिषद् हैं। मुंडकोपनिषद् का संबंध मुंडकशाखा से होने के कारण उसका यह नाम पड़ा है। दूसरा प्रश्नोपनिषद् है, जिसमें प्रश्नों

के माध्यम से दार्शनिक सिद्धांतों का प्रतिपादन किया गया है। तीसरा उपनिषद् है– मांडूक्योपनिषद्, जो आकार में बहुत छोटा है, केवल 12 मंत्रों से युक्त है, पर भाव की दृष्टि से बहुत गहन है, अद्वितीय है।

उपनिषदों की रचना भी एक समय में नहीं हुई है। ये शताब्दियों की रचना प्रक्रिया तथा गहन-चिंतन का परिणाम हैं। **मैक्समूलर** ने इनका रचनाकाल ब्राह्मण ग्रंथों की रचना से 200 वर्ष बाद का माना है। ब्राह्मणग्रंथों का रचनाकाल उनके मत से 800-600 ई. पू. का है, तो उपनिषदों का रचनाकाल 600-400 ई. पू. का निश्चित होता है। अन्य विद्वानों के मत में उपनिषदों की रचना महात्मा बुद्ध से पहले हो चुकी थी।

उपनिषदों की भाषा-शैली

लगभग सभी उपनिषदों की भाषा प्रायः गद्यात्मक है। केवल ईश, कठ, मुंडक और श्वेताश्वतर पद्यात्मक हैं। गद्यात्मक उपनिषदों में आख्यानों द्वारा विषय को पुष्ट किया गया है। संवादों तथा प्रश्नोत्तरों के द्वारा परिचर्चा को आगे बढ़ाया जाता है। आचार्य शिष्य की शंकाओं का समाधान करता हुआ सिद्धांत समझाता है। कठोपनिषद् में यम-नचिकेता आख्यान है, तो बृहदारण्यक में राजा जनक की सभा और ऋषि याज्ञवल्क्य के प्रश्नोत्तर हैं। गार्गी तथा याज्ञवल्क्य के संवादों में भी तत्त्वज्ञान प्रकट होता है। याज्ञवल्क्य का अपनी विदुषी पत्नी मैत्रेयी से संवाद मनुष्य के मन में भौतिक धन-वैभव के प्रति सहजभाव से वैराग्य उत्पन्न करता है और अमरत्व की खोज में उसकी जिज्ञासा को जगाता है। इसी प्रकार छांदोग्य उपनिषद् में भी श्वेतकेतु, आरुणि, सत्यकाम, जाबाल, उद्दालकादि के आख्यानों में गूढ़ दार्शनिक दृश्यों को प्रकट किया गया है।

उपनिषदों की विषयवस्तु

मनुष्य के मन में प्रारंभ से सृष्टि के आदि और अंत को जानने की इच्छा विद्यमान रही है। परंतु सृष्टि एक ऐसी पुरानी पांडुलिपि की तरह है, जिसके पहले और अंतिम पृष्ठ खो गए हैं, अतः इन दोनों को जानना संभव नहीं है। परंतु मनुष्य के कोष में, विशेषकर जिज्ञासु मनुष्य के कोष में 'असंभव' शब्द होता ही नहीं, अतः वह चिंतन की प्रक्रियाओं से गुज़रता हुआ सृष्टि क्या है? कैसे बनी? स्रष्टा कौन है? वह स्वयं कौन है? ऐसे प्रश्नों के उत्तर ढूंढ़ने की कोशिश करता ही रहता है। उपनिषदों में इसी प्रकार का गहन चिंतन उपलब्ध है। श्वेताश्वतरोपनिषद्

के आरंभ में ब्रह्मवेत्ता ऋषियों के सम्मुख जो प्रश्न रखे गए हैं, वे कुछ इसी प्रकार के हैं :

किं कारणं ब्रह्म कुतः स्म जाता
जीवाम केन क्व च सम्प्रतिष्ठाः।
अधिष्ठिताः केन सुखेतरेषु
वर्तामहे ब्रह्मविदो व्यवस्थाम् ॥

(श्वेताश्वतर 1.1)

अर्थात् 'क्या जगत् का कारण ब्रह्म है? हम कहां से उत्पन्न हुए हैं? किस उद्देश्य से हम जीवित रहते हैं और हमारे जीवन का आधार क्या है? किसके नियंत्रण में हम सुखों और दुःखों के मध्य जीवन की विशेष व्यवस्था में रहते हैं?' इसी प्रकार केनोपनिषद् में भी जिज्ञासाएं हैं कि 'किसके द्वारा संचालित और प्रेरित होकर अपने अभीष्ट विषय की ओर जाता है? किसके द्वारा नियुक्त किया हुआ प्रथम प्राण चलता है? किसके द्वारा संचालित इस वाणी को मनुष्य बोलते हैं? निश्चित ही कौन देव, आंख, कान आदि इंद्रियों को उनके विषयों में नियुक्त करता है'?

(केनोपनिषद् 1.1)

देखने में सब क्रियाएं अत्यंत सहज प्रतीत होती हैं, परंतु उपनिषदों की दार्शनिक दृष्टि में जीवन की प्रत्येक क्रिया, समस्त जीवन एक प्रश्न है। यह समस्त संसार और समस्त जीवन एक विशाल वट-वृक्ष के समान है। इसकी शाखाएं, प्रशाखाएं असंख्य हैं और वे सूक्ष्म से सूक्ष्मतम होती चली गई हैं। वे नीचे की ओर बढ़ती दिखाई देती हैं, पर इसका मूलाधार कहीं नीचे नहीं दिखाई देता है। इसीलिए ऊपर कहीं दूर इसके मूल की कल्पना की गई है। यह संसार-वृक्ष अत्यंत प्राचीन है व शाश्वत है। इसका जो मूल है, उसी का शक्ति-स्वरूप ब्रह्म कहा जाता है। उसे ही अमृत कहते हैं। उसी पर सभी लोक आश्रित हैं, कोई भी उसका अतिक्रमण नहीं कर सकता *(कठोपनिषद् 2.3)*।

उपनिषदों के दर्शन में एक परमतत्त्व की व्याख्या है : जो कुछ भी इस परिवर्तनशील संसार में स्थावर अथवा जंगम है, वह सब उस परमशासक के द्वारा व्याप्त है :

'ईशावास्यमिदं सर्वं यत् किञ्च जगत्यां जगत्'

(ईशोपनिषद् 1.1)

इसी सत्ता को 'ब्रह्म' की संज्ञा मिलती है। मनीषियों ने ध्यानयोग से एक देवात्मशक्ति का अवलोकन किया, जो समस्त संसार को नियंत्रित करती है–

ते ध्यानयोगानुगता अपश्यन्
देवात्मशक्तिं स्वगुणैर्निगूढाम् ॥

(श्वेताश्वतरोपनिषद् 1.3)

अर्थात् 'उन्होंने ध्यान के योग से अपने ही गुणों से व्याप्त एक देवात्मकशक्ति को देखा।' इसी शक्ति को **सत् चित् आनंद** भी कहा गया। यह परमशक्ति नित्य, शुद्ध, अजर, अमर, सनातन मानी गई। ब्रह्म के स्वरूप का वर्णन अनेक प्रकार से किया गया है। ईशोपनिषद् में उसे परम तेजस्वी, शरीर-रहित, अव्रण, शिराओं से रहित, शुद्ध, पाप-पुण्य से रहित, सर्वद्रष्टा, मनीषी, सर्वत्र विद्यमान, स्वयंभू तथा अनादिकाल से प्राणियों के कर्मानुसार समस्त पदार्थों की रचना करने वाला परम तत्त्व बतलाया गया है *(ईशोपनिषद् 8)*। बृहदारण्योपनिषद् में भी कहा गया है कि न वह स्थूल है, न सूक्ष्म है, न लघु, न गुरु। उसमें न रस है, न गंध। उसके न आंख हैं, न कान। वह नित्य है *(बृहदारण्योपनिषद् 3.8.8-11)*। मुंडकोपनिषद् (1.6) में भी उसे 'अप्रेक्ष्य, अग्राह्य, गोत्ररहित, वर्णरहित, चक्षुरहित, श्रोत्ररहित और हाथ-पैरों से रहित कहा गया है। जो नित्य, सर्वव्यापी, सबमें विद्यमान, अत्यंत सूक्ष्म और अविनाशी है, वह समस्त प्राणियों का कारण है। ज्ञानीजन उसे सर्वत्र देखते हैं।'

कठोपनिषद् में ब्रह्म को परस्पर विरोधी गुणों से युक्त बताया गया है। वह अणु से भी सूक्ष्म और महान् से भी महान् कहा गया है–**अणोरणीयान् महतो महीयान्**। ईशोपनिषद् में कहा गया है कि वह जाता है, वह नहीं जाता, वह दूर है, पास है, वह सबके अंदर है और वही सबके बाहर है :

तदेजति तन्नैजति तद् दूरे तद्वदन्तिके।
तदन्तरस्य सर्वस्य तदु सर्वस्यास्य बाह्यतः॥ *(ईशोपनिषद् 5)*

यह ब्रह्म ही समस्त संसार का मूलभूत कारण है। वह इस संसार का निमित्त और उपादान दोनों का कारण है :

यथोर्णनाभिः सृजते गृह्णते च
यथा पृथिव्यामोषधयः संभवन्ति।
यथा सतः पुरुषात्केशलोमानि
तथाक्षरात् संभवतीह विश्वम् ॥ *(मुंडकोपनिषद् 1.7)*

अर्थात् 'जिस प्रकार मकड़ी जाला बनाती है और स्वयं उसे ग्रहण कर लेती है, जिस प्रकार पृथ्वी पर औषधियां उत्पन्न होती हैं, जिस प्रकार जीवित

मनुष्य के बाल और रोएं उत्पन्न होते हैं, उसी प्रकार उस अविनाशी ब्रह्म से सब कुछ उत्पन्न होता है।' इसी उपनिषद् (2.1.1) में एक और स्थान पर कहा गया है कि 'जिस प्रकार अग्नि से अंगारे उत्पन्न होते हैं और उसी में विलीन हो जाते हैं, उसी प्रकार ब्रह्म से यह संसार उत्पन्न होता है और उसी में विलीन हो जाता है।'

यह परमात्मा प्रत्येक सूक्ष्मतम और बृहत्तम शरीर में विद्यमान है। इसीलिए छांदोग्य-उपनिषद् में आचार्य अपने शिष्य श्वेतकेतु को उपदेश देते हैं : **'तू वह है' (तत्त्वमसि)** अर्थात् सभी प्राणियों की जीवात्मा वास्तव में वही परब्रह्म है। बृहदारण्यकोपनिषद् में **मैं ब्रह्म हूं (अहं ब्रह्मास्मि)** कहकर व्यक्त किया गया है। जीवात्मा और ब्रह्म की एकात्मकता का आधार भी यहां चर्चित हुआ है। ब्रह्म अपने आपको विश्वरूप में परिणत करता है। आरंभ में सृष्टि से पूर्व अकेला एक ब्रह्म ही था। वही अपनी इच्छा से अनेक हो गया, बहुरूप हो गया और बहुरूप होकर उसने इन लोगों की सृष्टि की।'

मानवजीवन का चरमउद्देश्य विश्वात्मा से जीवात्मा का संबंध समझना तथा उसके महत्त्व को स्वीकार कर व्यवहार करना होना चाहिए। **'आत्मानं विद्धि'**– आत्मा को जानो – अपनी विशेषताओं को, शक्तियों को समझो। आत्मा-परमात्मा के ज्ञान को उपलब्ध होकर मनुष्य शाश्वत दिव्यआनंद प्राप्त करता है। आत्मज्ञान के प्रसंग में मनुष्य की चार अवस्थाओं का वर्णन और विश्लेषण भी उपनिषदों में हुआ है। प्रथम अवस्था है– जाग्रतअवस्था, जिसमें मनुष्य शारीरिक उपभोग, सुख-दुःख, हर्ष-क्रोध में लीन रहता है। यह पशुजीवन की अवस्था है, जिसे बहिर्मुखी कहा जा सकता है। द्वितीय अवस्था 'स्वप्न' की अवस्था है, जहां मनुष्य, अपेक्षाकृत अंतर्मुखी होता है। तृतीय अवस्था 'सुषुप्तावस्था' है। इस स्थिति में न विषय की कामना रहती है, न कोई स्वप्न मात्र आनंद की अनुभूति होती है। परंतु चरमावस्था है 'तुरीयावस्था'। यहां पहुंचकर जगत् के सब प्रपंच शांत हो जाते हैं, द्वैत समाप्त हो जाता है, 'अद्वैत' की स्थिति सिद्ध होती है और परमशांति की प्राप्ति होती है। इसी 'अद्वैत' पर भारतीय-दर्शन के बहुत से सिद्धांत आधारित हैं। शंकराचार्य ने अपने 'अद्वैत दर्शन' के वेदांती सिद्धांत को यहीं से ग्रहण किया था। यह अद्वैतवाद मानव-मानव में ही नहीं, प्राणिमात्र में एक ही आत्मतत्त्व के दर्शन करता है। इसी दर्शन से तो विश्वबंधुत्त्व की भावना को जन्म मिलता है। इसकी अनुभूति से कोई अपना-पराया नहीं रहता। सब आत्मवत् हो जाते हैं। जब इस तरह एकत्व की स्थिति आ जाती है, तो इस स्थिति को प्राप्त करने वाले के लिए

कोई मोह, कोई शोक नहीं रहता। वह किसी से घृणा नहीं करता, सबको अपने जैसा तथा अपनी आत्मा को सब प्राणियों में देखता है :

यस्तु सर्वाणि भूतान्यात्मन्येवानुपश्यति।
सर्वभूतेषु चात्मानं ततो न विजिगुप्सते ॥

(ईशोपनिषद् 6)

आधुनिक युग में जो भेदभाव और शत्रुता की प्रवृत्तियां बढ़ रही हैं, उनको उपनिषदों का यह सिद्धांत समाप्त कर सकता है। वास्तव में हिंसा तथा आतंक से भरे इस विश्व में 'शांति प्राप्ति' की इच्छा जन्म ले रही है। यही कारण है कि संयुक्त राष्ट्रसंघ ने नई सहस्राब्दी के प्रथम वर्ष को 'शांति की संस्कृति' का वर्ष घोषित किया है। उपनिषदों की ओर लौटें तभी शांति पा सकेंगे व तभी जर्मन विद्वान् शोपनहॉवर के शब्दों में कह सकेंगे–

'उपनिषदों ने मुझे जीवन में शांति दी है और वे ही मुझे मृत्यु में भी शांति प्रदान करेंगे।'

उपनिषदों में जीवन के रहस्यवाद के साथ-साथ कर्मों की उपयोगिता पर भी जोर दिया गया है। ब्रह्मरूपी मंजिल तक पहुंचने के लिए कर्मरूपी सीढ़ी का प्रयोग करना पड़ता है। कर्म से ही मनुष्य की चित्तशुद्धि होती है। यज्ञ भी कर्म के अंतर्गत ही आता है। यज्ञ मनुष्य के अहंभाव को विनष्ट करता है। दान से लोभ-प्रवृत्ति पर अंकुश रहता है। पितृयज्ञ, देवयज्ञ, मातृयज्ञ, अतिथियज्ञ करने से पारिवारिक व सामाजिक जीवन में सौख्य रहता है। कर्म पर ही पुनर्जन्म का सिद्धांत आधारित है। अपने द्वारा किए गए कर्मों के अनुसार ही नए शरीर मिलते हैं। शुभकर्म सुख तथा अशुभ कर्म दुःख देते हैं। 'मोक्ष' की अवस्था सुख-दुःख से अतीत होती है। आत्मज्ञान से मानव कर्म-बंधनों से जन्म-मरण के कष्टों से मुक्त हो जाता है। परंतु इसका अर्थ यह नहीं कि उपनिषद् पलायन का मार्ग सुझाते हैं। इस संसार में रहते हुए ही मानव-शरीर के माध्यम से 'परमश्रेयस्' को साधा जा सकता है।

ध्यान, तप, ज्ञान-भक्ति आदि साधना के विभिन्न मार्ग हैं। अलग-अलग उपनिषदों में इनका विवेचन हुआ है। साधना के मार्ग में चलते हुए मनुष्य के भीतर भौतिक गुणों का विकास स्वयमेव होता है। उपनिषद् 'सत्य' को तो 'ब्रह्म का आयतन' (घर) ही कहते हैं। मुंडकोपनिषद् के 3/1/6 में कहा गया है–

'सत्यमेव जयते नानृतम्।'

अर्थात् 'सत्य ही विजयी होता है, अनृत नहीं।' इंद्रियसंयम और मन का निग्रह मनुष्य को उसके अभीष्ट तक पहुंचा सकता है। 'बल' की भी उपयोगिता है, क्योंकि बलहीन के द्वारा आत्मा की प्राप्ति नहीं हो सकती–

'नायमात्मा बलहीनेन लभ्यः।'

ब्रह्मज्ञान के अन्यतम साधन के रूप में प्रणव की उपासना अथवा ओउम् (ॐ) की उपासना भी बताई गई। यह 'ओम्' ब्रह्म का सूक्ष्म प्रतीक है। अ उ म् ये अक्षर मनुष्य द्वारा उच्चरित सभी ध्वनियों का प्रतिध्वनिधित्व करते हैं। 'अ' सभी कंठ्य ध्वनियों का, 'उ' मुख के अन्य अवयवों से उच्चारित ध्वनियों का प्रतिनिधित्व करते हैं। 'म्' के उच्चारण में ओष्ठ बंद हो जाते हैं अर्थात् इससे आगे और कोई ध्वनि मनुष्य द्वारा उच्चारणीय नहीं है। इस प्रकार से 'ओम्' शब्दब्रह्म है। आधुनिक वैज्ञानिक भी 'शब्द' की शक्ति को, महत्ता को मानते हैं। प्रयोगों द्वारा सिद्ध किया गया है कि 'ओम्' प्राकृतिक ध्वनि है। यह अनादिकाल से है तथा अनंतकाल तक रहेगी। इस 'ध्वनि' पर ध्यान एकाग्र करने से मन शीघ्र शांत हो जाता है।

इस प्रकार से उपनिषदों में भारतीयचिंतन का सार प्राप्त होता है। इसीलिए 'वेदांत' (वेद का अंत या सार) की संज्ञा भी उन्हें ही दी जाती है। विश्वभर के वैज्ञानिकों ने उपनिषदों से प्रेरणा पाई है तथा अपने चिंतन का विकास किया है।

वेदाङ्ग

'वेदाङ्ग' शब्द का अर्थ है, वेद के अङ्ग– **वेदस्य अङ्गानि**। वेदों को ठीक-ठीक समझने के लिए तथा उनके अनुरूप कार्यकलाप के संचालन के निमित्त वेदांगों की रचना हुई। ये वे साधन थे, जिनके माध्यम से वेदों का वास्तविक अर्थ-ज्ञान, उनकी व्याख्या एवं यज्ञादि अनुष्ठानों में उनके प्रयोग और विनियोग का ज्ञान होता है। वेदांगों का विभाजन मुंडकोपनिषद् में अपराविद्या के अंतर्गत किया गया है।

वेदाङ्ग की संख्या

वेदाङ्ग छह हैं– 1. शिक्षा, 2. कल्प, 3. व्याकरण, 4. छंद, 5. ज्योतिष तथा 6. निरुक्त।

1. शिक्षा : शिक्षा का उद्देश्य है– वर्णोच्चारण की शिक्षा देना। किस वर्ण का किस स्थान और किस प्रयत्न से उच्चारण होना चाहिए? स्वरयोजना के विषय

में उदात्त, अनुदात्त और स्वरित्त स्वरों का सही उच्चारण कैसे हो? यह इन ग्रंथों में बताया गया है। मंत्रों का उच्चारण यज्ञ के अंतर्गत किया जाता था। अनुचित उच्चारण से अनर्थ होता है, ऐसी धारणा प्रचलित थी। इन सब नियमों का उल्लेख 'प्रातिशाख्य' ग्रंथों में है। वेदों की प्रत्येक शाखा से संबद्ध ये ग्रंथ शौनकरचित (ऋक् प्रातिशाख्य), कात्यायनरचित (शुक्लयजुर्वेद प्रातिशाख्य) हैं।

2. कल्प : 'कल्प' का अर्थ होता है, याग-विधियों का समर्थन और प्रतिपादन। संपूर्ण वैदिककर्मकांड के विस्तार को कल्पसूत्रों के रूप में सूत्रबद्ध कर दिया गया है। ये चार प्रकार के हैं– श्रौतसूत्र, गृह्यसूत्र, धर्मसूत्र और शुल्वसूत्र।

क. श्रौतसूत्र– इनमें श्रौतयागों का वर्णन है, जिसके अंतर्गत दर्श-पौर्णमास, सोमयाग, वाजपेय, राजसूय आदि आते हैं। प्रत्येक वेद के अलग-अलग श्रौतसूत्र हैं।

ख. गृह्यसूत्र– ये वे सूत्र हैं, जिनमें गृह्याग्निसाध्य यज्ञों, विवाहसंस्कारों और शालानिर्माण तथा कृषिकर्मों का विधान है। इनमें प्रायः 16 संस्कारों, 5 महायज्ञों, 7 पाकयज्ञों, गृहनिर्माण, गृहप्रवेश, पशुपालन, रोगनाश विधियों का विवरण है। ये भी वेदों की शाखानुसार पृथक्-पृथक् हैं।

ग. धर्मसूत्र– में नीतिधर्म, रीति, प्रथाओं, चारों वर्णों और चारों आश्रमों के कर्त्तव्यों और सामाजिक व्यवहारोपयोगी नियमों का विवरण है। धर्मसूत्र भी विभिन्न वेदों से संबद्ध हैं।

घ. शुल्वसूत्र– में यज्ञवेदी के निर्माण से संबद्ध नाप तथा वेदी निर्माण के नियमों व सिद्धांतों का वर्णन है। भारतीय ज्यामिति के विकास का इतिहास इन ग्रंथों के अनुशीलन से जाना जा सकता है।

वेदों के क्रम से कल्पसूत्र निम्नलिखित हैं :

ऋग्वेदीय कल्पसूत्र : आश्वलायन और शांखायन श्रौतसूत्र, आश्वलायन और कौषीतकि गृह्यसूत्र, वसिष्ठ और विष्णुधर्मसूत्र।

यजुर्वेदीय कल्पसूत्र : कात्यायन, बौधायन, आपस्तम्ब, हिरण्यकेशी, वैखानस, भारद्वाज, मानव और वराह श्रौतसूत्र। पारस्कर, बौधायन, आपस्तम्ब, हिरण्यकेशी, भारद्वाज, मानव और काठक गृह्यसूत्र। हारीतशंख, बौधायन, आपस्तम्ब तथा हिरण्यकेशी धर्मसूत्र। कात्यायन, बौधायन, आपस्तम्ब और मानव शुल्वसूत्र।

सामवेदीय कल्पसूत्र : आर्षेय, लाट्यायन, द्राह्यायण, जैमिनीय श्रौतसूत्र। द्राह्यायण, गोभिल, खादिर और जैमिनीय गृह्यसूत्र, गौतम धर्मसूत्र।

अथर्ववेदीय कल्पसूत्र : वैतानश्रौतसूत्र। कौशिक गृह्यसूत्र।

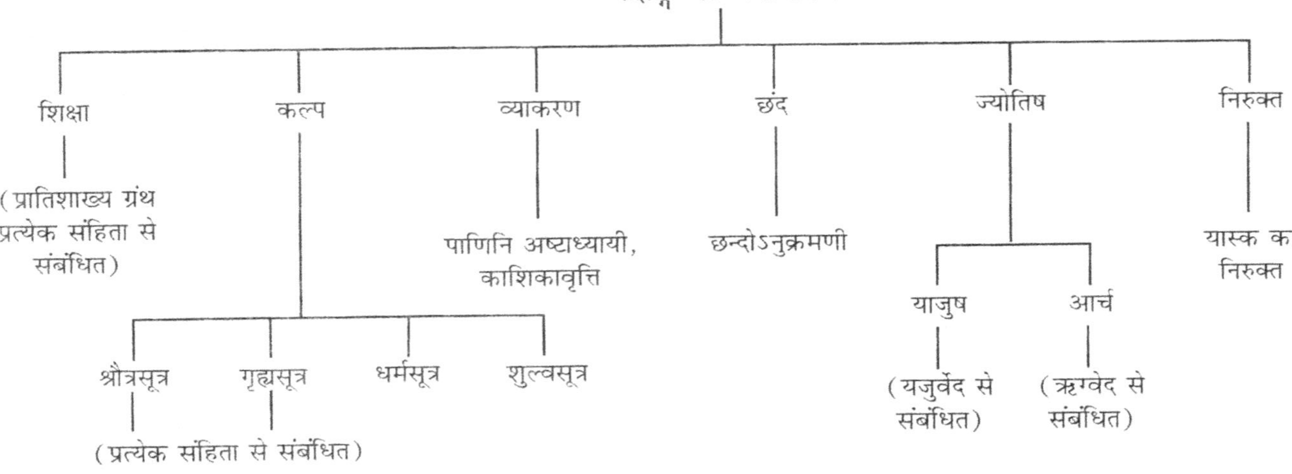
वेदाङ्ग का वर्गीकरण
शिक्षा
(प्रातिशाख्य ग्रंथ प्रत्येक संहिता से संबंधित)
कल्प
श्रौत्रसूत्र
गृह्यसूत्र
धर्मसूत्र
शुल्वसूत्र
(प्रत्येक संहिता से संबंधित)
व्याकरण
पाणिनि अष्टाध्यायी, काशिकावृत्ति
छंद
छन्दोऽनुक्रमणी
ज्योतिष
याजुष
(यजुर्वेद से संबंधित)
आर्च
(ऋग्वेद से संबंधित)
निरुक्त
यास्क का निरुक्त

कल्पसूत्रों की यह विशाल परंपरा अपने भीतर अथाह ज्ञान संपदा संजोए हुए है तथा इसका प्रतीक है कि वेद अनंत हैं।

3. **व्याकरण** : व्याकरण को वेद के अर्थज्ञान की दृष्टि से महत्त्वपूर्ण स्थान प्राप्त है। व्याकरण में शब्दों, उनके अर्थों तथा वाक्य और वाक्यार्थ की अभिव्यक्ति के बारे में विचार किया जाता है। व्याकरण से शब्दों की धातु तथा प्रत्यय आदि के विषय में भी ज्ञान होता है। व्याकरण का प्राचीन रूप ब्राह्मण-ग्रंथों में मिलता है, जहां शब्दों की निरुक्तियां या व्युत्पत्तियां दी गई हैं। व्याकरण का पूर्ण और सुव्यवस्थित रूप तो पाणिनि ने ही 'अष्टाध्यायी' के रूप में प्रस्तुत किया था, परंतु उनसे पूर्व भी व्याकरणग्रंथों की एक सुदीर्घ परंपरा विद्यमान थी। पाणिनि ने लौकिक और वैदिक दोनों व्याकरणों के नियमों का प्रणयन किया है। पाणिनीय व्याकरण का ही आगे जाकर कात्यायन, पतंजलि, काशिकाकार आदि ने विकास किया।

4. **छंद** : वैदिकमंत्रों के विशुद्ध उच्चारण के लिए छंदों का ज्ञान नितांत आवश्यक है। वेद अधिकांशतः छंदोबद्ध हैं। प्रमुख छंदों का नामोल्लेख तो संहिताओं और ब्राह्मणों में ही प्राप्त है, किंतु छंदों का प्रतिनिधि ग्रंथ पिंगलाचार्यकृत 'छंदःसूत्र' है। 'छंद' का इतना अधिक महत्त्व था कि वेदों के लिए बाद में 'छंदस्' शब्द का ही प्रयोग होने लगा था। पाणिनि ने अष्टाध्यायी में बहुत बार **बहुलं छंदसि** का प्रयोग किया है। वैदिक छंद केवल अक्षर-गणना पर आधृत है। गुरु, लघु की गणना का झंझट यहां नहीं है। प्रातिशाख्यों, निरुक्त या शांखायन श्रौतसूत्रों में तथा कात्यायन की छंदोऽनुक्रमणियों में छंदविषयक ज्ञान संचित है।

5. **ज्योतिष** : वैदिक यज्ञों के संपादनार्थ शुभमुहूर्त निर्धारित करने के लिए वेदाङ्ग ज्योतिष की आवश्यकता मानी जाती है। इस विषय में आचार्य **लगधकृत** एक ग्रंथ है, जिसका नाम है– **वेदाङ्गज्योतिष**। इसके दो भाग हैं, (1) याजुष् ज्योतिष तथा (2) आर्च ज्योतिष। 27 नक्षत्रों के आधार पर यहां गणनाएं की गई हैं। सौर तथा चांद्रमासों का वर्णन है। यज्ञीय कार्यों के लिए चांद्रमास ही मुख्य माना जाता था।

6. **निरुक्त** : वैदिक शब्दों के निर्वचन के लिए वेदाङ्ग निरुक्त की अपेक्षा होती है। वेदार्थ ज्ञान के लिए वस्तुतः निरुक्त ही एक प्रामाणिक साधन है। निरुक्त की परंपरा ब्राह्मणग्रंथों के काल से ही प्रचलन में थी। वेदभाष्यकारों ने वेदव्याख्या में निरुक्त का तथा निरुक्त की पद्धति का अपने-अपने उद्देश्य के लिए खूब प्रयोग किया है। निरुक्तग्रंथ भी संख्या में बहुत थे, परंतु सम्प्रति केवल महर्षि यास्ककृत निरुक्त ही एकमात्र निरुक्त है। इनका काल प्रायः

ईसापूर्व आठवीं शताब्दी माना जाता है। निरुक्त का आधार 'निघंटु' नाम का वैदिक शब्दसंग्रह है। निरुक्त के प्रथम दो अध्यायों में भाषा के प्रमुख विभाजन, नाम तथा आख्यात (क्रिया) की परिभाषा, सभी संज्ञापदों की क्रिया-मूलकता, मंत्रों की सार्थकता, निरुक्त का महत्त्व और उसके प्रयोजन, निर्वचन की सावधानियां, शास्त्र का अधिकारी, निर्वचन की पद्धति आदि महत्त्वपूर्ण विषयों का तर्कपूर्ण विवेचन किया गया है। इसके पश्चात् क्रमशः निघंटु के क्रम से प्रमुख प्रतिनिधि शब्दों के निर्वचन दिए गए हैं तथा उनकी पुष्टि में वैदिकमंत्र उद्धृत किए गये हैं। फिर उद्धृत मंत्रों की व्याख्या की गई है और उस व्याख्या के प्रसंग में भी कठिन तथा महत्त्वपूर्ण शब्दों के निर्वचन दिए गए हैं। वेदाध्ययन की प्रक्रिया में देवताज्ञान अत्यंत आवश्यक है। निरुक्त के सप्तम अध्याय से आगे का अधिक भाग देवताओं को समर्पित है। सप्तम अध्याय के आंरभ में देवता-विषयक सामान्य विवेचन है, जिसमें देवताओं का आकार, उनकी संख्या, उनके द्वारा मंत्रविशेष का अधिष्ठित होना जैसे सैद्धांतिक प्रश्न उठाए गए हैं। पृथ्वीस्थानीय, अंतरिक्षस्थानीय तथा द्युस्थानीय क्रम से देवताओं के नामों के निर्वचन देकर व्याख्याएं की गई हैं।

निर्वचन वास्तव में व्याख्या ही है। इसके द्वारा किसी शब्द के मूल तक पहुंचने का प्रयत्न किया जाता है और उसके आधार पर उस शब्द का प्रचलित अर्थ स्पष्ट किया जाता है। वेद शब्द चिरप्राचीन ग्रंथ की भाषा समझने के लिए यह एक उपयोगी पद्धति है। वेदार्थ की मूलभावना तक इसके माध्यम से पहुंचा जा सकता है। भाषा-वैज्ञानिक दृष्टि से भी निरुक्त महत्त्वपूर्ण है। अर्थज्ञान का शास्त्र होने के साथ-साथ निरुक्त शब्दों के विकास संबंधी मूल सिद्धांत बताने में सहयोग करता है। प्रादेशिक तथा कालगत भाषासंबंधी भेदों का निर्देश भी यहां किया गया है।

इस प्रकार से वेदाङ्ग वेदों की अर्थप्रक्रिया को समझने में सहायक सिद्ध होते हैं। प्राचीनकाल में ब्राह्मणों के लिए वेद और वेदाङ्ग दोनों का ही अध्ययन करना अनिवार्य माना जाता था। आधुनिक युग में भी वेद का अध्ययन करने वालों के लिए वेदाङ्गों की उपयोगिता कम नहीं हुई है। विशेषकर निरुक्त (एटीमोलॉजी) वेदव्याख्या के प्रसंग में बहुत महत्त्वपूर्ण है।

* * *

सप्तम अध्याय

वेदों के मुख्य प्रतीक

प्रतीक का अर्थ

वेद भारतीयसंस्कृति के मूल ग्रंथ हैं, अतः भारतीयसंस्कृति के बहुत से प्रतीक, जो हमारी पूजा, उपासना के अंग बन गए हैं, उनका मूल भी वेदों में निहित है। मनोविज्ञान की शब्दावली में 'प्रतीक' वह है, जो अपने से भिन्न किसी वस्तु या क्रिया का प्रतिनिधित्व करता है तथा उसका स्थानापन्न होता है। साहित्य में भी 'प्रतीक' की यही परिभाषा मान्य है। वास्तव में साहित्यकार या कवि अपने भावों या विचारों को अभिव्यक्त करने के लिए अकसर 'प्रतीकों' को चुनता है। प्रतीकों के माध्यम से उसे अपनी बात कहने में सरलता होती है। प्रायः हर कवि के अपने कुछ प्रिय 'प्रतीक' होते हैं, जिनका बार-बार प्रयोग कर कवि अपने 'कथ्य' को प्रभावात्मक बनाता है। ये 'प्रतीक' पहले से प्रचलित भी हो सकते हैं अथवा कवि द्वारा अपने सामाजिक-प्राकृतिक परिवेश से स्वयं आविष्कृत भी किए जा सकते हैं।

वैदिकसंहिताएं 'परमकवि' की काव्यरचनाएं मानी जाती हैं, जैसा कि वेद में स्वयं कहा है– **पश्य देवस्य काव्यम्** *(अथर्ववेद 10.8.32)*। ऋषियों को भी मंत्रों का रचनाकार माना जाने लगा है। इन वैदिककवियों ने और ऋषियों ने अपनी बात को बहुत बार प्रतीकात्मक रूप से कहा है। यही कारण है, वेदों की व्याख्या पद्धतियों में प्रतीकात्मक-पद्धति का अपना महत्त्व है। कई विद्वानों का विचार है कि वास्तव में संपूर्ण वेद प्रतीकात्मक शैली में रचे गए हैं। यूं तो प्रायः सभी व्याख्याकारों ने वैदिक-प्रतीकों की ओर संकेत किया है, परंतु श्री अरविंद ने विशेष रूप से इस शैली की महत्ता स्थापित की है। उनका मानना है कि वेदमंत्रों का अध्ययन यदि श्रद्धा व भक्ति से किया जाए, तो

1. 'वेद-रहस्य' (I, II) अरविंद

अर्थ स्वयं स्पष्ट हो जाते हैं। अनेक वैदिकशब्दों के प्रतीकार्थ वेदों में से ही ढूंढ़कर उन्होंने सच में **'वेद रहस्य'**[1] के द्वार उद्घाटित कर दिए हैं।

वास्तव में 'प्रतीक' का बहुत व्यापक अर्थ होता है। यदि उस अर्थ को समझ सकें, तो भाषा या साहित्य ही नहीं, अपितु समग्र संस्कृति 'प्रतीकात्मक' लगेगी अथवा प्रतीकों पर आधृत प्रतीत होगी। भारतीय संस्कृति की बात करें, तो यहां अनेक प्रतीक हैं, जो चिरकाल से हमारी श्रद्धा-उपासना का आधार बने हुए हैं। ये प्रतीक देवनाम, वनस्पतिजगत् या पशुजगत् सभी से ग्रहण किए गए हैं। ऐसे सांस्कृतिक प्रतीकों की गणना करने बैठें तो शायद एक बड़ा 'कोश' ही बन जाएगा।

चित्रकला में रेखाओं के माध्यम से प्रतीक अभिव्यक्त होते हैं। ऐसे प्रतीकों में विशेषतः पशुजगत् तथा वनस्पतिजगत् से लिये गए प्रतीक होते हैं। मोहनजोदड़ो और सिंधुघाटी की सभ्यता के अवशेषों में प्राप्त मुद्राओं आदि में पीपल, सूर्य व चक्र जैसे प्रतीक मिले हैं। मध्यप्रदेश के गुफाचित्रों में अंकित, 'स्वस्तिक' प्रतीकोपासना की प्राचीनता को सिद्ध करते हैं। 'ओम्' धार्मिक व दार्शनिक प्रतीक है, जो शिलालेखों में विभिन्न शैलियों में अंकित मिलता है।

प्रतीकों का संसार बड़ा विचित्र है। अधिकतर 'प्रतीक' मानव के अनुभवों से उद्भूत होते हैं और मूलप्रकृति के उपादान या तत्त्व ही होते हैं। वैदिककाल में ऋषि, प्रकृति के सान्निध्य में ही रहते थे, अतः उनके 'प्रतीक' प्रायः यहीं से उपजे हैं। यहां यह भी याद रखना होगा कि जैसे श्रेष्ठ कवि सार्वजनीन तथा सार्वभौमिक होते हैं, वैसे ही उनका काव्य उनके प्रतीक भी सार्वजनीन और सार्वभौमिक होते हैं।

मुख्य प्रतीक

वैदिककवि के द्वारा स्तुत प्रायः सभी 'देव' किसी-न-किसी तत्त्व के प्रतीक हैं। यही नहीं, उनके द्वारा आविष्कृत 'यज्ञ' भी एक सुंदर सार्थक प्रतीक से कम नहीं है। यहां सभी प्रतीकों का अध्ययन करना संभव नहीं है, कुछ मुख्य प्रतीकों के अर्थ संक्षेप में प्रस्तुत हैं :

प्रकाश और अंधकार

भारतीयसंस्कृति में आज तक एक जाने-माने प्रतीक हैं। हर रात अंधकार को तथा हर सुबह प्रकाश को हम देखते, अनुभव करते हैं। प्रकृति की यह रोज घटित होने वाली साधारण घटना हमारी 'आशा-निराशा' की अभिव्यक्ति बन जाती है, हमारे 'ज्ञान-अज्ञान' की प्रतीक बन जाती है। ऋग्वेद में भी 'प्रकाश'

(ज्योतिष) और 'अंधकार' (तमस्) ज्ञान-अज्ञान के प्रतीक हैं। इसलिए जब ऋग्वेद का ऋषि कहता है–

'ज्योतिषा बाधते तमः'

(सूर्य) 'ज्योति से तम दूर करता है', तब वहां भौतिक अंधकार की बात स्थूल रूप में तो होती है, पर संकेत सूक्ष्म की ओर होता है। उपनिषद् इसी को दार्शनिक शब्दावली कहते हैं :

असतो मा सद्गमय
तमसो मा ज्योतिर्गमय
मृत्योर्मा अमृतं गमय।

अर्थात् 'तमस् असत् है, मृत्यु है। ज्योति सत् है और अमृत है।' 'प्रकाश' के प्रति इतनी गहरी आसक्ति है, वैदिककवि को कि 'सूर्य' की विभिन्न रूपों में वह स्तुति करता है, उससे 'प्रकाश' का वरदान मांगने के लिए। यही नहीं, **अग्नि** की उपासना के भीतर भी 'प्रकाश' की उपासना ही निहित है। वास्तव में सभी **देव** भी तो (दिव्-चमकना से) प्रकाश से उत्पन्न हुए हैं।

यज्ञ

जब देवताओं की बात की जाती है, तो स्वभावतः 'यज्ञ' की याद आती है। श्री अरविंद का कहना है– 'हमें वैदिक 'यज्ञ' को प्रतीक रूप में स्वीकार करना चाहिए। गीता में हम पाते हैं कि 'यज्ञ' का प्रयोग उन सभी कर्मों के प्रतीक के रूप में किया गया है, चाहे वे अंतर हों चाहे बाह्य, जो देवों या ब्रह्म को समर्पित किए जाते हैं।' इस शब्द का यह प्रतीकात्मक अर्थ वैदिक विचार में पहले से अंतर्निहित है। ऋग्वेद में 'यज्ञ' से ही संसार की उत्पत्ति मानी गई है तथा उसे ही प्रथम धर्म भी माना गया है–

'यज्ञेन यज्ञमयजन्त देवास्तानि धर्माणि प्रथमान्यासन् ॥'

(ऋग्वेद 10.90.16)

और यह प्रथम धर्म हमारी संस्कृति में, समाज में, धार्मिक विधि-विधान में, व्यक्तिगत, पारिवारिक और सामाजिक अनुष्ठानों में आज भी किसी-न-किसी रूप में आयोजित होता है। मनुस्मृति में 'ब्रह्मयज्ञ', 'पितृयज्ञ', 'देवयज्ञ', 'भूतयज्ञ' तथा 'नृयज्ञ' जैसे शब्द स्पष्ट करते हैं कि 'यज्ञ' प्रतीक है समर्पण का, संगति का, कल्याण का, जिसके अनुष्ठान से जीवन समृद्ध होता है, सुसंस्कृत होता है। 'यज्ञ' बाद में आर्यधर्म का 'प्रतीक' समझा जाने लगा था।

घृत या घी

यज्ञ में दी जाने वाली 'हवियां' भी प्रतीकात्मक हैं। अग्नि में घी की आहुति डाली जाती है। 'घृत' शब्द का अर्थ कहीं घी और कहीं 'पानी' लिया जाता है, परंतु भाषावैज्ञानिक दृष्टि से 'घृत' 'उष्ण' या 'चमक' है। अग्नि में घी की (या अन्य) आहुति देकर जो यज्ञ किए जाते हैं, उनसे जो फल प्राप्त होते हैं, वे भी प्रतीकात्मक हैं।

गो

जैसा ऊपर कहा जा चुका है कि बहुत से वैदिक प्रतीक पशुजगत् से आए हैं। 'गो', 'घोड़े', सोना, संतान, शारीरिक बल, युद्ध में विजय– यह सब यज्ञ के फल कहे गए हैं। वैदिक ऋषि बार-बार इनके लिए प्रार्थनाएं करते हैं। 'गो' शब्द के दोनों अर्थ हैं– गाय और प्रकाश। वेदमंत्रों में बहुत स्थानों पर 'गो' का भौतिक अर्थ 'गाय' नहीं, 'प्रकाश' ही प्रतीत होता है। ऊषा को 'गोमती' कहने का भाव प्रकाशमती कहना ही है। निघंटु (वैदिक शब्दकोश) में 'गो' किरण का पर्याय है। 'गो' शब्द 'गोमान्', 'गोपति' में तो मिलता ही है, गोपा आदि में भी प्रयुक्त होता है। वसिष्ठ ने अपनी स्तुतियों की उपमा दूध दुहे जाने से पूर्व गायों के डकारने से दी है *(ऋग्वेद 7.32.22)*। इन सबके कारण ही 'गो' सदा से पूज्य रही है।

अश्व

'गो' की तरह अश्व भी एक विशेष प्रतीक है। 'अश्व' प्रतीक है 'बल' और 'गति' का। आध्यात्मिक अर्थों में 'गो' यदि प्रकाश का प्रतीक है, तो 'अश्व' 'शक्ति' का प्रतीक है। सूर्य के 'सात' घोड़ों की चर्चा बहुत बार हुई है। स्थूलरूप में 'अश्व' का आर्यों के जीवन में महत्त्वपूर्ण स्थान था। अश्वों के कई प्रकार वे जानते थे। 'गो' और 'अश्व' की भौतिकजीवन में उपयोगिता थी। संभवतः इसी कारण आध्यात्मिकजीवन में वे प्रतीक बन सके। कहा जा सकता है कि वैदिक-यज्ञ के दो मुख्य फल गौओं की संपत्ति तथा घोड़ों की संपत्ति क्रमशः मानसिक-प्रकाश की समृद्धि और जीवनशक्ति की बहुलता के प्रतीक हैं।

श्येन (बाज)

'गो' तथा 'अश्व' के अतिरिक्त अन्य कुछ प्रतीक भी पशुजगत् से लिये गए हैं। श्येन (बाज) क्षिप्रता का प्रतीक है। इंद्र के संदर्भ में 'श्येन' का वर्णन

हुआ है। 'श्येन' ही स्वर्ग से 'सोम' को लाता है। अश्विनौ देवताओं के संदर्भ में तो स्पष्ट कहा गया है– **'आ श्येनस्य जवसा नूतनेन'** अर्थात् **श्येन पक्षी के नए वेग से** (पास आओ)।

सिंह

शौर्य का प्रतीक है। अग्नि को बहुत बार सिंह कहा गया है, जो 'अग्नि' की तेजस्विता का प्रतीक ही है।

वृक

(भेड़िया) एकवचन तथा बहुवचन में बहुत बार प्रयुक्त हुआ है और स्पष्ट ही शत्रुता का प्रतीक है।

वृषभ

पर्जन्यसूक्तों में बार-बार पर्जन्य या मेघ को वृषभ (सांड) कहा गया है *(ऋग्वेद 5.83.1)*। वृषभ 'उर्वरता' का प्रतीक है। पर्जन्यरूपी वृषभ सृष्टि के वनस्पतिजगत् में बीजारोपण करता है।

अश्वत्थ या पीपल

हिन्दू संस्कृति एवं धार्मिक मान्यताओं में विभिन्न वनस्पतियों की उपासना का विधान है जिसमें अश्वत्थ या पीपल अत्यंत महत्त्वपूर्ण माना गया है। यह सायास है क्योंकि वैज्ञानिक एवं औषधीय गुणों के कारण ही इसे श्रेष्ठता मिली। स्कन्दपुराण में इसके प्रत्येक भाग में देवी-देवता का वासस्थान कहा गया है–

मूले विष्णुः स्थितो नित्यं स्कन्धे केशव एव च।
नारायणस्तु शाखासु पत्रेषु भगवान हरिः॥
फलोऽच्युतो न सन्देहः सर्वदेवैः समन्वितः॥
स एव विष्णुर्द्रुम एव मूर्तो महात्मभिः सेवितपुण्यमूलः।
यस्याश्रयः पापसहस्रहन्ता भवेन्नृनां कामदुधोगुणाढ्यः॥

(स्कन्दपुराण 247/41-44)

वैदिककवि ने कुछ प्रतीक 'वनस्पति जगत् से भी चुने हैं, जो आजतक भारतीय संस्कृति के विभिन्न अनुष्ठानों में मान्य हैं। ऋग्वेद (10.97.5) में तो **अश्वत्थ या पीपल** का उल्लेख हुआ ही है। अथर्ववेद में तो पूरा एक सूक्त

(3.6) अश्वत्थ के लिए है, जिसमें 'पीपल' के पेड़ की विशेषताएं बताई गई हैं। उसकी प्रदूषणरोधी क्षमता एवं रोगनिवारक शक्ति के बारे में स्पष्ट संकेत है। पीपल की पावनता को परखकर उसकी लकड़ी से यज्ञ के पात्र बनाए जाते थे। उपनिषदों में भी पीपल को 'ऊर्ध्वमूल और अधोमुखी' कहा गया है कठोपनिषद में कहा गया है–

> **"ऊर्ध्वमूलोऽवाक्शाख एषोऽश्वत्थः सनातनः**
> **तदेव शुक्रं तद् ब्रह्म तादेवामृतमुच्यते।**
> **तस्मिँल्लोकाः श्रिताः सर्वे**
> **तदु नात्येति कश्चन। एतद्वैतत्।।**

(कठोपनिषद-2/3/1)

यह प्रत्यक्ष जगत है, सनातन अश्वत्थ का वृक्ष, जिसका मूल ऊपर शाखें नीचे की ओर हैं। इस वृक्ष के मूल में एक विशुद्ध तत्त्व ईश्वर है, वे ही ब्रह्म हैं, वे ही अश्वत्थ कहे जाते हैं। उस ब्रह्म में समस्त लोक आश्रित हैं, कोई उसका अतिक्रम नहीं कर सकता, यही परमात्म तत्त्व है। 'अश्वत्थ' या 'पीतल' को संसारवृक्ष का प्रतीक माना है। यद्यपि वनस्पतिजगत् में ऐसा पेड़ नहीं होता, जिसकी जड़ें ऊपर हों व शाखाएं नीचे, पर यदि 'संसार वृक्ष' का प्रतीक मानें, तो परमात्मा का निवास ऊपर है। उसे पाने के लिए मनुष्य को नीचे से ऊपर जाना पड़ता है।

कुश

कुश का शाब्दिक अर्थ है वह पौधा जो भूमि में गहराई तक धंसा हुआ हो। अध्यात्मिक भाव में– 'कुं पापंश्यति नाशयति इति कुशाः'– अर्थात् जो समस्त पापों को नष्ट करे वही कुशा है ~. कुशा के विषय में वाङ्मयों में कहा गया है–

> उदकेन बिना पूजा बिना दर्मेण या क्रिया।
> आज्येन च बिना होमः फलं दास्यन्ति नैव च॥"

अर्थात् जल के बिना पूजा, कुश के बिना यज्ञ तथा धृत के बिना होम निष्फल होता है।

वैदिकयज्ञ में 'कुश' घास की आवश्यकता भी रहती थी। प्रायः यज्ञवेदी पर 'कुश' का बिछौना बिछाया जाता था। घास के लिए ऋग्वेद में बर्हिस्, दर्भ आदि शब्दों का (7.142.1) प्रयोग भी हुआ है। दर्भ से ही 'दूब' शब्द बना है, जो आज

तक प्रयुक्त होता है। दूब या घास वनस्पतिजगत् की विशेष सदस्य है। हरी-हरी दूब के मैदान किसे अच्छे नहीं लगते। पशुओं का भोजन तो है ही दूब, आज तो प्राकृतिक चिकित्सक 'दूब' का रस मनुष्यों के लिए भी फायदेमंद बता रहे हैं। 'कुश' वास्तव में एक तीखी नोकों वाली घास होती है। यज्ञ के लिए उसे निपुणता से चुना जाता था, जिससे वह चुनने वाले की उंगलियों को घायल न कर दे। इसी से 'कुशल' शब्द बना है। 'कुशासन' पवित्र आसन माना जाता था। कुश से बनी अंगूठी आदि पहनने की परंपरा रही है, जिससे समृद्धि हो तथा मंगल हो।

कहा जाता है कुश के मूल में ब्रह्म, मध्य में जनदिन तथा अग्रभाग में महाशिव का वास होता है। पद्मपुराण में सात प्रकार की कुशा का वर्णन है– कुश, काश, दूर्वा, जौका, पत्ता, धान का पत्ता, बल्वज तथा कमल– इनमें प्रथम अर्थात् कुश को अत्यंत पवित्र कहा गया है।

कमल

कमल भारतीय धर्म, संस्कृति तथा कला का जीवन्त प्रतीक है, सत्वगुणी है, सृजन का द्योतक है जो अन्य पुष्पों की भांति जमीन में नहीं खिलता वरन् जल की ऊपरी सतह पर लम्बी डण्डी पर खिलता है (तैत्तिरीय ब्राह्मण-2/3/1)। कमल की उत्पत्ति सृष्टि से भी पूर्व हुई थी। मोहनजोदड़ो के उत्खनन से प्राप्त प्रमाण ा के अनुसार इसका उपयोग केश सज्जा में किया जाता था। ऋग्वेद के श्री सूक्त में इसे श्री, लक्ष्मी के साथ संयुक्त किया गया है। वैदिक साहित्य, ब्राह्मण बौद्ध एवं जैन ग्रन्थों में भी इसका प्रचुर उल्लेख है। अथर्ववेद में मानव हृदय से इसकी तुलना की गयी है। ब्राह्मण ग्रंथों में कमल का संबंध ब्रह्मा से बताया गया है। (देवियों में सरस्वती, लक्ष्मी, पार्वती सभी को कमल पर आसीन दिखाया जाता है)

निर्मल सौंदर्य तथा नैसर्गिक सुषमा के साथ कमल निर्लिप्तता का अप्रतिम प्रतीक है। कमल दल पर जल की बूंदे टिकती नहीं तथा जिस जल में कमल का जन्म होता है वह उसी जल से निर्लिप्त रहता है, कीचड़ (पङ्क) से उत्पन्न होकर भी कीच से दूर, उससे ऊपर उठकर, पृथक ही रहता है।

वस्तुतः कमल उस शुद्ध तत्त्व का प्रतिनिधित्व करता है जिससे धर्म तथा ज्ञान का प्रादुर्भाव होता है। पं. रामचन्द्र शास्त्री के मतानुसार स्वास्तिक प्रतीक कमल का पूर्व रूप है। योग में कमल को विशिष्ट स्थान प्राप्त होता है। मनुष्य के षट्चक्रों में आत्मचक्र (जो मस्तिष्क के त्रिकुटी में रहता है) के ऊपर सहस्रदल कमल का वास माना जाता है और वहां साक्षात् शिव निवास करते हैं।

इसका मूल वेदों में है। ऋग्वेद (6.16.13) में 'पुष्कर' नीलाकमल वर्णित है। अथर्ववेद (9.3.8) में भी 'पुष्कर' शब्द आया है। यद्यपि कई विद्वानों ने 'पुष्कर' का अर्थ 'यज्ञ में प्रयुक्त कटोरा' भी माना है, परंतु ऋग्वेद में प्रयुक्त 'पुष्करिणी' शब्द उस झील का वाचक है, जहां कमल खिलते हैं *(ऋग्वेद 5.78.7, 10.107.10)*। अथर्ववेद में कमल का पर्याय 'पुंडरीक' प्रयुक्त हुआ है *(अथर्ववेद 6.106.1)*। अश्विनी देवों को 'पुष्करमाला' पहने हुए वर्णित किया गया है *(अथर्ववेद 3.22.4)*। यही 'कमल' संस्कृत-हिंदी के सभी कवियों द्वारा सौंदर्य के प्रतीक के रूप में आज तक प्रयुक्त होता है।

ध्वज

वेदों के कवियों ने बहुत स्थानों पर मानवनिर्मित प्रतीकों को भी काव्य में प्रयुक्त किया है। इनमें से कुछ हैं— ध्वज, केतु, रथ, चक्र आदि। ऋग्वेद में ध्वज (7.85.2, 10.102.11) का प्रयोग हुआ है। युद्ध में प्रत्येक सेना का ध्वज होता था। 'ध्वज' का प्रतीक रूप में बहुत सुंदर प्रयोग वैदिककवि ने किया है। अग्नि के धूम (धुएं) को ध्वज या केतु कहा गया है। वैदिकयज्ञ में डाली गई, आहुति से निकलने वाली अग्नि की लपट को 'प्रकाशध्वज' कहा गया है। वनक्षेत्र में अग्नि की ज्वाला भी **केतु** कही गई है *(ऋग्वेद 5.7.4)*। वास्तव में उस युग में यज्ञ के समय, रथ के ऊपर, आवागमन आदि अवसरों पर ध्वज का प्रयोग किया जाता था। ध्वजदंड या 'केतुयष्टि'— झंडे का डंडा होता था। ध्वज की प्राचीन परंपरा आज तक जारी है। हमारे देश का सम्मान है 'तिरंगा झंडा'। हर देश का अपना झंडा उस देश की पहचान होता है। 'झंडा' फहराना, झंडा झुकाना आदि प्रयोग प्रतीकात्मक हैं। ध्वज या केतु को प्रतीक बनाकर वैदिककवि ने सुंदर वर्णन किए हैं। सूर्य को संपूर्ण ब्रह्मांड का केतु कहा गया है *(ऋग्वेद 4.14.2)* तथा सोम को यज्ञ का केतु *(ऋग्वेद 9.86.122, 129)*। ध्वज या केतु का प्रयोग महाभारत के युद्ध में बहुतायत से हुआ है। ध्वज कपड़े से बनता था तथा पहचान के लिए उस पर विशिष्ट आकृतियां भी बनाई जाती थीं। हर कोई अपने (ध्वजा) झंडे को ऊंचा फहराते हुए देखना चाहता है।

रथ

'रथ' स्वभावतः गति का प्रतीक है। यह भी एक चिरप्राचीन प्रतीक है, जो आज तक प्रसिद्ध है। ऋग्वेद में सूर्य का सप्ताश्वों से जुता रथ बार-बार वर्णित हुआ है, तो आज नई-से-नई कारों के प्रचलन के बावजूद दूल्हे की सवारी रथ पर निकलती है या रामलीला आदि में रथों पर सवारियां निकलती हैं। जगन्नाथ

की 'रथयात्रा' तो प्रसिद्ध है ही (राजनैतिक क्षेत्र में भी रथ-यात्रा ने नाम कमाया है)। ऋग्वेद में–**'सप्त त्वा हरितो रथे वहन्ति देव सूर्य'** (1.50.8-9) कहा गया है। उषा के स्वर्णिम रथ की ओर भी संकेत किया गया है *(ऋग्वेद 1.48.10, 3.61.2, 1.49.2)*। कहीं-कहीं उसके सौ रथ कहे गए हैं *(ऋग्वेद 1.48.7)*, जो उसकी सैकड़ों किरणों के प्रतीक ही हैं।

चक्र

रथ से ही जुड़ा है चक्र। चक्र के कारण ही रथ गतिशील होता है। चक्र भी वैदिक ऋषि का प्रिय प्रतीक है। सूर्य की गति को चक्र के माध्यम से भी वर्णित किया गया है। सूर्य को एक चक्र ही कह दिया गया है *(ऋग्वेद 1.175.4, 4.30. 4, 4.28.2)*। उषा के निरंतर आने का वर्णन भी 'चक्र' के प्रतीक से हुआ है–**'चक्रमिव नव्यस्या ववृत्स्व'** *(ऋग्वेद 3.61.3)*

अर्थात् चक्र की भांति अनवरत नए-नए चक्कर काटती है। वास्तव में 'चक्र' के आविष्कार ने मनुष्य की गति को बढ़ाया है। वैदिककवि के रथ का 'चक्र' केवल सूर्य-उषा की गति का ही प्रतीक नहीं बना, बाद में ऋतु-चक्र को द्योतित करने वाला बना तथा आज तक नए-नए से यानों में 'चक्र' प्रयुक्त होता ही है। 'धर्मचक्र' बौद्धधर्म में प्रसिद्ध है। हमारे राष्ट्रीयध्वज पर भी 24 आरों वाला अशोकचक्र विद्यमान है। दार्शनिकरूप में जीवन-चक्र चलता रहता है, सुख-दुःख का चक्र घूमता रहता है। पूरी सृष्टि भी एक चक्र ही है।

स्वस्तिक (卐)

रथ और चक्र के बाद बारी आती है, 'स्वस्तिक' की, जो 卐 आकृतिमूलक है। आकृति की बात बाद में, पहले शब्द को देखें। सु-अस्ति अर्थात् जो अच्छा है, कल्याणकारी, मंगल अस्तित्त्व वाला है। स्वस्ति शब्द वेदों में सभी देवों के संदर्भों में आया है। बार-बार मंगल की, कल्याण की प्रार्थनाएं की गई हैं। इसी 'स्वस्ति' की व्याख्या यास्काचार्य ने निरुक्त 3.21 में इस प्रकार की है–

'स्वस्तीत्यविनाशनाम अस्तिरेभिपूजितः। सु अस्तीति ॥'

अर्थात् 'स्वस्ति विनाशराहित्य का नाम है। अभिपूजित सत्ता का नाम है, जो ठीक रखता है, वह स्वस्ति है। 'स्वस्तिक' शब्द इसी से बना है, जिसका अर्थ है, जो स्वस्ति करने वाला है। ऋग्वेद में सवितादेव अर्थात् सूर्य का संबंध बहुशः स्वस्ति से किया गया है, जो चारों दिशाओं को आलोकित करते हैं। संभवतः इसी परिप्रेक्ष्य में स्वस्तिक की चार भुजाएं चारों दिशाओं के कल्याण

के प्रतीक रूप में मानी जाती हैं। पौराणिक परंपरा में ब्रह्मा के चार मुख या विष्णु की चार भुजाओं के प्रतीक के रूप में भी 'स्वस्तिक' की व्याख्या की जाती है।

सिंधुघाटी सभ्यता में स्वस्तिक का अंकन हुआ है। मोहनजोदड़ो की एक मुद्रा पर हाथी स्वस्तिक के सामने झुका हुआ है। बाद की संस्कृति में भी हर पवित्र अवसर पर स्वस्तिक बनाने की परंपरा है, जो आज तक चली आ रही है। लोक क्षेत्र में 'स्वस्तिक' को 'सतिया' या 'सथिया' भी कहा जाता है। जैनधर्म, बौद्धधर्म में भी 'स्वस्तिक' का महत्त्व है। इस प्रकार से लोकमंगल तथा सर्वकल्याण का बोधक शब्द 'स्वस्ति' ऋग्वेद से आज तक प्रसिद्ध है तथा 'स्वस्तिक' रूप में सुरक्षित है। इस प्रतीक चिह्न में अनेक अर्थ समाविष्ट हैं। एक ओर यह धन, योग(+), का प्रतीक है तो दूसरी ओर ऋण, घटाने(-), का। इस तरह यह धन तथा ऋण का संयुक्त प्रतीक है। उल्लेखनीय है कि धन सकारात्मक ऊर्जा का द्योतक है इसलिये स्वास्तिक भी सकारात्मक एवं ऊर्ध्वगामी ऊर्जा का प्रतीक है। कुछ विद्वान इसे कमल का भी प्रतीक मानते हैं। स्वास्तिक में दो रेखायें एक-दूसरे को काटती हैं जिससे चार भाग () का निर्माण होता है। स्वास्तिक के ये चार भाग चत्वार वेद, चत्वार आश्रम, चत्वार वर्ण, चत्वार देवगण (त्रिदेव एवं गणपति) के परिचायक हैं। स्वास्तिक की खड़ी रेखा शिव का, आड़ी रेखा शक्ति की द्योतक है जिनके सम्मिलन से सम्पूर्ण सृष्टि गतिमान होती है। कुछ विद्वान इन चार रेखाओं को विष्णु के चार हाथ मानते हैं।

जैन तथा बौद्ध धर्म में भी स्वास्तिक को अत्यंत पावन मानते हैं। जैन सम्प्रदाय में इसके चार भाग प्राकृत जगत के चार क्रम – पूर्ववर्ती सर्ग, वनस्पति सर्ग, मानव सर्ग, देव सर्ग – का द्योतक मानता है। बौद्ध सम्प्रदाय के महायानी तथा तांत्रिक सम्प्रदाय स्वास्तिक को गणपति का प्रतीक मानता है। अमरावती के बौद्ध स्तूप में बुद्ध के चरण पर भी स्वास्तिक का चिह्न उत्कीर्ण है।

ॐ या ओम्

अति प्रसिद्ध 'ओम्' शब्द का चित्रात्मक रूप ॐ है। 'ॐ' उसका यह चित्रात्मक रूप अनेक रूपों या पड़ावों से गुजरकर निश्चित हुआ है। भारतीयसंस्कृति में आध्यात्मिक उत्थान एवं आत्मिकशक्तियों के विकास के लिए साधक 'ॐ' का उपयोग अतीत से अब तक करते रहे हैं। जहां तक ऋग्वेद का प्रश्न है, यहां 'ओम्' का प्रयोग नहीं है। 'ओम्' का प्रयोग सबसे पहले यजुर्वेद (40.15) में

हुआ है। बाद में उपनिषदों में तो 'ओम्' का उद्गीथ तथा प्रणव के रूप में ध्यान के विषय के रूप में हुआ है। 'ओम्' का उच्चारण हर वैदिकमंत्र के पूर्व किया जाना आवश्यक माना जाता है। यही नहीं, किसी भी प्रार्थना के पूर्व भी 'ओम्' का उच्चारण शुभ माना जाता है। इस पवित्र और रहस्यात्मक शब्द का 'मूल' भी रुचिकर है। अव् (रक्षा करना) धातु में मनिन् प्रत्यय लगाकर 'ओम्' शब्द बनता है, जिसका अर्थ होता है 'रक्षक'। असुरक्षा की भावना मनुष्य की बड़ी कमजोरी है, इसलिए 'रक्षक' तत्त्व को अभिव्यक्ति देने वाले 'ओम्' को हर कार्य, हर मंत्र से पहले प्रयुक्त करना, शुरू कर दिया गया।

कहा जाता है ओम् व आम् पहले समानार्थक थे। आम् का प्रयोग स्वीकृतिवाचक शब्द के रूप में होता है, 'हां ऐसा ही है' आदि। संसार में जीवन में, तभी कुछ पाया जा सकता है जब हम 'स्वीकार' करने की मुद्रा में रहें। यदि हम सबको अस्वीकृत करते चलते हैं, तो हमारे व्यक्तित्व पर तथा हमारे अन्य जनों के संबंधों पर भी नकारात्मक प्रभाव पड़ता है। अतः 'ओम्' के भीतर 'रक्षक' के साथ-साथ स्वीकृति का भाव भी निहित है। इसके अतिरिक्त 'ओम्' को मंगलसूचक नमस्कार का प्रतीक भी माना जाता है।

अ उ म् से मिलकर बना 'ओम्' सृष्टि संचालन के तीन तत्त्वों ताप, ध्वनि तथा प्रकाश को अभिव्यक्ति देता है। सृष्टि की उत्पत्ति, स्थिति और लय– तीनों शक्तियों का प्रतीक 'ओम्' महामंत्र माना जाता है। ओम् का चित्रात्मक रूप ऊं कई अवस्थाओं से गुजर कर बना है, जिसके विभिन्न रूप शिलालेखों में अंकितहैं।

ध्वनि के रूप में 'ओम्' रहस्यात्मक पवित्र ध्वनि है, जिस पर ध्यान करके व जिसकी साधना करके साधक तीनों प्रकारों,– शारीरिक, मानसिक, आत्मिक शांति प्राप्त कर लेता है। तभी ओम् के साथ तीन बार शांति बोलने की प्रथा है,– ओम् शांति, शांति, शांति। योग हो, तंत्र हो या बौद्ध व जैन-दर्शन सर्वत्र 'ओम्' की महत्ता स्थापित हुई है। यही नहीं, 'ओम्' अनाहत नाद है अर्थात् बिना बजाए बजने वाली ध्वनि। इसी को निःशब्द, अदृश्य, चरमचेतना का नाद कहते हैं, जहां भाषा, तर्क, विचार, दर्शन सब अपने अर्थ खो देते हैं।

'ओम्' एक विश्वजनीन मंत्र है। इस्लाम के अनुयायी अरबी भाषा के शब्द 'आमीन' या 'आमेन' का प्रयोग करते हैं, जो 'ओम्' के समानांतर है, जिसका अर्थ है 'खुदा ऐसा करे'। यहां तक कि 'ॐ' का चंद्र वही आधा चंद्र है, जिसको मुस्लिम सम्मान की दृष्टि से देखते हैं। ईसाई भी अपनी प्रार्थनाओं के अंत में 'आमीन' या 'आमेन' शब्द का प्रयोग करते हैं। कैथोलिक कर्मकांड में लैटिन

के बहुत से शब्द अंग्रेजी में आ गए हैं। ईश्वर के सर्वव्यापक, सर्वशक्तिमान, सर्वज्ञ रूपों के लिए प्रयुक्त ओमनीप्रेजेंट, ओमनी पोटेंट, ओमनीशिएंट शब्दों का प्रयोग होता है, जिनमें 'ओमनी' ओम् का ही बिगड़ा रूप है।

पृथ्वी और आकाश

इस विश्वजनीन 'प्रतीक' के अतिरिक्त वेदों के कुछ और भी प्रतीक हैं, जो अन्य आद्य-संस्कृतियों में भी मिलते हैं। ऋग्वेद (1.160.2) में पृथ्वी और आकाश को क्रमशः माता तथा पिता कहा गया है। अन्य संस्कृतियों में भी पृथ्वी मातृत्व का तथा आकाश पितृत्व का प्रतीक रहा है।

ब्रह्म और क्षत्र

वर्णों के आधार पर भी प्रतीक रचे गए हैं। ऋग्वेद में अग्नि को ब्राह्मणत्व और इंद्र को क्षत्रियत्व का प्रतीक माना गया है। इसी को अथर्ववेद में 'ब्रह्म' और 'क्षत्र' कहा गया है। यज्ञ में पौरोहित्य तथा युद्ध में सफल नेतृत्व का प्रतीक भी ब्राह्मण तथा क्षत्रिय को कहा जाता है। सामाजिक तथा राजनैतिक समरसता के लिए 'ब्रह्म' तथा 'क्षत्र' का समन्वय जरूरी है, यह बात बार-बार दोहराई गई है *(यजुर्वेद 20-25)*।

आर्य

यह जातिवाचक शब्द था या विशेषण, यह निश्चित रूप से पता नहीं चलता, परंतु 'आर्य' श्रेष्ठ व्यक्ति का वाचक शब्द है तथा अनार्य उसका विपरीत।

असुर

यह शब्द प्रारंभ में 'बलशाली' के रूप में प्रयुक्त होता था तथा 'वरुण' जैसे देवताओं के विशेषण के रूप में आता था, परंतु बाद में देव-विरोधी शक्तियों का प्रतीक बन गया है।

दास और दस्यु

दास शब्द उस व्यक्ति के लिए प्रयुक्त होता था, जो कर्म करते-करते क्षीण हो जाता है या थक जाता है *(निरुक्त 2.17)*। इसी प्रकार 'दस्यु' भी कोई जातिवाचक शब्द नहीं है, वरन् कर्महीन, आलसी तथा मानवीय गुणों से रहित व्यक्ति 'दस्यु' कहलाता था *(ऋग्वेद 10.22.8)*। बाद में 'दास' शब्द नौकर के अर्थ में और 'दस्यु' डाकू या लुटेरे के अर्थ में प्रयुक्त होने लगा।

हस्तग्रहण

आर्यजनों के गृह्य-संस्कारों ने भी कुछ प्रतीकों को जन्म दिया है। पुरुष के द्वारा नारी का 'हस्तग्रहण' दोनों के आजीवन एक साथ रहने की प्रतिज्ञा का प्रतीक बना हुआ है। ऋग्वेद में (10.18.8) पति को 'हस्तग्राभ' कहा गया है। परवर्ती साहित्य में विवाह के लिए 'पाणिग्रहण' शब्द प्रचलित हो गया।

देवों के प्रतीक

जैसा कि प्रारंभ में कहा जा चुका है— वेदों के 'देवशास्त्रं' के सभी सदस्य किसी-न-किसी शक्ति के प्रतीक हैं। अरविंद घोष ने कुछ देवों की प्रतीकात्मक व्याख्याएं की हैं:

अग्नि–

अग्नि को शरीर को उष्ण रखने वाला 'प्राणतत्त्व' माना गया है। ऋग्वेद में सूक्तों को देखें, तो अधिकतर अग्नि की स्तुति में हैं।

इंद्र–

इंद्र को 'मन' का बोधक माना है। ऋग्वेद के लगभग चतुर्थांश में इंद्र के बारे में आया है। 250 सूक्तों में सीधे और 50 में दूसरे देवताओं के साथ इंद्र उपस्थित हैं।

रुद्र–

रुद्रदेवता को मनुष्य की हिंसक प्रवृत्तियों का नाशक माना है। वैदिककाल में यह मामूली देवता थे। इनकी स्तुति में तीन ही सूक्त मिलते हैं।

अदिति–

अदिति 'अनंतता' का प्रतीक है तथा सभी 'देव' इस 'अनंतता के पुत्र' (अदिति पुत्र) हैं। यानी अदिति देवों की 'माता' हैं। वैदिकसंस्कृति में जीवन का चरम उद्देश्य 'अमृतत्व' को पाना है।

सोम–

सोम या अमृत प्रतीक है–'सोम' देवता का, जिसे मनुष्य और देव दोनों चाहते हैं। यह वसु श्रेणी के देवता माने जाते हैं। ऋग्वेद के देवताओं में इनका स्थान तीसरा है। यह अग्नि तथा इंद्र के बाद आते हैं।

मधु–

आनंद का एक और प्रतीक है– 'मधु'। ऋग्वेद का 'मधु' शब्द (8.4.8) शहद का वाचक था। ऋग्वेद में ही इसका दूसरा स्वाभाविक अर्थ है– 'मीठा'। सोमरस, दूध आदि में मधु के मिलाए जाने के कारण उन सबका वाचक शब्द भी बन गया है, पर साहित्यिक प्रयोगों में 'वर्षा' को भी 'मधु' कह दिया गया है। क्योंकि 'वर्षा' से होने वाला उल्लास 'मीठा' लगता है। गोतम राहुगण ने इस 'प्रतीक' को लेकर पूरी एक रचना कर दी है। ऋग्वेद (1.90.6-8) में नदियों, हवा, औषधियों तथा संपूर्ण सृष्टि के 'मधुमती' होने की कामना इस एक प्रतीक के 'माध्यम' से कर ली गई है।

मृण्मय-गृह

यदि सृष्टि के सौंदर्य तथा वरदानों का प्रतीक 'मधु' वैदिक-कवि की कविता में बार-बार प्रयुक्त हुआ है, तो दूसरी ओर संसार या जीवन की क्षणभंगुरता के बारे में भी उसने सोचा है। इस सोच को वसिष्ठ द्वारा प्रयुक्त 'मृण्मय-गृह' (मिट्टी का घर) जैसा प्रतीक अभिव्यक्ति देता है।

मंत्र–

भारतीयसाहित्य, संस्कृति तथा समाज में मंत्र की महत्ता बहुत अधिक है। सामान्य रचनाओं को श्लोक कहा जाता है। वैदिक रचनाओं को ही मूलतः 'मंत्र' संज्ञा मिली है। हमारे धार्मिक अनुष्ठानों में मंत्रों का प्रयोग कल्याण की कामना से किया जाता है। सुख-समृद्धि, मानसिक शांति के लिए मंत्रों का जप किया जाता है। यों तो वेदों में ब्रह्म, छंदस्, ऋचा जैसे शब्द स्तुतिपरक रचनाओं के लिए प्रयोग में आए हैं, परंतु 'मंत्र' शब्द का प्रयोग भी प्रतीकार्थ में हुआ है। 'मंत्र' का शाब्दिक अर्थ होता है– **'मननात् मंत्रः'** अर्थात् 'मनन' करने से मंत्र होता है। मित्र-वरुण देवताओं में से एक को 'मननशील' कहा गया है। 'मंत्र' का अर्थ 'सलाह' भी होता है, जिससे 'मंत्री' शब्द बनता है। ऋग्वेद में (10.50.2) इंद्र को कहा गया है– 'तुम श्रेष्ठ हो तथा सुयोग्य सलाहकार हो' (ज्येष्ठश्च मंत्रः)। 'यज्ञ' और 'मंत्र' (स्तुति) इंद्र के लिए अर्पित किए जाते हैं *(ऋग्वेद 10.50.6)*। 'मंत्र' का प्रयोग रहस्यात्मक भी होता है। अथर्ववेद में बहुत से मंत्रों का प्रयोग 'शत्रुनाश' के लिए भी किया जाता था। ऋग्वेद में एक स्थान पर कहा गया है– **'द्वयेन मंत्रः मर्चयति'** *(ऋग्वेद 1.147.4)* अर्थात् 'जो कपटयुक्त उपाय से हमें दुःखी करता है (वह नष्ट हो जाता है)।' कहने का भाव यही है कि 'मंत्र' के दोनों प्रकार के प्रयोग हो सकते हैं, कल्याणकारी

तथा अकल्याणकारी। वेदों में प्रयुक्त 'मंत्र' प्रतीक हमारी संस्कृति पर पूरी तरह छाया हुआ है। पौराणिक युग में भी 'देवी', 'देवताओं' के लिए अनेक प्रकार के 'मंत्र' मिलते हैं। ये मंत्र कई बार 'एकाक्षर रूप' भी हो सकते हैं; जैसे— ॐ **श्रीं भूः भुवः स्वः** आदि, तो कई बार कुछ विशिष्ट अक्षरों का समूह भी। पंचाक्षरी, अष्टाक्षरी मंत्र भी होते हैं। जैनधर्म का महामंत्र है **णमोकार**। बौद्धधर्म में **मणिपद्मे हुम्** मंत्र महत्त्वपूर्ण है। हिंदू धर्मावलंबी गायत्री को महामंत्र मानते हैं। बाद में **राम** को भी महामंत्र माना जाने लगा। **रामनाम के जप से भी सर्वविध-कल्याण की बात तुलसीदास ने कही है। ग्रामीण तथा आदिवासी क्षेत्रों में तो अपने-अपने इष्टदेव, देवी-देवता, कुल देवता की अर्चना में अपने-अपने मंत्रों का प्रयोग किया जाता है। तंत्रशास्त्र में भी मंत्रों का प्रयोग होता है।**

'मंत्र' की शक्ति असीम मानी जाती है। वास्तव में शब्द या ध्वनि की शक्ति को वैज्ञानिक भी मानते हैं। विशेष प्रकार की ध्वनियों को सुनने वाले के मन पर विशेष प्रभाव पड़ता है। इसीलिए मनोवैज्ञानिक-चिकित्सा में 'मंत्र' का महत्त्वपूर्ण स्थान है। सांप के काटे जाने का इलाज बरसों से हमारे यहां मंत्रज्ञाता मंत्र-प्रयोग से करते रहे हैं। मंत्र की शक्ति सिद्ध करने के लिए अत्यधिक आत्म-संयम, त्याग, तपस्या तथा निःस्वार्थ भावना होनी चाहिए।

'मंत्र' शक्ति का लाभ उठाने के लिए श्रद्धा तथा विश्वास होना जरूरी है। 'मंत्र' में भाषा या ध्वनि से अधिक महत्त्व श्रद्धा का होता है। 'गुरुमंत्र' वह मंत्र होता है, जो 'गुरु' 'शिष्य' को सिखाता है। इस प्रकार से ऋग्वेद में प्रयुक्त 'मंत्र' का प्रतीक आज तक हमारे जीवन में प्रचलित है।

❀ ❀ ❀

अष्टम अध्याय

वेदों के प्रसिद्ध मंत्र

बुद्धि सन्मार्ग पर चले

ओउम् भूर्भुवः स्वः। तत्सवितुर्वरेण्यं भर्गो देवस्य धीमहि।
धियो यो नः प्रचोदयात्।।

(ऋग्वेद : 3.62.10)

ऋषिः—विश्वामित्रः। **देवता**—सविता। छन्दः—गायत्री।

शब्दार्थः ओउम्—(प्रत्येक मन्त्र के आरम्भ में ईश्वर-स्मरण के रूप में बोला जाता है। भूःभुवः स्वः—ये तीन महाव्याहृतियाँ हैं, मन्त्र का अंश नहीं।)

ओउम (रक्षक परमात्मन्) (भूः) पृथिवी (सत्) (भुवः) अन्तरिक्ष (चित) (स्वः) आकाश (आनन्द) (सवितुः) (उस) सर्वोत्पादक (देवस्य) दिव्यगुणयुक्त परमात्मा के (तत्) उस (वरेण्यम्) सर्वश्रेष्ठ (भर्ग) तेज को (धीमहि) धारण करते हैं। (यः) जो परमात्मा (नः) हमारी (धियः) बुद्धियों को (प्रचोदयात्) (सत्कर्मों में) प्रेरित करे।

व्याख्याः रक्षक परमात्मा को याद करते हुए उसके द्वारा रचित पृथिवी, अन्तरिक्ष तथा आकाश की विशालता का अनुभव होता है। यह अनुभूति हमें सत्, चित्, आनन्द का अहसास करवाती है। अर्थात् परमतत्त्व ही वास्तविक है, विचारस्वरूप है और आनन्दस्वरूप है। इस विश्वप्रसिद्ध गायत्री मन्त्र में (जो सामवेद तथा यजुर्वेद में भी उपलब्ध है) सविता देवता से बुद्धि को सन्मार्ग पर चलने की प्रेरणा देने की प्रार्थना की गई है। सविता देवता सूर्य ही हैं जो प्रकाश का वरदान लेकर हर सुबह आते हैं। मनुष्य इस सृष्टि का सर्वश्रेष्ठ प्राणी है। उसकी श्रेष्ठता उसकी बुद्धि पर ही आधारित है। बौद्धिक शक्ति के आश्रय से ही मनुष्य जीवन के हर क्षेत्र में कठिन से कठिन कार्य करता है।

यह बुद्धिबल सकारात्मक और नकारात्मक कार्य दोनों रूपों में कार्य करता है, परन्तु वेद की कामना है कि बुद्धि से मनुष्य रचनात्मक कार्य करे, विध्वंसात्मक नहीं। ईश्वर सविता का तेज-प्रकाश तीनों लोकों में छाया रहता है। इस तेज पर, इस प्रकाश पर ध्यान करें तो स्वयं भी तेजोमय, प्रकाशमय हो जाएंगे। प्रकाश अंधकार का नाशक तो है ही, आनन्दप्रदायक भी है। ईश्वर के तेज को हृदय में धारण करेंगे तो अज्ञान का अंधकार मिट जाएगा, जागरण के आनन्द में निमग्न हो जाएंगे।

यह मंत्र आह्वान कर रहा है। आओ, नींद छोड़ो—सूर्योदय से पूर्व उठो—बाहर निकलो—सूर्य-प्रकाश में स्वास्थ्य-लाभ करो। चेतना के सौन्दर्य पर ध्यान करते हुए आनन्द के परमलक्ष्य को पा सकोगे। सूर्य-दर्शन कर प्रातः के प्राकृतिक सौन्दर्य को आत्मसात् करते हुए जीवन-पथ पर बढ़ते रहो। बुद्धि यों तो हर मनुष्य के पास होती है, परन्तु बहुत बार प्रेरणा के अभाव में वह कुण्ठित हो जाती है। तब जीवन के भौतिक-आध्यात्मिक कोई भी लक्ष्य नहीं पाए जा सकते। यह बुद्धि यदि विध्वंस में लग जाए तो आतंक फैला देती है। 21वीं सदी में सर्वत्र इसी विध्वंसात्मक बुद्धि के कार्य परिलक्षित हो रहे हैं। परंतु जब ध्यान द्वारा अन्तःप्रेरणा से हम ईश्वर की परमसत्ता से तादात्म्य कर लेते हैं तो हमारी बुद्धियाँ सुकर्मों—सुन्दर रचनात्मक कार्यों में लग जाती हैं। तब नए-नए मंत्र, नए गीत रचे जाते हैं। मानवता के कल्याण के लिए नए-नए आविष्कार किए जाते हैं।

दुर्गुण छोड़ो, सद्गुण अपनाओ

ओउम् विश्वानि देव सवित र्दुरितानि परा सुव। यद् भद्रं तन्न आ सुव।।

(ऋग्वेद : 5.82.5)

ऋषिः—श्यावाश्व आत्रेयः। **देवता**—सविता। **छन्दः**—गायत्री।

शब्दार्थ : (हे सवितः देव) हे संसार के उत्पादक (व प्रेरक) देव (विश्वानि) सारे (दुरितानि) दुर्गुणों को (परा सुव) दूर हटाओ (यत्) जो (भद्रम) शुभ, कल्याणकारी (तत्) वह (नः) हमें (आ सुव) दीजिए (प्रेरित कीजिए)

व्याख्याः यह सृष्टि द्वन्द्वमयी है। सृष्टि का और व्यक्ति का जीवन। अंधकार-प्रकाश, पाप-पुण्य, जीवन-मरण, सुख-दुःख, शुभ-अशुभ द्वंद्वों से घिरा है इस सृष्टि के उत्पादक देव हैं सविता। प्रश्न है, क्या ईश्वर द्वारा निर्मित सृष्टि में हम इन द्वंद्वों को ज्यों का त्यों स्वीकार कर लें? प्रश्न के उत्तर दो

हैं—हाँ भी, न भी। हाँ इसलिए कि समष्टि के स्तर पर तो हमें दोनों को ही स्वीकारना पड़ेगा। प्रकाश है तो अंधकार भी है, पाप है तो पुण्य भी इत्यादि-इत्यादि। सृष्टि में यदि पाप, अधर्म या दुर्गुणों से भरे व्यक्ति हैं तो हमें अपनी जीवन-यात्रा में उनको स्वीकार करना ही पड़ेगा। उनसे घृणा नहीं, उन पर दया करना ही उचित होगा। परन्तु व्यक्ति के स्तर पर हम स्वयं प्रकाश की ओर, पुण्य की ओर ही चलें तथा जो कुछ भी अंधकार है, पाप है, उसे छोड़ते चलें—यही श्रेयस्कर होगा। वैदिक मंत्र कहता है—'दुरित' दूर हो। देव सविता हमें बुराई से बचाएं। सच में ईश्वर में सच्चा विश्वास बुराई से बचाता है। हृदय से की गई प्रार्थना फिर भलाई की ओर, भद्र की ओर ले जाती है। नीतिशास्त्र (एथिक्स) कहता है—मनुष्य जब कुछ भी बुरा करता है, तब उसकी अन्तश्चेतना (Conscience) उसे टोकती है। इसे ही 'अन्दर की आवाज़' कहते हैं। यही सविता देव की प्रेरणा है। दुरितों का निराकरण, भद्रों का आचरण—इस प्रकार अन्तःप्रेरणा का विषय है। ज्यों-ज्यों मनुष्य भीतर की आवाज़ को सुनना बन्द कर देता है, त्यों-त्यों दुरितों से परिपूर्ण हो जाता है। पाप से, दुरित से कोई बाह्य साधन हमें नहीं हटा सकता। पाप के प्रति विरति, ग्लानि, पश्चात्ताप जब स्वयं उत्पन्न होता है, तब ही उससे मुक्ति की भावना पैदा होती है। दुरित दूर करने की प्रार्थना के क्षण तब ही जीवन में आते हैं। पर प्रार्थना के साथ साधना की अपेक्षा होती है। प्रार्थना व साधना के बाद ही 'दिव्य प्रेरणा' जागती है। उस प्रेरणा से सङ्कल्प में दृढ़ता आती है। तब मनुष्य दुरित रूप अंधकार से मुक्त हो जाता है। फिर जीवन में 'भद्र' का अवतरण होता है।

यह मंत्र एक प्रकार से संस्कृति की परिभाषा करता है। संस्कृति नाम है संस्कार का, परिष्कार का या संशोधन का। कृषि के विचार से संस्कृति को समझा जा सकता है। कृषि में अनावश्यक घास-फूस को खोदकर निकाल दिया जाता है तथा उपयोगी बीजों को बोकर उन्हें खाद-पानी देकर पुष्ट किया जाता है। संस्कृति भी 'दुरित' को हटाकर 'भद्र' को संस्थापित करती है। इसके द्वारा मनुष्य दुर्विचार व दुष्कर्म से बचता है, सद्विचार और सत्कर्म में अग्रसर होता है।

शुभ देखें, शुभ सुनें

ओउम् भद्रं कर्णेभिः शृणुयाम देवा भद्रं पश्यमाक्षभिर्यजत्राः
स्थिरैरङ्गैस्तुष्टुवांसस्तनूभिर्व्यशेमहि देवहितं यदायुः।।

(ऋग्वेद : 1.89.8)

ऋषिः—गोतमा, राहूगण। **देवता**—विश्वेदेवाः। **छन्दः**—त्रिष्टुप्।

शब्दार्थः हे (यजत्राः) पूजनीय (देवाः) देवो (कर्णेभिः भद्रम् शृणुयाम) हम कानों से शुभ, मंगलमय सुनें। (अक्षभिः) आँखों से (भद्रम्) शुभ वस्तु देखें। (स्थिरैः अङ्गैः) दृढ़ पुष्ट अङ्गों से (तुष्टुवांसः) स्तुति करते हुए (तनूभिः) अपने शरीरों से (देवहितम्) देवों द्वारा निर्धारित या देवों के लिए हितकर (यत् आयुः) जो आयु है उसे (व्यशेमहि) पाएँ।

व्याख्याः हम सबने (महात्मा गांधी) के तीन बन्दरों के बारे में ज़रूर पढ़ा-सुना है। एक बन्दर कानों पर, दूसरा आँखों पर व तीसरा मुंह पर हाथ रख रहता है। अर्थात् न बुरा सुनो, न देखो, न बोलो। प्रस्तुत मंत्र में ऋग्वेद भी यही सन्देश दे रहा है। कर्णेन्द्रियाँ तथा नेत्रेन्द्रियाँ ज्ञानेन्द्रियों में प्रमुख हैं। यहाँ वाक् की बात नहीं की गई है पर वह स्वयंसिद्ध ही है। जब बुरा न सुनेंगे, न देखेंगे तो भला बुरा बोलेंगे क्यों? इस सुन्दर मंत्र में कामना की गई है कि हमारे सभी अङ्ग हृष्ट-पुष्ट रहें, निरोग रहें तथा हम शतायु हों।

दीर्घ जीवन पाने की कामना हो तो जीवन को संयमित और अनुशासित करना ज़रूरी हो जाता है। यह नियम सरल प्रतीत तो होते हैं, पर इनका पालन कठिन है। यदि विचार सुलझे हुए हैं, मन वश में है तथा शांत है तब ये नियम सरलता से धारे जा सकते हैं। पर चित्तवृत्ति में अशान्ति है, विशृंखलता है तो यह नियम साधना कठिन हो जाता है।

प्रथम नियम है—कानों से सदैव अच्छी बातें सुनें। पर यहाँ प्रश्न है कि हम अच्छा तो सुनना चाहते ही हैं, पर दूसरे भी अच्छा बोलें तो? तो इसके लिए एक तो हमें अपने संगी-साथी ऐसे चुनने होंगे जो शुभ बोलने वाले हों। दूसरा हम शुभ बोलेंगे तो दूसरे भी शुभ बोलेंगे—यह मानना पड़ेगा। परन्तु जीवन इतना सरल हो तो कोई समस्या ही नहीं। पर बहुत बार आप कटु न भी बोलें, दूसरा स्वभाववश, क्रोध-ईर्ष्यावश कटु वचन बोलने पर या अभद्र भाषा पर उतर आए तो क्या हो?

शुभ ही शुभ सुनने को मिले, इसे दो से तरह समझा जा सकता है। एक तो प्रियजनों, भद्रजनों के साथ रहें, ऐसी सभाओं में जाएँ, जहाँ कल्याणप्रद प्रवचनों की गूँज हो। सत्सङ्ग हो, सङ्गीत-सभाएँ हों, काव्य-गोष्ठियाँ हों—वहाँ जाकर हम शुभ-सुन्दर कानों से ग्रहण करें। पर यहाँ भी समस्या आ सकती है, क्योंकि आज का संगीत, आज का काव्य मात्र शान्ति-प्रसार करने वाला नहीं रहा। दूसरी ओर परिवार में, मित्रजनों में भी कई बार अभद्र शब्द या वाणी बोलने वालों से सामना हो ही जाता है। 'भद्र सुनें' का भावार्थ यही जान पड़ता है कि कानों में भद्र-अभद्र दोनों के शब्द पड़ेंगे, पर यह हमारे ऊपर

निर्भर करता है कि हम 'भद्र' को ही सुनें। 'अभद्र' को सुनकर भी अनसुना कर दें, तभी मन राग-द्वेष से दूर रहेगा तथा शान्त रहेगा।

यही बात देखने के संबंध में भी है। सुनने से अधिक देखने से व्यक्ति अधिक प्रभावित होता है। टी.वी., जो दृश्य-श्रव्य माध्यम है, उस पर हर तरह के कार्यक्रम आते हैं। हिंसा-यौनोत्तेजक कार्यक्रमों को देख-सुनकर मन पर बुरा प्रभाव पड़ता है। युवाओं, किशोरों को इन कार्यक्रमों में से श्रेष्ठ ज्ञानवर्धक कार्यक्रमों को चुनना होगा। यदि हम निश्चय कर लें कि अशुभ को देखना ही नहीं है तो अच्छा। पर यदि देखकर भी न देखें—अर्थात् अशुभ और अमङ्गलकारी को देखकर भी न देखें तो बहुत अच्छा। कारण बहुत बार परिस्थितिवश अशुभ देखना-सुनना पड़ सकता है, पर उस पर प्रतिक्रिया करने से बचें तो मन शान्त रहेगा। मन की शान्ति का अर्थ है—कटुता, घृणा व मन की मलिनता का न रहना। मन स्वस्थ तो शरीर स्वस्थ होगा, अङ्ग-अङ्ग पुष्ट होंगे, दीर्घायु होगा जीवन।

दोनों हाथों में ऐश्वर्य

ओउम अयं मे हस्तो भगवानयं मे भगवत्तरः।
अयं मे विश्वभेषजोऽयं शिवाभिमर्शनः।।

(ऋग्वेद 10.60.12)

ऋषिः—गौपायन बन्धु। **देवता**—हस्तः। **छन्दः**—अनुष्टुम्।

शब्दार्थ : (अयम्) यह (मे हस्तः) मेरा हाथ (दाहिना) (भगवान्) ऐश्वर्यशाली है। (अयम्) यह (मे हस्तः) मेरा हाथ (बायाँ) (भगवत्तरः) और अधिक भाग्यशाली है। (अयम् में हस्तः) यह मेरा हाथ (विश्वभेषजः) सभी रोगों का चिकित्सक, सभी रोगों को दूर करने वाला है (अयम् मे हस्तः) यह मेरा हाथ (शिवाभिमर्शनः) शुभ स्पर्श वाला है।

व्याख्याः एक बहुत पुराना फिल्मी गाना है, जिसके बोल हैं:

ये हाथ अपनी दौलत हैं, ये हाथ अपनी किस्मत हैं।
कुछ और तो पूँजी पास नहीं, ये हाथ अपनी दौलत हैं।।

हाथों से हर प्रकार का श्रम किया जाता है, जिससे ऐश्वर्य मिलता है। भगवान् का अर्थ ही है जो ऐश्वर्यशाली हो। हाथ सच में भगवान् हैं। सीधा हाथ भगवान् तो बायाँ हाथ भगवान् से बढ़कर। प्रायः हम सब सीधे हाथ से ही काम करते हैं। हां, कुछ लोग ज़रूर वामहस्ती (Lefthanded) होते हैं। पर बहुत-से काम दोनों हाथों से ही किए जाते हैं। कोई भारी चीज़ हो तो दोनों

हाथों से उठाने में आसानी रहती है। 'अपना हाथ जगन्नाथ' जब कहा जाता है तो उसका भाव यही होता है कि व्यक्ति को आत्मनिर्भर रहने से ही सुख मिलता है। साधारण दिनचर्या के काम हों, या शिल्पकला—सबको अन्तिम रूप हमारे हाथ ही देते हैं। यही सब काम विनिमय में हमें धन-सम्पत्ति, वैभव दिलवाते हैं।

भौतिक ऐश्वर्य के साथ-साथ स्वास्थ्यरूपी धन को दिलवाने में भी 'हस्त' (हाथ) समर्थ है। तभी कहा गया है 'यह मेरा हाथ सभी रोगों को दूर करने वाला है।' हाथों में शक्ति होती है। इसे दो तरह से समझ सकते हैं। एक तो जो शक्तिशाली है वह रोगी होता ही नहीं, दूसरा यदि रोग आ भी जाता है तो वह कुछ न कुछ उपाय कर उसे दूर कर लेता है।

हाथ का अन्तिम विशेषण 'शुभ स्पर्श' वाला है। हाथ जहाँ कहीं स्पर्श करता है वहीं निरोगिता, विश्राम व स्वास्थ्य की अनुभूति होने लगती है। यहाँ स्पष्ट ही हाथों द्वारा की जाने वाली 'स्पर्श चिकित्सा' की ओर संकेत है। हाथों को रगड़कर दर्द वाले स्थान पर रगड़ने से स्वास्थ्य की अनुभूति होती है। आँख में फुन्सी निकल आने पर बड़े-बूढ़े कहते हैं—सीधे हाथ की तर्जनी के पोरू को बाईं हथेली पर रगड़कर गर्म कर बार-बार लगाओ तो आंख की फुन्सी बैठ जाएगी। उसकी ऊष्मा से अङ्गों की पीड़ा दूर हो सकती है। हाँ, पाँच मिनट तक इस मंत्र का मानसिक पाठ करते रहें तथा हथेलियों को रगड़कर बार-बार लगाते रहें तो दर्द मिट जाता है।

स्पर्श-चिकित्सा केवल स्वयं के लिए ही नहीं, अन्यों के लिए भी लाभदायक है। चिकित्सक रोगी को दवा के साथ आत्मबल बढ़ाने के लिए उसकी पीठ पर हाथ फेरकर उसे जल्दी स्वस्थ होने के लिए प्रेरित करता है। छोटे यदि हाथों से बड़ों का चरणस्पर्श करते हैं तो बड़े भी पीठ पर हाथ फेरकर या सिर पर (मस्तक पर) हाथ फेरकर आशीर्वाद देते हैं। किसी को शाबाशी देने के लिए भी हाथों से पीठ थपथपाई जाती है तो मित्रता करने के लिए हाथ बढ़ाए या मिलाए जाते हैं। विवाह में भी तो वर-वधू एक-दूसरे का हाथ ही थामते हैं। एकता प्रकट करने के लिए या मानव-शृंखला बनाने के लिए भी एक-दूसरे के हाथ पकड़े जाते हैं। इस प्रकार हाथों की महिमा अपरम्पार है।

लोक में बहुत-सी कहावतें हाथों को लेकर प्रचलित हैं। कोई स्त्री अच्छा खाना बना दे तो कहते हैं—'उसके हाथों में जादू है।' यह बात किसी सुन्दर पेंटिंग्स या कला की कोई वस्तु बना देने के बाद कही जाती है। इसी तरह कोई डॉक्टर मरीज़ों को स्वस्थ कर दे तो कहते हैं—'उसके हाथ में शफ़ा है।' अच्छी सुन्दर इमारत को देखकर मज़दूरों के 'हाथों का कमाल' कहते हैं। यही

कारण है, ताज बनाने के बाद सभी कारीगरों के हाथ कटवा दिए गए थे कि कहीं दूसरा ताज न बना दें। हाथ की रेखाओं में मनुष्य का भूत-भविष्य सब छिपा रहता है। हाथों की उँगलियों के निशान सबके अलग-अलग होते हैं। इसीलिए अपराधशास्त्र विशेषज्ञ उन्हीं के आधार पर जाँच-पड़ताल करते हैं। भारतीय परम्परा में सुबह उठकर 'हस्तदर्शन' (अपना हाथ देखना) इसीलिए शुभ माना जाता है।

मिल के चलो भई, मिल के चलो

ओउम् सङ्गच्छध्वं सं वदध्वं सं वो मनांसि जानताम्।
देवाभागं यथा पूर्वे, सञ्जानाना उपासते।।

(ऋग्वेद : 10.191.2)

ऋषिः—संवननः। **देवता**—संज्ञानम्। **छन्दः**—अनुष्टुप्।

शब्दार्थः (हे जनाः) हे मनुष्यो! (सं गच्छध्वम्) मिलकर चलो (सं वदध्वम्) मिलकर बोलो (वः) तुम्हारे (मनांसि) मन (सं जानताम्) एक प्रकार के विचार करें। (यथा) जैसे (पूर्वे) प्राचीन (देवाः) देवों या विद्वानों ने (सञ्जानानाः) एकमत होकर अपना भाग स्वीकार करो।

व्याख्या : परिवार हो, समाज हो, राष्ट्र हो, सर्वत्र सङ्गठन की महत्ता है। सङ्गठित होकर ही महान् लक्ष्य साधे जा सकते हैं। ऋग्वेद के अन्तिम सूक्त के इस दूसरे मंत्र में सङ्गठन की अनिवार्यता पर बल दिया गया है। चलना गति का प्रतीक है तो बोलना आपसी संवाद का प्रतीक है। तीसरी बात एक-दूसरे के मन को समझना—या विचार करना। एक चले और उसके साथ एक चले—तो ग्यारह हो जाते हैं। इसी प्रकार समूह, परिवार, जातियाँ सब मिलकर चलें तो उनके चलने से—महान् शक्ति का प्रदर्शन होगा—कोई उन्हें पराजित न कर सकेगा। साथ बोलने का अर्थ है—सब मिलकर संवाद करें, बातचीत करें। जो समस्या युद्ध से नहीं सुलझती, वह बातचीत से सुलझ सकती है। विचार-विनिमय की शक्ति भी बहुत महान् होती है। मन को समझना अर्थात् आपस में 'अण्डरस्टैण्डिग'—समझ का होना भी जीवन के सुचारु रूप से चलने के लिए ज़रूरी होता है। प्रायः संबंधों में विघटन आपसी समझ के न होने से ही होता है। अतः मंत्र की प्रथम पंक्ति सामाजिक दृष्टि से सङ्गठन के महत्त्व को रेखांकित करती है। समाज में प्रतिष्ठा प्राप्त करने के लिए, जीवित रहने के लिए या अपने अस्तित्व की रक्षा के लिए सङ्गठन आवश्यक है।

दूसरी पंक्ति में प्राचीन विद्वानों का उल्लेख करते हुए कहा गया है कि जैसे वे एकमत होकर अपना-अपना भाग स्वीकार करते थे, वैसे ही इस

युग के लोग भी करें। तात्पर्य यह है कि साथ चलने, साथ बात करने और विचार के साथ यह भी अपेक्षित है कि सब सामूहिक निर्णय करें और उसका पालन करें। यदि सब अपनी-अपनी डफली और अपना-अपना राग अलापेंगे तो सङ्गठन कमज़ोर होगा। सङ्गठन की शक्ति से असंभव कार्य भी सिद्ध हो जाते हैं। जब सब एकजुट होकर एक लक्ष्य के लिए समर्पित हो जाते हैं तब लक्ष्यसिद्धि होकर ही रहती है। प्राचीन ऋषि-मुनि एवं आर्यजन सुसङ्गठित होकर कार्य करते थे, उन्हीं से प्रेरणा लेकर आज के लोग भी सुसङ्गठित रहें—यही मंत्र का अर्थ है।

एकता, सङ्गठन का महत्त्व प्रायः सभी भाषाओं एंव संस्कृतियों में अभिव्यक्त हुआ है। अंग्रेजी में निम्न कहावतें प्रचलित हैं—

United we stand.

Divided we fall.

Union is strength.

अथवा 'पञ्चतंत्र' व 'हितोपदेश' की कथाओं में भी 'एकता में शक्ति है' (संघे शक्तिः) का आदर्श उचित ही महिमामण्डित हुआ है।

शुभ विचार आएँ चारों ओर से

ओउम् आ नो भद्राः क्रतवो यन्तु विश्वतोऽदब्धासो अपरीतास उद्भिदः।
देवा नो यथा सदमिद् वृधे असन्नप्रायुवो रक्षितारो दिवे दिवे।।

(ऋग्वेद : 1.89.1)

ऋषिः—गोतमो राहूगणः। **देवता**—विश्वेदेवाः। **छन्दः**—जगती।

शब्दार्थः (भद्राः) कल्याणकारक (अदब्धासः) न दबने वाले (अपरीतासः), पराभूत न होने वाले (उद्भिदः क्रतवः), उच्चता को पहुँचाने वाले विचार (या शुभ कर्म) (विश्वतः नः आ यन्तु) चारों दिशाओं से हमारे पास आएँ। (अप्रायुवः) प्रगति को न रोकने वाले (दिवे दिवे रक्षितारः देवाः), प्रतिदिन सुरक्षा करने वाले देव (सदं इत् यथा वृधे असन्) हमारा सदा संवर्धन करने वाले हों।

व्याख्याः यह ऋग्वेद का बहुत सुंदर मंत्र है। इस मंत्र का प्रथम चरण बहुधा सूक्ति के रूप में प्रयुक्त होता रहा है, जिसका अर्थ है—मङ्गलमय विचार (शक्तियाँ या कर्म) हमारे पास चारों दिशाओं से आएँ। वैदिक धर्म, वैदिक संस्कृति में कूपमण्डूकता को स्थान नहीं है। वह तो चारों दिशाओं से भद्र या मङ्गल को ग्रहण करने के लिए बांहें पसारे हुए है। शुभ विचार और शुभ शक्तियाँ ही हैं जिनसे प्रेरित होकर शुभ कर्म सम्पन्न किए जाते हैं। ये

शुभ कर्म लेकिन किसी के दबाव में आकर नहीं, अपितु स्वयं स्फूर्ति (Self-motivation) से किए जाने चाहिए। ऐसे कर्मों को कोई पराभूत नहीं कर सकता। शुभ कर्मों से ही मनुष्य उच्चता की ओर आरोहण करता है। उन्नति का मार्ग प्रशस्त ही होता है ऐसे बिना दबाव में किए गए भद्र कर्मों से, जो भद्र सङ्कल्पों व भद्र शक्तियों से सँवारे जाते हैं। अतः निर्भय होकर भद्र सङ्कल्प करो, भद्र कर्म करो–जो कुछ भी शुभ जहां कहीं से मिले, उसे स्वीकारते चलो। प्रगति-पथ पर बढ़ते चलो।

जानते हो, जब शुभ सङ्कल्प लेकर हम चल पड़ते हैं तो देव भी हमारा मार्ग रोक नहीं पाते। अपितु प्रतिदिन वे हमें सुरक्षा के घेरे में रखते हैं। सुरक्षा के घेरे में रखने का भाव यह नहीं कि वे हमारे साथ कोई अस्त्र-शस्त्र लेकर चलते हैं। (आजकल विशिष्ट लोगों के साथ जैसे गार्ड्स या कमाण्डो होते हैं) अपितु वे हमारी रक्षा के लिए हमें सद्बुद्धि प्रदान करते हैं जिससे कि हम कल्याण-मार्ग पर चलते रहें। देवता कभी भी हमारी प्रगति को तब नहीं रोकते। ऋग्वेद चिर-प्राचीन ग्रन्थ है, पर यहाँ प्राप्त विचार प्रगतिशीलता का समर्थन करते हैं। यही कारण है, ये मन्त्र आज भी प्रासङ्गिक हैं।

वास्तव में देखा जाए तो मनुष्य है ही क्या? विचारों का पुञ्ज, विचारों का मूर्त रूप। विचार जैसे होते हैं, व्यक्ति की आकृति भी वैसी ही बन जाती है। विचारों की छाया स्पष्ट व्यक्ति के मुख पर देखी जा सकती है। प्रायः सज्जन-दुर्जन, शिष्ट-अशिष्ट, स्वस्थ-अस्वस्थ, संयमी-असंयमी अपनी आकृति से पहचाने जाते हैं। मनुष्य का व्यक्तित्व उसके विचारों की समष्टि है। अतः वैदिक संस्कृति में विचारों, सङ्कल्पों की शुद्धता, भद्रता पर बल दिया गया है। भद्र विचार जहां कहीं से भी मिलें, ले लेने चाहिए। 'बालादपि सुभाषितम्' बालक से भी अच्छी बात ग्रहण कर लेनी चाहिए। जैसे मन में विचार होते हैं, वैसी ही वाणी से बोला जाता है। जो वाणी से कहता है, वैसा कर्म करता है। जैसे कर्म करता है–वैसा उसका व्यक्तित्व बन जाता है।

उन्नति के लिए सब जागते रहो

ओउम् भूत्यै जागरणम्, अभूत्यै स्वपनम्।।

(यजुर्वेद : 30.17)

ऋषिः–नारायणः। **देवता**–राजेश्वरौ। **छन्दः**–विराड्धृति।

शब्दार्थः (भूत्यै) उन्नति के लिए (जागरणम्) जागते रहना (ज़रूरी है) (अभूत्यै) अवनति के लिए (स्वपनम्) सुस्ती है।

व्याख्याः यजुर्वेद के 30वें अध्याय में पुरुषमेध का वर्णन है। 'पुरुषमेध' का यह अर्थ कदापि नहीं है कि वहां पुरुष को हविरूप में अर्पित किया जाता है। अपितु मनुष्यों का परस्पर मेल-मिलाप कैसे हो? क्या साधन हों उनकी एकता के लिए? पुरुषमेध का भावार्थ यही है। इसके बहुत-से साधन इस अध्याय में तथा 31वें अध्याय में गिनाए गए हैं।

हम सबके लिए, छोटे-बड़ों के लिए प्रस्तुत मन्त्राश में छोटा-सा उपदेश, नन्हा-सा प्रबोधन है। हर वर्ग के लोगों के लिए यह सामान्य उपदेश है। 'भूति' के लिए 'जागरण'। भूति का शाब्दिक अर्थ है अस्तित्त्व, उत्पत्ति, उत्पादक धर्म, उन्नति। विजय, धन, महत्त्व, प्रताप, महानता सभी 'भूति' के अंतर्गत आते हैं। जीवन है, अस्तित्व है तो उसकी रक्षा-सुरक्षा का प्रश्न है। जीवन के लिए भौतिक ऐश्वर्य तो चाहिए ही। फिर जीवन-संग्राम में विजय मिले, महत्त्व मिले, उन्नति हो यह भी अपेक्षा रहती है। महान् बनें, असाधारण बनें—यह भी उदात्त कामना है। इस सबके लिए बस एक शब्द है 'जागरण'।

'जागरण' का अर्थ सामान्य नींद से जागना मात्र नहीं है—खबरदार रहना, चौकस रहना है। जागृति, पहरा, रखवाली, सावधानी, ध्यान तथा दक्षता भी 'जागरण' के तत्त्व हैं।

जीवन में छोटा-सा भी उद्देश्य सिद्ध करना हो तो सजग तो रहना ही होगा। अवसर हाथ से निकल जाएगा तो पश्चात्ताप होगा। बहुत बार व्यक्ति शिकायत करते दिखते हैं कि ओह! वहां उस नौकरी के लिए या उस कोर्स के लिए प्रार्थना-पत्र तो देना था, पर भूल गए—अब तो तारीख निकल गई। इंटरव्यू कॉल आई तो उसकी डेट भूल गए या डेट याद रही तो समय पर न पहुंच सके।

भाव हुआ 'स्वप्न' में लीन, सुस्ती में लीन व्यक्ति किसी प्रकार की उन्नति नहीं कर सकता। 'स्वप्न' के अर्थ आरामतलबी, बेखबरी, बेपरवाही, बेकारी तथा निरुद्योगिता आदि हैं। एक आरामतलब और सुस्त व्यक्ति उन्नति नहीं कर सकता, अवनति के गड्ढे में ही गिरता है। इसलिए प्रिय युवाओ! यह जीवन कर्मस्थली है—संघर्षस्थली है—संग्राम है—इसमें भूति, विजय, ऐश्वर्य, महानता उससे ही सधेगी जो जागता रहेगा, सोता नहीं रह जाएगा। अतः उठो, जागो और ध्येय प्राप्त करो।

वेद का यह आदेश सार्वभौमिक आदेश है—सबको इसका पालन करना अभीष्ट है।

सबको अपना मित्र बनाएँ

ओउम् दृते दृंह मा मित्रस्य मा चक्षुषा सर्वाणि भूतानि समीक्षन्ताम्।
मित्रस्याहं चक्षुषा सर्वाणि भूतानि समीक्षे मित्रस्य चक्षुषा समीक्षामहे।।

(यजुर्वेद : 36.18)

ऋषिः–दध्यङ्ङाथर्वणः। **देवता**–ईश्वरः। **छन्दः**–भुरिग् जगती।

शब्दार्थः (दृते मा दृंह) हे अंधकारनाशक! (ईश्वर) मुझे दृढ़ करिए। (सर्वाणि भूतानि) सारे प्राणी (मा मित्रस्य चक्षुसा) मुझे मित्र की दृष्टि से (समीक्षन्ताम) देखें। (अहम्) मैं (सर्वाणि भूतानि) सब प्राणियों को (मित्रस्य चक्षुषा) मित्र की दृष्टि से देखूं, देखता हूं। (मित्रस्य चक्षुषा) मित्र की दृष्टि से (समीक्षामहे) हम देखें, देखते हैं।

व्याख्याः सूर्य जगती का मित्र है, वह अंधकार को चीरकर निकलता है, सबको प्रकाश व प्राणों का दान देता है। मित्र वही होता है जो सुख-दुख में साथ दे, मित्र को प्रेरणा दे, प्रोत्साहन दे। जगती का मित्र हमें दृढ़ करे–यही प्रार्थना है ऋषि की। दृढ़ता का भाव है कि हम सबको मित्र की दृष्टि से देखें, सब हमें मित्र की दृष्टि से देखें। मित्रता का कर्त्तव्य दृढ़ता से निबाहें।

संस्कृत का एक सुभाषित है कि 'यानि कानि च मित्राणि कर्त्तव्यानि शतानि च'–सैकड़ों मित्र बनाएँ'। मानवीय संदर्भों में मित्रता का भाव, दोस्ती का जज़्बा महत्त्वपूर्ण है। संबंध बाप-बेटे के हों या माँ-बेटी के, भाई-भाई, भाई-बहन, बहन-बहन या पति-पत्नी के, सर्वत्र मित्रता अपेक्षित रहती है। मित्रता अर्थात् आत्मीयता, अपनेपन की भावना। दूसरे के कष्ट में सहानुभूति रखना। उसकी खुशी में खुश होना। यह सब द्वेषभाव शत्रुता के भाव से संभव नहीं होता अपितु मैत्रीभाव से ही संभव होता है। मित्रता के भीतर प्रेमभाव उदारता से निहित रहता है। प्रेम वशीकरण मन्त्र है। प्रेम का दायरा जितना विस्तृत होता जाता है उतना ही मित्रता का दायरा बढ़ता जाता है।

मित्रता की स्थिति एक ओर या एक पक्ष की नहीं होती। सब मुझे मित्र मानें और मैं सबको मित्र मानूँ तभी मित्रता का विकास होता है। मित्रता के भाव में तुम और मैं, तुम और हम–दोनों की उपस्थिति, दोनों की अपेक्षा है। यदि एक पक्ष ने अपनी मुट्ठी को बन्द रखा हुआ है तो दूसरा कितना ही हाथ बढ़ाए–हाथ मिलाए नहीं जा सकते, दोस्ती नहीं हो सकती–'You cannot shake hands with closed fist.' जैसे एकतरफा प्यार परवान नहीं चढ़ता वैसे ही एकतरफा दोस्ती भी नहीं चलती! 'मित्र', 'सखा', 'बन्धु' ऐसे शब्द हैं जो जीवन में अत्यन्त रस भर देते हैं। हममें से हरेक को जीवन की

दुश्वारियों में एक ऐसे मित्र, ऐसे सखा, ऐसे बन्धु की ज़रूरत महसूस होती है जो हमें हमारी भावना को समझ सके, हमें उचित समय पर उचित सलाह दे सके। सबसे बड़ी बात यह कि हमें हमारी दुर्बलताओं, कमज़ोरियों के साथ स्वीकार कर सके। पर यह सब करने के लिए हमें भी तत्पर होना होगा। हम यदि सबके लिए सच्चे मित्र के रूप में उपलब्ध रहेंगे तो हमें भी सच्चे मित्र मिल ही जाएँगे।

खेती–सबसे अच्छा साधन आजीविका का

अक्षैर्मा दीव्यः कृषिमित् कृषस्व वित्ते रमस्व बहु मन्यमानः।
तत्र गावः कितव तत्र जाया तन्मे वि चष्टे सवितायमर्यः।।

(ऋग्वेद : 10.34.13)

ऋषिः–कवष ऐलूषः, अक्षो मौजवान् वा। **देवता**–कृषिः। **छन्दः**–त्रिष्टुप्।

शब्दार्थ : हे (कितव) जुआरी! (अक्षैः माः दीव्यः) कभी भी पासों से मत खेलना। (कृषिम् इत् कृषस्व) तू परिश्रम से खेती कर (बहु मन्यमानः वित्ते रमस्व) और उसी को बहुत मानता हुआ प्राप्त धन में आनन्दित रह, (तत्र गावः तत्र जाया) इसी से गाएं और स्त्री प्राप्त करोगे (अयम् अर्यः सविता मे तत् विचष्टे) साक्षात् सूर्यदेव ने मुझे ऐसा कहा है।

व्याख्याः भारत कृषिप्रधान देश है। 21वीं सदी में विज्ञान तथा तकनीकी उन्नति के बावजूद कृषि का महत्त्व कम नहीं हुआ है। हो भी कैसे सकता है? अन्न-भोजन मनुष्य की प्रथम आवश्यकता है। मनुष्य ही क्यों, सभी प्राणियों को, पशु-पक्षियों को भी अन्न की ज़रूरत होती है। यह सब खेती से मिलता है। यही नहीं, अनेक उद्योगधंधे भी कृषि उपज पर निर्भर रहते हैं। यही कारण है, चाहे पेस्टीसाइड्स (कीटनाशक) का प्रयोग हो अथवा कैमिकल फर्टिलाइजर्स (रासायनिक खाद) का, इनका उद्देश्य 'कृषि' की उन्नति करना ही है। अनेक अनुसंधानों से कृषि उपज में विविधता तथा प्रचुरता पैदा करने की कोशिशें होती रहती हैं।

जहां तक वैदिक आर्यों का प्रश्न है, वे भी कृषिजीवी थे। ऋग्वेद में कई स्थानों पर 'कृष्टि' शब्द आया है जिससे उनके कृषक होने का प्रमाण मिलता है। कृषिकार्य बहुत महत्त्वपूर्ण था तथा उसे अपनाना श्रेष्ठत्व की पहचान। समाज के सभी वर्गों के लोगों में प्राणरक्षिका एवं जीवनदायिनी धरती के प्रति आदर-सम्मान का भाव था। कृषि-कार्य न करने वाले हीन माने जाते थे। अन्नदात्री होने के कारण भूमि को 'माता' कहा जाता था। 'माता पृथिवी

महीयम्' (ऋग्वेद : 1.164.33) अर्थात् 'यह विशाल धरती हमारी माता है।' 'प्रभूत अन्न वाली धरती पर कृषि करो'—यही उनका नारा था।

प्रस्तुत मंत्र में स्पष्ट आदेश है—'कृषिमित् कृष्स्व' अर्थात् 'खेती करो'। कृषि-जीवन की प्रगति ने उन्हें आत्मनिर्भर बनाया था। दुर्व्यसनों में फंसे व्यक्ति जब जुआ खेलकर अर्थोपार्जन करना चाहते थे तो उन्हें भी निर्देशित किया गया था कि अक्षैर्मा दीव्यः' पासों से मत खेलो। यही नहीं, कृषि के विभिन्न रूप, सिंचाई के साधन, खेती में काम आने वाले औज़ारों का वर्णन सिद्ध करता है कि 'कृषि' उन्नत अवस्था में थी। जोतना, बोना, छँटाई करना आदि कृषि-क्रियाओं का प्रयोग भी यहां मिलता है। अन्न को 'चलनी' (तितउ) तथा 'सूप' (सूर्प) से साफ किया जाता था। बंजर तथा उर्वरा भूमियों का उल्लेख भी हुआ है।

वैदिक युग में ही नहीं, बाद के युगों में भी 'कृषि' या खेती को सर्वश्रेष्ठ माना जाता रहा है। उससे प्राप्त धन को ही श्रेष्ठ माना जाता है। कई कारण है इसके। भूख सबको सताती है—भूखे को अन्न देना जहां पुण्य कार्य माना जाए वहां स्वभावतः कृषि को महत्त्व दिया ही जाएगा। कृषि करने वाले कृषक को खुले वातावरण में रहने को मिलता है—साथ ही शारीरिक श्रम करने के कारण भी उसका स्वास्थ्य एक व्यापारी या नौकरी करने वाले की तुलना में बहुत अच्छा रहता है। फिर प्रकृति का सौन्दर्य, उगता सूरज, रिमझिम बारिश, ऋतुओं की लीला देखकर मन भी प्रसन्न रहता है।

कृषि-फर्म में पशुओं का भी महत्त्वपूर्ण स्थान है। पशुपालन से दुग्ध-घृत पदार्थ भी प्रचुरता से मिल जाते हैं। शारीरिक श्रम करने से भूख खूब लगती है और शुद्ध अन्न, शुद्ध दूध-घी तथा शुद्ध सब्ज़ी-फल से स्वास्थ्य भी अच्छा रहता है। फिर कृषक केवल अपना, अपने परिवार का ही पेट नहीं भरता, अन्य लोगों का भी पेट भरता है।

सबसे बड़ी बात यह है कि यहां व्यक्ति किसी का नौकर या गुलाम नहीं रहता। यह एक प्रकार से स्वतंत्र व्यवसाय है। आधुनिक युग में जबकि सामान्य जनों के लिए भी नौकरियां नहीं हैं, तब 'स्वरोज़गार' का ही सहारा है। परन्तु विडम्बना यह है कि आज के युवा 'व्हाइट कॉलर्ड' (White Collored) जॉब्स—सफेदपोश नौकरियां ही चाहते हैं। गाँवों से शहरों की ओर पलायन बढ़ गया है। खेती की ज़मीन बेच-बेचकर अन्य काम कर लेना पसन्द है, पर खेत में काम करना या गाँव में रहना पसन्द नहीं युवाओं को।

प्रस्तुत मंत्र में दिया आदेश 'खेती करो' (जुआ मत खेलो) आज भी प्रासङ्गिक है, क्योंकि खेती की ज़रूरत तो सदैव रहेगी। साथ ही श्रम से अर्जित धन कम क्यों न हो, मानसिक सुख देता है। इसके विपरीत जुए से कमाया

धन परिवार को बरबाद कर देता है। 'खेती' जहां है, वहां गाएं, पत्नी सब है अर्थात् पारिवारिक सौख्य है।

लोक में भी इसी भाव को लेकर एक कहावत प्रचलित है–

उत्तम खेती मध्यम बान, निकृष्ट चाकरी भीख निदान।

भीख मांगकर निर्वाह करना सबसे निकृष्ट काम है। नौकरी करना भी गुलामी करना है। पर आज सबको 'नौकरी' की चाह है। व्यापार मध्यम है, पर हर किसी के बस की बात नहीं। खेती सर्वोत्तम है।

आज की परिस्थितियों में सबके लिए खेती करना संभव नहीं। व्यापार, वाणिज्य में भी लोग वारे-न्यारे कर लेते हैं। 'लोक सेवा आयोग' की विभिन्न सेवाओं में लोग जाना शान समझते हैं। मल्टीनेशनल कम्पनियों में नौकरी मिल जाए तो तनख्वाहें तो मोटी होती हैं, पर अपने एन्जॉयमेंट के लिए समय रहता ही नहीं। भिक्षावृत्ति कानूनन अपराध है, पर फिर भी बच्चे-बूढ़े सब हाथ फैलाए दिख जाते हैं। जो हो, स्वश्रम का लाभ-आनन्द पाना हो तो सुविधा होने पर कृषिकर्म में लगना चाहिए।

अकेले खाने वाला पापी होता है

ओउम् मोघमन्नं विन्दते अप्रचेताः सत्यं ब्रवीमि वध इत्स तस्य।
नार्यमणं पुष्यति नो सखायं केवलाघो भवति केवलादी।।

(ऋग्वेद : 10.117.6)

ऋषिः–भिक्षुराङ्गिरसः। **देवता**–धनान्नदानम्। **छन्दः**–त्रिष्टुप्।

शब्दार्थ : (अप्रचेताः) मूर्ख व्यक्ति (मोघम्) व्यर्थ ही (अन्नम्) धन-धान्यम् या अन्न-समृद्धि (विन्दते) पाता है। (सत्यं ब्रवीभि) मैं सत्य कहता हूँ, (तस्य) उसके लिए (स वधः इत्) वह अन्नसमृद्धि मृत्यु ही है (जो) (अर्यमणम्) अर्यमा को, घनिष्ठ मित्र को (न पुष्यति) पुष्ट नहीं करता, लाभ नहीं पहुंचाता है और (न सखायम्) न मित्र को (पुष्ट करता है, लाभ पहुँचाता है) केवलादि (अकेला खाने वाला) (केवलाघः) अकेला पापी अर्थात् केवल पापरूप होता है।

व्याख्या : यह वेद का बहुत महत्त्वपूर्ण मंत्र है जिसमें प्राचीनतम साम्यवाद का उदात्त रूप मिलता है। धन-सम्पत्ति अथवा उपभोग के साधनों पर एक का अधिकार नहीं। धनवान् का कर्त्तव्य है कि वह अपने ऐश्वर्यों का उपभोग बांटकर करे। जो सम्पत्ति का अकेले उपभोग करता है, वह पापी है। सामा. जिक न्याय तथा सामाजिक सुख का तकाज़ा यही है कि सब मिलकर उपभोग करें, सब सुखी हों। व्यक्तिगत प्रयत्नों से किसी को अधिक सम्पत्ति, अधिक

साधन प्राप्त हो भी जाएँ तो भी उसे एकाकी भोगने का अधिकार नहीं मिल जाता। कारण, अन्यों का किसी न किसी रूप में सहयोग रहता है, तभी व्यक्ति धन उपार्जित कर पाता है। मार्क्स की दृष्टि में सम्पत्ति राष्ट्र की, समाज की सम्पत्ति होती है—उस पर सबका अधिकार होता है—उनके 'साम्यवाद' का यही आधार है। परन्तु भारतीय 'साम्यवाद' में अध्यात्म व नैतिकता के रङ्ग भी भरे हैं। अध्यात्म अर्थात् परमात्मा ने सब सम्पत्ति प्रदान की है। ऐश्वर्य, वैभव सब ईशकृपा से मिलता है। उसका उचित तरीका यही है कि व्यक्ति दान दे—सबको बांटकर उपभोग करे। कुछ ऐसे व्यक्ति जो ईशकृपा से (या किसी अन्य भी कारण से) धन संसाधनों से वञ्चित रहे हैं अथवा अपने प्रयत्नों की कमी या दुर्भाग्यवश जन आदि से वञ्चित रहे हैं, उनके साथ बांटकर उपभोग करना ही सामाजिक सौख्यकारक हो सकता है। भावार्थ है—दान-आदान से संसार चलता है। कृपण या कंजूस तथा स्वार्थप्रेमी व्यक्ति केवल लेना जानते हैं, देना नहीं। ऐसे व्यक्ति न तो 'अर्यमा' देवता के लिए आहुति देते हैं, न ही सखाओं को। 'अर्यमा' वेद में देवता का नाम है। पर आर्यगुप से युक्त विद्वानूजन को भी 'अर्यमा' कहते हैं। यज्ञ करना—अग्नि में आहुति देकर भी एक प्रकार से स्वार्थ को त्याग परार्थ करना है। देवों के प्रति, चाहे वे प्राकृतिक शक्तियाँ हों या सामाजिक श्रेष्ठ व्यक्ति, गुरुजनादि। सबके प्रति व्यक्ति का कुछ न कुछ कर्त्तव्य होता ही है। इसी प्रकार से परिवार के स्तर पर सगे-संबंधी समानधर्म समानवंशी संबंधियों का पोषण करना भी व्यक्ति का कर्त्तव्य होता है। परन्तु आत्मकेन्द्रित व्यक्ति केवल अपने उपभोग के लिए सब सम्पत्ति बचाकर रखता है। किसी को कुछ भी देना उसकी फितरत में होता ही नहीं। ऐसे व्यक्ति वास्तव में धनी होते हुए भी दरिद्र ही कहे जाएंगे। ऐसे व्यक्तियों की कष्ट दशा में न देवता सहायक होते हैं, न कोई सगे-संबंधी या मित्रजन।

आधुनिक युग में जब स्वार्थभावना एवं कृपणता के कारण एक ओर परिवार विघटित हो रहे हैं तथा दूसरी ओर धनी-निर्धन के मध्य विषमता बढ़ रही है—ऐसे वैदिक मंत्र रामबाण औषधि का कार्य कर सकते हैं। बशर्ते हम इनके भाव को जीवन में उतार सकें। नीतिशास्त्र में भी कहा गया है—

एकः स्वादु न भुञ्जीत।

'अकेले स्वादिष्ट वस्तु न खाएँ।'

गीता तो स्पष्ट कहती है कि जो केवल अपने लिए पकाते हैं, वे 'पाप' ही खाते हैं—

भुञ्जते ते त्वघं पापा ये पचन्त्यात्मकारणात्।।

(गीता : 3.13)

मिलकर खाएं, बांटकर उपभोग करें और पुण्य कमाएं, तभी मनुष्य-जीवन सार्थक होगा। केवल सिद्धांत से कि सब मनुष्य बराबर हैं—बात नहीं बनती। व्यवहार में सिद्धांत को उतारकर ही सच्चा 'समाजवाद' या 'साम्यवाद' लाया जा सकता है।

इन्सान बनो

ओउम् तन्तुं तन्वन् रजसो भानुमन्विहि ज्योतिष्मतः पथो रक्ष धिया कृतान्।
अनुल्बणं वयत जोगुवामपो मनुर्भव जनया दैव्यं जनम्।।

(ऋग्वेद : 10.53.6)

ऋषिः—देवः। **देवता**—अग्निः सौचिकः। **छन्दः**—निचृज्जगती।

शब्दार्थ : हे अग्नि! (तेजस्वी पुरुष) (तन्तुम् तन्वन्) (जीवन) तन्तु का विस्तार करता हुआ (रजसः भानुम् अनु इहि) लोकमात्र के प्रकाशक (सूर्य) का अनुसरण कर। (इसके लिए तू) (धिया कृतान् ज्योतिष्मतः पथः रक्ष) बुद्धि से निष्पादित ज्योतिष्मान् मार्गों की रक्षा कर। (जोगुवाम् अपः अनुल्बणम् वयत) स्तुतिशब्द करने वाले विद्वानों के उलझन-रहित कर्मरूप वस्त्र को बुन। (मनुः भव) तू मनु (मननशील मनुष्य) बन (जनम् दैव्यम् जनय) (अपने को) देव श्रेणी का जन बना।

व्याख्या : यह पंक्ति बहुत बार सुनी जाती है कि 'आदमी को मयस्सर नहीं इन्सां होना'। भाव यही है कि हम सब आदमी तो हैं पर इंसानियत से महरूम हैं। मानवीयता के गुणों से रहित मनुष्य मनुष्य नहीं कहलाता। वेद के इस मंत्र में बहुत प्रसद्धि उक्ति आदेश रूप में है—'मनुर्भव'—अर्थात् मनुष्य बन, मननशील बन। मनुष्यता के गुण हैं कि मनुष्य उदार हो, करुणाशील हो, सहानुभूतिपूर्ण हो। मनुष्य का लक्ष्य भी यहां बताया गया है। वह है मनुष्य का देवश्रेणी में पहुंचना। या कहें कि उस देवत्व को प्राप्त करना जिससे व्यक्ति दान देता है, ज्ञान से तेजस्वी बनता है तथा दूसरों को तेजस्वी बनाता है। मनुष्य जब देव में रूपान्तरित होता है तो वह त्यागी, उदार होता है। पर इस लक्ष्य तक पहुंचने के लिए पहले उसे मननशील बनना होता है। मन से मनन करना होता है। मन की शक्ति अपूर्व है, उसे विध्वंस एवं रचनाकर्म दोनों में लगाया जा सकता है। मन में नकारात्मक भाव, हिंसा-क्रोध, ईर्ष्या-द्वेष रहेंगे तो मनुष्य विध्वंसक होगा। इसके विपरीत अहिंसा-क्षमा, स्नेह-प्रेम होगा तो वह रचनात्मक ऊर्जा से भरपूर रहेगा।

मानवीयता से युक्त मनुष्य केवल शारीरिक सुखों में लीन नहीं रहता,

पशुवृत्ति त्यागकर सबके लिए सोचता है। वह दूसरों के सुख-दुःख का चिन्तन करता है तथा उनके लिए हर प्रकार त्याग करने को उद्यत रहता है। अहिंसा, सत्य जैसे नैतिक गुण तभी व्यक्तित्व का हिस्सा बन सकते हैं जब मन में त्याग भावना हो। 21वीं सदी के इस युग में जब आतङ्क व हिंसा चरमसीमा पर हैं, हर मनुष्य को 'मानवीय' होना होगा, तभी शान्ति की स्थापना हो सकेगी। विशेषतः बच्चों, किशोरों और युवाओं को तो और अधिक 'मानवीय' होना चाहिए, क्योंकि सम्पूर्ण मानवता के भविष्य का भार उनके हाथों में है।

यह ध्यान रखना होगा कि मानवीयता का, इंसानियत का मार्ग अकर्मण्यता का मार्ग नहीं। आलसी व्यक्ति कभी भी सच्चे इन्सान नहीं बन सकते, क्योंकि दूसरों की सहायता करने का माद्दा या भाव उनमें होता ही नहीं। आत्मकेन्द्रित (Self-centred) सदैव अपने आराम व सुविधा के बारे में ही सोचते रहते हैं। तो सिद्ध हुआ--'मानवता' का मार्ग कर्म का मार्ग है–ऐसा कर्म जो निष्काम होता है तथा जिसमें अपने-पराए की उलझन नहीं होती। ऐसा मार्ग यह है जिसमें व्यक्ति की अपनी उन्नति के साथ-साथ पूरे समाज की उन्नति होती है। यही ज्योति का पथ है। यही देवमार्ग है, क्योंकि देवता केवल प्रत्यक्ष को नहीं, परोक्ष को भी देखते हैं। उनकी गहन दृष्टि सम्पूर्ण मानवजाति के हित को देखती है। ऐसा देवजन, देव-मनुष्य अपने जीवन, अपने सुख, अपनी समृद्धि सबका दूर-दूर तक जन-जन के मन में विस्तार करता है। यह 'विस्तार-भाव' ही मानवीयता है। जब निरंतर गतिशील रहता हुआ मनुष्य अपने जीवन-सूत्र का विस्तार करता है तभी अपने गन्तव्य तक पहुंचता है। इस विस्तार में ही ब्रह्म या परमात्मा के सर्वव्यापक रूप के दर्शन होते हैं। व्यक्ति की आत्मा की दिव्यता जब समष्टि की व परमात्मा की दिव्यता से जुड़ जाती है तब मनुष्य पशुत्व से उठकर देवत्व को पा लेता है। हममें से हर एक के भीतर इस देवत्व की संभावना विद्यमान है, प्रयास कर उसे उभारना है, जगाना है। भावार्थ–हमें, 'इन्सान' बनना है, सच्चा इन्सान, सच्चा मनुष्य।

मृत्युञ्जय-मंत्र

त्र्यम्बकं यजामहे, सुगधिं पुष्टिवर्धनम्।
उर्वारुकमिव बन्धनान्मृत्योर्मुक्षीय मामृतात्।।

ऋषिः–मैत्रावरुनिर्वसिष्ठः। **देवता**–रुद्रः। **छन्द**–अनुष्टुप्।

(ऋग्वेद 7.59.12)

शब्दार्थ : हम (त्र्यम्बकम्) त्रयम्बक का (यजामहे) यजन करते हैं। मैं (सुगन्धिम् पुष्टिवर्धनम्) सुगंधित और पुष्टिवर्धक (उर्वारुकम् इव) खरबूजे के समान

(मृत्योः बन्धनात्) मृत्यु के बंधन से (मुक्षीय) मुक्त हो जाऊँ (अ+मृतात्+मा) अमृत से नहीं।

व्याख्या—प्रस्तुत मंत्र को महामृत्युञ्जयमंत्र अथवा मृत्यु-विमोचनी ऋक् भी कहते हैं। गायत्रीमंत्र के पश्चात् सर्वाधिक महत्त्व इस ऋचा का है। गायत्रीमंत्र के अनुष्ठान से महामृत्युञ्जयमंत्र के अनुष्ठान लगभग सभी मतावलंबी करते रहे हैं। सनातन धर्मानुयायी ग्रहों के दुष्प्रभाव के शमन के लिए तथा मरणासन्न व्यक्ति के प्राण के लिए इस मंत्र का जाप या अनुष्ठान करते हैं। वेदांत में विश्वास रखने वाले मायामोह से मुक्त होकर ब्रह्मसाक्षात्कार करने के लिए इसी मंत्र को प्रयुक्त करते हैं। इसी प्रकार योगीजन अमृतपद प्राप्ति के लिए इस मंत्र का पाठ, जप व अनुष्ठान करते हैं।

मंत्र के शब्दार्थ से लगता है कि इस मंत्र में मृत्यु के बंधन से मुक्ति तथा अमृतत्व की प्राप्ति की जाती है। प्रश्न है जब हम जानते हैं कि जो जन्मा है वह मरेगा तब मृत्यु से मुक्ति का क्या अर्थ? भावार्थ मृत्युमय हर प्राणी में होता है। इसीलिए जीवन की रक्षा भी हो पाती है। मनुष्य सर्वाधिक बुद्धिशील प्राणी है उसे मृत्युभीति बहुत सताती है। मृत्यु से डरते रहने वाला – जीवन सुचारु रूप से नहीं जी पाता। जीवन में उच्च उद्देश्यों को पाने के लिए मृत्युमय पर विजय पानी होगी। मंत्र को भावार्थ पर मनन करने से आत्मविश्वास पैदा होता है तब मृत्यु से भय नहीं लगता।

त्र्यम्बक – तीन नेत्रों वाला – तीनों कालों का दृष्टा होता है – उसका यजन करने का अर्थ है उसके प्रति समर्पित हो जाएं। तीनों काल का स्वामी जब हमारे संरक्षण के लिए तत्पर है तब मृत्युमय से पीड़ित होने का कोई कारण नहीं। खरबूजा पक जाने पर सुगंधित हो जाता है तथा पोषक होता है। तब वह सहजता से बेल से अपने आप अलग हो जाता है। मृत्यु की प्रक्रिया भी ऐसी ही होती है। अतः मृत्यु के भय से भयभीत होना व्यर्थ है।

मृत्यु और अमृत – दो परस्पर-विरोधी शब्द हैं। भय, अविद्या, अज्ञान, अस्वास्थ्य आदि मृत्यु के रूप हैं। इसके विपरीत निर्भयता, विद्या, ज्ञान, स्वास्थ्यादि अमृत रूप हैं। मंत्र में 'मृत्यु' से मुक्त होने की बात कही गई है। ऐसा होने से दुर्गन्धि, दुर्गुण, दुर्विचार का निराकरण होता है तथा सुगंधि-सद्गुण तथा शुभ विचारों का संपादन होता है। यही 'अमृत' है। यही अमृतत्व है।